KB272865

THE MAKING OF KARATEKA

Journals 1982-1985

카라테카 개발일지

조던 메크너의 기록 1982~1985년

추천사

이 개발일지가 쓰여진 82~85년 즈음, 저는 애플Ⅱ 컴퓨터(물론 저가 클론 제품인)로 처음 컴퓨터의 세계에 발을 디뎠습니다. 당시 한국은 금성, 대우와 같은 대기업이 주도하는 MSX 컴퓨터와 애플Ⅱ 컴퓨터로 양분되어 있었지요. 당시 컴퓨터를 시작하는 소년들은 MSX를 선택할지 애플Ⅱ를 선택할지가 큰 고민이었습니다. 제 경우는 멋진 사운드와 화려한 컬러 그래픽을 가졌으며 좀 더 최신 제품처럼 보이는 MSX 컴퓨터 대신, 투박한 껍데기에 녹색 모니터를 가진 애플Ⅱ 컴퓨터를 선택했습니다. 그 선택을 하게 만든 것이 바로 조던 메크너가 만든 「카라테카」였습니다.

「카라테카」는 그 당시 어떤 게임보다도 더 영화적인 게임처럼 보였습니다. 게임을 플레이하면 당시 한창 유행이던 무술 영화의 주인공이 된 것 같은 기분이 들었지요. 게임 중간중간 컷신으로 이야기를 전달하며 저에게 다가오는 적을 잠시 보여주는 등, 게임이 아니라 영화 속의 세계 같은 기분이 들게 했습니다. 그렇지만 「카라테카」는 영화 그 이상이었습니다. 시작하자마자 뒤돌아서 도망치면 어떻게 되지? 문을 지키는 적에게 예의 바르게 인사를 하면 어떻게 되지? 공주를 구출하지 않고 킥을 날리면 어떻게 될까? 이런 호기심을 채워주는 것은 영화가 절대로 보여줄 수 없는 그 이상의 것이거든요. 저는 「카라테카」가 게임이 영화를 이길 수 있다는 희망과 구체적 비전을 보여준 첫 게임으로 기억하고 있습니다.

「카라테카」는 수백 번을 플레이한 게임이지만 어린 저에게는 '막연히 위대한 작품'이었습니다. 당시 저는 이 게임을 저와 크게 다르지 않은 어떤 사람이 만들었다고는 도무지 상상할 수 없었습니다. 미국에는 게임을 만드는 회사 같은 게 있고(한국에는 없었으므로) 그곳에 있는 어떤 사람들이 내가 모르는 어떤 신비한 방법으로 만들었겠지, 라고 생각했습니다.

그러다가 이 개발일지를 읽고 나서, 이 위대한 작품이 평범한 사람의 노력으로 만들어졌다는 사실에 큰 충격을 받았습니다. 걱정하고, 고민하고, 방황하고, 다시 집중하고… 너무 보통 사람 같은데? 이 개발일지를 어렸을 때 봤다면, 제게 정말 큰 힘이 되었을 것입니다. '나의 롤 모델은 조던 메크너야 나는 조던 메크너처럼 되고 싶어'라고 했을 것이 분명합니다.

　우리는 어떤 작품을 사랑하면서도 그것을 사람이 만든다는 것을 종종 잊어버리곤 합니다. 이 개발일지는 시네마틱 액션 게임의 원조라고 할 수 있는 위대한 게임, 「카라테카」를 17세의 소년이 만들어 간 기록입니다. 모든 것의 시작이 여기에 생생하게 기록되어 있습니다.

데브캣 대표이사 **김동건** 나크

2025년 6월.

게임 만들기, 그리고…

조던 메크너의 그래픽 노블 회고록 〈리플레이(퍼스트 세컨드 북스, 2024)〉 중에서

소개

by 크리스 콜러 *Chris Kohler*

에디토리얼 디렉터, 디지털 이클립스 사

Editorial Director, Digital Eclipse

조던 메크너의 게임 「*카라테카*」의 한 장면이 지금도 제 어릴 적 기억 속에 강렬하게 남아 있습니다.

코네티컷 남부의 이모님 댁 지하층에는 놀이방이 있었습니다. 그 한켠에 있는 컴퓨터 방에서, 주변 아이들과 함께 아타리 800XL 컴퓨터에 연결된 TV화면에 집중하고 있던 그때 그 순간을 기억합니다.

화면에서는 큼직한 장군복을 입은 악당 아쿠마Akuma가 거만하고도 불길한 풍모로 플레이어를 등지고 서서, 말없이 팔을 뻗어 마리코Mariko 공주에게 감옥으로 들어가라고 명령하고 있었죠. 마리코 공주는 쓸쓸한 발걸음으로 아쿠마를 지나 감방으로 들어갔고, 바닥에 몸을 던지자마자 감방 문이 쾅 닫혀버렸습니다.

사실 이 장면이 보여주는 이야기는, 굳이 따지면 「동키콩」과 딱히 다르지 않아요. 인상적이었던 것은 공주가 납치된 사건 그 자체가 아니라, 이를 보여주는 장면 하나하나에서 엿보이던 순수한 영화적 재능과 감정이 넘치는 드라마였던 거죠. 즉, 제가 아직도 그 당시를 기억하는 이유는 어렸던 저조차 그 순간을 너무나도 현실처럼 느꼈기 때문입니다.

그 장면이 당시 제가 앉아 있던 지점에서 불과 몇 마일 거리였던 뉴헤이븐의 예일 대학교 기숙사 어느 방에서 만들어진 것이었다는 사실을, 제가 알 리가 없었죠! 조던이 개발하여 1984년 말 브로더번드 사가 시장에 출시했던 애플II용 게임 「카라테카」는, 그렇게 의외의 지점에서 저와 연결되어 있었어요. 영화와 게임 양쪽을 모두 사랑했던 조던이 낳은, 그의 감독 데뷔작인 이 게임은 그 자체로 여러 측면에 걸쳐 비디오 게임에 혁신적인 개념들을 도입한 작품이었습니다. 로토스코프 기법의 애니메이션부터 영화적인 카메라워크에, 드라마틱한 컷신, 스토리텔링을 고조시켜 주는 바그너풍 라이트모티프leitmotif의 세련된 음악까지 말이죠. 지금은 스토리 중심의 영화적인 비디오 게임이 흔하지만, 1984년 당시의 「카라테카」는 이를 한발 앞서 보여준 선구적 작품이었고, 훗날 훨씬 더 큰 성공을 거두는 「페르시아의 왕자」로 이어지게 됩니다.

한참 뒤 저는 잡지 〈와이어드WIRED〉에서 게임산업 담당 편집자로 활동하면서, 조던과 직접 만나 몇 차례 인터뷰를 했습니다. 처음은 「페르시아의 왕자」가 제이크 질렌할 주연으로 할리우드에서 영화화되어 개봉할 때였고, 다음은 2012년 「카라테카」가 3D 콘솔 게임으로 리부트되어 발매될 때였죠.

대략 그때쯤, 조던의 담당자로부터 새로운 제안을 받았습니다. 조던과 애플Ⅱ 해커들이 한 팀을 이루어 조던의 옛날 플로피디스크에서 「페르시아의 왕자」의 오리지널 소스코드를 복원하려고 시도하는 중인데, 혹시 〈와이어드〉가 이 과정을 독점 취재해 기사로 만들어 볼 의향이 있느냐는 것이었어요.

물론 저희는 쾌히 응했고, 그 결과물은 거스 마스트라파Gus Mastrapa가 쓴 훌륭한 특집기사 ‘「페르시아의 왕자」 소스코드를 디지털 묘지에서 발굴해 낸 매니아들’로 공개되었습니다. 사실, 그 매니아들은 이 과정에서 그 외의 데이터도 잔뜩 구출해 냈습니다. 덕분에 「페르시아의 왕자」와 「카라테카」에 관련된 온갖 부수적인 데이터들은 물론, 어쩌면 다른 세계선에서 조던의 데뷔작이 되었을지도 모르는 미공개작 아케이드 슈팅 게임 「데스바운스Deathbounce」도 세상의 빛을 볼 수 있었죠.

「카라테카」라는 토끼굴 안을 훗날 제가 얼마나 깊이 또 멀리 들어가게 될지, 처음엔 전혀 짐작조차 못 했습니다. 2020년, 저는 언론계를 떠나 디지털 이클립스Digital Eclipse에 입사했습니다. 비디오 게임계의 역사에 남은 명작들을 현대에 부활시키는 데 주력하는 게임 개발사죠. 입사 첫날 제게 맡겨진 프로젝트의 이름은 「The Making of Karateka」였어요. 원작 「카라테카」를 재발매하면서, 동시에 원작의 개발 과정을 '인터랙티브 다큐멘터리'라는 컨텐츠로 만들어 하나로 결합시킨다는 프로젝트였죠. 둘째 날에는 당시까지의 진척도를 숙지한 후 일단 자리에 앉아, 리부트판 「카라테카」 발매 당시 조던이 자가 출판 형태로 발간했던 원작의 개발일지를 쭉 읽어 봤습니다.

그 일지 안에는 저희가 개발하던 게임의 원작에 관한 귀중한 연구자료뿐만 아니라, 저희를 매료시키는 놀라운 '이야기'가 있었습니다. 그 이야기 속의 조던 메크너는 제가 익히 알던 베테랑 인기 게임 개발자가 아니었어요. 게임산업의 일원이 되려고 필사적으로 문을 두드렸지만 계속 쫓겨나고 거절당하고 좌절하는 가운데, 대학교 수업과 만들고픈 게임의 프로그래밍 사이를 줄타기하며 버티고 있던, 그저 평범한 18살 소년이었죠. 자신 외의 누구도 이 '일기'를 읽지 않으리라 여겼기에, 당시의 조던은 그야말로 10대의 감정을 날것 그대로 남겨 놓았어요.

이 일지에는 모든 창작물 뒤편에 으레 있기 마련인 수많은 사람들의 조력과 지원도 묘사되어 있습니다. 「카라테카」는 박스 앞면에 조던 메크너의 이름 하나만이 적혀있는 개인 창작물이지만, 그럼에도 그 뒤에 많은 도움이 있었어요. 조던의 개발일지에서 「카라테카」에 가장 깊이 관여하고 인상적인 기여도를 보인 인물 중 한 명이, 조던의 아버지인 프랜시스 메크너Francis Mechner입니다 (이 작품이 끼친 영향력을 생각하면, 사실 후일의 비디오 게임 모두에까지 기여했다고도 할 수 있겠죠). 그는 홀로코스트 생존자이자 행동심리학자에 콘서트 피아니스트였던 동시에, 「카라테카」의 숨은 공동 개발자이기도 했어요. 공식적으로는 원작의 사운드트랙 작곡자이지만, 그와 동시에 캐릭터의 모션 캡처에 참여한 두 '배우' 중 한 명이었고 자신의 폭넓은 관심사와 생애를 바탕으로 삼아 아들에게 다양한 게임 디자인 아이디어를 제공하기도 했었으니까요.

일지를 읽는 과정에서, 저는 당시 개발 중이던 「The Making of Karateka」(2023년 디지털 이클립스 발매. 현재 Steam 등에서 구입 가능)에 이 모든 이야기와 그 의미를 최대한 제대로 담아 내야만 하겠다고 생각했어요. 이를 위해 이 개발일지 뿐만 아니라, 현재 더 스트롱 국립 놀이 박물관The Strong Museum of Play이 보존하고 있는 조던의 방대한 개발 자료 서류들과 몇 년 전 드디어 복원이 완료된 플로피디스크의 소스코드 자료들까지 샅샅이 뒤져내 연구했고, 그 결실을 이번 이 개발일지 개정판에 다양한 사진과 주석을 추가함으로써 돌려줄 수 있게 되었습니다.

일상을 꾸준히 기록해 일지로 남기는 것이 좋다는 것쯤은 우리 모두가 잘 알지만, 이를 정말로 실천하는 사람은 드물고, 그런 꾸준한 일상의 기록을 통해 세상을 뒤바꾼 위대한 예술 작품을 완성해 내기까지의 창작 과정을 충실하게 세상에 남기는 사람은 훨씬 더 드뭅니다. 당시 브로더번드 사의 신작 게임을 구매하여 비닐을 뜯고 박스를 열면, "소프트웨어 개발자는 주목! — 당신이 브로더번드의 다음 슈퍼스타일지도?"라는 문구가 인쇄된 엽서를 찾을 수 있었습니다. 그 시대에는 컴퓨터를 다룰 줄 알고 훌륭한 아이디어가 있다면 정말로 스타가 될 수 있었거든요.

그런 시대, PC 소프트웨어 시장이 급팽창하여 무슨 일이든 일어날 수 있었던 시대의 이야기를 이 책으로 접해 보십시오.

들어가는 말

by 조던 메크너 *Jordan Mechner*

게임(과 영화와 책)을 만들기를 꿈꾸던 어린 시절부터, 저는 다른 창작자들의 경험을 엿볼 수 있는 '뒷이야기'를 참 좋아했습니다. 세상엔 온갖 다양한 형태의 뒷이야기가 있지만, 저는 1인칭 시점의 '일지'를 특히 즐겨 찾았어요.

작품이 완성된 후의 '회고록'이나 '개발 자료집' 같은 경우 나중에 얻어낸 경험과 지혜가 덧붙여 재구성되(고 왜곡되기도 하)는 반면, '일지'는 실시간으로 적는 기록이므로 가장 원형에 가까운 당시 실제 의도와 생각이 담겨 있기 때문입니다.

일지는 하루를 마친 후에 그날그날 쓰는 기록이기에, 날것이고 불완전하며 자기중심적이고 관점이나 맥락이 불완전한 법입니다. 하지만 그 당시를 잘라낸 솔직한 단면이라서 믿음이 가죠.

제가 이 일지를 쓰고 있던 1982년 당시엔, 이 기록을 저 아닌 누군가가 읽게 되리라고는 꿈에도 생각지 못했습니다. 그런 일지가 이렇게 출간까지 된 것도 그렇고, 설마하니 당시의 제가 온 시간을 쏟아 만들었던 애플II용 게임이 40년을 지나 지금의 게임 플랫폼에서 재탄생하게 되리라는 것도, 그땐 상상조차 못했던 수많은 일들 중 하나죠.

디지털 이클립스 팀은 제가 제공한 「카라테카」 관련 아카이브 더미, 즉 제 옛날 일지와 플로피디스크 더미와 1985년 당시 박스 안에 쓸어담아 놓은 각종 종이뭉치를 치밀하게 상호 연결시켜, 훌륭한 PC·콘솔용 인터랙티브 게임 다큐멘터리 소프트웨어 「The Making of Karateka」라는 형태로 출시함으로써 디지털 고고학적으로 엄청난 성과를 이룩해 냈습니다. 고전 명작 게임과 그 개발과정 다큐멘터리를 결합시킨다는 테마의 '골드 마스터 시리즈' 중 첫 작품이죠.

이 소프트의 출시를 좋은 기회로 삼아, 과거에 한 번 출간했던 제 〈카라테카 개발일지〉도 새로운 사진자료와 주석을 대거 추가하여 개정판 형태로 내놓기로 했습니다. 스트라이프 프레스 사가 2020년 〈페르시아의 왕자 개발일지〉(이 일지가 끝나는 시점의 살짝 뒤인 1985년 5월부터의 일지입니다)의 개정판을 냈을 때처럼요. 이 책은 단독으로 읽으셔도 좋고, 디지털 이클립스 사의 「The Making of Karateka」를 플레이하면서 함께 읽으셔도 좋습니다.

이 책에서 언급되는 여러 개발 문서, 스케치, 서신, 시험 제작한 게임들 중 대부분은 「The Making of Karateka」 내의 인터랙티브 타임라인Interactive Timeline 컨텐츠에서도 검색하거나 확대하거나 실제로 플레이해볼 수 있습니다.

각 장의 맨 처음에 있는 한 페이지짜리 만화는, 제가 쓰고 그린 그래픽 노블 〈리플레이 : 뿌리뽑힌 가족의 회고록 Replay: Memoir of an Uprooted Family〉에서 발췌했습니다. 제 가족의 3대에 걸친 우여곡절과, 1980년대부터 지금까지 게임을 만들어온 저 자신의 도전과정을 회고한 책입니다.

〈리플레이〉는 퍼스트 세컨드 북스에서 영어판이, 델쿠르 에디티옹에서 불어판이 출간되어 있습니다. 저의 개인사와 제가 내온 작품들 사이를 관통하는 큼직한 창의적 맥락에 관심이 있는 분(과 20세기의 역사 및 가족사가 취향이신 그래픽 노블 팬)이라면, 한번 접해보시기 바랍니다.

이 일지를 처음 (단행본 및 전자책으로) 출간할 당시의 서문은 이러했습니다. "「페르시아의 왕자」의 첫 아이디어를 떠올리기 3년 전, 저는 예일 대에 갓 입학했던 17세 새내기이자 열렬한 게이머였고, 학업 수강과 게임 개발자가 되고픈 열망(그리고… 언젠가는 영화 각본가가 되리라는 꿈) 사이에서 줄타기를 하고 있었습니다. 이 책은 그 당시의 제가 실시간으로 쓴 일지입니다. 독자 여러분의 인내심을 무너뜨리지 않기 위해 일부 생략한 부분은 있지만, 기본적으로는 전혀 고치거나 추가하지 않았습니다. 후일 어른이 되고 나서 비로소 깨닫게 된 것조차도요."

이번 개정판에선, 본문 내용과 당시의 시대상을 좀 더 자세히 보여주기 위해 페이지 여백에 다양한 그림과 사진과 주석을 추가해 확장했습니다. 그러나 기본적인 글 자체는 1980년대의 청소년이 쓴 타임캡슐인 그대로, 초판을 전혀 수정하지 않고 남겨 두었습니다.

더 스트롱 놀이 박물관 국제 전자게임역사센터(ICHEG; International Center for the History of Electonic Games)의 존 폴 다이슨Jon-Paul Dyson 씨와 앤드류 보먼Andrew Borman 씨, 인터넷 아카이브Internet Archive의 제이슨 스캇Jason Scott 씨, 이 책에 수록된 수많은 자료들을 헌신적으로 보존·선별해주신 아키비스트 및 역사 연구자들 여러분께 감사드립니다. 크리스 콜러와 디지털 이클립스 팀, 리미티드 런 게임즈 사, 지금 보시는 이 책을 디자인해 준 블랙스튜디오의 그래픽 디자이너인 마르탱 베르베리앙Martin Berberian 씨와 장-프랑수아 라셰리Jean-François Lacherie 씨에게도 감사드립니다.

이제 17세의 저에게로 펜을 넘깁니다. 부디 너그러이 지켜봐 주세요.

목차

※ 알림.

 1. 이후 본문 내용 중에는 곳곳에 하늘색 글자로 저자 조던 메크너 본인이 붙인 주석이 들어
   있습니다.
 2. ★이 붙은 검은 글자의 ★역주는 번역 과정 중에서 역자가 추가한 주석입니다. 저자의 주석
   도 역자의 주석도 모두 독자들이 읽으실 때에 조금이라도 도움이 되기를 바라고 추가된 것
   들입니다.

※ 본서에 사용된 모든 회사명, 등록 상표 및 제품명은 이를 개발한 각 회사의 상호, 상표 또는
   등록 상표입니다.

Part 1:
DEATHBOUNCE
데스바운스

1982년 1월 27일

9시 반에 역사 수업, 1시 반에는 심리학 수업. 그 사이에 잠시 시내로 나가, 릴리스에게 보내줄 <몬티 파이튼의 성배> 사운드트랙 음반과 이 공책을 샀다. 벤·리치와 함께 저녁식사 때까지 우주의 법칙에 관해 토론했다.

대학생일 때도, 프로그래밍 관련 팁과 정보는 여전히 고교 시절 친구들과 교류하며 얻곤 했습니다.

내 일기의 기본 원칙: 하루가 끝난 뒤, 그날 일어났던 일(내가 한 행동, 생각, 느낌 등등)을 기록한다. 몇 년 뒤에 다시 읽어도 바로 기억해 낼 수 있도록.

형식에 너무 연연하지 않는 게 제일 좋을 것 같다. 일기쓰기가 답답해져서 집어치우지 않으려면. 또 하나 피해야 할 함정은, 일기를 스트레스 해소용으로 쓰는 거다. 우울한 감정을 하룻밤 새 20쪽쯤 마구 써대는 등으로. 실은, 그런 식으로 일기를 써본 적이 있기도 하다. 이렇게 일기를 쓰면 다시 읽을 때 짜증나서 공책을 던져버리게 된다. 우울할 때는, 그냥 우울하다고 쓰고 끝내 버리자. 요컨대, 나중에 다시 읽어도 괜찮을 일기를 쓰고 싶다는 얘기다. 계속 그런 방향으로 쓰다보면 나아지겠지.

즉, 일기의 양이나 질에 연연하고 싶지 않다. 이제부터는 그저 하루하루 내 삶의 일상을 적당히 적는 식으로 가련다.

is to write down, at the end of every day, what happened : what I did, thought, felt, and so forth. The reason is that I want to be able to read it, years from now, and remember what it was like. Ideally, I should keep it up for my whole life. I think it's best if I don't concern myself overly with style. I'll only get frustrated and quit. The second pitfall to avoid is using this journal as a kind of valve to let off steam — for example, writing twenty pages one night about how depressed I am. I've kept that kind of journal before. Rereading it, I invariably get disgusted and throw the notebook away. I don't want to limit myself too much, though; if I'm depressed, I'll just say so, but leave it at that. Basically, I want to write what I'll want to read later. I'll probably get better at that with practice.

In short, I'm not very concerned with quantity or quality; I just want a reasonable entry for every day of my life, starting now.

1982년 2월 7일

「퀵스Qix」는 훌륭한 게임이다. 퀵스를 애플용으로 프로그래밍 하고 싶다.

〈크리에이티브 컴퓨팅〉★ 잡지에 의사 난수pseudo-random numbers 생성에 관한 기사

★역주: Creative Computing. 1974~1985년에 발간된 미국의 컴퓨터 관련 월간지로써, 70년대 후반 무렵 당시에 프로그래밍 취미 입문자에 초점을 맞춰 초창기의 PC 프로그래머 층을 육성해 낸 잡지다.

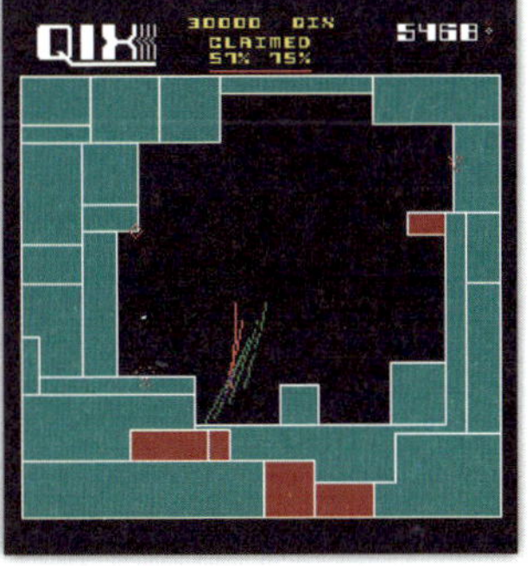

퀵스 (타이토 사의 아케이드 게임, 1981년) 사진 : 위키백과

가 실렸다.「**데스바운스**Deathbounce」개발에 딱 필요한 정보다!

1982년 2월 13일

헤이든Hayden★의 스콧 반스가 전화를 걸어왔다. 개네는「**아스테로이드**Asteroids」를 출시해 주기는 할 건가? 내가 그 게임을 보낸 후 개네들이 내주겠다고 한 게 벌써 1년도 넘었다. — 정확히는 15개월. (휴)

헤이든이 1,000장만 팔아 줘도 나는 4,500달러를 번다. 5,000장이라면 22,500달러인 셈이다. 엄청 많은 돈이다. 지금 내가 가진 돈은 500달러뿐이다. 다 세어봐도 그게 전 재산이다. 내 쪽에서 매일 아침마다 계속 전화해서 빨리 내라고 졸라야 하나?

아, 그래.「데스바운스」만 완성되면, 그걸 팔아서 부자가 될 테니 몇 년간은 돈 걱정 안 해도 되겠지.

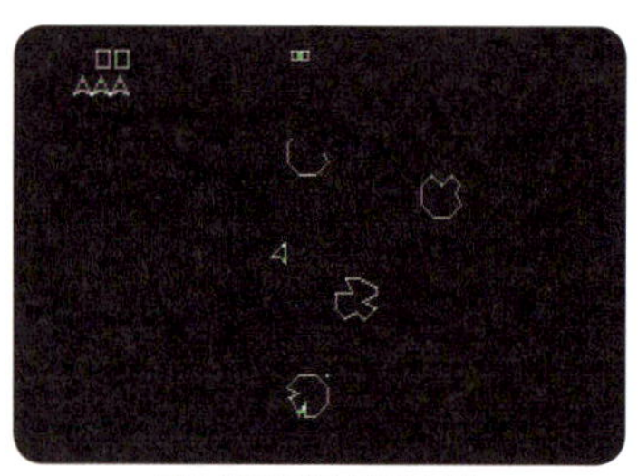

아스테로이드 블래스터

고등학교 3학년 때(1980년), 저는 아케이드용 게임「아스테로이드」를 애플 II 용으로 이식해서 완성한 후 퍼블리셔인 헤이든 사(맥밀란 출판사의 사업부)에 팔았던 적이 있었어요.

★역주: Hayden Book Company. 80년대 초중반 애플 II 와 코모도어 64를 중심으로 소프트웨어를 판매했으며, 맥밀란Macmillan 출판사의 자회사였다.

1982년 2월 16일

오랜만에 레코드 음반을 샀다. 비발디의 〈**사계**〉다. 커틀러스 음반점에서는 도이치 그라모폰과 필립스 레이블이 세일 중이다. 세일이 끝나기 전에 몇 장 더 사 두자.

1982년 2월 18일

오늘 수업은 **전부** 놓쳐 버렸다. 음악, 철학, 철학 토론, 사회학. 젠장! 난 대체 왜 이럴까?

모차르트 피아노 콘체르토 레코드 음반(LP가 휘었다)을 콜린 데이비스가 지휘한 모차르트 **레퀴엠** 음반으로 교환했다. 내가 들어본 연주 중에선 최고다.

1982년 2월 22일

오늘 아침에 DOS 3.3 업그레이드(60달러)를 사서 시스템을 업그레이드했다. 이제 내 애플은 3.3 시스템이 되었다. 헤이든 사의 (우주선 그래픽을 삼각형에서 V자로 교체하라는) 수정사항을 10분만에 끝내고, 사회학 수업을 째고 (휴), 「데스바운스」를 짰다.

▲ 애플 II 의 DOS 3.3 플로피 디스크.

또, 새 게임도 짜기 시작했다. 「**블로케이드**Blockade」의 고해상도 기계어 버전이다. (오래 전 저해상도 정수 베이직으로 짰던 그 게임이다.) ALF★★ 음악을 추가해 볼지도 생각 중이다. (볼레로?

★★역주 : ALF Products에서 개발한 애플II 초기의 확장 사운드 카드 중 하나. SN76489 사운드 칩 3개를 내장하여 9중 화음 출력이 가능했다.

카르미나 부라나Carmina Burana? 슬라브 행진곡?)

1982년 2월 24일

이번 학기가 시작된 후 7주동안 내가 학과 외의 강의를 들은 게 합계 8시간이 안 된다. 즉, 한 주에 한 시간꼴이라는 얘기다. 수업도 최소한 절반은 빼먹었다. 환장하겠다. 이럴 거면 도대체 수강신청을 왜 했나. 이게 무슨 바보짓이람.

1982년 2월 28일

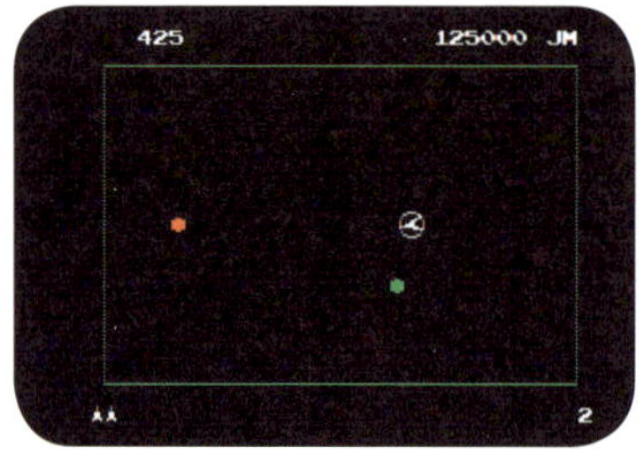

실드가 추가된 버전의 「데스바운스」 화상 이미지.

데스바운스에 실드 기능을 추가하기로 했다. 일정량의 에너지를 주고 (한 판이 시작되거나 새 우주선이 나오면 보충) 기본적으론 천천히 재충전되며, 우주선이 충돌하거나 탄을 쏘거나 실드를 사용하면 에너지를 소모한다. 분명 재미있을 거다. 적어도 다른 게임엔 없는 시스템이다.

빨래를 했다. 뽀송뽀송하고 깨끗한 옷을 한 바구니 가득 들고 찬 겨울공기를 마시며 돌아오니 기분이 너무나 좋다.

1982년 3월 3일

[뉴욕] 어젯밤, 그랜드 센트럴 역으로 걸어가다가 머리가 희끗희끗한 뱃사람을 지나쳤다. 더플백을 메고 있었고, 술에는 취하지 않았으며 그냥 나이먹고 추레한 선원 느낌이

었다. "어이, 불쌍한 늙은이에게 잔돈 좀 주지?" 노인은 자연스럽고 유쾌한 투로, 자기 처지를 보라는 듯 말을 건넸다. 죄송하다고 말했더니, "망할, 됐어."라는 답이 돌아왔다.

노인과 나는 한동안 나란히 걸었다. 그는 "보자, 내가 네 나이였으면…"까지 말하다가, 뭔가 깨달은 듯 "아냐. 젠장, **됐다.** 나도 별 일을 다 겪어봤거든. 젊다고 삶이 쉬운 건 아니겠지. 그게 맞아."라고 말을 맺었다.

그가 대체 어떤 삶을 살아왔는지, 약간은 궁금해졌다.

* * *

예술가는 **무엇**을 고민하고, 과학자는 **왜**를 고민한다. 과학 논문을 읽으면 "이야, 이런 이유였네. 와!"라는 말이 나오고, 시를 읽으면 "바로 이거야. 이런 느낌이라고!"라는 말이 나온다.

나는 과연 어느 쪽 사람일까? 배운 것으로든 유전으로든, 나는 과학 쪽이 잘 맞는 것 같다. 딱히 다른 쪽을 진지하게 고민해 본 적도 없긴 하지만. 하지만… 영화 감독이 되고 싶다. 소설도 쓰고 싶다. 각본도 써보고 싶다. 이런 것에 끌리고 있다.

1982년 3월 7일

[채퍼콰] 동생 데이비드와 D&D로 거의 하루종일 시간을 보냈다. 「데스바운스」 쪽도 (아주) 약간 짰다.

1982년 3월 11일

오늘은 아케이드 게임에 재미를 주는 원칙 몇 가지를 세워 보았다.

첫째, 유저가 우주선/자동차/사람/기타 등등을 직접 조종하는 느낌을 줘야 한다. 한 방 맞으면, 「스타 캐슬」처럼 "에이, 한 대 죽었네. 뭐에 맞은 거지?"가 아니라 「아스테로이드」처럼 "젠장! 피할 수 있었는데!"라는 느낌이 들어야 한다.

둘째, 유저가 자신만의 **공격법**을 만들 수 있어야 한다. 다시 말해, 전략성이 있어야 한다. 「퀵스」, 「스페이스 인베이더」, 「아스테로이드」, 「팩맨」이 좋은 예다. 나쁜 예는 다음과 같다. 「스페이스 파이어버드Space Firebird」, 「스크램블Scramble」, 「스니커즈Sneakers」.

셋째, 두 가지 목표가 있어야 한다. 주된 목표(점수 얻기)와 부수적인 목표(스테이지 클리어)는 100% 겹쳐선 안 된다. 예를 들어, 「팩맨」에서는 몬스터(점수) 혹은 도트(스테이지) 중 한쪽을 노릴 수 있다. 「아스테로이드」에선 그게 비행접시 혹은 소행성이다. 「스페이스 인베이더」에서는 외계생물 혹은 UFO다. 반면 「스타 캐슬」은 그저 대포만 쏠 수 있고, 「갤럭시안」은 노릴 것이 외계생물뿐이며, 「퀵스」는 땅(영역)따먹기만이 가능하다.

재미있게도, 이렇게 2종류 목표를 **모두** 갖춘 게임은 「팩맨」, 「스페이스 인베이더」, 「아스테로이드」뿐인데, 이 셋은 모두 최고 인기작이다.

여하튼, 새 게임을 마구 짜 봐야겠다.

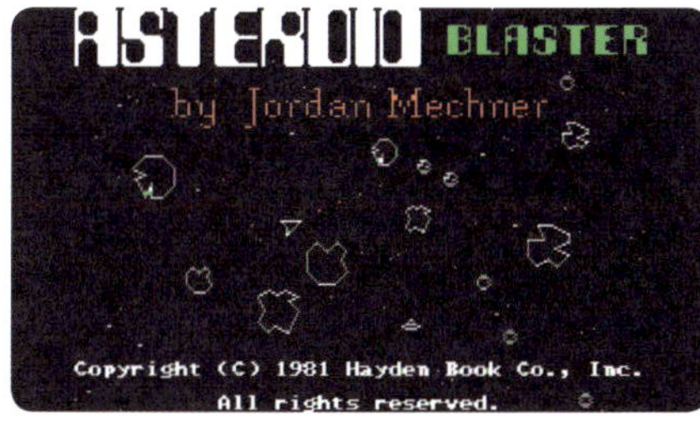

저는 애플로「아스테로이드」를 이식할 당시에, 소행성 그래픽까지 원작인 아타리 사의 아케이드판과 최대한 똑같이 보이도록 골몰했어요. (당시 애플 게임의 베스트셀러였던 1979년작「인베이더」도 아케이드판「스페이스 인베이더」의 모방작이었고, 그 게임을 즐기면서 본보기와 영감을 얻었거든요.) 그런데 1981년부터, 아타리 사는 자사 게임의 무단 모방작들을 단속하고 유통사들에는 저작권 침해로 고소하겠다고 경고하기 시작했어요. 당시로서는 법적 영역의 신대륙이자 미개척지였죠. 헤이든 사도 겁을 먹고는 제게 계속해서 수정을 요구해 왔어요. 처음엔 게임 타이틀 명, 다음엔 그래픽과 시스템 등등⋯⋯. 계속 수정하다 보니 어느새 원작과는 딴판이 되었죠.

내일 할 일: 1)「스타 블래스터」(전「스페이스 록스」, 전전「아스테로이드 블래스터」, 전전전「아스테로이드 벨트」)를 헤이든 사에 보내 준다. 2)「바운스」(역주:「데스바운스」를 메크너가 줄여 부른 별명.) 작업하기. 지금은 내게 딱 좋은 때다. 애플이 지금 넘버1 컴퓨터이고, 아케이드 게임이 지금 넘버1 장르이고, 나는 지금 애플Ⅱ용 아케이드 게임을 짜고 있다. 따라서 인기가 있을 때 마구마구 짜서 돈을 최대한 벌어야지. 여름 내로 게임을 서너 개는 짤 거다. (헤이든 말고) 다른 소프트 유통사들과도 관계를 터야겠다. 시리우스\ :sub:`Sirius`?★ 브로더번드\ :sub:`Broderbund`?★★

★역주: Sirius Software. 1980년 창립하여 애플Ⅱ 게임 다수를 내놓았던 유통사. 애플Ⅱ시절의 스타 프로그래머였던 나서 지벨리(Nasir Gebelli)가 이 회사를 통해 다수의 게임을 내놓았다.

★★역주: Broderbund Software.「로드 러너」등, 애플Ⅱ로 수많은 히트작을 낸 80년대 북미 최대급의 소프트 유통사로 발돋움했다. 후일 메크너과 계약을 맺고「카라테카」와「페르시아의 왕자」를 발매한 회사이기도 하다.

1982년 3월 12일

쿠퍼스에서 할아버지의 85세 생신 파티가 열렸다. 언젠가는 나도 아빠만큼 나이를 먹고 십대 아들도 갖겠지. 할아버지만큼 늙으면 아들도 50살이 될 테고. 나중엔 죽게 되겠지.

에이드리안네 집에 놀러가서 새 게임을 잔뜩 복사하고, MX-80 프린터로 「바운스」의 코드를 뽑아 왔다.

1982년 3월 13일

몸이 좀 나아졌다. 열도 내렸고. 「바운스」도 짰다.

지금은 게임 내의 애니메이션을 싱글 페이지에서 듀얼 페이지로 대대적으로 변환하는 중이다. 세상에, 장난이 아니다. 싱글로 짜 놓고 막판에 변환한다는 건 정말로 나쁜 아이디어였다. 프린터로 코드 전체를 다시 뽑아야겠다. 줄 단위로 차근차근 봐야 하니까.

1982년 3월 14일

에이드리안이 복사해 준 새 게임들을 즐겨 봤다. 「스페이스 에그Space Egg」, 「팔콘Falcons」, 「링 레이더Ring Raiders」, 「스페이스 워리어Space Warrior」, 「오비트론Orbitron」, 「고블러」Gobbler, 「펄서IIPulsar II」, 그리고 무엇보다 「사보타지Sabotage」. 사보타지는 진짜 훌륭한 게임이다. 독특하고 재미있고 프로그래밍도 아주 멋지다. 그래픽은 깔끔하고 컬러풀하고 예쁘다. 우아하게 폭발한다. 마크 알렌이라는 사람이 프로그래밍했다.

「바운스」를 조금 더 짜봤다. 이렇게 바꿔보자.:

1) 뾰족이 캐릭터를 부술 수 있게 만들기(「아스테로이드」의 비행접시처럼)

2) 구체와 뾰족이 캐릭터를 더 재미있게 바꾸기

3) 폭발을 알록달록하게 개선하고 소리도 넣기(「사보타지」처럼). 연료 게이지도 좀 더 보기 좋게 다듬기.

1982년 3월 18일

그릴리Greeley에 가서 리 여사로부터 「프리즈너Prisoner」하고 「리버설Reversal」등 프로그램을 좀 더 복사해 왔다. 「프리즈너」는 어드벤처 게임인데, 한때 보고 싶어서 제법 오래 찾고 있었던 TV 드라마가 원작이다. 게임 자체는 괜찮은 면도 있지만, 전반적으로는 실망스럽다. 게다가, 내 애플Ⅱ에서는 잘 돌아가지 않았다(ROM에 애플소프트★가 있어야 했다.).

「리버설」은 컴퓨터가 엄청 강한 오델로Othello 게임이다. 벤과 나는 생각할 틈도 없이 컴퓨터에게 곤죽이 돼버렸다. 「사곤Sargon」으로 유명한 스프라클렌Spracklen 부부가 개발했다.

어젯밤엔 에이드리안네 집에 가서, 게임 몇 개를 복사해주고 나도 하나(「그랑프리International Gran Prix」) 복사 받으면서 「바운스」의 코드를 다시 뽑아왔다. **젠장!** 「아스테로이드」를 완성한 지 벌써 2주나 지났다. 이미 봉투로 포장해놨고 보낼 준비도 끝났다. 내일은 부쳐야지.

★역주: Applesoft BASIC을 말한다. 애플Ⅱ+부터 ROM에 기본 내장된 실수 연산이 가능한 BASIC언어로, 해당 게임이 이 BASIC으로 제작되었기 때문일 것이다.

1982년 3월 19일

그린 트리Green Tree에서 아버지 및 조서처와 저녁을 먹었다. 벤은 아버지가 바비 피셔★를 알고 있고, 자신이 읽었던 책인 〈바비 피셔가 가르쳐주는 체스〉를 쓴 사람이 피셔와 스튜어트 마길리라는 것에 감명을 받았다. 이후 우리는 영화 〈**불을 찾아서**Quest for Fire〉를 보러 갔다.

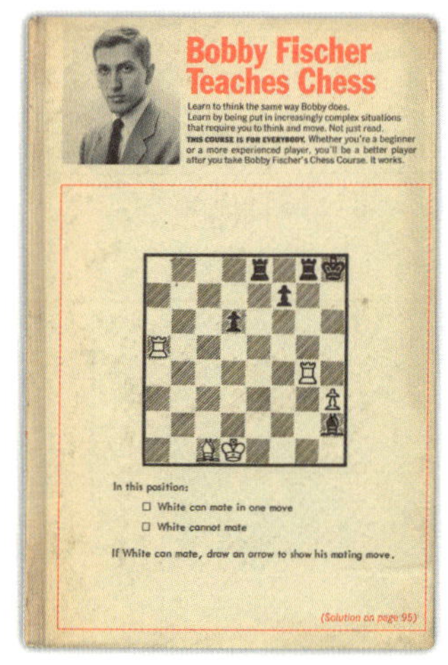

〈바비 피셔가 가르쳐 주는 체스〉(1966). 스튜어트 마길리, 도널드 모슨펠더, 바비 피셔가 공저한 히트작 체스 퍼즐 북으로써, 베이식 시스템 사가 출간했습니다. B.F. 스키너의 '프로그램 학습' 이론에 기반한 교육교재를 개발하기 위해 1960년 제 아버지가 공동 창립했던 회사이기도 해요.

1982년 3월 21일

[**뉴헤이븐**] 드디어 돌아왔다. 수업은 내일 재개된다. 그동안 우편물이 잔뜩 와 있었다. 구독 중인 잡지 4종(〈하이파이〉, 〈체스 라이프〉, 〈크리에이티브 컴퓨팅〉, 〈소프톡Softalk〉)에 고지서 2장(등록금과 협동조합), 이런저런 광고 우편……. 그리고 브로더번드 사의 더그 칼스턴Doug Carlston 씨가 내 소프트웨어를 받고서 보내 준 답신까지. 나는 브로더번드가 마음에 들었다. 「바운스」 소개 편지는 브로더번드에 보내 줘야지.

더그의 편지에는, 회사에서 함께 일할 프로그래머에겐 항공비를 부담해 주겠다고까지 쓰여 있었다. **이야!!** 화창한 캘리포니아에 갈 수 있다니……. 와, 정말 가 보고 싶군……. 하지만 먼저 「바운스」부터 완성해야겠지. 그래, 「데스바운스」는 정말 멋진 이름이야. 이걸로 가야지. 「데스바운스」.

★역주: Bobby Fischer. 미국인 체스 그랜드마스터로서, 11번째로 체스 월드 챔피언 자리에 올랐다.

〈소프톡Softalk〉 1982년 4월호. 〈소프톡〉은 마고 컴스탁과 앨 토머빅이 1980년 창간했던 애플 II 중심의 컴퓨터 잡지로, 프로그래밍 팁과 소프트웨어 산업에 관련된 뒷이야기가 주요 컨텐츠였습니다.

아, 〈소프톡〉을 읽다 보니 정말 의욕이 생긴다! 「데스바운스」만 완성해 내면 브로더번드 사가 발매해 주겠지. (알고 있어, 내 희망사항이라는 건. 하지만 현실적으로, 기계어로 짠 내 고해상도 스피드 액션 게임을 과연 거부할 수 있을까?) 그다음 올 여름에는 게임을 하나든 둘이든 셋이든 더 짜 봐야지. (타이틀명은 뭘로 할까? '복수'? '재앙'? '지구를 파괴하라'?) 그리고 내년 여름이 오면… 혹시… 캘리포니아에서 브로더번드와 일하게 될지도? 꿈이다, 꿈이야……. 와, 진짜 그랬으면 좋겠다!

1982년 3월 22일

오후엔 브로더번드 사의 더그 칼스턴 씨에게 편지를 보냈고, 「데스바운스」 작업도 했다. 잘 되어 가고 있다. 이번 주에는 수업이 **그리** 많지 않으니, 일요일까지는 듀얼 페이지가 잘 돌아가도록 해 둬야지.

그나저나, 오늘은 역사와 심리학 수업 둘 다 빼먹었다. 이건 좋지 않아.

다음 작업: 공과 미사일의 폭발 그래픽, 우주선 폭발 그래픽, 점수 계산법 수정, 추가 우주선, 난이도 조정 등등. 그 다음엔… **테스트**, **테스트**, **테스트** 뿐. 그러면 게임이 완성될 거다. (뭐, 아마도 한두 가지 작은 수정은 있겠지. 오른쪽 위에 하이스코어 표시를 넣고, 효과음을 추가하는 등.) 와… 더 못 참겠다! (써 놓고 보니 웃기네! 내가 왜 참아야 하지? 그냥 짜면 되는데.)

오늘 밤부터 새 게임을 프로그래밍하기 시작했다(짜기 쉬운 것부터). 쿠퍼스에서 있었던 할아버지 생신 파티 때 본 남자의 손목시계에 들어 있었던 숫자 맞추기 게임이다. 정작 짜 보니 너무 짜증난다. 생각대로 돌아가지 않아서다. 간단한 게임인데, 한 백 번쯤 돌려 봤지만 부분적으로는 멀쩡한데 전체적으로 보면 그렇지 않다.

그리고, 어젯밤엔 잠결에 문득 새로운 게임 아이디어가 떠올랐다. '열 가지 재앙'이다.★ 메뚜기, 종기, 개구리, 우박. 플레이어는 파라오가 되어 이 재앙들을 막아내야 한다. 플레이어가 승리하는 엔딩은, 당연히도 없다. 「갤럭시안」 류의 게임이 다 그렇듯이.

사운드트랙으로는 ALF 카드를 사용해 볼까 생각 중이다. 곡은 뭘로 할까? 당연히 헨델의 〈재앙Plagues〉이지! ("주께서 이르시니…")★★ 실로 야심찬 프로젝트가 될 거다. '**복수**'보다도 더.

1982년 3월 23일

듀얼 페이지는 거의 잘 돌아간다. 뾰족이, 공, 우주선도 모두 잘 나온다. 다만, 미사일은 아직 존재하지 않는다. 충돌 판

★역주: 성경 출애굽기의 '열 가지 재앙' 에피소드를 말한다.

정도 없다. 일요일까지는 다 완성해서, 다음달 4일까지는 발송해 줘야지.

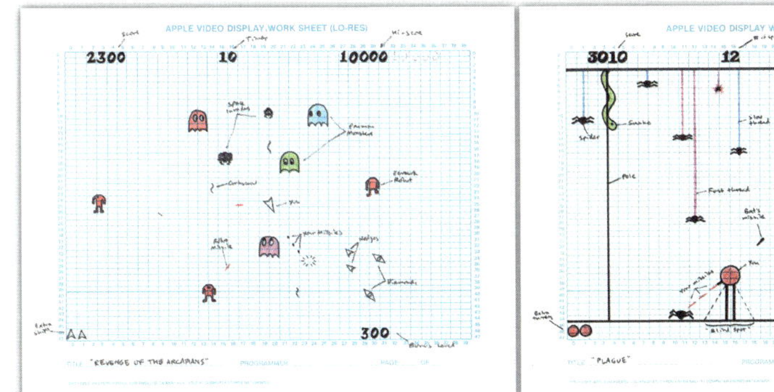
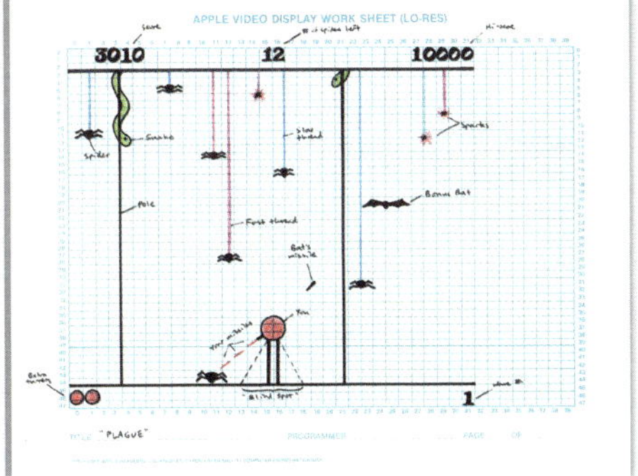

"Revenge of Arcadians"와, "Plague"의 화면 구상 스케치

다음에 만들 게임은 「스타 포트리스」(전에는 「스타 센트리즈」였다)가 될 것 같다. 괜찮은 아이디어가 마구 떠오르고 있다. 「퀵스」풍 게임을 만들어 볼까도 생각 중이다. 하지만 독창성이 더 있어야겠지.

또 한낮까지 자느라고 강의를 몽땅 빼먹어 버렸다(음악, 철학, 사회학). 자꾸 이렇게 되니 어처구니가 없다.

오늘은 그야말로 봄날 같았다. 태양은 빛나고, 하늘은 파랗고, 사람들은 광장으로 나와 일광욕과 프리스비와 미식축구를 즐겼다. 베토벤의 9번 교향곡이 우체국의 창문 밖으로 요란하게 울려 나왔다. 아직은 쌀쌀하지만, 공기 속에는 봄 내음이 섞여 있다.

1982년 3월 24일

미사일과 충돌도 이제 들어갔다. 남은 작업: 점수 표시, 추가 우주선, 스테이지 번호. 일정대로 잘 되고 있다. 이것

★★역주: 헨델의 오라토리오 〈이집트의 이스라엘인〉 중 일부.

들은 내일 해야지.

영화 〈사라진 여인〉을 봤다. (이전에도 보기는 했다. 한 5년쯤 전에). 아주 깔끔하고도 유쾌한 히치콕 영화였다.

1982년 3월 25일

작업이 빠르게 진척되고 있다. 저녁에는 드디어 '바운스' 기능을 추가했다. 이제 공과 뾰족이들은 플레이어의 실드에 닿으면 튕겨 나간다. 이게 구현하기 꽤 어려웠다. 움직이는 각도도 신경을 써야 했고, 운동량도 유지해야 했으니까. 하지만 벤이 좋은 아이디어를 내주어서, 결국은 해냈다. 이제 게임이 **제법** 그럴싸해졌다. 애니메이션도 매끄럽고, 공들은 통통 부딪히면서 화면 안을 돌아다닌다. 내가 실로 자랑스럽다. 퀄리티의 기준을 좀 더 올릴 수 있다면, 이 게임은 분명 이런 류의 애플 게임 중에서 기술적으로 가장 뛰어난 작품 중 하나가 될 거다. 그래, 나 자신이 정말 자랑스럽다. 잘 되면 이번 주말에라도 완성할 수 있을 것 같다.

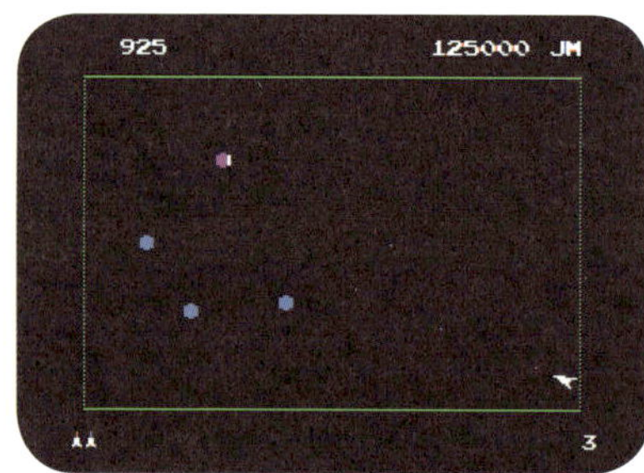

'반사(바운스)' 요소가 추가된 버전의 「데스바운스」

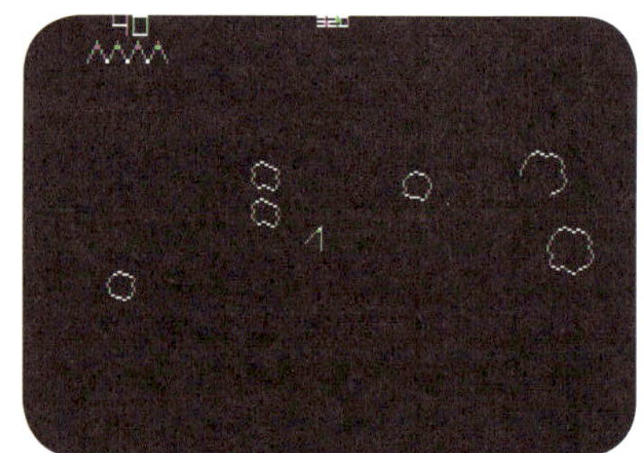

아스테로이드를 모방한 게임의 최종판
「스타 블래스터」

오늘은 사회학 수업엔 들어갔지만, 음악과 철학은 결국

못 들어갔다. 〈나치의 권력 장악〉은 드디어 완독했다.

오늘도 아름다운 봄날이었다.

아참. 헤이든 사의 스콧 반즈가 전화로 좀 희한한 수정 제안을 해 왔다. 발사 기능을 없애고 소행성을 피할 수만 있도록 하라는 식이었다. 나는 단호히 거절했다. 너무 강한 말을 쓰지 않았나 싶긴 하다. 케이티는 내가 매우 잘 했다고 말해 주었다.

어쨌든, 스콧은 그쪽 본부장과 얘기해본 후 다시 연락하겠다고 했다. 그럼 소행성을 비누거품으로 바꾸는 건 어떻겠느냐고 제안하긴 했지만, 그 이상은 어림없다. 이제 지긋지긋하다.

1982년 3월 26일

잠시 낮잠을 자다 깨었는데, 정말 놀라운 수면 경험이었다. 분명 잠든 상태였는데도, 내가 지금 잠들었으며 꿈을 꾸고 있음을 **자각하고** 있었다. 그동안 내 감각을 시험해 보려고 온갖 다양한 시도를 해 봤다. 자갈밭에 몸을 던져 굴러도 보고 기어도 보니, 무릎 아래로 작고 뾰족한 돌들이 파고드는 느낌이 놀라울 만큼 뚜렷하게 느껴졌다. 먼지 냄새도 맡아 보고, 심지어는 땅바닥을 혀로 핥아 보기까지 했다. 분명 꿈속이었지만 난 정신이 말짱했고, 내 의도대로 행동하고 있었다. 세상에, 정말 근사한 경험이었다. 항상 그렇게 잠을 잘 수 있으면 좋겠다.

1982년 4월 4일

오늘은 드디어 **눈**이 왔다! 몰아치는 눈보라가 정말 근사했다! 하얀 하늘에 검은 눈송이가 마치 회오리구름처럼 대기를 가득 **채웠다**. 3피트 앞조차 제대로 볼 수 없었다. 눈보라가 구교사 내로 마구 **몰아치는데**, 수직이 아니라 거의 수평으로 치고 들어올 정도였다. 말 그대로 눈이 억수로 휘몰아쳤다!

대학은 휴교했다. 수업도 없고, 도서관도 닫았으니 할 게 아무 것도 없다. 당연히, 사회학 과제의 자료 조사도 쉬었다. 대신 「바운스」를 약간 작업했다.

1982년 4월 11일

보자. 오늘은 월요일인데, 심리학 리포트는 전혀 만들어져 있지 **않아서** 제출이 불가능한 상태다. 아마도 내가 아직 과제 작성을 시작조차 못 했다는 사실과 연관돼 있겠지.

그래도, 완전히 날려 버린 하루까지는 아니었다. 「바운스」 관련 작업은 좀 했고(하이스코어 랭킹 10위까지를 디스켓에 저장하고 불러올 수 있도록 했다), 새 게임 프로젝트 「스페이스 워」도 시작했다.

분명 브로더번드 사에 편지를 써서 보낸 건 지난달 22일이었다. 그곳에 편지가 도착하는 데 닷새 걸린다 치면, 지금으로부터 12일 전에는 받았어야 한다. 편지를 또 써서 보내야 하나? 혹시 내가 봉투에 회사 주소를 잘못 적었나? 혹시 그쪽은 지금 부활절 휴가 중인가? 혹시 내가 뭔가 편지에 그쪽 사람들이 화날 말을 썼던가? 아예 회신용 우표와 봉투도 동봉해서 보낼 걸 그랬나? (이건 웃기는 소리고.)

```
                                    2018 Yale Station
                                    New Haven, CT 06520

                                    22 March 1982

Doug Carlston
Brøderbund Software
1938 4th Street
San Rafael, CA 94901

Dear Mr. Carlston:

      I've written an Apple II game, Deathbounce, that I'd like
you to consider publishing.  It's a machine-language, hi-res
shoot-em-up video game.

      If you're interested, please let me know and I'll send you
a copy on disk.

                                    Sincerely,

                                    Jordan Mechner
```

조던 메크너가 22일에 브로더번드에 보낸 편지

계속 브로더번드에서 답신이 오지 않으면, 시리우스 사나 온라인 사*에도 보내 봐야겠다. 그런데 **왜** 답신이 없는지 정말 모르겠군. 편지에 설명으로 그렇게 강조해 뒀는데. "본격 고해상도 기계어 슈팅 게임"★★이라고!

한편, 이 기숙사에서는 사소한 해프닝이 벌어지고 있다. 케빈이 전화요금 88달러를 밀렸는데도 내지 않고 있어서다. 즉 기숙사의 전화가 내일 끊길 예정이라는 얘기다. 게다가 벽면은 마이크와 리치와 크리스의 치열한 전투로 인해 면도크림과 소화기 거품이 잔뜩 묻어 엉망진창이다.

★역주: On-Line Systems. 이후 북미에서 가장 성공한 게임회사 중 하나가 되는 '시에라 온라인' 사의 창립 당시 회사명이다.
★★역주: 애플 Ⅱ는 하드웨어 스펙이 뛰어나지 않고 처리 속도가 느렸기에, 빠른 액션/슈팅 게임을 만들려면 저수준 언어인 기계어와 어셈블리로 짜야만 했다. 다만 저수준 언어는 익히기 어려워 다루는 사람이 매우 드물었으므로, '기계어로 짠 게임'은 기술적으로 뛰어난 게임이라는 의미로도 통했다.

1982년 4월 15일

저녁 식사를 하며, 벤 및 케이티와 함께 인생목표와 전공에 대한 이야기를 나눴다. 그리고 나서 한 시간쯤 전, 벤의 방으로 올라갔을 때 문득 아이디어가 하나 떠올랐다. 작가가 되면 어떨까?

바로 답이 나왔다. 절대 못 될 걸.

아버지의 말씀도 떠올랐다. "글쓰기 능력은 매우 유용하단다. 익혀 두면 네가 앞으로 뭘 하든 도움이 될 거야."

문제는 이거다. 능력을 익히는 데 성공한 사람이 극히 일부라는 것이다.

내가 글쓰기에 재능이 있을까? 잘 쓸 수는 있는 걸까? 그걸로 성공할 수는 있나?

익힐 수 있다면 부업으로 써먹어 볼 만은 하겠다. 본업으로 컴퓨터 프로그램을 짜면서 말이지.

모르겠다, 재미로 단편소설이라도 한번 써 볼까. 일단은 해 보자. 결과물이 나오면 그때 판단해도 좋겠지.

1982년 4월 16일

오후 7시엔 〈디어 헌터〉를 봤고, 저녁엔 샐리스에서 피자를 먹었고, 밤에는 〈페임〉을 봤다. 셋 모두 끝내주게 재미있었다.

〈디어 헌터〉는 진짜 멋진 영화다. 무려 3시간짜리였는데도, 전혀 지루하지 않았다. 마치 베토벤 교향곡 같은 영화였다. 영화를 이루는 각 부분들이 밀접하게 연결되어 있고, 상징하는 바가 있었으며, 다양한 측면에서 같은 사건들이 반복되었고, 그 모든 것이 하나의 마스터 플랜 상에서 움직였다.

〈페임〉도 물론 좋았지만(재미가 있었고 생동감도 넘쳤다), 〈디어 헌터〉는 정말로 오랫동안 내 기억에 남을 것 같다.

1982년 4월 17일

「바운스」는 거의 완성된 상태다. 하지만 브로더번드 사로부터 답신이 없는데, 완성을 서두를 이유가 없지 않나?

이 게임을 언제부터 짜기 시작했더라? 추수감사절? 크리스마스? 그럼 한 네다섯 달 전이네. 물론 그만한 기간을 충실하게 쓴 것까지는 아니다. 만약 여름방학 기간이었다면 한 달 내로 완성할 수 있었을 거다. 분명 「아스테로이드」 때보다는 작업이 빨랐다.

이 게임을 컬러 TV로 한번 돌려 보고 싶다. 브로더번드 사로 보내기 전에 일주일만 더 기다려 보자. 한번 집에서 돌려보고, 에이드리안네 집에서 코드도 다시 뽑아 보고.

기말고사 전까지는 브로더번드 사에서 답신이 올 거다. 분명히.

남은 작업:

(1) 게임 모듈 완성, 소스코드 정돈.

(2) 일반 대학생을 대상으로 테스트, 테스트, 테스트. 게임 플레이의 최적화.

(3) **탑 스코어** 화면 완성. 랭킹에 유저 이름을 넣을 때 커서 컨트롤 추가 등등.

(4) 기계어 데이터 파일★ 하나로 병합해, 메모리 중 5FFD부터 대략 7E00까지 차지하도록 하기(약 30섹터쯤으로).

이후엔 디스켓에 저장해 브로더번드 사로 발송하면 끝난다. 그쪽에서 보내달라고 요청했을 때의 얘기지만.

이 몸은 이제 금요일까지는 이 프로젝트를 **절대 손대지 않겠다**고 맹세하노라. 심리학 리포트, 역사 리포트, 심리학 테스트, 철학 리포트, 음악까지 다 지나간 후에야 신경 쓸지어다. 이후 기말고사가 시작되기 전까지 게임을 완성할 것. 일주일간 시험을 치고, 그 다음엔… 아차! 1학년이 끝났으므로 그때쯤엔 짐을 싸서 집으로 내려가야 한다!

1982년 4월 20일

망했다. 심리학 공부를 하려고 30분 동안 노력해 봤다. 바틀릿 효과? 그게 대체 뭔데? 내 유일한 희망은, 교과서와 메모 전체를 무시하고 오로지 상식에 의존해 꼴리는 대로 냅다 시험을 쳐보는 것뿐이다. 망할! 이번 학기의 성적에 이게 40%씩이나 차지하는데, 난 봄방학 이후 오늘이 오기 전까

★역주: 원문은 BRUNnable. 애플 II 의 DOS에서는 기계어 파일을 BLOAD 명령어로 로딩한 후 BRUN 명령어로 실행한다. BRUNable은 BRUN으로 실행 가능하다는 의미.

지 교과서는 거의 보지도 않았고 단 한 번의 수업조차 들어가지 않았다. 이런데도 지금 내가 어떻게든 성적이 나올 걸 기대한다고? 정말?

저녁에는 더그 칼스턴 씨가 전화해 주었다. 첫 번째 편지는 못 받았지만 두 번째는 받았고, 「바운스」를 꼭 보내 달라고 말씀해 주셨다. 지금 나는 정말 행복한 녀석이다. 그런데도 어차피 F를 맞을 것이 뻔한 이 하찮은 과목 성적 따위에 굳이 신경을 쓸 이유가 있을까?

올해 학업은 정말 성대하게도 망쳐 버렸다. 수강할 과목도 잘못 골랐고, 심지어 공부조차도 제대로 안 했으니까.

하지만 인생에 대해서만큼은 많이 배웠다. 대학이 뭔지, 사람들이 뭔지, 그리고 **나**란 과연 무엇인지를 말이다. 난 사회적으로든 성격적으로든 혹은 그 외의 측면으로든 내 할 바를 다했다. 그런데 고작 공부 좀 못하고 숙제 좀 못 했기로서니 뭐가 대수인가? 그런 건 나중에라도 할 수 있다.

그러니 일단 잠이나 잘 자 둬야겠다. 내일의 심리학 시험은 제대로 망하겠지만, 뭐 괜찮다. 「데스바운스」와 브로더번드 쪽이 더 중요하다.

브레송 감독의 〈소매치기Pickpocket〉를 봤다. 정말 좋은 영화였다.

1982년 4월 21일

심리학 시험을 쳤다. 그야말로 웃길 지경이었다. "브리너의 태도—변화 이론에서 말하는 4가지 가정이란 무엇인가?" 브리너란 이름도, 브리너의 이론이란 것도 **금시초문**이었다. 학점이 얼마가 나올지 궁금해진다.

「바운스」는 아주 약간 개선했다. 생각해 보니, 월요일에 완성한다 쳐도 이 게임을 제대로 돌려 보려면 컬러 TV를 찾아봐야 할 텐데……. 그거다! 컴퓨터 판매점이 있었지! 좋은 생각이야, 조던!

1982년 4월 27일

「바운스」는 거의 다 완성됐다. 내게 한 시간만 더 주어진다면, **정말** 완성 가능하다. 8K 용량의 기계어 파일 하나로.

역사 쪽은 낙제할 가능성이 매우 뚜렷하다.

그렇게 둘 수는 없다. 필요하면 이틀을 꼬박 밤새워 공부해야 한다. 독일 역사를 빈틈없이 외워 두도록 하자. 끝까지 최선을 다하자. 완성해 내자. 해내야 한다.

[오전 4:45] 맙소사. 늦었다. 아직도 완성 못 했다. 어딘가에 괴상한 버그가 있다. 아침까지는 완성해야지.

1982년 4월 28일

지금 무슨 말을 쓰고 싶은지 잘 안다.

완성했나?

결론은 (두구두구두구) 드디어…….

해냈다.

「데스바운스」는 완성되었다.

30섹터짜리 기계어 파일 하나로. (추가로 2섹터짜리 TOPTEN 파일도 하나 있다).

이얏호!

템플 스트리트의 컴퓨터 판매점으로 가져가서 컬러 화면으로 게임을 띄워 보았다. 너무 아름다워서, 말로는 표현을 못 하겠다. 내 「**데스바운스**」, 내 노동의 열매를

「데스바운스」의 첫 완성판.

낮선 이의 애플, 팬 하나와 모니터 두 개 달린 애플II+인데 하나는 흑백이고 하나는 컬러—와 정말 아름다운 모니터—로 보는 것은… 내 이름을 컴퓨터 가게에서 컬러로 보는 것은… 정말 기분 좋았다. 그리고 컬러도 말끔하게 잘 나왔다.

상점 내의 사람들이 매우 열광해 주었다. 행복했다.

간단한 설명서도 썼다. 내일 브로더번드에 배달증명 우편으로 보낼 거다. 오, 브로더번드여. 이것이 우리들의 아름다운 우정의 시작이 되리라.

사방팔방의 주변인들로부터 저작권을 꼭 사수하라는 온갖 조언과 경고를 받았다. 그래서 'COPYRIGHT 1982 JORDAN MECHNER'라는 문구를 게임 타이틀 화면과 헬로HELLO 프로그램★, 디스켓의 레이블 스티커에 새겨넣었다. 뭐, 그 정도면 충분하겠지. 내 직감은 브로더번드를 신뢰해 마지않는다.

★역주: 애플II를 플로피 디스크로 직접 부팅할 때 자동으로 로딩되어 실행되는 파일.

```
                                        2018 Yale Station
                                        New Haven, CT 06520

                                        28 April 1982

        Doug Carlston
        Brøderbund Software
        1938 4th Street
        San Rafael, CA 94901

        Dear Mr. Carlston:

            The enclosed disk contains a copy of Deathbounce (the
        Apple game I described in my letters of 22 March and 14 April;
        you telephoned on 20 April and asked to see it).

            To run the game, type BRUN DEATHBOUNCE.  Since the program
        keeps track of the top ten scores on disk, the disk should be
        left in the drive with the door closed while the program is
        running.

            The object of the game is to score points by shooting the
        bouncing balls.  The game ends when your supply of ships has
        run out.  Green and violet balls are worth 25 points; red and
        blue balls are worth 50 points; the white ball ("Rover") is
        worth 100 points.  A bonus ship is awarded at 2000 points and
        from then on for every 4000 points.

            The following keys control your ship: A (rotate left), S
        (stop rotating), D (rotate right), the space bar (turn shield
        on and off), left arrow (thrust), and right arrow (fire).  The
        pushbuttons may be used to rotate instead of the A, S, and D
        keys: button 1 to rotate left, button 0 to rotate right.  If
        you are using game paddles you may want to tape them together.

            During the game you can also use ESC (freeze and unfreeze
        the screen), ctrl-S (turn sound on and off), and ctrl-A (abort
        game).

            The disk, by the way, is a Control Data, which means that
        you should probably close, reopen, and reclose the door of the
        Apple drive after inserting the disk, to make sure it centers
        properly.

            If you have any questions or problems, feel free to call.
        My number is 203-432-0130 till 11 May, 914-238-9396 after 11 May.

            Looking forward to hearing from you.

                                        Sincerely,

                                        Jordan Mechner
                                        Jordan Mechner
```

브로더번드의 더그 칼슨에게 보낸 「데스바운스」의 설명서.

　모두가 내 게임을 즐겨 보았다. 리치도, 벤도, 에두아르도도. 이제 '중독성 있는 게임'이라고 당당히 광고 문구에 적을 수 있어서 기쁘다. 리치는 「아스테로이드」만큼이나 좋은 게임이라고 말해 주었다. 「아스테로이드」와 꽤 비슷한 게임이라는 점만 아니었다면 더 자랑스러웠을 칭찬이다.

(「아스테로이드」만큼 좋으면서도 **완전히 독창적인** 게임을 짜는 것이, 내 다음 목표가 되어야겠지.)

어쨌든, 훌륭하다! 이 프로그램과 그로 인한 결과물이 너무너무 기쁘다. 프로그램을 꼼꼼히 살펴보노라니 계속 등골에 전율이 흐른다. 깔끔하다. 매끄럽다. 빠르다. 단정하다. 나는 이 게임이 자랑스럽다. 정말 잘 해냈다. 마음에 든다.

그러는 한편, 「스페이스 워」와 숫자 게임도 짜는 중이다. (이름을 뭘로 붙일까? 좀 추상적인 단어를 골라 볼까. 「사곤Sargon」이나 「아칼라베스Akalabeth」처럼?★) 「스타 센트리즈」도 완성해야지. (「스타 포트리스」로 할까?)

애플페스트Applefest★★에 가 볼 생각이다. 에이드리언, 애덤, 켄도 아마 가고 싶어 할 거다. 돈이 생기면, 엡손의 MX-80 프린터를 사자. 브로더번드가 첫 선금을 준다면 이것저것 더 살 수도 있을 거다.

여름이 끝날 때쯤(9월)엔 적어도 프로그램을 서너 개쯤 더 완성하고, 브로더번드와도 계약서를 써야 한다. 그러면 게임 개발자 생활을 정리하고, **애플**과 **작별**하고서 **학업과 사회생활**로 되돌아갈 수 있겠지.

물론, 이건 어디까지나 내 순수한 공상이다. 실제론 어떻게 될지는 전혀 모른다.

★역주: 「사곤」과 「아칼라베스」 모두, 당시 애플 II 쪽에서 화제가 되었던 인기 게임이다. 「아칼라베스」는 후일 인기 시리즈가 되는 「울티마」의 전작으로 유명하다.
★★역주: 당시 애플 동호인들이 모이던 연례행사로서, 1982년 애플페스트는 6월 보스턴에서 열렸다.

1982년 4월 29일

「데스바운스」를 브로더번드 사 앞으로 부쳤다.

1982년 5월 5일

하루종일 역사 공부에 매진했다. 그야말로 푹 빠졌다. 망할. 가능하다면 처음부터 다시 수강하고 싶다. 모든 수업을 충실히 듣고, 책도 제대로 읽고, 필기도 하고, 수업에 제대로 **참여**해서 학점 값을 해내야 했는데! 내가 지금 하는 건 그저 언제 어느 때나 할 수 있는 책 읽기뿐이다. 내가 낸 '수업료'에는 분명히 강의와 그룹 토론도 포함되어 있는데 말이지. 젠장.

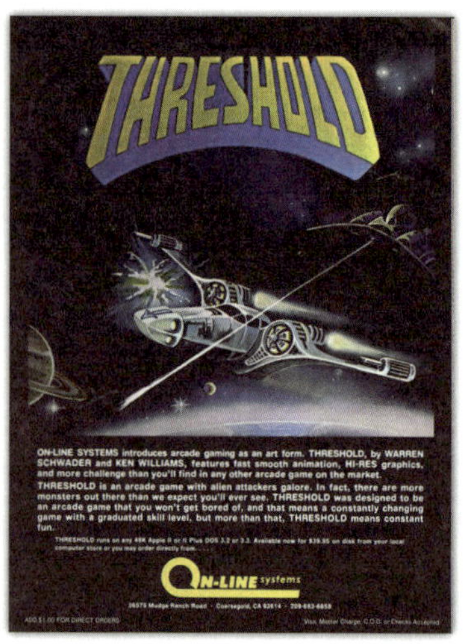

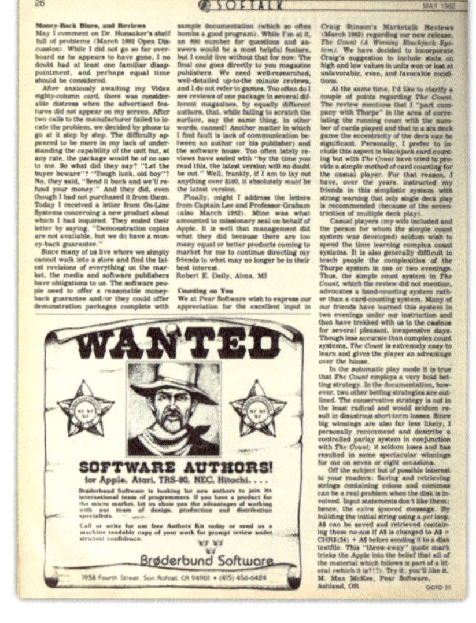

〈소프톡〉 1982년 5월호에 실렸던, 온라인 시스템 사와 브로더번드 소프트웨어 사의 광고.

〈소프톡〉지 5월호가 왔다. 시리우스 사가 최근 몇 달간 신작 게임을 잔뜩 냈다는 걸 알았다. 이번 호를 보니 시리우스 사와 온라인 사는 큼직한 컬러 지면 광고를 여러 쪽이나 냈는데, 브로더번드 사는 (이번에는) 달랑 "소프트웨어 개발자 모집" 광고뿐이었다. 이게 불길한 징조가 아니길 빈다. 내 선택이 맞았기를.

「데스바운스」가 브로더번드를 통해 나와서, 이달의 랭킹 30위에서 상위를 먹었으면 좋겠다……. 전면 광고도 실리고…….

꿈깨라, 야. 꿈깨라고.

1982년 5월 6일

더그 칼스턴 씨가 전화해 주셨다. 「데스바운스」가 마음에 들지만, 게임 곳곳에 색깔과 애니메이션을 집어넣는 식으로 좀 더 화려하게 만들 필요가 있다는 의견을 주셨다. 갑작스러운 전화에 일단은 놀랐다(그리고 조금은 상처받았다). 애초에 나는 의도적으로 뚜렷하고 깔끔한 그래픽과 최대한의 단순함을 추구했기 때문이다. 하지만, 결국 그의 지적에 완패했다.

컴퓨터 판매점에서 지나가다 내 게임을 슬쩍 보는 잠재 구매자의 의견은 아마도 "호오, 색깔이 좀 들어간 「아스테로이드」군."에 지나지 않으리라는 것이었다(실제로, 더그의 사무실에서 내 게임을 얼핏 본 사람이 그런 말을 했다고 한다). 더그 씨는 그것만으로는 불충분하다고 하셨다. 다른 게임과는 뚜렷이 구분되는 뭔가가 필요하다는 얘기였다.

처음엔 (내 디자인보다 더 엉성했던 「스니커즈」와 「스레숄드Threshold」의 적기들을 떠올리며) 반발했지만, 지금은 그 말씀에 수긍한다. 지금은 내 게임의 공과 탐사선 캐릭터를 뭘로 대체할지 궁리하고 있다. (딱딱거리는 이빨? 열추적 뱀 탐사선? 눈알? 꼬리달린 눈알?) 더그 씨의 의견은, 추상적인 원형 캐릭터에서 그치지 말고 시나리오와 스토리를 좀 더 가미해야 한다는 것이었다. 왜 그런 말씀을 하셨는지는 나도 알 것 같다.

그건 그렇고, 더그 씨의 말씀으로는 이 정도의 프로그램이면 보통 2만~5만 달러를 번다고 했다.

그 말씀에는 혹했다. 더그 씨의 말씀은, 내 앞으로 쓴 답신이 배달 중이라고 한다. 나와 브로더번드 사이에 좋은 관계가 막 만들어지려는 것 같다.

저녁 식사 전에, 컴퓨터 판매점에 들러 인사했다. 「트웝스Twerps」와 「레밍스Lemmings」★라는 게임도 보았다. 캐릭터 애니메이션이 꽤 복잡했다. 더그 씨가 하셨던 말이 무슨 의미인지 알겠다. (이름으로 부르려니 좀 어색하긴 하다. 성씨로 부르는 게 좋을까? "칼스턴"? "칼스턴 씨"? "칼스턴 동지"?)

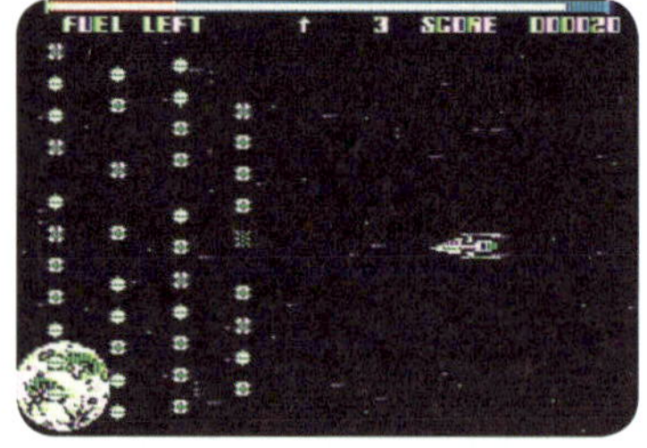

댄 톰슨이 만든 트웝스(1982)
사진: 모비게임스

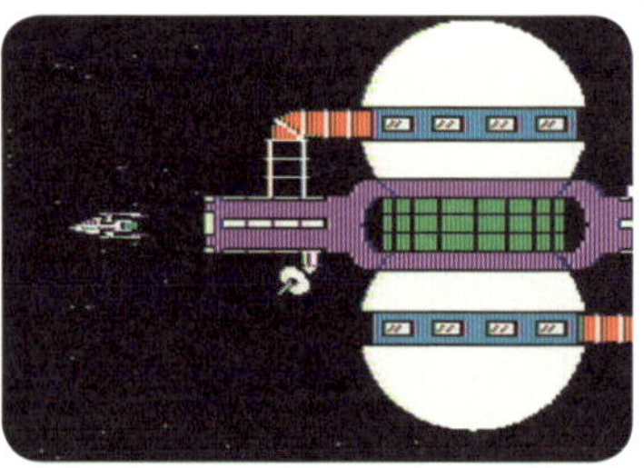

★역주: 여기서 말하는 「레밍스」는 1982년 시리우스 사가 발매한 댄 톰슨의 애플 II 용 게임으로, 현재 널리 알려진 같은 제목의 MS-DOS 게임과는 별개 작품이다.

1982년 5월 12일

[채퍼콰] 이번 주말에 애플페스트는 못 가게 될 것 같다.

애덤이 잠시 들렀다. 그는 「트웝스」를 내게 복사해 주고 (실제로 해 보니, 딱히 대단한 게임은 아니었다), 〈S-C 어셈블러〉 책과 작스가 쓴 6502 프로그래밍 관련서를 가져갔다.

잠시동안 생각(과 게임)을 한 후, 난 「데스바운스」가 게임 그 자체로는 이대로도 괜찮다는 결론을 내렸다. 그래픽은 어느 정도 손보려고 한다. 탐사선은 화살이나 다트나 열탐지 미사일 같은 것으로 바꾸고, 공은 불쑥 나타나지 않고 부드럽게 커지도록 바꾸자(「스페이스 에그_{Space Eggs}」나 「펠콘_{Falcons}」처럼). 폭발도 화려하게 하고, 음향효과도 넣자. 하지만 딱 거기까지만 한다. "거대 반짝이 공" 같은 건 넣지 않겠다. **어쩌면** 쪼그라드는 공은 넣을 수도 있겠지. 적의 게이지 같은 걸 넣을 수도 있고. 하지만 게임 자체는 기본적으로 바꾸지 않을 거다.

그래도 브로더번드가 관심이 없다면, 온라인 사에 보내 봐야지. 내가 정말로 감탄했던 게임인 「사보타지」를 발매했던 회사니까.

카라테 수업을 들었다. 재미있었다.

브로더번드 사의 비서가 전화해 와서, 내 새 주소를 알려 줬다. 그리로 편지를 다시 보내 주겠다고 했다.

1982년 5월 17일

오렌지 마이크로 사를 통해 엡손 MX-80 프린터를 주문했다. 7~10일 정도 걸린다고 한다.

브로더번드 사가 첫 편지를 내게 보냈다고 한 날로부터 11일이 지났고, 두 번째 편지부터 따져도 4일이 지났다. 뭐가 어떻게 된 거지?

앞서 몇 시간에 걸쳐, 내 디스켓들의 데이터를 재정리하고 각 디스켓별로 최대한 많은 게임을 욱여넣은 다음 나머지를 다시 초기화했다.★ FID★★를 사용했는데도, 덥고 난잡하고 지루한 작업이었다. 디스크 드라이브가 두 대였으면 훨씬 편했을 텐데.

이제 공디스켓이 잔뜩 생겼다. 다만 오래된 디스켓도 여럿 있어서, 데이터가 오래갈지는 잘 모르겠다. 내 디스켓들이 다 깨끗한 미사용 신품들이었으면 좋겠다(웬만하면 맥셀 **말고**, 다이슨이나 버바팀, 스카치 브랜드로). 라벨을 계속 갈아 붙이느라 끈적끈적한 디스켓이 아니라, 몽땅 말끔하게 새 라벨을 붙인 디스켓들로. 이 미친 내 완벽주의 좀 보게.

'난민REFUGEE'이라는 새 게임 아이디어를 다듬는 중이다. 플레이어는 다리를 열거나 닫아 난민들을 화면의 왼쪽 끝에서 오른쪽 끝으로 옮긴다(장벽을 뛰어넘을 수 있도록). 난민들을 쫓아오는 자동차는 물에 빠뜨려야 한다.

'스타 가드'와 '리벤지' 게임도 만들어 봐야겠지. 그 외의 '광대' 게임, '그리드' 게임, '역병' 게임 아이디어는 지금으로

★역주: 애플 II 에서는 빈 디스켓을 사용 가능하도록 만드는 과정을 초기화(initializing)라고 부른다. 다른 컴퓨터의 '포맷'과 유사한 개념이다.
★★역주: 애플 II 의 공식 파일 관리 소프트웨어로서, File Developer의 약어. 파일의 복사/삭제/복사방지/비교 등이 가능하다.

서는 그리 전망이 좋아 보이지 않는다.

1982년 5월 18일

알다시피 난 요즘 거의 대부분의 시간을 「사보타지」게임과 TV 보기, 과자 먹기, 독서로 보낸다. 오후에 아버지가 전화를 주셨는데, "모처럼의 여름을 그렇게만 보내는 건 부끄럽지 않니."라고 하셨다.

맞다. 내일부터는 **프로그래밍**을 해야지!

1982년 5월 25일

브로더번드에서 온 편지를 받았다. 잘 돼 가고 있다.

구입한 프린터가 도착했다. 컴퓨터에 연결했고, 지금은 잘 돌아간다. (처음엔 IC를 뒤집어 꽂았던 것이었다.)

1982년 5월 28일

영화 〈비밀경찰의 또 다른 비밀The Secret Policeman's Other Ball〉을 애덤, 모, 데니스, 안드레아와 함께 봤다. 몇몇 장면은 너무나도 웃겨서 숨이 막히고 눈물이 나와, 이러다 토하겠다 싶을 정도였다.

1982년 6월 1일

만세! 다시 일하고 있다!

맞다. 오후부터 「데스바운스」개선 작업을 시작했다. 드디어 에너지 게이지를 붙였고, 공은 맞힐 때마다 초록색 →

청색 → 보라색 → 붉은색 → 폭발! 식으로 색이 바뀌게 했다(그럴 예정이다).

아아, 「데스바운스」, 우리 다시 만나기까지 얼마나 오랜 시간이 흘렀던가! 이 단계까지 오느라 무려 3주나 지나가고 말았다. 그야말로 사치스러운 시간 낭비라 할 만한 불명예스러운 3주였다. 기분은 매우 좋다. 다시 일하게 되어 너무 좋다.

아이디어, 아이디어가 내 머릿속에서 계속 솟아 나온다…….

어제는 할아버지가 찾아오셨다. 할아버지의 자서전을 읽다 보면, 나 또한 선조들로부터 이어져온 후손이라는 느낌이 든다.

1982년 6월 2일

하루종일 「바운스」를 작업했다. 점점 **멋지게 변하고** 있다! 아까는 쐐기 모양의 탐사선을 게임에 새로 넣었다. 게임이 점점 「아스테로이드 디럭스」와 비슷해져 가고 있다. 의도적으로 노린 건 아니고, 그저 쐐기 모양이 가장 좋아 보였기 때문이다. 바람직하다. 어쨌든, 이제까지 실드 게이지와 컬러 변화와 새로운 화면 테두리와 새 탐사선을 추가했고, 모두 잘 돌아간다. 만세!

지금은 프로그램을 하나로 통합하고 있다. 주말까지는 완성해야 한다. 그 다음엔 더그 씨에게 보내줄 것이다. 그래도 그쪽이 시큰둥하면, 온라인 사에 연락해 봐야지.

1982년 6월 3일

오늘은 카라테 수업이 있었다.

「바운스」는 사실상 완성되었다. 내일 아침에 마무리할 거다. 브로더번드로 보내기 전에 사람들에게 테스트를 돌려 볼 것이다.

나는 「바운스」가 자랑스럽다. 정말 잘 만든 프로그램이다! 그야말로 훌륭한 완성도다! 기술적으로 **탁월**★ 그 자체다! 그래픽은 실로 깔끔하고도 매끄럽다. 구현하기 어려운 여러 루틴들이, 정확하고도 우아하게 효율적으로 돌아간다. 아아.

다음에 만들 프로젝트를 정했다. "마이다스Midas"다. 독창적이고, 혁신적이며, 우아한 게임 아이디어다. (나도 알아. 벌써 열 번은 넘게 이랬다저랬다 하고 있다는 걸. 하지만, 이번엔 진짜다. 어쩌면 "잽"과 "스페이스워"를 같이 작업할 수도 있겠지만.)

행복하다.

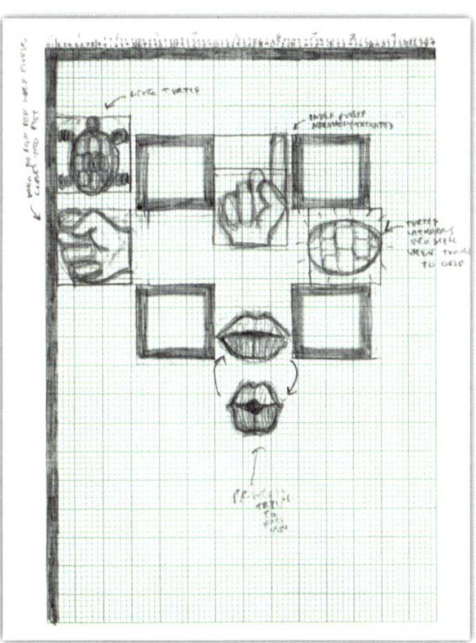

〈마이다스〉의 아이디어 스케치.

1982년 6월 4일

에이드리언이 와서, 함께 녹스와 톰을 찾아가 「바운스」

★역주: 원문에서는 독일어 단어 'Ausgezeichnet'로 적혀 있다.

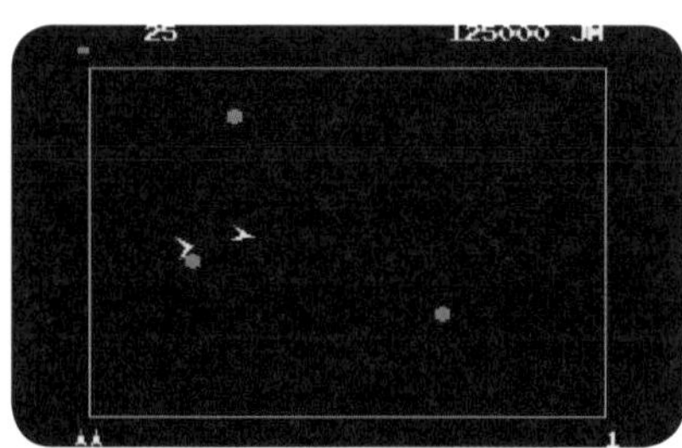

데스바운스의 수정 버전.

의 평가를 받았다. 우리 전원이 수긍한 문제가 하나 있었다. 이 게임이 딱히 감동을 주지 못하고 있다는 것이다. 그저 뉴턴 역학을 충실하게 실행할 뿐이다. 기술적으로는 완벽하지만, 정작 영혼이 없다.

하지만 재미는 있고, 괜찮은 요소도 많으니까, 이제 더 손대지는 말자. 귀여운 캐릭터는 다음 게임인 '마이다스' 쪽에 써먹어야겠다.

```
                                              85 Haights Cross Rd
                                              Chappaqua, NY 10514

                                              5 June 1982

        Doug Carlston
        Broderbund Software
        1938 4th Street
        San Rafael, CA 94901

        Dear Doug,

               Enclosed is Deathbounce.  I've made the following changes:

               1.   The balls come in four colors: red, violet, blue, and
        green.  When you shoot a ball, if it's red, it explodes; if it's
        violet, it turns red; if it's blue, it turns violet; if it's
        green, it turns blue.  So, red balls take one shot to kill,
        violet balls take two shots, blue three, and green four.  The
        first screen starts with four red balls, the second with four
        violet, the third with four blue, the fourth with four green,
        the fifth with five greens, the sixth with six greens, and so
        on; screens ten and up have ten greens.  Hitting a ball scores
        25 points, so red balls are worth 25, violet 50, blue 75, and
        green 100.  The bonus for clearing a screen is equal to the
        total number of points scored in that screen, which is 100 x the
        screen number up to screen 10, 1000 points for screens 10 and
        up.  A bonus ship is awarded for every 3000 points.  Also, the
        balls get faster in later screens.

               2.   The amount of shield energy left is shown as a red band
        across the top of the screen.  In addition, the shield flashes
        on and off in warning just before it runs out.  The shield runs
        out quite fast, but is recharged every time the screen is
        cleared.  This adds another dimension of difficulty, because
        later screens take longer to clear.

               3.   Rover is no longer a big white ball, but a wedge, which
        is more visually interesting since you can see in which
        direction he is pointing.  The interval between Rovers decreases
        towards the end of each screen and with successive screens;
        also, Rover gets faster and smarter.  Rover is worth 100 points.

               4.   I've made a few minor graphics changes as well; for
        example, the screen border blinks whenever the player's ship
        bounces off it; the player's missiles are always blue instead of
        sometimes blue and sometimes red; etc.

               The controls are the same.  To play, BRUN DEATHBOUNCE.

               Looking forward to hearing your reaction.

                                              Sincerely,

                                              Jordan Mechner
                                              Jordan Mechner
```

브로더번드의 더그 칼슨에게 다시 보낸 데스바운스의 수정 사항을 정리한 문서.

릭의 컴퓨터가 2시간 전 맛이 가 버렸다. 우리 힘으론 고칠 수가 없었다. 불쌍한 톰 녀석. 결국 그 녀석이 책임지기로 했다.

오늘이 내 18번째 생일임을 모두에게 알려주었다. 톰은 미켈롭 맥주를 깠다.

1982년 6월 8일

TV로 영화 〈미드나이트〉(빌리 와일더 각본)를 봤다. 〈비밀경찰의 또 다른 비밀〉만큼이나 신나게 웃었다.

진심으로 글을 좀 써보고 싶어졌다. 단편소설, 예를 들어 서머싯 몸Maugham이나 먼로Munro, 모파상Maupassant처럼(우와! 다 M자 돌림이잖아!). 물론 요즘 배경으로. 내가 에드워드 시대의 영국을 배경으로 그럴싸한 글을 쓸 수 있을 리는 없으니까.

1982년 6월 15일

좋은 소식이다! 칼스턴 씨와 통화했는데, 「바운스」가 마음에 들었고(만세!) 다른 게임을 만들어 보는 걸 고려해 보았으면 한다고 말해 주셨다. 내가 게임에 조이스틱 지원 옵션을 추가할 수 있도록 조이스틱도 한 대 보내 주시겠다고 했다. 신나는 하루였다! 이야호!

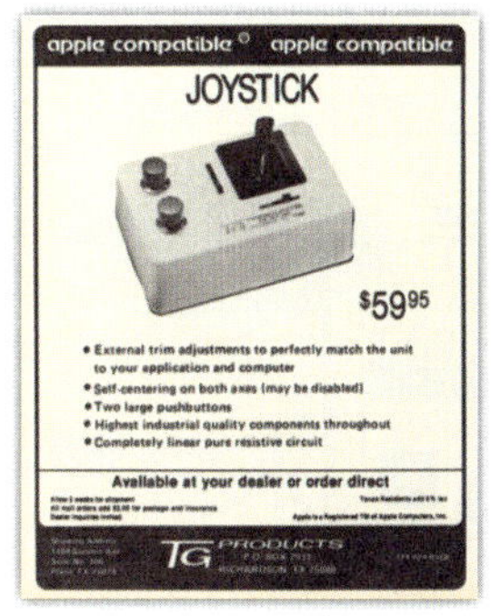

〈소프톡〉 1982년 5월호에 실린, TG Products 사의 조이스틱 광고.

◀ ▲
댄 골린Dan Gorlin의
게임 「차플리프터」
(브로더번드 소프트웨어,
1982).
사진: 모비게임즈MobyGames

1982년 6월 25일

브로더번드로부터 조이스틱과, 새로 발매한 게임인 「차플리프터Choplifter」 패키지 하나가 왔다. 굉장히 잘 만든 게임이다. 내가 여태껏 본 애플 게임 중 최고의 작품이라고 말하겠다. 플레이어는 헬리콥터를 조작한다. 임무는 포로 구출이다.

「차플리프터」를 즐기다 보니, 3D 애니메이션 어드벤처 게임을 짜고 싶다는 영감이 떠올랐다. 물론 만만찮은 프로젝트다. 그 자체로 엄청난 도전이고, 해야 할 작업도 많다.

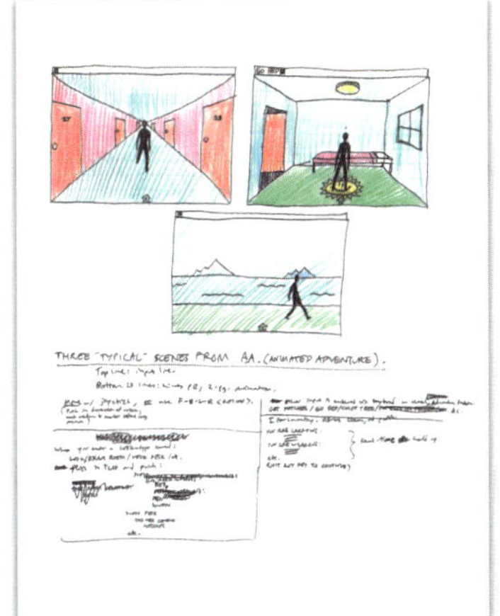

결국 제작에 착수하지 않은 1982년의
3D 애니메이션 어드벤처 게임 스케치

1982년 7월 7일

라스타페스트Rastafest★ ’82에 갔다. 애덤, 모, 에이맨, 젠스, 팀, 케빈, 버스티, 캐롤라인, 앨런과 나는 일식을 보려고 모바락네 집 근처 언덕 꼭대기에서 야영을 했다. 집에 돌아온 건 새벽 4시쯤이었다.

「지구Earth」게임을 만들었다. 짜기 시작한 건 며칠 전부터다. 오늘은 전혀 손대지 않았는데, 왜냐하면 내 마음이 온통 다른 쪽에 쏠렸기 때문이다.

이름하여…… 카라테 게임! (데이비드의 조언에 힘입어) 멋진 시스템을 하나 완성했다. 조이스틱 하나와 키보드만으로 **카라테의 대가**karateka를 조작하여, 카라테 기술로 상대를 타격하고 반대로 타격을 받아내기도 하는, 정교한 전투 시스템

★역주: 자메이카가 원류인 라스타파리 주체의 축제행사. 레게 음악으로도 유명하다.

이다. 하지만, 일단 「지구」 게임부터 완성하는 게 먼저다. 지금은 여름이니, 7월 말쯤이면 끝낼 수 있을 것 같다.

어제는 더그 칼스턴 씨와 통화했다. 「차플리프터」가 한 달에 5,000장씩 팔리고 있다고 하셨다.

젠장맞을.

Part 2:
KARATEKA
카라테카

그해 여름, 난 어머니의 카라테 사범을
슈퍼 8mm 카메라로 촬영하고는.......

Kodachrome II
movie film

KARATEKA

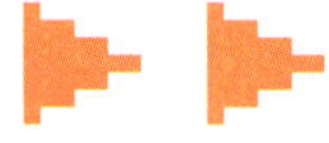

1982년 7월 11일

카라데 프로그램을 짜기 "시작"했다. 「차플리프터」에서 포로 63명을 구해냈다. 한 명만…. 딱 한 명만 더….

1982년 7월 15일

TINY PLANETS

There are several asteroid-like objects spinning slowly and moving horizontally across the middle portion of the screen. On each asteroid are a few small pieces of gold. You control a space ship that travels among the asteroids. By judicious use of your joystick you can reverse your ship and land on the asteroids. At that point the left-right action of the joystick controls a small man (actually almost the same size as the ship) who emerges and runs around the asteroid gathering up the gold. When he is returned to the ship and the joystick is pressed forward, the ship takes off.

There are several places to go. In the lower lefthand area is a large, stable planet that serves as armory. There you can land and trade a piece of gold for a nose rocket (actually, it happens automatically when you land). If you fly to the right long enough (and the screen scrolls with you), you will come to another large planet, which houses the intergalactic bank, where you can deposit your money and increase your score. You can also withdraw it from time to time to buy nose rockets. (Your rocket can carry 5 pieces of gold if you don't have a nose rocket and 3 if you do).

Nose rockets are useful, even necessary, to protect you against the predations of the empire battleship that hoves into view every once in a while at the top of the screen, scrolling slowly from one side of the screen until it is lost to sight at the other. The battleship has three extrudable firing turrets along its bottom length. Whenever it spots you, one of these will (ever so slowly) unfold and then gradually direct its cannon at you. At this point you had better be well hidden behind an asteroid, since otherwise you are zapped. If, however, you have a nose rocket, you can line up on the unfolding gun turret and let fly. Your rocket will destroy the turret. If you destroy all three turrets, the battleship herself might become vulnerable, although you would have to fly right into the loading dock and let fly with a nose rocket into the dim interior.

Occasionally, a drone fighter will emerge from the battleship as well. Although these are much slower than you are at full speed, they do not have your problems in steering among the asteroids without collision, and their relentless pursuit can stymie all of your mining exploration plans.

Other details can be fleshed out once the game has been designed and the practical problems of implementation emerge.

타이니 플래닛을 설명하는 브로더번드의 편지.

오랫동안 기다려 왔던 브로더번드의 "타이니 플래닛 Tiny Planet" 기획서를 받았다. 이걸 하고 싶은지 어떤지는 잘 모르겠다.

「데스바운스」용 아이디어: 우주선 안에 작은 사람이 타고 있다가, 폭발할 때는 탈출하여 화면 하단으로 이동하여 다음 우주선으로 갈아타 화면 중앙으로 올라온다.

스토리: 당신은 위험한 게임 '데스바운스'에 뛰어든 투사다.

오늘은 카라테 수업이 있었다. 상쾌한 기분이었다. 드디어 뭔가 좀 배운 듯한 느낌이 들었고, 실제로도 대련 실력이 좀 늘었다.

1982년 7월 16일

칼스턴 씨와 통화했다. 잘 돼 가고 있다.

「바운스」에 넣을 스토리를 완성했다. 썩 괜찮다. 내일 게임에 짜넣어야지.

갑자기 드는 생각.:

어라, 난 왜 컴퓨터를 직업으로 삼지 **않는** 거지? 전산학과 전공을 따고 아타리 같은 회사에 취직하거나, 재택하면서 게임 짜기에만 전념한다는 길도 있잖아? 시장도 유망하고, 재미도 있고, 내가 잘 하는 일이기도 하고, 돈도 잘 벌리고, 무엇보다 요즘 뜨고 있는 분야인데 말야! 하지만 난 항상 이 지점에서 망설인다. "내 인생을 몽땅 아케이드 게임 프로그래밍에 바칠 수 있을까? 65살까지?" 그런데, 굳이 아케이드 게임만 만들라는 법은 없잖아? 어드벤처 게임이나, AI 게임 같은 길도 있는데……?

July 20, 1982

Dear Jordon,

Thanks for calling last Sunday. Am sorry to hear your Apple computer is on the "fritz".

If you have any problems getting to use an Apple computer, please let me know.

Look forward to seeing you August 3. If that is not all over just let me know. Siu-Ken Lee

리 여사는 제 고교생 시절 학교의 컴퓨터반 선생님이셨어요. 고교 졸업 후에도 서로 연락하면서, 각종 컴퓨터 용품들을 조금씩 주고받곤 했죠. 덕분에 공디스켓, 프린터용지, 묻지마 주변기기 등등을 꾸준히 넘겨받았어요. 대신 저는 그녀가 학교와 계약했던 소프트웨어 프로젝트의 프로그래밍을 도와드렸죠.

완전히 새로운 스타일의 게임을 창조하거나, 게임의 경지를 넘어선 게임을 만들어 보는 건 어때? 그리고 코딩을 못할 만큼 나이를 먹으면, 게임 디자인만 할 수도 있잖아?

1982년 7월 17일

비교적 일찍(9시) 일어나서 몇 시간 쯤 「데스바운스」 작업을 했다. 너무 덥고 졸려서, 더 일하고 싶은 생각이 싹 달아났다. 그래서 〈캐치-22Catch-22〉★를 읽었다. 훌륭한 책이다.

1982년 7월 18일

35도★★. 더워서 일을 못 하겠다. 애플Ⅱ가 과열로 맛이 갔다. 고치러 가야겠다.

1982년 7월 21일

〈소프톡〉 1982년 6월호에 실린 켄싱턴 마이크로웨어 사의 '시스템 세이버' 광고.

12:33에 뉴욕 시내로 나가, 47번가의 사진관에서 '시스템 세이버'라는 애플용 환기장치를 75달러 주고 사 왔다. 잘 돌아가는 것 같긴 하다. 이게 과연 내 컴퓨터를 구해 주려나? 두고 봐야지.

1982년 7월 24일

지금 내가 가장 좋아하는 류의 영화는 바로 "멋진" 영화

★역주: 2차대전이 배경인, 조지프 헬러의 1961년작 전쟁소설.
★★역주: 원문에선 화씨 95도로 표기돼 있다.

다. 70mm, 6트랙 돌비, 선명한 화질, 큼직한 화면, 그리고 제3열 좌석. 그러면 내 시야는 깔끔한 컬러 영상으로 가득 차고, 내 귀는 깔끔한 더빙 사운드를 만끽한다. "멋진" 영화란, 완전히 새로운 세계를 창조해 내 관객이 꿈속에 빠져들도록 하는 그런 종류의 영화다. 〈E.T.〉, 〈블레이드 러너〉처럼. 음악도 중요하다. 존 윌리엄스John Williams의 가슴을 저미거나 벅차오르게 하는 음악이나, 반젤리스Vangelis의 서늘한 전자음처럼. 아아, 역시 영화만 한 것이 없다. 이제부터 나는 이런 류의 영화를 "A급" 영화로 부르겠노라. 규모 면에서 A급일 수도 있고, 특수효과 면에서 A급일 수도 있다. 유의할 점은, 별로인 영화(〈트론Tron〉처럼)도 때로는 A급이 될 수 있다는 것이다. A는 "멋진Awesome" 영화라는 의미다. A급 영화란 그야말로 우리를 사로잡고, 휩쓸어 버리는 영화다.

1982년 7월 25일

에이드리언이 자기 컴퓨터를 가져왔고, 우리는 내 컴퓨터의 어떤 부품이 문제인지 알아내기 위해 두 컴퓨터를 분해해 키보드와 케이블을 교환해 봤다. 문제가 발생했다 말았다 했기에 확실히 결론내릴 수는 없었지만, 일단 나는 에이드리언의 케이블을 가져왔고 에이드리언은 내 것을 가져갔다. 따라서 조만간 우리 둘 중 어느 한 쪽에 문제가 생기면, 그 케이블이 유죄인지 무죄인지 판결이 날 것이다.

난 제발, 부디, 정말로 케이블 문제이길 바라고 있다. 케이블은 8달러면 사지만, 키보드는 300달러쯤 깨지니까.

1982년 7월 28일

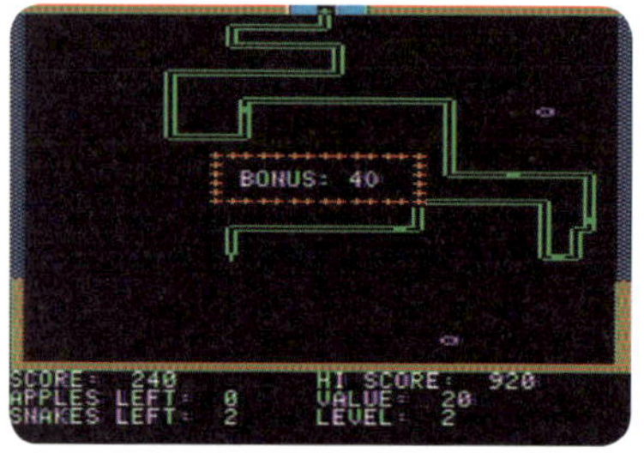

스네이크 바이트(척 서머빌, 제작 1982)
사진: 모비게임즈

오늘의 다짐: 내일 **정오**의 나는 반드시 컴퓨터 앞에 앉아「데스바운스」작업을 하도록 한다. (「스네이크 바이트Snake Byte」게임은 **금지!**)

1982년 7월 29일

학기가 시작되기까지 딱 한 달 남았다.

「카라테카」게임의 기획서를 만드느라 상당한 시간을 썼다.

몇 시간쯤 「데스바운스」작업을 했다.

밤에는 카라테 수업이 있었다.

1982년 8월 1일

아침에 에이드리언이 찾아와, 함께 켄네 집으로 수영하러 갔다. 켄은 릭의 〈슈퍼 텍스트 II Super Text II〉 복사본을 빌려 줬는데, 이쪽이 〈매직 윈도우Magic Window〉보다 맘에 들었다.★ 이후 에이드리언네 집에 가서, 리 여사의 프로그램 일감을 마무리했다(애플 II+에서 짤 필요가 있었다). 존스 베스트에서 함께

★역주: 둘 다 당시의 애플 II 용 워드프로세서 소프트다.

피자를 먹었고, 지금은 여기 돌아와 있다.

에이드리언에게 내가 짤 카라테 프로그램(즉 「카라테카」)을 보여 주었더니, 그는 말 그대로 "화들짝 놀랐다". 「카라테카」는 문서작업을 좀 더 진행했다. 이제는 진짜로 진짜 개발을 시작할 준비가 다 되었다. 다만, 일단은 먼저 「데스바운스」부터 끝내야 한다. 〈소프트라인Softline〉과 〈소프톡〉은 섭렵해 뒀으니, 내 의욕은 충분하다. 내일 아침엔… 「바운스」다! 넣을 기능은… 스핀볼과 런닝맨이다! 꼭 할거다!

에이드리언에게는 25달러를 주고, 47번가의 세인트 포토 상점에서 소문자IC 칩★★을 사와 달라고 부탁했다.

1982년 8월 2일

에이드리언은 빈손으로 돌아왔다. 구형 애플과는 맞지 않는 칩이라고 했다. 칩의 제작자인 댄 페이머에게 우편을 보내 주문해야겠다. 릭에게 전화해 어떻게 했는지 물어보기도 해야겠고.

키보드 문제를 분석하기 위해, 내 컴퓨터를 다시 분해해 봤다. 헐겁게 박힌 IC가 있길래 꽉 끼웠다. 이러면 문제가 해결되려나? 그럴 리가!

〈슈퍼 텍스트II〉도 이런저런 문제가 있었다. 누가 좀 내게 딱 맞는 워드프로세서 프로그램을 만들어 줬으면! 차라리 내가 짜고도 싶지만, 그럴 시간이 있다면 「카라테카」부터 짜련다.

★★역주: 애플II+까지는 영어 소문자 폰트가 없었으나, 기종에 따라서는 소문자 폰트 ROM 칩을 증설해 추가할 수 있었다.

```
PLAN FOR DEVELOPMENT OF "KARATEKA"                                    2 Aug 82

EST
1 wk    ① Write Super Shapemaker
1 wk    ② Design shapes : R, S, HSKI-2, LSKI-2, HFKI-2, LFKI-2, RP, BF/BL  (12)
             and limbs : 7/SK, 7/FK, 7/RP, 3/BF, 3/BL  (27)
           using Super Shapemaker.
1 wk    ③ Write movement routine. Test thoroughly; may redesign some shapes.
S.T.S.
1 wk    ④ Put in an opponent (mirror images of your shapes) who just stands there. Work out target
             force as a function of technique + distance. Write checking routines.
1 wk    ⑤ Design reaction shapes : KN, GRI-2, AB, HB, J (6)
             and put them in. Test thoroughly; fine-tune damage routine.
½ wk    ⑥ Make opponent block occasionally. Test for successful blocks.
1½ wks  ⑦ Make opponent punch & kick occasionally. Make block-test + damage routines for player.
             Fine-tune some more.
½ wk    ⑧ Display strength %'s.
1 wk    ⑨ Make opponents come one after another. Put in belts + level names, advancing 1
             for each opponent. Keep track of score. Put in time-outs. It's now a game.
1 wk    ⑩ Make opponents get tougher, stronger, faster, more aggressive. Ultimately decide on 20
             different opponents.
½ wk    ⑪ Decide tentatively on number of opponents for each belt. Should increase.
        ⑫ Put in the graphics trappings: Design shapes : BOW, KOI-3 (4). Consider sound effects,
1 wk       corpse-removal animation.
½ wk    ⑬ Put in the title page, with a randomly-behaving karateka.
½ wk    ⑭ Put in a "practice" mode. Add those little features : freeze, quit, etc. Consider saving
             high score on disk. Start on any kyu.
2 wks   ⑮ Play, play, play. Let others play, get comments. Fine-tune everything; difficulty,
             rate of increase in difficulty, etc. Get it into final, final form. Write instructions;
             are they readable? Polish, polish, polish.
1 hr.   ⑯ INIT a nice clean new disk and put the nice, compact BRUNNABLE file KARATEKA on it.
             Print out a clean copy of the scenario + instructions. Write a cover letter. Mail it off!

EST TOTAL : 14 wks (yeah, right!)
      Aim to mail it off before Christmas.
```

카라테카 작업을 위한 일정표

일단 「카라테카」 작업을 위한 일정표를 만들었다. (일단 「데스바운스」를 완료한 후) 앞으로 한 달 내에 본격적으로 시작해, 대략 크리스마스 전까지는 끝내도록 하자.

「데스바운스」여, 내일로 너는 드디어 끝이다! 이 게임 건으로 칼스턴 씨와 전화한 게 언제적이었더라?

(일기와 의논 중…)

7월 16일(금)이었군. "내일 게임에 집어넣어야지."라고 썼었네. 딱 그때 무더위가 몰아쳤지.

그로부터 16일 경과. 2주일이 넘었다! 이런 바보! 뭐 좋아, 금요일까지는 끝내야겠다. 그 다음부턴…「카라테카」다! 야호!

1982년 8월 4일

리 여사께서 아침 11시에 전화를 주셨다. 학교에 오는 대로 RAM 카드와 디스크 드라이브를 내게 빌려줄(그래, "빌·려·줄") 수 있다는 말씀이셨다.

"당장 갈게요!"

프린터용 종이도 4.5kg이나 확보해 두셨다.

드디어, 당분간 디스크 드라이브를 2개 쓸 수 있게 됐다.

여사님께는 내가 짤 수 있는 최고의 오일 관리 프로그램을 짜 드려야겠다.

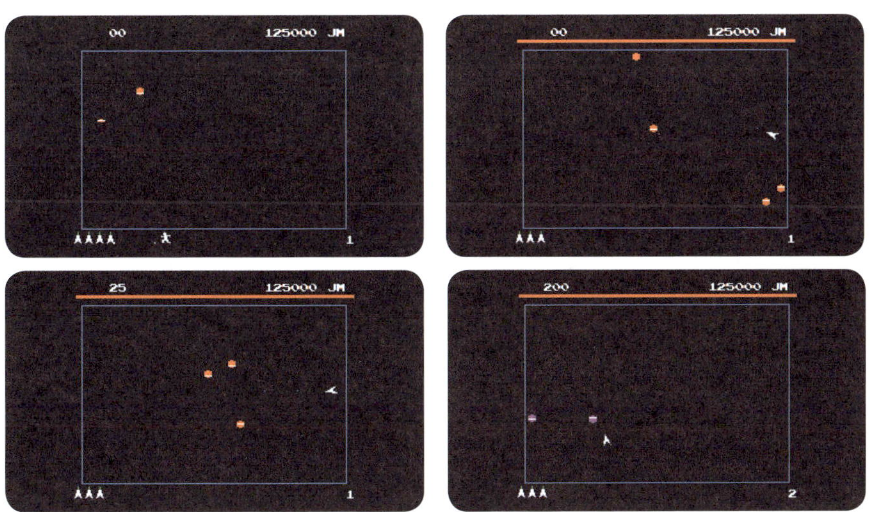

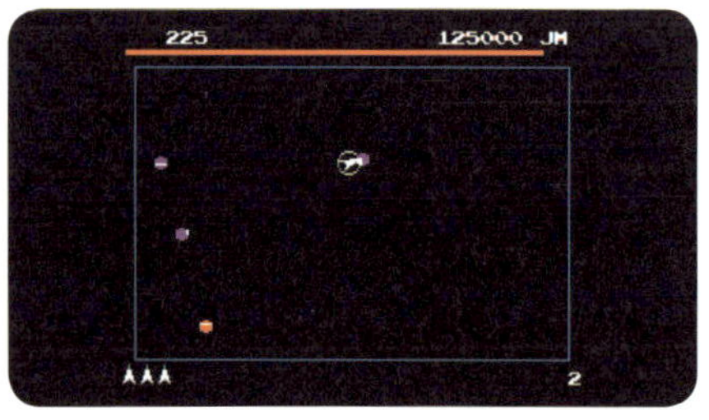 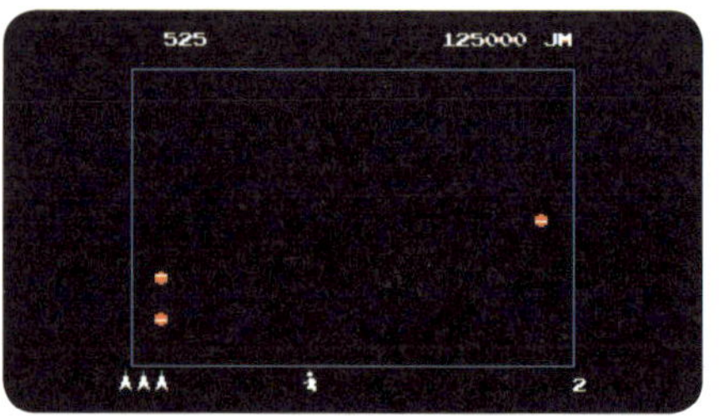

「바운스」에, 화면 하단을 가로질러 뛰어가는 작은 사람 캐릭터 5개를 디자인해 추가했다. 어째 U.N. 평화 및 아동 양육 회의의 의원 64명 중 하나와 꽤 닮은 것도 같다. 칼스턴 씨에게 보낼 안내문 편지에도 언급해 두는 게 좋겠다. 표절했다는 인상을 주고 싶지는 않으니까.

이제 이 게임엔 조그만 애니메이션 캐릭터도 있고, 스토리와 스핀볼도 있으며, 조이스틱도 지원된다. 이 정도면 〈소프톡〉 소프트 랭킹 30위 안에 들어가기엔 충분할 거야. 안 그래?

1982년 8월 5일

2시간 전까지는, 이 게임은 "완성"된 상태였다.

INIT로 깔끔한 새 디스켓을 초기화한 후, 최종판 「데스바운스」 기계어 파일을 BSAVE로 저장하고는 BRUN으로 실행해봤다. 잘 돌아갔다! 만세! 다 끝났어!

이제 마지막 테스트였다. 컴퓨터를 완전히 끄고 재부팅한 후 돌려 보았다.

첫 화면이 나온 상태로 컴퓨터가 뻗어 버렸다.

2시간에 걸친 시행착오 끝에, 메모리에 S-C 어셈블러

(ASMDISK) 파일이 남아 있어야만 제대로 실행된다는 걸 알아냈다. 내가 겪어본 가장 괴악한 버그다. 대체 원인이 뭔지 모르겠다.

[새벽 3시] 망할. 너무 늦었고 너무 피곤하고 너무 한심하다. 일단 자고 일어나야 답이 나올지도 모르겠다. 아니면 아침에 키보드를 제대로 잡아야 풀리려나? 락어웨이Rockaway로 떠나기 전에 다 못 고치면, 차 안이나 해변이나 할머니 댁의 거실에서까지 이 버그를 잡고 있게 될 텐데.

내 프로그램 상에서는, ASMDISK가 위치하는 메모리 $1000~1D00 영역에는 전혀 병목(트래픽)이 **없다**. $6000~8000은 코드 영역이고, $800~B00은 변수 영역이다.

어딘가에 바이트가 잘못 들어간 것이 틀림없다. 하지만 대체 무슨 버그기에 ASMDISK에 특정 위치값(추측이지만)이 들어가 있으면 잘 돌아가고, 그게 아닐 경우엔 첫 화면만 나오고 바로 뻗어 버리는 거지?

괴악하다. 도대체 이 버그가 예전 어느 시점에 들어갔던 걸까? 내가 마지막으로 컴퓨터를 콜드 부팅한 게 언제였더라? 생각해 보니⋯ 지금이 사실상 처음인 것 같다. 젠장. 현재로선 스핀볼도, 런닝맨도⋯ 뭐든지 원인일 가능성이 있다.

이건 「데스바운스」가 완성되면 S-C 어셈블러를 집어치우고 애플 어셈블러를 써 볼 예정이었으니까, 내 속셈을 알아챈 S-C 어셈블러가 자길 버리지 말라고 일부러 물고늘어지는 게 아닐까 싶어질 정도다.

1982년 8월 8일

에이드리언이 찾아와서, 함께 애플을 만지며 지루한 작업을 했다. 「바운스」 버그 작업은 제쳐 둔 대신, 〈애니메이션 어드벤처〉와 〈카라테카〉 게임을 기획하며 20장 정도의 스케치를 그렸다.

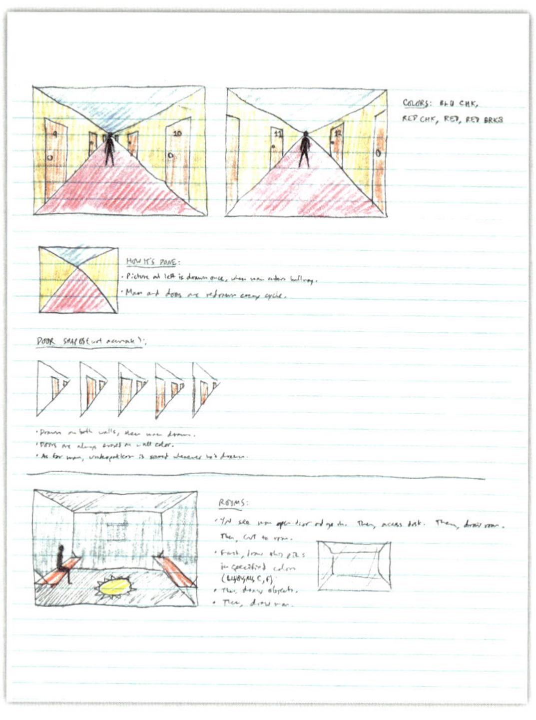

1982년 8월 10일

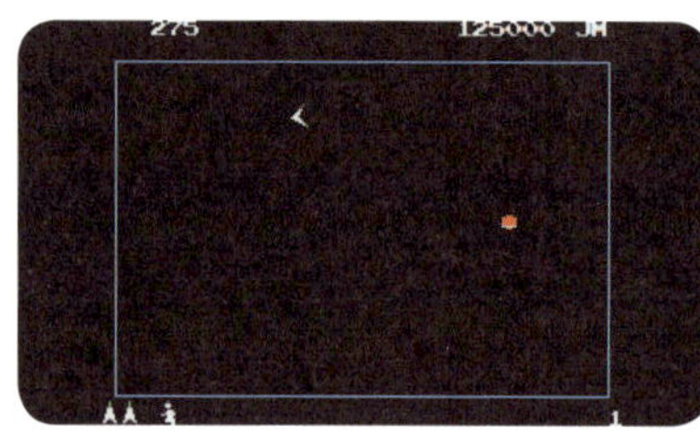

해결됐다. 그간의 과정을 적어 보도록 하자.:

아침에 맑은 정신상태로 버그를 찾으면서, 코드를 구간별로 삭제해보며 시행착오를 거쳤다. 범인은 바로 작은 꼬마 캐릭터였음을 바로 알 수 있었다. 특히, 꼬마를 다시 그리기 전에 지우는 루틴 쪽에 문제가 있었다.

지우는 루틴을 다시 살펴보았다. 그 자체는 멀쩡해 보였다. 문제가 발생할 만한 부분은 포지션 인덱스 뿐이었다. 그래서 코드의 JSR ZDRAW 바로 앞에 BRK를 넣고 실행해 보았다. 코드가 멈췄을 때의 포지션 인덱스를 체크했다. 정상이라면 0~4 범위여야 한다.

FF였다.

무슨 일이 일어났는지 순식간에 이해되었다.

NEWMAN 루틴은 FP2를 FF로 설정하므로, 1이 증가하면 0이 된다. 그런데 첫 사이클에서 FP1이 FP2를 카피하므로, **두번째** 사이클에서 꼬마가 지워질 때 FP1이 FF가 되는 것이다.

우연히도 MENL과 MENH 테이블의 시작점부터 255번째의 바이트가, 공교롭게도 바로 S-C 어셈블러가 위치하는 주소였던 거다……. 여기에 우연이 겹쳐, 이어지는 바이트들 중 값이 26인 것이 있었다(내 코드 상에서는 그래픽 패턴 테이블의 종료값이다). 즉 그 사이의 바이트가 전부 그래픽 패턴으로 취급되며, 결과적으로는 프로그램의 실행을 방해하지 않고 넘어가 버린다.

이게 S-C 어셈블러가 메모리에 올라가 있지 않으면 프로그램이 다운 되어 버리는 진짜 이유였다.

휴우.

어쨌든, 바로 고친(FF를 00으로 수정) 후 게임을 몇 번 돌려본 다음, 브로더번드 사 앞으로 발송했다. 그게 월요일 일이다. 대충 금요일이나 다음 월요일에는 도착하겠지.

이후에는 「카라테카」 개발에 사용할 DRAW 프로그램을 짜는 데 주력했다. 애플소프트 BASIC 상에서 기계어 루틴을 섞는 형태로 짜고 있다. 처음에는 전부 기계어로 짜 볼 생각이었지만, 굳이 그렇게까지 할 필요는 없어 보여서 이쪽으로 결정했다. 애플소프트 BASIC도 나름 쓸 만하니까.

```
                                        85 Haights Cross Rd.
                                        Chappaqua, NY 10514

                                        4 August 1982

Doug Carlston
Broderbund Software
1938 4th Street
San Rafael, CA 94901

Dear Doug,

     First, about Tiny Planets:  I appreciate the offer, but there
are some game ideas that have been knocking around in my head for a
while which I'd really like to do more.  I'll pass Tiny Planets up,
but thanks anyway.

     Second, here's the latest, and I hope the last, version of
Deathbounce.  I've made the following changes:

     1.  Joystick option.  Requires a self-centering joystick
(potentiometer or Atari) with one button.  Push joystick left and
right to rotate, push forward to thrust, and pull back to shield.
Button 0 fires.  The program automatically adjusts itself to the
player's joystick, so make sure the joystick is plugged in and
centered (not held down to one side) when you BRUN DEATHBOUNCE.

     2.  Spinning balls.  The balls have white stripes and appear to
be spinning.

     3.  Little man.  The player is represented by a little man (any
resemblance to one of the 64 delegates to the U.N. Conference on
Peace and Child Rearing is purely intentional) who runs across the
bottom of the screen and climbs into a spaceship.  The spaceship is
then "beamed up" into the playing arena with the player inside.  When
the ship is exploded, the player is "beamed down" to safety at the
bottom of the screen, where he runs across again and climbs into the
next spaceship.

     4.  To make the game a little easier, I've given the player 4
ships to start instead of 3 and made Rover worth 200 points instead
of 100.

     I've been trying to come up with a scenario to explain what the
player is doing in a spaceship bouncing around and shooting things.
Here's the one I like best.

                                        Jordan
                                        Jordan Mechner
```

1982년 8월 13일

데니스가 찾아와, 몇 시간 동안 있어 주었다. 이제까지는 모눈종이에 그림을 그리며 「카라테카」 밑작업을 해 왔지만, 슬슬 DRAW를 이용해 실제 그래픽을 만들 준비가 얼추 된 것 같다.

데니스는 이대로는 게임이 너무 단조롭지 않겠느냐는 의견을 주었다. 스크롤되는 배경을 넣어 볼까 몇 시간쯤 고민했지만, 결국은 넣지 않기로 했다. 이 게임은 어디까지나 격투 위주이므로 배경 그림은 별 의미가 없기 때문이다. 배경 그림은 플레이어가 보기에 산만할 터이고, 뚜렷한 기능도 없는데 그저 그럴싸한 장식을 추가하는 데 불과할 뿐이다. 격투를 지나치게 현실적으로 만들면, 아무래도 플레이가 시시하고 밋밋해지기까지 할 것 같기도 하다. 아니, 카라테는 카라테다. 원래 계획대로 푸른 매트 위에서 싸우도록 하자. 격투 루틴을 충실하게 만들어서 플레이가 단조롭지 않게끔 하면 되는 것이다.

이렇게 만들면 어떨까. 한 판은 매우 짧고, 적은 매우 강하며, 갈수록 더 강하고 빨라지는 거다. 또한, 플레이어는 최대 검은 띠 1단까지 어느 단계로든 자유롭게 시작할 수 있다. 적 격투가들이 강할수록 새로운 기술이 추가되는 것도 좋겠다. 돌려차기라든가, 뒤후리기라든가, 뛰어 옆차기라든가……?

1982년 8월 15일

아빠와 엄마는 열흘간 휴가여행을 떠나셨고, 나와 에밀리는 집에 남았다. 집안에는 식료품이 충분하고 놀이방 천장에는 새로 산 샌드백이 매달려 있었기에, 나는 잘 먹고 샌드백도 치면서 「카라테카」에 넣을 그림을 작업했다.

슬슬 허무한 인생과 무의미한 세상 같은 익숙한 잡상에 잠기고 있다. 집 지키기라는 건, 그리 유쾌한 일은 아닌 것 같다.

아, 맞아. 개학까지는 2주일 남았다.

1982년 8월 17일

그동안 열심히 작업했다. 내 기준이지만. 「카라테카」에만 온전히 집중할 수 있었다. 실제로 그래픽 모양을 만들어 보니 말도 안 되게 고생길이었다. 일단 모눈종이에 그림 하나를 그린다. 그후 컴퓨터 화면에 그럴싸한 그래픽으로 보이도록 픽셀을 따는 데에만 2시간쯤 걸렸다(〈슈퍼드로우 SuperDraw〉를 썼는데도 실로 지루한 작업이었다). 최초의 3가지 패턴을 따는 데만도 하루가 꼬박 걸렸다.

이전으로 되돌아 가, DRAW를 개량해 보기로 했다. 일단 '복사'와 '채우기' 기능이 필요하고, 입력한 그래픽 패턴 테이블을 저장하는 적절한 방법도 생각해야 한다.

사실 〈슈퍼드로우〉는 꽤 훌륭한 툴이다. 현재의 「카라테카」 개발 단계에서 이 툴이 없었다면 어땠을지 상상하니 몸서리가 쳐진다.

대략 계산해 보니, 그래픽 패턴만으로 $6000~9600까지 13.5K의 메모리를 통으로 잡아먹는다. 프로그램 코드는 $800~2000의 6K 공간에 맞춰야 할 것이다. 「아스테로이드」는 6K에 맞출 수 있었고, 「데스바운스」는 8K나 먹었다. 「카라테카」는 코드를 좀 쥐어짜야겠으나, 아마 그 안에 넣을 수는 있을 것 같다.

그래픽에 13.5K는 나름 넉넉하게 잡은 것이다. 실제로는 그보다 조금 줄어들 수도 있다.

가게 이야기는 생략하자.

오후에는 초인종이 마구 울렸는데, 에밀리가 나가지 않아서 내가 대신 나갔다. 문 앞에 섰을 때는 이런 생각이 들었다. "열기 전에 누군지 물어보는 게 좋을까? 혹시 도둑이면 어쩌지? 내가 막을 수 있을까?" 어쨌든 그냥 열어봤다.

도둑이었다.

회색 스웨트셔츠를 입은 커다

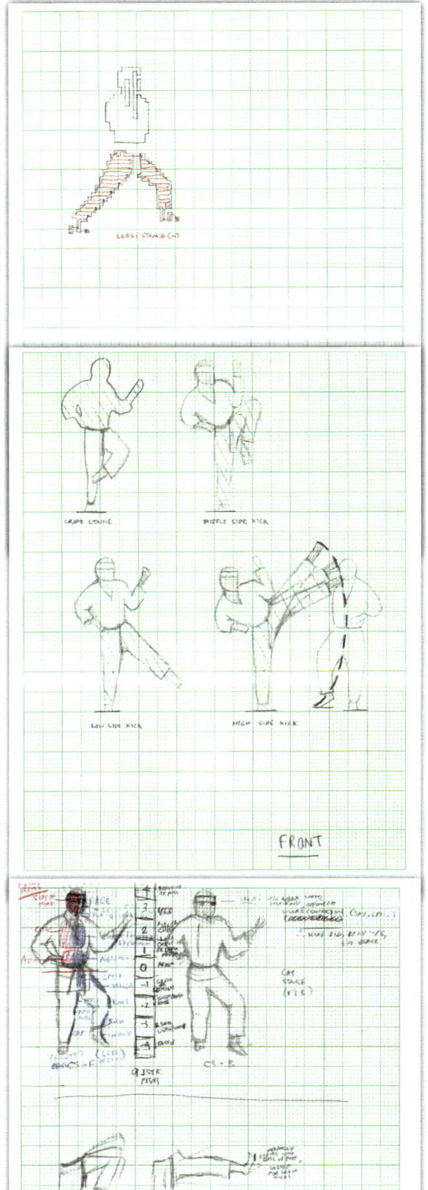

란 남자였다. 나를 발견한 게 그리 기쁘지는 않아 보였다.

그가 말했다. "에… 잔디깎이 필요하지 않으세요?" 쉬고 거친 목소리였다.

내가 거절하자, 그는 황급히 사라졌다. 우리는 깎을 잔디가 없으니까.

1982년 8월 19일

드디어 칼스턴 씨가 연락을 주셨다. 칼스턴 씨는 「데스바운스」가 여전히 손댈 부분이 많다고 하셨다. 난 처음엔 실망했지만, 나중에 아빠와 통화할 때 보고드리니 아빠께서는 "칼스턴 씨가 네 프로그램에 관심을 준다는 것 자체가 아주 좋은 일"이라고 하셨다. 확실히 그렇다. 칼스턴 씨의 조언은 좋았다. 그저 내가 소스 코드 파일을 다시 열기가 귀찮아 하고 꺼리는 것일 뿐이다.

칼스턴 씨의 말로는, 일단 게임이 (1) 너무 단조롭고, (2) 초반이 너무 어려우며, (3) 너무 쏘고 피하기 위주여서 이 게임 최대의 장점인 조작성을 그다지 활용할 수가 없다는 것이었다. 그리고 (4) 비주얼이 지루하다고 하셨다. 나 역시 모두 동의하는 바다.

구체적인 아이디어는 이미 몇 가지 잡아 뒀다.

● 각 레벨을 클리어하면 플레이어가 다음 레벨로 자연스럽게 이동한다.

● 계속 화면을 맴돌며 떠 다니는 TV 카메라. 잘못해 격추되면 벌점으로 1000점이 감소한다.

● 돌연 나타나 플레이어 쪽으로 달려드는 반짝이 적. 격추나 방어는 불가능하고, 피하는 것만 가능하다.

● 초반에는 아주 느린 붉은 볼 하나만 나오게 해 매우 쉽게 만든다. 이후부터는 탐사선, 빠른 볼, 불꽃 적 등등이 점차 추가된다.

● '빔을 타고 오르내리는' 애니메이션을 좀 더 화려하게 만들기.

● 폭발을 더 화려하게 만들기.

그리하여 「데스바운스」에 일주일 정도는 더 들여야 할 것 같다.

그 다음은 「카라테카」에 전념하자.

애덤과 데니스가 오후에 찾아왔고, 애덤네 어머니가 우리를 차에 태워 데니스와 나를 시내로 데려다주셨다. 시내에서는 「템페스트Tempest」를 즐기느라 $4를 썼다.

이제는 게임을 즐겨도 별다른 스릴이 없다. 요즘 재미있는 게임이 딱히 없어서일 수도 있고, 내가 더 이상 최근의 일반적인 비디오 게임 관련 소식에 별달리 민감하지 않아서일 수도 있다. 내가 이제까지 살면서 정말로 중독될 듯이 파고들었던 게임은 「아스테로이드」와 「팩맨」뿐이다. 「스타 캐슬」과 「퀵스」와 「템페스트」는 적당히 즐겼고, 이것저것 잡히는 대로 해 보거나 호기심에 잡아 보거나 딱히 할 게임이 없다는 이유 등등으로 즐겨본 게임은 꽤 많다. 지금의 내겐 저 다섯 게임조차도 흥미가 없다. 물론 아직도 종종 게임을 즐기기는 하지만, 저 다섯 작품을 대신할 게임은 만나지 못했다.

「아스테로이드」는 96,000점, 「팩맨」은 54,000점, 「스타 캐슬」은 15,000점 기록을 세웠다. 내가 '마스터했다'라고 자신있게 말할 수 있는 유일한 게임은 「아스테로이드」뿐이다. 나는 「아스테로이드」를 바닥까지 파고들어 봤고, 집중력과 멘탈만 버텨 준다면 이론적으로는 무한히 플레이할 수 있을 만큼 충분한 기술도 익혔다. 「팩맨」은 본능적인 실력이 좋은 편이긴 하지만, 진정으로 「팩맨」을 '마스터'하려면 적의 패턴을 완전히 꿰어야 할 텐데, 그렇게까지 파고들 생각은 없다. 「스타 캐슬」과 「템페스트」와 「퀵스」는 그보다는 얕게 즐긴 편이다.

그럼 애플 쪽 게임들은 어떨까? 물론 한때 제법 파고들었던 적도 있었지만, 이제는 오락실 게임과 별다를 바 없는 느낌으로 즐긴다. 마음이 떠났다는 얘기다. 목숨을 잃으면 여전히 "아, 젠장."이란 탄식이 나오지만, 모든 게임이 재미있었던 옛날처럼 힘이 넘치는 "젠장할!!!!"까지는 아니다. 내 최고점수 기록을 깨는 것은 여전히 즐겁지만, 그건 어디까지나 소소한 즐거움일 뿐 옛날의 황홀한 "만세!!"와 같은 감정이 아니다. 즉, 게임이 더 이상 옛날처럼 재미있지가 않다. 따분할 뿐이다. 아, 젠장. **리셋하자.** 알게 뭐람.

요즘엔 게임하던 도중에 그만둬 버리는 경우가 많다. 성과지상주의적인 태도의 영향일까(내 최고 기록을 깨지 못하면 의

미가 없다던가)? 아니면 비슷비슷한 테마의 게임들을 너무 많이 즐긴 탓일까? 어쩌면 나 자신에게 문제가 있는 걸까? **점수**나 **적기**를 찾으며 기쁨을 느끼지 못할 만큼 내가 둔감해져서 그런가?

이 중 어딘가에는 원인이 있을 거다.

어쨌든, 나는 칼스턴 씨에게 전화를 걸어 "말씀이 옳은 것 같습니다. 「데스바운스」를 좀 더 보완해 보죠."라고 말해 주었다. 칼스턴 씨는 "고맙다"고 답해 주었다.

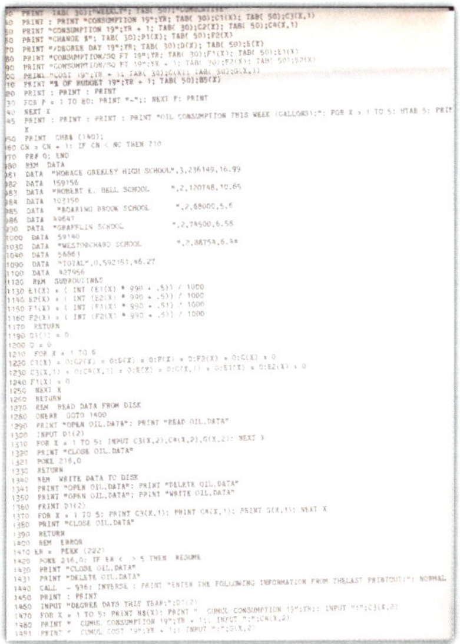

```
0  PRINT  TAB( 30);"WEEKLY"; TAB( 50);"CUMULATIVE"
40  PRINT : PRINT "CONSUMPTION 19";YR; TAB( 30);C1(X); TAB( 50);C3(X,1)
50  PRINT "CONSUMPTION 19";YR + 1; TAB( 30);C2(X); TAB( 50);C4(X,1)
60  PRINT "CHANGE %"; TAB( 30);P1(X); TAB( 50);P2(X)
70  PRINT "/DEGREE DAY 19";YR; TAB( 30);D(X); TAB( 50);E(X)
80  PRINT "CONSUMPTION/SQ FT 19";YR; TAB( 30);F1(X); TAB( 50);E1(X)
90  PRINT "CONSUMPTION/SQ FT 19";YR + 1; TAB( 30);F2(X); TAB( 50);E2(X)
00  PRINT "COST 19";YR + 1; TAB( 30);C(X); TAB( 50);G(X,1)
10  PRINT "% OF BUDGET 19";YR + 1; TAB( 50);B5(X)
20  PRINT : PRINT : PRINT
30  FOR F = 1 TO 80: PRINT "-";: NEXT F: PRINT
40  NEXT X
45  PRINT : PRINT : PRINT : PRINT "OIL CONSUMPTION THIS WEEK (GALLONS):": FOR X = 1 TO 5: HTAB 5: PRI
    X
50  PRINT  CHR$ (140);
60 CN = CN + 1: IF CN < NC THEN 710
70  PR# 0: END
80  REM  DATA
81  DATA  "HORACE GREELEY HIGH SCHOOL",3,236149,16.99
82  DATA  159756
83  DATA  "ROBERT E. BELL SCHOOL     ",2,120748,10.65
84  DATA  103150
85  DATA  "ROARING BROOK SCHOOL      ",2,68000,5.6
86  DATA  49647
90  DATA  "GRAFFLIN SCHOOL           ",2,74500,6.55
1000  DATA  59140
1030  DATA  "WESTORCHARD SCHOOL        ",2,88754,6.44
1040  DATA  56863
1090  DATA  "TOTAL",0,592151,46.27
1100  DATA  427956
1120  REM  SUBROUTINES
1130 E1(X) = ( INT (E1(X) * 990 + .5)) / 1000
1140 E2(X) = ( INT (E2(X) * 990 + .5)) / 1000
1150 F1(X) = ( INT (F1(X) * 990 + .5)) / 1000
1160 F2(X) = ( INT (F2(X) * 990 + .5)) / 1000
1170  RETURN
1190 D1(1) = 0
1200 D = 0
1210  FOR X = 1 TO 6
1220 C1(X) = 0:C2(X) = 0:D(X) = 0:P(X) = 0:P2(X) = 0:C(X) = 0
1230 C3(X,1) = 0:C4(X,1) = 0:E(X) = 0:G(X,1) = 0:E1(X) = 0:E2(X) = 0
1240 F1(X) = 0
1250  NEXT X
1260  RETURN
1270  REM  READ DATA FROM DISK
1280  ONERR  GOTO 1400
1290  PRINT "OPEN OIL.DATA": PRINT "READ OIL.DATA"
1300  INPUT D1(2)
1310  FOR X = 1 TO 5: INPUT C3(X,2),C4(X,2),G(X,2): NEXT X
1320  PRINT "CLOSE OIL.DATA"
1321  POKE 216,0
1330  RETURN
1340  REM  WRITE DATA TO DISK
1341  PRINT "OPEN OIL.DATA": PRINT "DELETE OIL.DATA"
1350  PRINT "OPEN OIL.DATA": PRINT "WRITE OIL.DATA"
1360  PRINT D1(2)
1370  FOR X = 1 TO 5: PRINT C3(X,1): PRINT C4(X,1): PRINT G(X,1): NEXT X
1380  PRINT "CLOSE OIL.DATA"
1390  RETURN
1400  REM  ERROR
1410 ER =  PEEK (222)
1420  POKE 216,0: IF ER < > 5 THEN  RESUME
1430  PRINT "CLOSE OIL.DATA"
1431  PRINT "DELETE OIL.DATA"
1440  CALL  - 936: INVERSE : PRINT "ENTER THE FOLLOWING INFORMATION FROM THELAST PRINTOUT:": NORMAL
1450  PRINT : PRINT
1460  INPUT "DEGREE DAYS THIS YEAR:";D1(2)
1470  FOR X = 1 TO 5: PRINT N$(X): PRINT "  CUMUL CONSUMPTION 19";YR;: INPUT ":";C3(X,2)
1480  PRINT "  CUMUL CONSUMPTION 19";YR + 1;: INPUT ":";C4(X,2)
1491  PRINT "  CUMUL COST 19";YR + 1;: INPUT ":";G(X,2)
```

1982년 8월 23일

일찍 일어나고 운동하고 세끼를 든든히 먹는 것은 정말로 가치 있는 일이다. 이런 습관을 잘 들여야겠다.

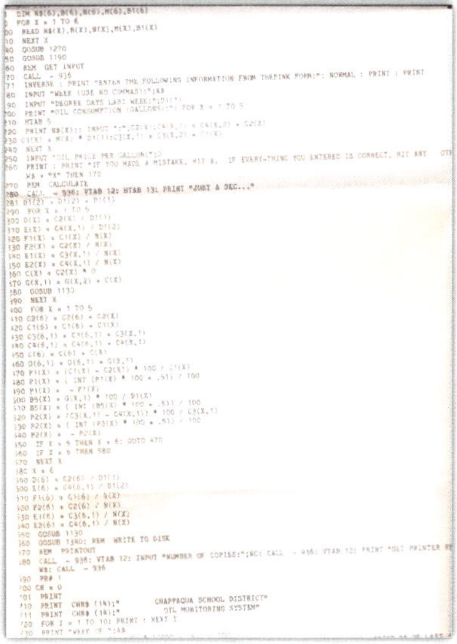

```
  DIM N$(6),B(6),N(6),M(6),B1(6)
  FOR X = 1 TO 6
00  READ N$(X),B(X),N(X),M(X),B1(X)
10  NEXT X
40  GOSUB 1270
50  GOSUB 1190
60  REM  GET INPUT
70  CALL  - 936
71  INVERSE : PRINT "ENTER THE FOLLOWING INFORMATION FROM THEPINK FORM:": NORMAL : PRINT : PRINT
80  INPUT "WEEK (USE NO COMMAS):";A$
90  INPUT "DEGREE DAYS LAST WEEK:";D1(1)
00  PRINT "OIL CONSUMPTION (GALLONS):": FOR X = 1 TO 5
10  HTAB 5
20  PRINT N$(X);: INPUT ":";C2(X);C4(X,1) = C4(X,2) + C2(X)
30 C1(X) = M(X) * D1(1):C3(X,1) = C3(X,2) + C1(X)
40  NEXT X
50  INPUT "OIL PRICE PER GALLON:";O
60  PRINT : PRINT "IF YOU MADE A MISTAKE, HIT X.  IF EVERY-THING YOU ENTERED IS CORRECT, HIT ANY  OTH
    W$ = "X" THEN 170
70  REM  CALCULATE
80  CALL  - 936: VTAB 12: HTAB 13: PRINT "JUST A SEC..."
81 D1(2) = D1(2) + D1(1)
90  FOR X = 1 TO 5
300 D(X) = C2(X) / D1(1)
310 E(X) = C4(X,1) / D1(2)
320 F1(X) = C1(X) / N(X)
330 F2(X) = C2(X) / N(X)
340 E1(X) = C3(X,1) / N(X)
350 E2(X) = C4(X,1) / N(X)
360 C(X) = C2(X) * O
370 G(X,1) = G(X,2) + C(X)
380  GOSUB 1130
390  NEXT X
400  FOR X = 1 TO 5
410 C2(6) = C2(6) + C2(X)
420 C1(6) = C1(6) + C1(X)
430 C3(6,1) = C3(6,1) + C3(X,1)
440 C4(6,1) = C4(6,1) + C4(X,1)
450 C(6) = C(6) + C(X)
460 G(6,1) = G(6,1) + G(X,1)
470 P1(X) = (C1(X) - C2(X)) * 100 / C1(X)
480 P1(X) = ( INT (P1(X) * 100 + .5)) / 100
490 P1(X) =  - P1(X)
500 B5(X) = G(X,1) * 100 / B1(X)
510 B5(X) = ( INT (B5(X) * 100 + .5)) / 100
520 P2(X) = (C3(X,1) - C4(X,1)) * 100 / C3(X,1)
530 P2(X) = ( INT (P2(X) * 100 + .5)) / 100
540 P2(X) =  - P2(X)
550  IF X = 5 THEN X = 6: GOTO 470
560  IF X = 6 THEN 580
570  NEXT X
580 X = 6
590 D(6) = C2(6) / D1(1)
600 E(6) = C4(6,1) / D1(2)
610 F1(6) = C1(6) / N(X)
620 F2(6) = C2(6) / N(X)
630 E1(6) = C3(6,1) / N(X)
640 E2(6) = C4(6,1) / N(X)
650  GOSUB 1130
660  GOSUB 1340: REM  WRITE TO DISK
670  REM  PRINTOUT
680  CALL  - 936: VTAB 12: INPUT "NUMBER OF COPIES:";NC: CALL  - 936: VTAB 12: PRINT "GET PRINTER RE
     W$: CALL  - 936
690  PR# 1
700 CN = 0
701  PRINT
710  PRINT  CHR$ (14);"        CHAPPAQUA SCHOOL DISTRICT"
711  PRINT  CHR$ (14);"         OIL MONITORING SYSTEM"
720  FOR I = 1 TO 10: PRINT : NEXT I
730  PRINT "WEEK OF ";A$
```

1982년 8월 24일

리 여사님이 찾아오셨다. 한 시간쯤 들여 프린터로 출력물을 뽑고, 내가 짠 프로그램의 사용법을 알려드렸다. 여사님은 내가 자신의 유류관리 분야 '컨설턴트'를 맡아 달라며, 보수로 디스크 드라이브를 주겠다고 하셨다.

톰과 에이드리언이 집에 들렀다. 톰은 「차플리프터」에 흠뻑 빠졌다.

1982년 9월 6일

[뉴헤이븐] 2학기 첫날이 끝났다. 이제까지는 독일어 138, 생물학 120A, 전산학 270A 과목을 들었다. 특히 생물학은 정말 흥미진진한 과목인 것 같다. 내일은 두 과목을 추가할 생각이다. 올해는 열심히 일하고 더 많이 배우며 보내보자.

애플Ⅱ는 한동안 내버려 둔 상태다. 아마 이번 주말쯤부터 다시 만질 것 같다. 〈소프톡〉 이번호가 우편으로 도착하면, 다시금 영감이 떠오르고 돈과 명예에 대한 욕심이 차오르겠지.

1982년 10월 18일

어쩌면, 예일 대 전산학과 교수진으로 구성된 뉴헤이븐의 소프트웨어 회사에 내가 애플Ⅱ 프로그래머로 일하게 될 것 같다.

1982년 10월 20일

수업을 빼먹는 일이 늘어났다. 숙제는 줄어든다. 잠자는 시간도 점점 더 늦어진다. 책상은 책들이 쌓여 엉망이 되어간다. 할일은 계속 미루고 있다. 독일어 중간고사는 D-, 전산학 과제는 4/10.

현재 기분: 무기력함. 일하기 싫음. 가능성을 잃어 버리고 기회를 놓쳐 버린 듯한 느낌. 향수병, 우울증.

그래, 이건 딱 그거다. **게으름**의 귀환이다.

한편으로, 〈소프톡〉과 〈라이터즈 마켓Writer's Market〉 잡지를 꼼꼼히 뒤지며 내가 베스트셀러 게임이나 소설을 내놓는 상상에 빠진다. 성공을 꿈꾸며.

노력을 별로 안 해도 제법 성과가 나오니까 자랑스럽지, 안 그래? 철학 114를 겨우 3번 출석하고도 B+나 나왔다는 게 자랑스러울 거야. "난 정말 똑똑해"라고 말하고 싶겠지. "남들은 며칠씩 걸리는 일을 난 몇 분이면 할 수 있어"라고. 정말 바보가 따로 없지. 왜냐하면 (1) 네가 일을 적게 하는 지 어떤지 아무도 모르고(안다 해도 상관할 바 아니고), (2) 그렇게 아낀 시간을 결국은 낭비하는 셈이니 경쟁에서 딱히 유리 하지도 않잖아!

보라고, 멍청아. 세상의 평범한 사람들은 부지런하게 열심히 일해서 많은 것을 이뤄낸다고. 네가 정말 그렇게 똑똑하고 재능이 넘친다면, 그걸로 네가 뭘 이뤄낼 수 있을지부터 생각해 봐!

일단 **해 보라고! 일을 해! '최소한도의 노력'만 하려고 하지 말라니까! 이제는 '최대한도의 노력'을 해 보라고! 알겠어?** 좋아.

1982년 10월 24일

심리학을 전공하기로 결정했다.

이유는 다음과 같다. 2년 반 뒤에 여길 졸업하고 나면, 곧 삶의 최전선이 닥쳐 온다. 직업. 생존. 돈. 성공. 철학적 사색에 잠길 수 있는 황금시대는 조만간 끝난다. 지금처럼 커다란 질문에 골몰할 수 있는 기회는 아마 다시 오지 않을 거다. 그러니, 지금 할 수 있을 때 내 남은 시간을 여기에 써야 하지 않겠는가?

1982년 11월 8일

생물학 시험에서 기막힌 성적으로 낙제했다. 나만 그런 것 같진 않다. 울먹이는 여학생이 하나 있었으니까.

1982년 11월 29일

「데스바운스」를 완성하는 데 전념할 셈이다.

내 우선순위 1위다.

(어쩌면 올 여름에는 캘리포니아로 가서 브로더번드사에서 일할 수도 있지 않으려나…? 꿈이겠지만……)

기분은 좋다. 은행에는 $1,000의 저금이 있고, 학문 쪽도 상대적으로 그리 뒤처지지 않았다. 「데스바운스」만 잘 끝내면 된다.

가자!

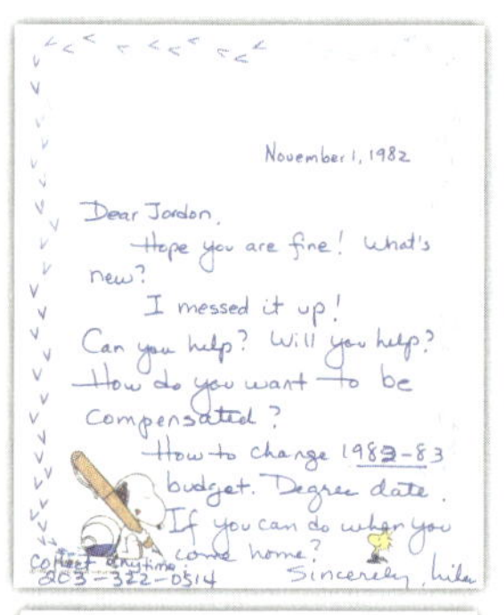

리 여사가 당시 보낸 간청의 편지

1982년 12월 3일

이번 학기에 지금까지 본 영화. 서머 오브´42, 카사블랑카(6), 리차드 프라이어의 선셋스트립 라이브, 서바이벌 게임, 자칼의 날, 애정과 욕망, 4차원의 난장이 E.T Time Bandits(3), 뉘른베르크 재판, 알라바마 이야기(2), 캣 피플, 시스터스, 도시의 제왕, 갈리폴리, 침묵의 소리(2), 분노의 포도, 캐치-22, 청춘낙서(2), 스파이 오퍼레이션, 레이디킬러(2), 미스터 굿바를 찾아서, 길다, 보디 히트, 할로윈, 콜걸, 미드나잇 익스프레스, 스미스씨 워싱톤 가다(2), 네트워크 (2), 의문의 실종, 시계태엽 오렌지(3), 수집가(2), 푸른천사 (2), 다이얼 M을 돌려라 (2), 베드타임 포 본조, 자전거 도둑, 택시 드라이버, 미션, 살의 향기, 스턴트맨, 해롤드와 모드, 아이다, 심판, 스타 트렉Ⅱ 칸의 분노, 에어플레인(3) 청춘의 양지(2), 가프, 핑크플로이드의 더 월, 시베리에이드, 리치몬드 연애소동, 매드맥스2: 로드 워리어, 스타워즈: 제국의 역습(2), 환타지아(6?), 시간이 멈춘다, 텍스, 피츠카랄도.

1982년 12월 16일

독일어 시험은 괜찮게 봤다.

닐 버거의 의뢰로, 31쪽짜리 논문을 쪽당 $1.50에 애플Ⅱ상에서 〈슈퍼 텍스트Ⅱ〉로 타이핑해 주었다(젠장할. 나중에 이것보다 나은 워드프로세서를 직접 짜고 말겠어). 어쨌든, 5시간 일해서 $43.50나 벌었다. 나쁘지 않군.

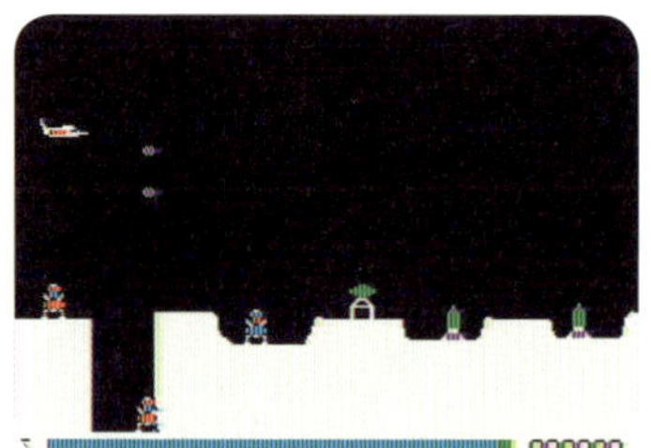

페가수스 II (올라프 루베크, 1981)
사진: 모비게임즈

오, 오, 오 세상에. 너무 기뻐서 참을 수가 없다.

카세트로 〈아이다〉 음악을 듣다가, 애플Ⅱ에서 「페가수스」 게임을 띄우고 다시 〈아이다〉를 틀었다. 좋은 생각이 났던 거다. 〈아이다〉의 발레 장면 특정 부분을 플레이하는, 빠르고 긴장감 넘치는 아케이드 게임이 있다면 어떨까? 그런 아케이드 게임이 있다면 빠져들 거다. 인생에 남을 게임이 되겠지. 난 아케이드 게임을 만들고 싶다… 말하자면 「차플리프터」 같은. 아니면 〈E.T.〉나, 〈블레이드 러너〉의 오프닝 장면 같은 그런 게임을. 완전히 새로운 세계라는 그런 뭔가가 **잡히는** 듯한 느낌이, 지금 여기(가슴을 두드리며)에 있다……. 오오오오오!

사회학 공부를 빼먹었다. 이거 망했네.

1982년 12월 18일

사회학 기말시험을 아예 못 쳤다. 어디서 하는지 찾지 못했으니까. 시험장이 어디인지조차 몰랐던 거다. 이제 정말 망한 건가?

1982년 12월 19일

전산학 시험도 망했다. 하하.

판타지·SF에 특화된 24시간 서점 '북월드'에서 〈시네판타스티크Cinefantastique〉 잡지를 한 부 샀다.

〈듄〉이 영화로 나온다고! 〈파운데이션〉도! 〈제다이의 복수〉 개봉이 다섯 달밖에 안 남았고! …끄으응! 완전 신난다!

1982년 12월 20일

〈듄〉이 영화로 나온다는 소식에 무척 들떠 있다. 〈시네판타스티크〉와 〈스타로그Starlog〉 잡지는 정기구독해야지.

1982년 12월 21일

리더 교수님으로부터 전화가 왔다. 목요일 아침 8:30에 보충시험을 받기로 했다. 친절하고 이해심 많은 분이셨다. 내일은 심리학 시험을 치고 나서 종일 공부해야지.

지난 사흘간은 밤마다 북월드 서점에 들렀다.

보고 싶은 영화가 너무 많다. 〈소피의 선택Sophie's Choice〉, 〈투씨Tootsie〉, 〈다크 크리스탈Dark Crystal〉, 〈간디Gandhi〉는 꼭 봐야겠다. 〈48시간48 Hours〉과 〈여배우 프란시스Frances〉는 기회가 되면 보고.

1982년 12월 27일

[채퍼콰] 매일 「바운스」를 작업 중이다. 잘 되어가고 있다.

1982년 12월 30일

젠장망할제기랄안돼! 이 망할 버그 때문에 미칠 지경이다. 하루종일 골몰했지만, 아직도 버그를 해결 못 했다.

1982년 12월 31일

「바운스」를 작업 중이다. 버그는 고쳤다. 진전이 있었다.

1983년 1월 1일

하루를 통째로 「바운스」에 썼다. 다만 코드는 한 줄도 짜지 않았고, 오로지 낙서하고, 기획하고, 캐릭터를 디자인하는 등등의 일을 했다. 내일은 오늘 구상해 낸 멋진 애니메이션 효과 몇 가지를 구현해 볼 셈이다. 다시 생각해보니, 구현이 잘 안 될 경우엔 끝까지 아껴 두는 것이 더 낫겠다. 그러면 개강하기 전에 칼스턴 씨에게 확실히 돌아가는 버전을 보낼 수 있을 테니까.

앞으로 7일이 남았다.

내일부터는 생물학 교과서를 하루에 한 챕터씩 읽어야겠다.

1983년 1월 2일

또 하루를 통째로 「데스바운스」에 써 버렸다. 생물학 교과서는 당연히 읽지 않았다.

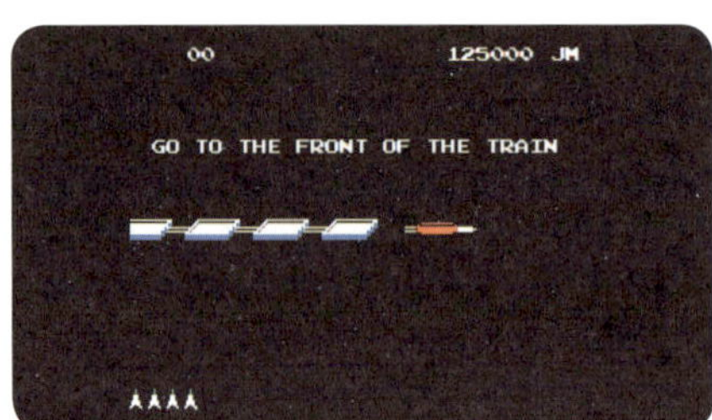

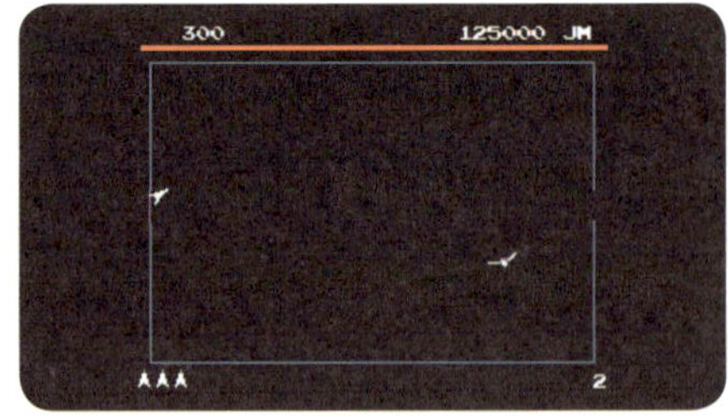

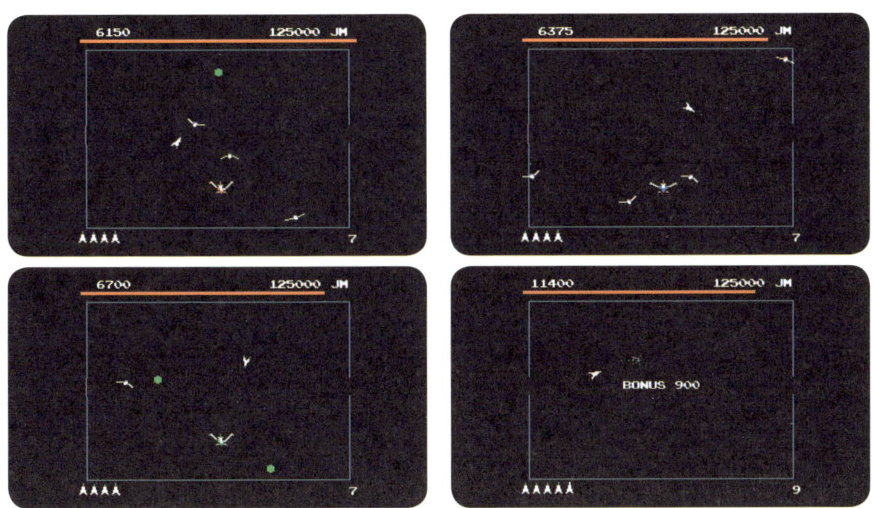

이제 6일 남았다.

1983년 1월 6일

언제나처럼 「데스바운스」에 또 하루를 썼지만, 이제는 예전만큼 이쪽에 열정이 없다. 더 이상 흥미도 정열도 없고, 사실상 자포자기한 상태에서 습관적으로 작업하고 있을 뿐이다. 얼른 완성해서 보낸 다음 잊어 버리고 싶다.

에이드리언이 들렀는데, 내가 보여 준 결과물에 더 이상 예전만큼 감흥을 보이지 않았다. (이 친구는 내가 아는 사람 중에선 가장 비평적인 게이머다. 게임이 출시되기도 전에 해적 BBS에 접속해 입수할 정도이기 때문이다.) 그가 보여 준 신작 게임 몇 개를 보고는 더더욱 「데스바운스」에 자신이 없어졌다. 하나는 영화 〈레이더스〉풍의 그래픽 어드벤처 게임인 「아즈텍Aztec」이었고, 또 하나는 밥 비숍★과 뮤즈 소프트웨어★★ 시절부터 내

★역주. Bob Bishop: 애플Ⅱ 초기에 활약했던 게임 프로그래머. 「Space Maze」 등 여러 미로계 액션 게임을 제작했다.

「아즈텍」(폴 스티븐슨, 1982).
사진 : 모비게임즈

가 상상해 왔던 3D 미로 게임을 그대로 "완성"해 낸 게임이었다. 이런 게임들을 보노라니, "이런 게임들과 경쟁하려면 어떻게 해야 할까?"가 아니라 "굳이 「데스바운스」를 계속 만들어야 하나? 누가 알아 준다고?"라는 생각밖에 들지 않았다. 아무래도, 「서펜타인Serpentine」처럼 평범한 슈팅 게임과 도트 먹기 게임 같은 거나 즐기면서 열정을 좀 보충할 필요가 있겠다.

개강하고 첫 2주일이 지나면 학업에 좀 여유가 생기니 (생물학 시험과 수강신청 등등), 「알파벳」 작업을 본격적으로 시작할 수 있게 된다. 그 다음엔 $3,000을 지갑에 채우고 나와서 그래픽 태블릿을 사온 다음… **카라테 게임**을 짜기 시작해야지! 이 아이디어는 분명 성공할 거라고 모두(아버지와 에이드리안까지도) 말해 주고 있다. (혹시 잘 안 되면 어쩌지? 누가 먼저 만들어 버리기라도 하면? 으아아아악!)

1983년 1월 7일

오늘은 학교에 들렀다. 이제 더 이상 리 여사에게서 불법 복제된 프로그램을 받지 않겠다.

원래 나와 리 여사 사이엔 이런 원칙이 있었다. 30분간 그

★★역주. 뮤즈 소프트웨어: 애플Ⅱ 초기의 명작인 잠입 탈출 게임 「울펜슈타인 성을 넘어 Beyond Castle Wolfenstein」(1984)을 내놓았던 회사.

녀의 디스켓들을 훑어본 후 복사해 갈 디스켓을 골라오면, 여사에게 (인건비 명목으로) 공디스켓 값만 "지불"하면 되었데. 그런데 이제부터는, 내가 복사해 가는 프로그램의 정가 중 일부를 내가 "지불"해야 한다는 거다!

황당하다. 이전까지는 가격 자체가 없었기 때문에 게임 복제를 서로 인정하고 넘어갈 수 있었던 건데……. 복제된 게임에 돈을 지불해야 한다니, 그건 완전히 내 상식 밖으로 넘어가는 짓이다. 그래서 나는 여기서 선을 긋기로 했다.

「데스바운스」를 좀 더 작업했다. 지금은 어젯밤보다는 기분이 좋다. 내일 밤이면, 무슨 일이 있어도, 칼스턴 씨의 주소를 적고 소개서를 넣은 멋지고 든든한 우편물이 되어 있어야 한다. 드디어 벗어날 수 있게 되어 **저어어엉말 기쁘다.**

1983년 1월 10일

8쪽짜리 논문을 타이핑해 주었다. $10를 벌었다.

「데스바운스」를 마침내 완성하고, 「카라테카」(와 '애니메이션 어드벤처' 게임) 작업을 드디어 시작할 수 있게 되니 정말로 신이 난다. (「알파벳」을 짜는 건 별로 신이 나지 않는다. 하지만 2월 1일까진 끝내야 한다.)

성적표를 받았다. 전산학 B, 심리학 B+, 독일어 C, 사회학 D. 엉망이다. 가족들도 내게 실망한 눈치다.

1983년 1월 11일

「카라테카」를 짤 생각에 들떠 있다. 그럴 상황이 아닌데도. 아직「데스바운스」와「알파벳」이 미완성인 상태다. 오늘부터 딱 1주일 남은 생물학 시험 공부는 더 말할 것도 없다.

벤과 함께, 〈스타로그〉 잡지를 정기구독하기로 했다.

1983년 1월 22일

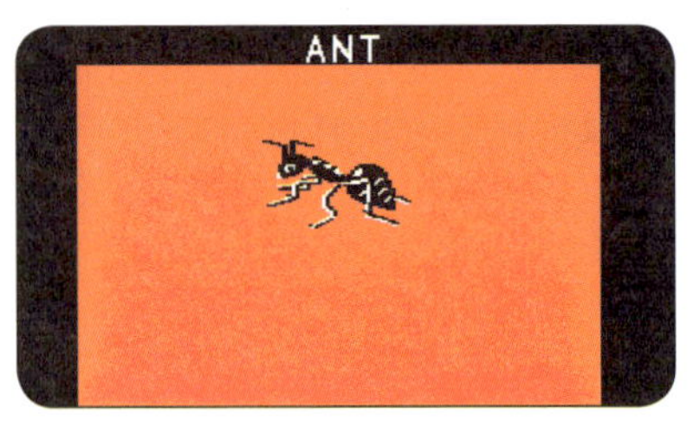

「알파벳」에 5시간쯤 몰두했다. 이대로면 예정된 마감기한에 맞출 수 있을 것 같다. 언제나 그렇듯 나는 마감이 코앞에 닥치고서야 공포에 사로잡혀 일을 진행하곤 한다. 하지만 제대로 일하기만 하면, 제 시간에 끝낼 수는 있다.

오늘은 캐릭터를 그리는 루틴을 짰고, DRAW를 그에 맞게 수정했다. 멋진 테크닉이다. 이 DRAW는「카라테카」에도 써먹어야지. 해보니 이렇게 간단한데, 왜 이제까지 이렇게 만들지 않았는지 모르겠다.

지금 나를 움직이게 만드는 것은 돈을 벌자는 생각뿐이다. $3,000은 큰 돈이니까. 짜는 데 60시간 걸린다면, 시간당 $50인 셈이다.

1983년 1월 23일

「알파벳」에 10시간을 제대로 쏟았다.「데스바운스」를 드디어 포장했다. 내일 독일어 수업 받으러 가는 길에 부칠 것이다.

잘 해냈다! 이제 $3,000을 받을 수 있어! 그 돈으로 뭘 하면 좋을까? 내 은행 구좌에는 아직 $750이 남아 있다. 대략 $1,000 정도는 컴퓨터용 주변기기 사는 데 써야 할 것 같다. (드로잉 태블릿? 추가 플로피 디스크 드라이브?)

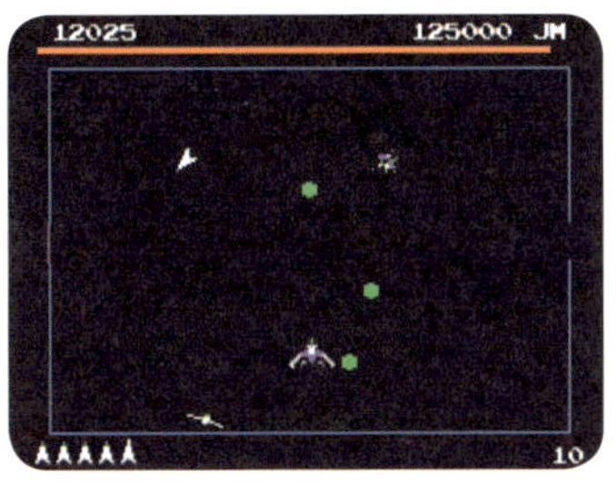

1983년 1월 30일

영화 〈어울리지 않는 사람들The Misfits〉을 봤다. 실로 우울한 영화였다. 세상에, 마릴린 먼로가 그렇게 섹시할 줄이야.

오늘은 「알파벳」에 영어 두 글자 분량을 추가했다. 이제 8 글자가 남았다. 내일도 밤 늦게까지 작업하겠지.

혹시, 「알파벳」 외에 오늘 무슨 일을 했는지 궁금한가? 우선 사전을 뒤적이며 오랜 시간을 보냈다. 또한 「카라테카」에 대해 이런저런 상상을 하면서 그림을 그려 보았다.

이제는 매트 위에서 카라테로 대련하는 단순한 게임이 아

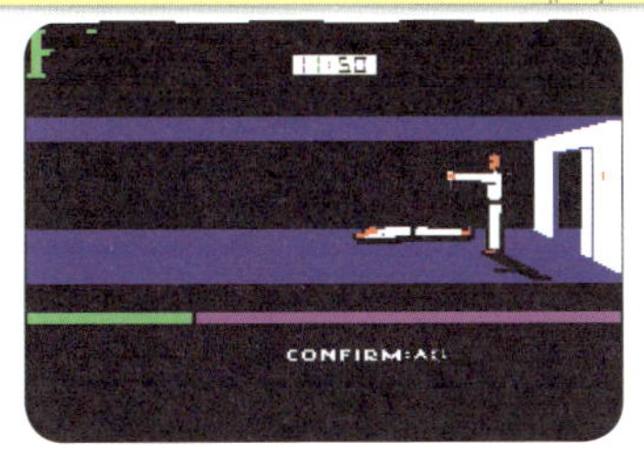

니다. 스토리를 넣기로 했다. 플레이어의 애인이 '빅 맨'에게 납치되었다. 그는 자신의 외딴섬에 있는 은신처로 그녀를 데려갔다. 자정이 되면 그녀는 다시 섬 밖으로 옮겨질 예정이다. 플레이어는 낙하산으로 섬에 잠입한다. 임무: 졸개(플레이어와 같은 도복 차림이며 맨손으로 싸운다)들을 무찌르며 전진해 '빅 맨' 앞까지 도달하라. 애인을 구출하여, '빅 맨'의 헬리콥터를 타고 탈출해야 한다. 플레이어가 가진 것은 도복과 디지털 손목시계뿐이다. 특정한 키(T? W?)를 누르면 시계를 보며, 머리 위로 현재 시각이 표시된다. 자정을 딱히 소리로 알려주지는 않는다. 종종 시계를 봐야 하고, 만약 12:02라면… **젠장!** 그때는 할복으로 스스로 게임을 끝낼 수밖에 없다. 이 게임의 핵심은 철저한 리얼리즘과 끝내주는 그래픽이다. 이런 상상을 하다 보니 정말 흥분된다.

브람스의 바이올린 협주곡을 들었다. 아, 이 곡이 정말 좋다. 제1악장은 뭐랄까, 가차없이 몰아치는 느낌이다. 그야말로 나를 긴장시킨다. 그리고 흥분의 도가니로 몰아넣는다. 마치 스트라빈스키의 〈봄의 제전〉처럼. 특히 바이올린 솔로가 최고다. 와. 말이 필요없다.

1983년 2월 1일

톰 무가베로에게서 〈제국의 역습〉의 사운드트랙 음반을 빌려 왔다. 이야, 그야말로 흥분되는 음악이다. 〈제다이의 귀환〉이 어서 개봉되었으면 좋겠다.

나는 존 윌리엄스의 영화 음악이 정말 좋다. 〈스타워즈〉, 〈레이더스〉, 〈E.T.〉, 심지어는 〈미지와의 조우〉와 〈죠스〉까지도. 다음에 기회를 봐서 〈레이더스〉 음반도 사러 가야지. 결심했다. 비싼 가격표가 붙어 있어도($7.98 내지는 $8.98) 그냥 지나치지 않고 정가로 사기로. **반드시** 살 거다.

1983년 2월 2일

스티븐 슬레이드Stephen Slade가 3시에 찾아와서 「알파벳」을 살펴봤다. 매우 마음에 들어 했고, 아무 군말 없이 수당을 주겠다고 했다. 총 60시간이 걸렸다. 그러니까 시간 당 $50을 번 셈이다. 괜찮은데!

그가 간 뒤 딱히 할일이 없어져서, 저녁 식사 전까지 음악을 감상했다. 잡념 없이, 그저 음악에 몸과 마음을 완전히 맡기고 빠져들었다. 슈베르트의 E플랫 미사곡을 듣다 보니 일종의 트랜스 상태에 돌입했다. 〈레이더스〉와 멘델스존의 바이올린 협주곡 E단조도 들었다.

금요일까지 내야 하는 독일어 과제가 있고, 인류학과 지질학과 생리 심리학 시험도 다가오고 있다. 통계학과 지질학 수업은 빼먹지 않았지만, 인류학과 물리학과 독일어 쪽은 각각 3회 결석한 상태다.

며칠 전과는 달리, 「카라테카」를 상상해도 그리 신명이 나지 않는다.

1983년 2월 3일

오늘 아침의 생리 심리학 수업에서는 신경전달물질에 대해 배웠다. 지질학: 진화론의 단속평형모델과 계통발생적 점진주의 모델.

"암탉은 달걀이 새로운 달걀을 만들어내는 수단이다."라고 말한 사람이 버틀러였던가? 만약 외계에서 온 동물학자가 내가 방안 온도를 일정하게 유지하려고 계속 문과 창문을 열었다 닫았다 하는 광경을 관찰한다면, 아마도 나의 다른 기능(먹고 자고 독서하고 게임하는 등등) 역시 온도조절장치로서의 역할일 거라는 결론을 내리리라고, 몇 주 전 상상하던 일을 떠올렸다.

「카라테카」 관련으로 이런저런 상상과 낙서를 거듭했다. 아주, 아주 잘 나올 것 같다. (재미있게도 내가 이런 상상에 몰두하는 때는, 항상 다른 뭔가 때문에 코너에 몰려 있을 때다. 이번의 경우엔 독일어 숙제였다.) 개인적으로는 이 게임에 꽤나 낙관적이다. 내 상상대로만 완성된다면,「차플리프터」에 비할 만한 베스트셀러가 될지도 모른다. 중요한 건 마치 3차원처럼 보이도록 그래픽을 만드는 것이다. 그리고 3차원같은 느낌을 내는 핵심은 바로…… **그림자**다.

내 인생이 갑자기 몽땅 공허해지는 듯한 느낌이 든다. 이 공허함을 다시 채우려면, 뭔가 노력을 해야겠다.

1983년 2월 4일

아침에 우체국에서 우연히 로라를 만났다. 최근 여러 번 전화를 걸어 나를 찾았다며, 소식을 하나 전해 주었다. 내년의 예일 대 로스쿨 영화 모임 운영진이 선출됐다는 것이다. 로라, 니콜라, 빌, 벤, 그리고 나라고 한다. 기쁘고 행복한 일이다.

1983년 2월 5일

「카라테카」 관련으로 제법 실질적인 진전이 있었다. 아직 실제 코딩 작업에 돌입할 단계까지는 아니지만. 이 게임은 정말, 정말, **정말로** 멋지게 만들 수 있을 것 같다. 내가 만족할 만한 결과물이 나올 수 있을 것 같고, 넘버원 애플 게임이 될 수도 있으리라고 생각한다. 내가 너무 자신만만한가?

내일은 다시 「카라테카」에서 신경을 끊어야만 한다. 수업 진도를 따라잡기 위해 하루를 바쳐야 하니까.

로스쿨에서 작업을 했다. 카말라가 스파이크 박힌 팔찌를 빌려줬다.

1983년 2월 6일

오늘도 「카라테카」의 날이었다. 딱히 그럴 생각은 아니었는데, 하루종일을 이 게임 구상에 몽땅 써 버렸다. 독일어 숙제로 한트케의 소설 〈소망 없는 불행 Wünschloses Unglück.〉에 대한 레포트를 써야 했기에, 밤에는 구상을 그만둘 수밖에 없었다.

오늘과 내일 사이에 한 달쯤의 시간이 더 있었으면 좋겠다. 유용하게 쓸 수 있을 텐데.

내게는 '작업' 모드와 '비작업' 모드, 딱 두 가지 모드만이 있을 뿐이다. '작업' 모드일 때는 그 시간이 너무나 소중해서, 작업에서 잠시 손을 놓아야 하는 시간조차도 아깝다. 그게 지난 크리스마스 때는 「데스바운스」였고, 지금은 「카라테카」다. 자고, 먹고, 옷 갈아입는 것조차도 잊어버릴 정도다. 다른 일상은 완전히 내팽개쳐지고, 주변은 엉망이 되어버린다.

'비작업' 모드일 때의 나는 그야말로 게으름뱅이다. 음악을 듣고, 새 음반을 사려 시내를 거닐며, 아무 일도 하지 않고 앉아만 있는다. 여름 한 계절 정도는 거리낌없이 낭비해버릴 수 있을 정도다.

1983년 2월 7일

「카라테카」 관련으로 큰 결정을 하나 내렸다. 기본 서기 자세를 고양이발 서기에서, 앞뒤로 다리를 쭉 펴는 대칭형 서기 자세로 바꾸기로 했다. 그러면 주인공 캐릭터의 그래픽 용량이 반절로 줄어드니, 애니메이션을 넣을 메모리를 추가로 확보할 수 있겠지.

오는 금요일 벤과 함께 뉴욕에 가서 〈간디〉, 〈투씨〉, 〈소피의 선택〉(내가 고름)과 〈로드 워리어〉(벤이 고름) 등등의 영화를 잔뜩 보기로 했다. 뉴욕의 집에 전화를 걸어 아버지에게도 알려드렸다. 아버지는 간만에 뉴욕에 오는데도 집에 들르지 않는다는 데 실망하셨다. 아, 맞아. 봄방학까지 딱 3주 남았다.

오랜만에 수업에서 재미를 느꼈다. Ich will wissen, können(나는 알고 싶다). 벤이 내가 배우지 않는 미술사, 지구의 역사, 고대영어 같은 수업을 만끽하고 있는 게 부럽다.

지질학 폴더가 어디 있는지 못 찾겠다.

1983년 2월 10일

아마도 내가 얼마나 공부를 안 하는지 제대로 파악하고 있는 사람은 벤 정도일 거다.

내 **삶**은 이렇다. 음악을 듣는다. 음반가게 안에서 음반을 뒤적거린다. 신문과 잡지를 읽는다. 컴퓨터 게임을 즐긴다. 창밖을 바라본다. 영화를 잔뜩 본다.

그리고, 가끔 비트의 세상으로 빠져든다.

비트의 세상에 들어오면 나는 16진법으로 먹고, 자고, 살고, 숨쉰다. 밤에 침대 위에서 잠들려 노력하는 와중에도, 내 손가락은 슬며시 타이핑을 한다. 4000>2000. 3FFFM. 7C1BG. 3dOG. 내 눈앞에는 커서가 깜박이고 있다. 서브루틴에 쫓겨 도망가는 악몽을 꾼다. 낮에는 30분만 여유가 생겨도 방안에 처박혀 문을 닫고 컴퓨터 앞에 앉는다.

(이 일기는 빨래가 제대로 건조되었는지 확인하러 지하 세탁실로 내려가는 동안 쓰고 있다.)

1983년 2월 11일

[뉴욕] 지그펠드 극장에서 〈간디〉를 봤다. 벤과 함께 〈더 월〉을 봤던 바로 그 극장이다. 커다란 스크린에 멋진 스테레오 돌비 사운드, 깔끔하고 초점이 선명한 영상, 깨끗한 필름까지. 영화 자체도 훌륭했다. 웅장했고, 아슬아슬했고, 장대했다. 밖으로 뛰쳐나가 경찰관에게 두들겨맞고 싶어질 정도였다.

여기는 눈이 잔뜩 오고 있다. 벤과 내가 휘몰아치는 눈보라 속으로 발을 내딛자, 마치 내가 알고 있는 뉴욕이 아닌 것 같았다. 어디가 인도이고 어디가 차도인지조차 알 수가 없었다. 도로에는 차가 거의 없었고, 다니는 차들조차 매우 느릿하게 움직였다. 가끔 바람이 세게 불면, 거대한 눈의 구름이 마치 사막의 모래폭풍처럼 휘몰아치곤 했다. 길가에서 눈이 회오리를 일으키며 솟아올랐다. 아파트에 도착했을 때쯤에는 마치 우리가 용맹한 북극 탐험가가 된 듯한 기분이었다. 실로 놀라웠다.

아직도 눈이 내린다. 내일 아침의 뉴욕 풍경이 정말 기대된다.

아무래도 카라테든 체조든 제대로 배워야겠다. 무엇보다 나를 위해서다. 몸이 마르고 체력도 약해진 것 같다. 아버지는 자세가 나쁘다고 내게 말씀해 주셨다.

1983년 2월 12일

아름다운 겨울날이다. 하늘은 푸르고, 태양은 빛나고, 땅에는 눈이 한가득 쌓였다. 우리는 공원을 지나 자연사박물관까지 걸어갔다가, 휴관 중이어서 다시 공원을 가로질러 유럽관만 열려 있던 메트로폴리탄 미술관으로 갔다.

아파트로 돌아온 후, 오래간만에 새로 그림을 그렸다. 에밀리가 자기 캐리커처를 그려달라고 해서 몇 장 그려봤지만, 에밀리와 닮은 구석조차 나오지 않았다. 방금 전에는 이 페이지 위쪽에 벤의 얼굴을 그렸다. 다시 그림을 그려보니 기분이 좋다. 자신감을 얻기 위해, 스케치북을 하나 사와야겠다.

1982년 2월 13일

[예일 대] 운영진에서 물러나는 데이비드 스텐과 브루스 코언을 축하하는, 로스쿨 동아리 운영진 모임이 있었다. 오오 세상에, 정말이지 멋졌다!

오늘은 새로 산 스케치북에 이런저런 캐리커처를 그리며 여유시간을 보냈다. 실력이 점점 나아지고 있다.

브로더번드 사(게리 칼스턴 씨 대신 캐시 칼스턴 씨가 보내 주었다. 지금은 더그 칼스턴 씨가 대표라고 한다)로부터 편지가 왔다. 적을 더 늘리라고 한다.

1983년 2월 15일

오늘 하루의 대부분을 「데드라인Deadline」★을 플레이하며 보냈다. 실로 짜증나는 게임이다.

드로잉 태블릿(버사드로우VersaDraw였나?)이 포함된 그래픽 패키지를 사고 싶다. 예산은 $300.

지질학과 인류학 시험을 망쳤다. 젠장.

1983년 2월 16일

결론이 궁금한 실험들(내가 굳이 할 필요는 없지만).:

1) 미모는 유전되는가?

2) 피부를 차갑게 하면 통증에 민감해지는가?

3) 멀미란 무엇인가?

4) 영화를 볼 때 멀미가 나는 이유는?

「데드라인」쪽은 몇 가지 진전이 있었지만 지금은 원점으로 되돌아왔다. 로버트가 살해당했다는 증거를 아직 얻지

★역주. Deadline: 1982년 인포콤 사가 발매한 인터랙티브 픽션 형의 추리 어드벤처 게임.

못했다. 나는 백스터가 범인이고, 아마 던바가 범행을 도왔을 거라 의심 중이다. 톰은 파이프를 꺼냈다.

보수를 받으러 슬레이드의 사무실로 갔다. 그는 내게 1024×1024화소와 256컬러를 자랑하는 멋진 아폴로 컴퓨터를 보여 줬다. 스크린 메모리가 무려 1MB란다. 와.

보트랙스Votrax 사의 스피치 이미터Speech emitter도 보여 줬다. 영어로 문장("I pine for my far-away homeland")를 입력했더니, 스칸디나비아인스러운 억양으로 음성을 합성하여 또박또박 읽어 주었다.

1983년 2월 17일

한때 내 방이었던 곳의 바닥에 매트리스를 깔고 누워 있다. 지금 이 곳의 이름은 '통제실Control Room'이다. 여기엔 벤과 내가 가진 모든 전자기술의 결정체들로 가득하다. 애플, 아타리, 스테레오, TV, 그리고 주변기기들.

먼지도 수북하다.

1983년 2월 21일

오늘밤엔 2학년생들끼리 저녁 식사가 있었다. 네이피어스 식당에서 리셉션이 열렸고, 다이닝 홀에서 근사한 백색 식탁보 및 촛불과 함께 여느 때보다 화려한 음식으로 저녁을 먹었다.

일상에서 벗어나 휴식을 즐기며, 거의 써먹을 기회가 없어 가물가물했던 칵테일 파티에서의 예절을 다시 연습할

어머니가 보내주신 엽서.

절호의 기회였다.

내가 이 일기를 꾸준히 쓰고 있다는 게 기쁘다. 돌이켜 보니, 1학년 당시의 나는 거의 대부분 꽤나 외롭고 우울한 상태였다는 것을 깨달았다. 요즘은 확실히 예일 대 입학 이래로 최고의 나날이다.

내 최대의 적은 여전히 게으름, 즉 늦잠과 무기력이다. 두 번째 적은 비사회성, 즉 친구를 만들려 하지 않고 혼자 틀어박히곤 하는 버릇이다.

오후에는 컴퓨터를 잠깐 만지작거려, 「데스바운스」에서 ALF 카드의 사운드가 나오게끔 해보려고 했다. 하지만 제로페이지 충돌이 나는 바람에 집어치워 버렸다.

1983년 2월 22일

「데스바운스」에 슬슬 다시 발동을 걸어야겠다. 내일은 브로더번드 사에 보낼 편지를 써야지. 그 다음엔 슬레이드에게 전화를 걸자.

1983년 2월 24일

방금 슬레이드와 대화했다. 갈렌이 내 프로그램을 마음에 들어 한다. **다만…** 등장하는 알파벳 단어의 난이도가 너무 들쭉날쭉하다고 보는 것 같다.

결론: 처음 만들어 준 게임의 26개 단어에 새 단어 26개

를 더해서, 「알파벳I」(쉬움)과 「알파벳 II」(어려움)이라는 두 개의 게임으로 만들어달라는 얘기다.

그러면 $3,000을 추가로 주겠다는 거다.

난 대답했다. "알았어요. 해볼 만하네요."

우훗!

돈이 이렇게 쉽게 벌리면 안 될 것 같은데.

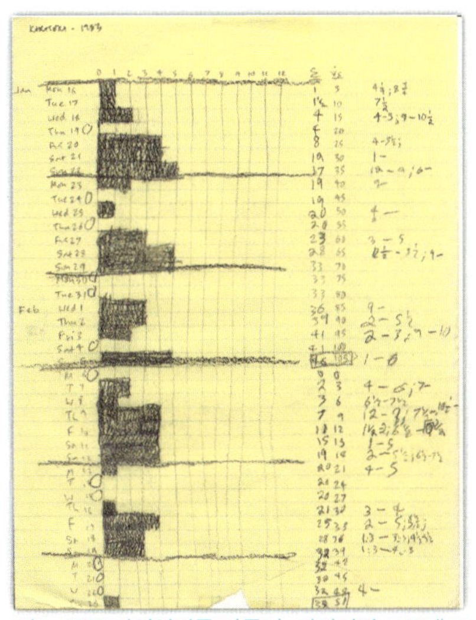
나는 종종 작업일지를 만들어, 이런저런 프로젝트에 투입한 시간을 기록해 두곤 했다.

매번 아버지와 전화 통화할 때마다, 지난 학기의 성적을 물어보실까 봐 살짝 걱정이 들곤 한다.

1983년 2월 25일

슬레이드가 자기 아들과 친구를 데리고 찾아왔다. 아이들에게 「알파벳」을 테스트시키기 위해서였다.

1983년 3월 8일

[채퍼콰] 다시 하루종일 「카라테카」 작업을 했다. 오늘의 주요 성과는, 소량의 애니메이션 루틴을 임시로 만들어 컴퓨터 상에서 어떻게 보일지 직접 돌려 본 것이다. 대강 만들어 본 것치고는, 놀라울 만큼 괜찮았다.

아버지는 사람의 동작을 촬영해서 프레임을 체크해 보라고 제안하셨다. 어머니는 내일 저녁 데니스(카라테 사범)를 찍

데니스 홀리데이와 가로 카피키안.
(비키 메크너의 사진첩에서 발췌)

어보라는 아이디어를 주셨다. 그러고 보니, 필름 편집기를 샀던 적이 있다는 기억이 났다. 아직 집에 남아 있으려나?

매우 생산적인 하루였다. 내가 해야 할 일이 무엇인지는 제대로 알고 있다. 그러니 바로 하면 된다. 이번 방학동안은 그림 연습에 몰두하고, 프로그래밍 쪽은 대학교로 돌아갈 때까지 손대지 말자.

지난 이틀 동안 밖에 한 발짝도 나가지 않았다.

1983년 3월 9일

저녁에는 엠스포드 도장에 가서, 대련을 지켜보고 데니스의 동작을 촬영했다. 데니스는 내 주문에 무척 잘 협조해 주었다. 내가 전달한 의도를 바로 이해하고, 심지어 넘어지는 자세까지 모든 카라테 동작을 완벽하게 시연했다. 필름이 잘 찍혔기를 빌 뿐이다. 어머니가 내일 아침 인화하러 가져가신다고 한다.

버사라이터를 파는 곳을 찾아, 여기저기 전화를 돌렸다. 모두 허탕이었다. 내일 버사 컴퓨팅 사에 아예 전화를 걸어 주문해 볼 생각이다. 회사가 아직 있는지는 모르겠지만.

아, 필름이 제대로 찍히지 않았다면 정말 슬플 것 같다. 새 필름이었고, 배터리도 확인했고, 카메라도 버튼을 눌렀을 때 각종 동작음이 제대로 들려왔다. 그러니까 잘 나올 거야.

결과가 나올 때까지는 코드를 짜야지. 나도 알아. 어제밤에는 딴말을 했지만, 필름이 제대로 나오기 전까지는 이미지 관련 작업을 더 해봐야 의미가 없다.

어쨌든 데니스는 정말 **최고였다!**

1983년 3월 10일

버사라이터를 뉴저지 주에 있는 컴퓨웨어 사로 225달러에 주문했다. 버사라이터의 이전 판매처였던 크리에이티브 컴퓨팅 사에서 알려준 정보였다. 늦어도 월~화요일까지는 도착하겠지.

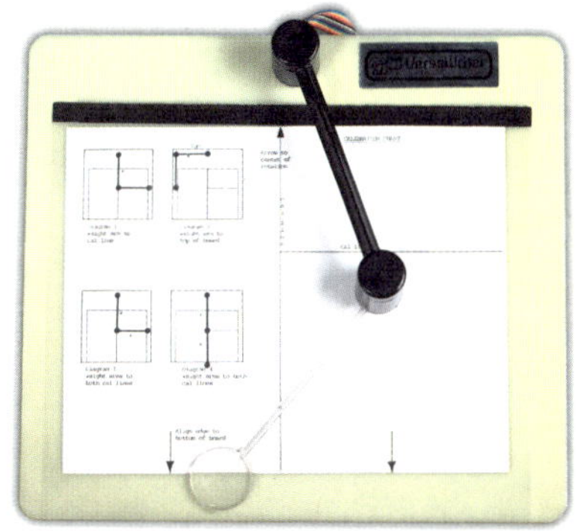

컴퓨웨어 사의 버사라이터
(1980년 전후)

필름은 월요일에나 나올 텐데, 안달이 난다.

고장난 모비올라Moviola 필름 편집기는 포기하기로 하고, 잘 돌아가는 두 대째의 모비올라를 지하실에서 찾아냈다.

1983년 3월 11일

근사한 「카라테카」의 타이틀 화면을 그려 봤다. 내일은 좀 소소한 부분을 프로그래밍해 놓아야겠다. 키 입력을 설정하는 루틴 같은 것을 말이다.

1983년 3월 14일

오늘도 「카라테카」를 작업했다.

지난 이틀간을 흘려보내지 않고 집중했다. 먼저 DRAX★ 툴을 활용해 게임의 장면들을 멋지게 제작했고, 게임 디자인 문서를 만들어 앞으로 어떻게 개발할지에 대한 방향성을 바로잡았다.

아버지는 오늘의 내 DRAX 작업물을 살펴보시고 의견과 조언과 아이디어를 잔뜩 주셨다. 이 프로젝트에 정말 기대가 많으시다.

데이비드는 아타리 사의 컴퓨터가 애플보다 낮다는 점을 내 입으로 인정하게 만들려고 계속 질문해대고 있다. "조던 형, **형도** 애플에 DELETE 키가 있었으면 좋겠지?"

1983년 3월 13일

「카라테카」의 DRAX 작업을 계속했다. 오후에는 얼티밋 프리스비 시합을 뛰었다. 재미있었다. 다들 진흙탕이 되어 멋진 시합을 했다. 나는 시합 내내 숨이 가빠서 고생했다. 아무래도 조깅을 재개해야겠다.

쿠퍼스 식당에서 할아버지의 86세 생신파티가 열렸다. 할아버지는 몇 년 전까지만 해도 곧 죽게 될 거라 여기셔서 "몇 년만 더!"하며 골몰하다 보니 어느새 자서전 집필이 끝

★역주. DRAX: 당시 메크너가 게임 개발용으로 자작해 사용하던 그래픽 디자인 툴.

났더라는 멋진 연설을 하셨다. 자서전은 완성됐지만, 할아버지는 지금도 살아서 여기 계신다.

늙어간다는 건 마치 종점이 있는 도로 위를 운전하는 것과 같다는 말씀을 하셨다. 언젠가 끝이 오겠지만, 그게 언제일지는 알 수 없다.

뉴욕 플레전트빌의 조애나 아주머니 댁에서 열린 86세 생신파티 당시의 내 조부모님인, 아돌프 메크너 박사(본문의 '할아버지')와 헤디 메크너. (배경의 이 집은 제가 낸 그래픽 노블 회고록 '리플레이'의 129~131p에도 묘사돼 있습니다.) 1차대전 당시 오스트리아 군인으로 참전했고 나치 시대엔 오스트리아의 유대인 난민 신세였던 등의 우여곡절을 겪었던 할아버지의 인생역정은, '리플레이'의 주요 테마 중 하나입니다.

1983년 3월 14일

인화된 필름을 받아 왔다. 아무 것도 찍혀있지 않았다.

몇 시간쯤 매우 우울했다. 마음을 추스린 후 모에게 전화해 카메라를 빌려 달라고 부탁했고, 데니스에게도 전화해 내일 저녁 다시 동작을 촬영하기로 했다.

결과적으로 $15가 허공에 날아갔다(필름값 $10, 인화비 $5). 그건 차라리 괜찮아. 정말 화가 나는 일은, 귀중한 시간을 허비했다는 거다.

주문해 놓은 '버사라이터'는 아직도 안 왔다. 어쩌면 내일 오려나.

Part 3:
ROTOSCOPING

로토스코핑

ROTOSCOPING

1983년 3월 15일

UPS 배달원이 왔는데, 보증 수표가 필요하다고 했다.

1983년 3월 16일

내일 나는 47번가 사진관에 들러서 데이비드에게 줄 아
타리 테이프 레코더를 살 거다. 아니면 워크맨이나.

1983년 3월 17일

AppleII 16K	$1200
32K RAM 추가	$100
디스크 드라이브 w/콘트롤러	$600
ALF 신디사이저 카드	$200
앱손 MX-80 프린터	$600
프린터 용 인터페이스 카드	$100
랭귀지 카드★	$150

★역주. 랭귀지 카드: 48K 메모리의 Apple II 에 16K의 추가 메모리와 FDD 부팅 기능을
추가시키는 확장 카드. FDD를 이용해 내장 BASIC 외의 다른 언어를 사용하는 것이 기본
용도다. Apple II +부터는 기본 내장 기능이 되었다.

EZ Port★	$25
조이스틱	$60
패들★★	$40
Dan Paymar 소문자 어댑터	$30
RF 모듈레이터★★★	$25
(그리고 이번에) 버사라이터	$250

지금까지 내 컴퓨터 시스템에 들어간 돈: $3400

지금까지 내가 번 돈: $3750

★ ★ ★

버사라이터의 박스를 풀어 몇 시간동안 갖고 놀아봤다. 정말 놀라운 작업도구다. 지금 쓰기엔 좀 낡았고(매뉴얼의 저작권 표기는 1980년이었다), 동봉된 프로그램 디스켓이 (놀랍게도) DOS 3.2용★★★★이며, 프로그램은 BASIC으로 짠 것

버사 컴퓨팅 사의 버사라이터. 사진은 픽셀 매거진 (폴란드)에서 인용.

이었다. 하지만 지금도 쓸 만하고, 곧바로 제값을 하게 될 것 같다. 일단, 「알파벳Ⅱ」의 작업효율부터 늘릴 수 있다. 또한, 이제부터는 슈퍼 8mm 필름 편집기 상에 데니스의 동작 장

★역주. EZ Port: Apple Ⅱ의 조이스틱 포트를 외부로 확장해 탈착이 쉽도록 해 주는 주변기기.

★★역주. 패들: 좌우로 돌리는 다이얼형 입력장치. 주로 블록깨기형 게임 조작에 사용되었다.

★★★역주. RF모듈레이터: RF 단자를 통해 일반 TV에서 컴퓨터 영상을 볼 수 있도록 하는 주변기기. 애플Ⅱ에서는 주로 컬러 그래픽을 TV로 보는 용도로 사용되었다.

★★★★역주. 이 시점에는 애플 DOS 3.3이 일반화되어 있었다.

면(제발 이번엔 잘 나와라!)을 띄워 놓고 종이를 덮어 윤곽을 그린 다음, 그 종이를 버사라이터 위에 오려 놓고 윤곽선대로 컴퓨터에 입력해 데이터를 만들고, 끝으로 그 데이터를 늘 하던 것처럼 DRAX에서 정리해 마무리할 수 있게 되었다. 이 기법을 도입하면 그래픽 제작 작업(즉, 동작의 윤곽선을 따고 DRAX에서 정리해 맞추는 일)의 수고를 80%나 절감할 수 있고, 품질도 극적으로 향상된다.

현상소 말대로라면, 내일 12:30이면 필름이 나올 거다. 제발, 제발, 제발 이번엔 제대로 나오기를! 또 저번처럼 실망스런 결과라면 정말 우울해질 것 같다.

이미지가 흐릿하든 어둡든, 모습이 보이기만 하면 돼. 대략적인 동작 윤곽만 딸 수 있으면 된다고.

1983년 3월 18일

필름을 받아왔다.

바로 확인해 봤다.

영상의 품질은 10점 만점으로 볼 때 대충 7점 정도다. 뭐, 이 정도면 쓸 만해. 다만 현 시점에서 내가 직면한 최대 문제는, 데니스가 옆차기가 아니라 돌려차기 동작을 했다는 거다.

필름 3프레임 당 1컷이나, 초당 6컷으로 하면 되겠다.

이제 슬슬 작업해볼만할 것 같다.

   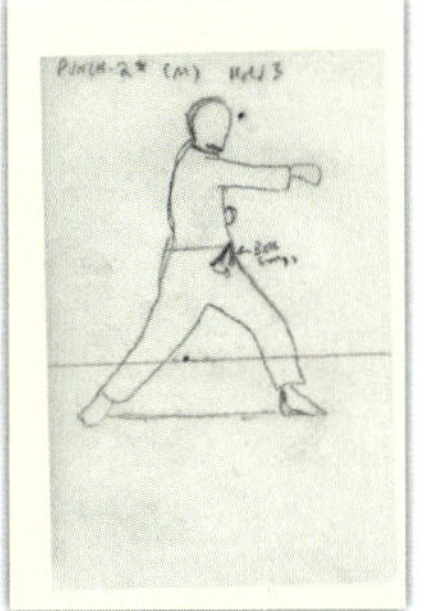

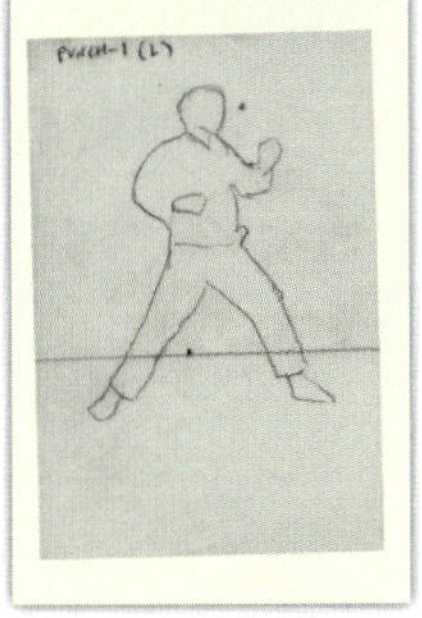 

1983년 3월 19일

「카라테카」 작업 상황:

(1) 스텝, 지르기, 돌기, 경례, 걷기 동작은 기름종이에 따내기 완료.

(2) 스텝 동작을 *버사라이터*로 트레이싱, (3) 버사라이터의 '검사' 기능으로 화면에 정착시키기, (4) DRAX로 옮겨 메모리에 띄운 후, 임시로 만든 루틴을 이용해 애니메이션을 실험.

$4000G를 입력하고 RETURN키를 누르기 전까지는, 최종 결과가 어떨지 전혀 알 수 없었다. 실은 걱정했다. 제대로 잘 따낸 것 맞나? 버사라이터가 일을 잘 해 줬을까? 3프레임 당 한 컷으로 가기로 한 건 옳았나?

딱 데니스 모습인 조그만 그래픽 캐릭터가 화면을 가로

질러 걸어가는 장면을 보면서, 내 입에서는 연신 **"이거야!"** 라는 말만이 나왔다.

감격스러운 순간이었다.

어쨌든 이제 확실해졌다. 이건 된다. 필름에서 기름종이로 따고 버사라이터로 데이터를 만든 다음 DRAX로 마무리한다는, 내가 개발한 이 기법은 정답임이 증명되었다. 애플 상에서 내「카라테카」만큼 뛰어난 애니메이션이 구현된 적은 없으리라는 합리적인 확신이 생겼다.

이제부터 내 우선순위 1순위는「카라테카」에 두겠다.「데스바운스」,「알파벳」, 대학교 등등은 그 다음이다.

1983년 3월 20일

기쁘게도 할머니와 할아버지가 찾아와 주셨다.

할머니는 내게, 대학 졸업 후의 장래계획을 물으셨다. 난 이제까지 중에서 가장 근사한 답변을 내놓았다. "컴퓨터 혁명의 최전선에 서서 미래를 지켜보려고 해요."

1983년 3월 21일

[뉴헤이븐] 기분이 정말 좋다. 행복하고, 자신만만하다. 오늘은 평소보다 더 많은 사람에게 즐겁게 인사했다. 대중심리학자들의 말마따나, 집에서 시간을 보내는 건 '자존감을 증진시키는' 효과가 있는 것 같다.

오늘은 가능한 한 많이「카라테카」작업(기름종이에 동작 따내기)에 집중했다. (난 지금 그걸 할 때가 아닌데도 그쪽에 시간을 은근슬

쩍 쓰는 게 정말 좋다. 그 일이 더 즐거워지고, 계속 그 일만 떠올려서 다른 일을 할 때조차도 그 일로 돌아가고 싶어 안달하게 되니까.) 잽, 지르기(까다로웠다), 막기(제일 까다로웠다)를 따냈다. 재작업할 일이 없다는 가정 하에, 제일 힘든 작업은 끝났다. 이제 발차기(이것도 아주 까다롭다) 하나만 남았다.

다음엔 달리기, 쓰러지기, 준비 자세다. (경례, 돌기, 걷기, 스텝은 이미 끝냈다.)

아침에는 우편물이 도착했다. 내가 이제까지 받은 우편물 중 가장 많은 양이었다. 〈소프톡〉, 〈크리에이티브 컴퓨팅〉, 〈인사이더InCider〉, 〈체스 라이프〉, 〈스타로그〉 등등의 잡지들과, 이런저런 편지봉투다.

1983년 3월 22일

아침엔 매우 오랜만에 심리학 수업을 들어갔지만, 다른 두 수업(지질학과 인류학)은 「카라테카」 작업을 하기 위해 쨌다.

오늘은 많은 진전이 있었다. 중단 펀치를 '애니메이팅'했고(= 그림을 버사라이터로 따고, 검사 기능으로 위치를 잡고, DRAX로 이미지 테이블을 세팅하고, 임시 코드를 짜서 키를 누르면

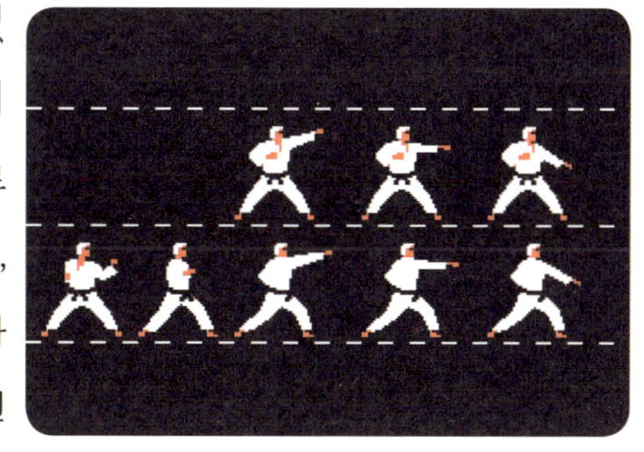

이미지가 단계별로 움직이도록 만들었다), 스텝 모션은 95%만큼, 중단 펀치는 50%만큼 '편집'했다(=DRAX를 이용해 이미지를 작업하

여 n%만큼 '완성'했다(= 더 손댈 필요 없을 만큼 좋다)).

따낸 윤곽선을 괜히 손대면 자칫 애니메이션이 틀어져 또 몽땅 망쳐 버릴지도 몰라 걱정했다. 어쩌면 이 기법 자체가 치명적으로 망가질 수도 있으니까.

하지만 멋지게 잘 돌아갔다. DRAX로 이미지를 편집해 보니 특유의 실감나는 느낌이 손상되지도 않았을 뿐더러, 오히려 더 나아졌다. 이제 이 작은 친구는 버사라이터에서 막 넘어왔을 때보다 훨씬 더 그럴싸해 보인다.

우리의 인지능력이라는 게 생각보다 꽤 관대하다는 게 계속 놀라울 따름이다. 정말 멋지다. 만약 그렇지 않았더라면, 우리는 컴퓨터 게임이나 영화를 지금처럼 즐기지 못했으리라.

내일은 슬레이드와의 만남이 있다.

기름종이가 다 떨어졌다.

[밤 11시] 새로 편집해 본 스텝 동작이 실은 **그다지** 좋은 편이 아니다. 허리 아래 부분은 괜찮다. 하지만 상체는 마치 판지를 오려 놓은 것 같다. 좀 더 생생한 느낌이 나도록, 원본 스케치마냥 살짝 흔들림을 줘야겠다.

1983년 3월 23일

슬레이드를 만났다. 월 $2,000달러짜리 여름 아르바이트 제안을 거절하고, 프로젝트 단위로 일하고 싶다고 말했다. 어쩌면 「알파벳」 작업에 활용하라며 IBM-PC 한 대를 받을 수도 있겠다. 받고 나면 (안 들키면 되잖아?) 「카라테카」를 작업할 때도 써먹을 수 있겠지.

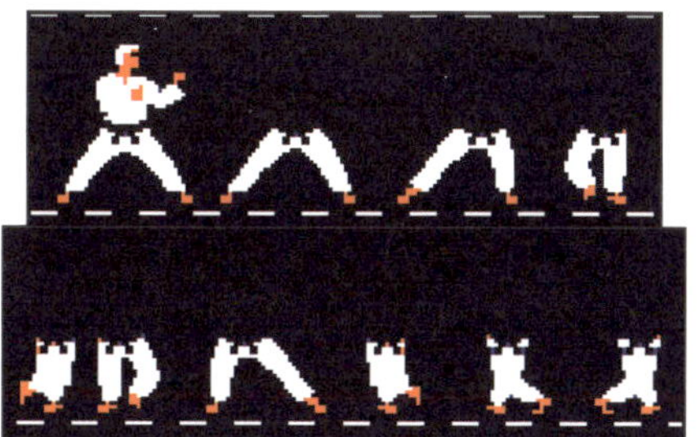

「카라테카」 쪽은 뚜렷한 작업 없이 좀 쉬어가는 느낌으로 갔는데, 이것도 나름대로 좋았다. 캐시 칼스턴 씨에게 편지를 보냈다.

맙소사! 방금 깨달았는데, 오늘 강의를 하나도 안 들어갔다! 일단 독일어, 그 다음에 통계학.

더그 씨에게 보낼 문서를 타자했다.

1983년 3월 24일

아침의 심리학은 째버렸다. 지질학은 들어갔다. 인류학도 쨌다.

「카라테카」 작업을 조금 했다.

1983년 3월 25일

레즈Reds에서 나오던 도중, 심장이 멈출 듯 아름답고 젊은 금발 여인이 내 시선에 들어왔다. 파란색 패딩 조끼를 입고 있었다. 그녀가 나를 지나칠 때 잠시 눈이 마주쳤다. 그녀는 내게 빙긋 미소를 지었다. 그녀가 나올 때 나서서 문을 잡아 줬고, 그녀의 손가락이 내 손과 스쳤다. 그리고 그녀는 어디론가로 사라졌다.

독일어를 깜박했다. 지질학의 랩 테스트는 망쳤다. 독일어 수업은 못 들어갔다.

1983년 3월 28일

(헤드폰을 끼고 털모자를 귀가 덮이도록 눌러쓴 벤이, 통제실로 들어와 컴퓨터 앞에 앉아있는 조던을 보고 웃는다.)

벤: 너도 지금 접속중인가 보군.

(조던이 씨익 웃는다.)

벤: 우리가 꿈꾸던 게 정말로 실현되고 있군. 다른 사람들에게 우리 일을 더 많이 떠맡겨야, 우리는 자기 일을 하는 척하면서 센서라운드★ 경험을 만끽할 시간을 더 확보할 수 있을 텐데 말야.

조던(아쉬워하며): 맞아. 현대문명은 지금 죽어가고 있지. (잠시 침묵) 그리고 난 그 첨단 기술의 최전선에 서서 망치로 못을 박고 있고 있고 말야.

1983년 3월 29일

최근 며칠간 「카라테카」를 전혀 작업하지 못했다. 내 방이 엉망이어서다—사실 이 집 전체가 엉망이다—그리고, 내 학업도 지금 망한 상태다.

방 청소부터 해야겠다.

1983년 3월 31일

소득세 신고절차를 마쳤다. 내 컴퓨터 장비가 감가상각

★역주. 센서라운드Sensurround: Cerwin-Vega와 유니버설 스튜디오가 공동 개발한 영화 상영 시의 사운드 업그레이드 기술 브랜드 명칭. 1974년작 영화 〈지진Earthquake〉에서 처음 사용되었다.

된 덕에 순 사업소득이 $400 미만으로 떨어졌으므로, 올해는 신고할 필요가 없어졌다.

던햄에 가서 「알파벳 II」의 개발 계약서에 사인하고 선금으로 $500을 받았다. 어느새 꽤나 자연스러운 일이 됐다. 처음 보는 방에 들어와 몇 장의 종이에 쓱쓱 마킹만 하고 $500을 받아 훌훌 나오는 일이.

마감일은 7월 1일이다. 4월 말에 집으로 가기 전까지는 끝내 볼 생각이다.

따뜻할 때보다 추울 때 손이 어디 부딪치면 더 아픈 이유를 아는지? 얼마 전 그럴싸한 이유가 떠올랐다. 통증 수용체가 추위로 민감해지기 때문이라고 하지만, 실은 아니다. 그저 추울 때 더 세게 부딪히는 경향이 있기 때문이다. 손이 추위로 둔해져서, 손이 벽에 부딪혔다는 것을 알고 움츠리는 데 평소보다 몇 분의 일 초쯤 시간이 더 걸린다는 거지.

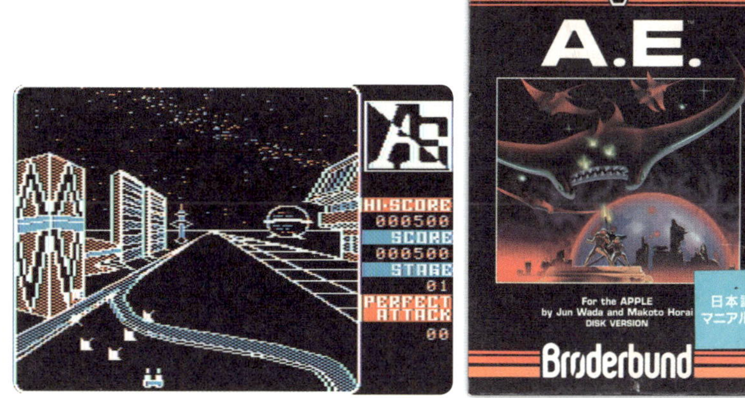

「A.E.」. 와다 준과 호라이 마코토가
개발한 작품이다(브로더번드 소프트웨어, 1983).
사진: 모비게임즈

1983년 4월 6일

Broderbund Software

March 30, 1983

Jordan Mechner
2018 Yale Station
New Haven, Ct. 06520

Dear Jordan,

I am truly sorry for not getting back to you before now. After the trip to Japan came the West Coast Computer Faire and lots of visiting programmers so we did fall behind a little.

I am also sorry to have to report that we cannot give you an assurance that Deathbounce will be published nor can we make an advance payment. We have done occasionally in the past and it usually has not worked out. You show a great deal of skill in moving shapes around in Deathbounce. I think you will agree, if you have seen some of the newer games such as AE, that the sophistication and possibilities in game programming are increasing rapidly and that it is an exciting field.

If you do find time to make changes to Deathbounce or if you have a new game to submit we would be happy to see it.

Sincerely,

Alice Carlston

Alice Carlston, Assistant in Product Development

BRODERBUND SOFTWARE INC., 1938 FOURTH STREET, SAN RAFAEL, CALIFORNIA 94901 TELEPHONE (415) 456-6424

브로더번드에서 편지가 왔다. 「데스바운스」의 판권을 사주지 않겠다는 얘기다.

1983년 4월 7일

하루를 완전히 낭비했다. 심리학과 지질학은 늦잠 자느라 안 들어갔고, 믿기지 않겠지만 12시 반이 넘도록 점심조차 먹지 않았다. 이후엔 벤이 4시에 돌아올 때까지 레코드 가게들을 어슬렁거렸고, 인류학 강의는 빼먹었다는 자각조차 없이 빼먹었다.

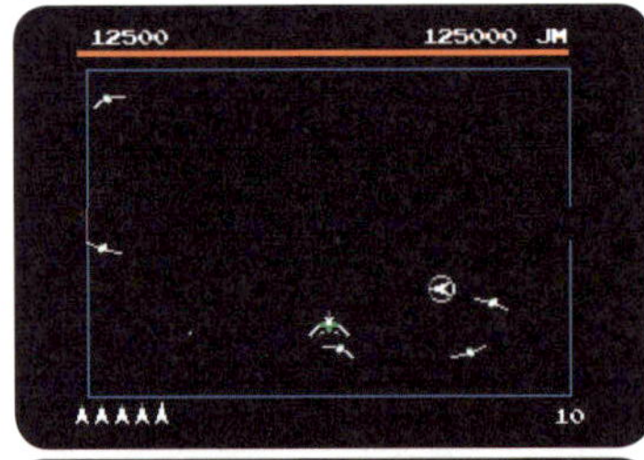

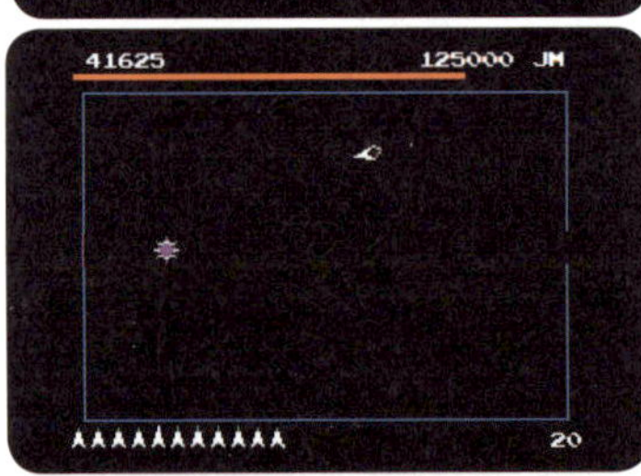

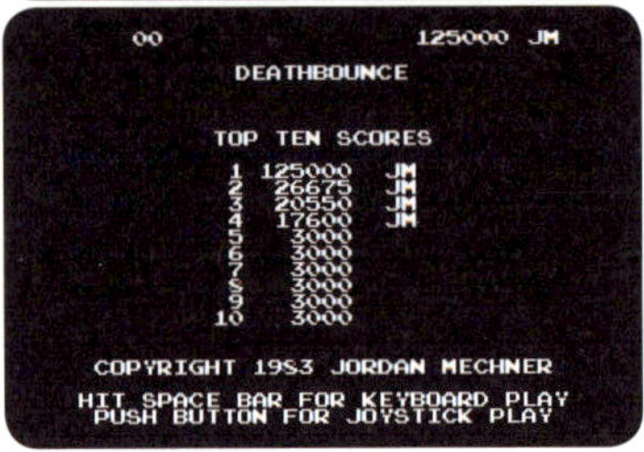

앞으로 해야 할 일:

일단 「데스바운스」부터. 공은 내 쪽으로 넘어왔다. 뭐라도 해야 한다. 자칫하면 이제까지의 500시간을 깡그리 낭비한 게 된다. 꼭 브로더번드가 아니라도 어디 다른 회사에 팔 수 있도록, 100시간쯤 추가로 들여 다듬어야겠다.

다음, 「카라테카」. 당장 서두를 필요는 없다. 어차피 올 여름까지는 끝날 텐데, 내가 아무리 노력해도 기껏해야 완성일이 몇 달 앞당겨질 뿐이다. 그래도, 내가 해야 할 작업임에는 분명하다.

다음, 「알파벳」. 언제가 됐든 끝내면 된다. 어쨌든 빨리 해치워 $4,000을 벌어야 한다.

끝으로, 대학교. 독일어 레포트가 둘, 인류학 레포트가 큼지막한 걸로 하나, 심리학 쪽은 큰 시험 하나를 앞두고 있다. 딱히 걱정하지는 않는다.

그리고, 소설을 하나 써보면 어떨까?

난 도대체 왜 이러고 있는 걸까?

나의 올해 아카데미상 예상:

최우수작품상 − 〈간디〉

남우주연상 − 폴 뉴먼

여우주연상 − 메릴 스트립

남우조연상 − 루이스 고셋 주니어

여우조연상 − 제시카 랭

최우수감독상 − 리처드 애튼버러

어쩌면 내년에는, 컴퓨터를 집에 처박아 두고 게임 프로그램 대신 소설을 써야 할지도 모르겠다.

1983년 4월 10일

올해 이뤄졌으면 하는 일:

「카라테카」를 잘 만들어 내, 올해의 **대작**이 되어 잘 팔린다. 〈소프톡〉 잡지의 랭킹 30위권 내에 들어간다. 덕분에 로열티를 잔뜩 긁어모은다.

1983년 4월 14일

조지는 미주리 주의 세인트루이스에서 고교생 시절을 보낼 때부터 16mm 영화를 찍어 왔고, 예일 대에 입학한 후에는 어느새 진지하고 포부가 크며 나중에 영화 감독이 될 사람으로서 명성이 자자했어요. 그날 우리의 만남은 평생에 걸친 우정의 시작이었죠.

영화 〈THX 1138〉을 보러 에즈라 스타일스 칼리지Ezra Stiles College에 갔다. 우연히 한 칸 건너 좌석에 앉은 조지 히켄루퍼George Hickenlooper와 통성명을 했다. 그는 내가 소속된 예일 대학 로스쿨 영화 모임이 자신에게 $200를 기부해준 것을 고마워했으며, 덕분에 자기 영화의 제작비에 보탤 수 있었다고 했다. 그 돈이 큰 도움이 됐고, 현재 영화는 85%쯤 완성했다고 한다. 조지는 우리 영화 모임에서 자기 영화를 상영하고 싶은데 관심이 있느냐고 물었고, 나는 그렇다고 답해줬다.

1983년 5월 1일

로스쿨에서 미팅이 있었다. 히켄루퍼는 우리 모임에 자신의 영화(〈그라운드 제로Ground Zero〉)의 편집 중인 필름을 가져와 보여 주었고, 우리는 그에게 $200을 추가 지불하고 로스쿨에서의 상영권을 얻기로 했다. 그는 우리에게 받은 돈을 전부 영화 만드는 데 쓰겠다고 했다.

1983년 5월 4일

[오전 1시] 방금 더그 벌렌트Doug Berlent와, 음악과 비디오 게임의 결합이 가져올 가능성에 대한 흥미진진한 대화를 나눴다. 내가 처음 만난, 나와 똑같은 관점으로 생각할 줄 아는 사람이었다. 둘이서 함께 애플 게임을 공동으로 작업해 보자는 이야기도 했다(내가 게임을 짜고, 그가 음악을 맡는 식으로). 더그에게 「카라테카」도 보여 주었다. 그가 해준 말들 중에서 다차원적이고 감각적으로 완전히 몰입하는 경험을 원하는 사람들이 있다는 것 등등은 평소 내가 하던 말과도 같았다. 덕분에 앞으로 십 년 뒤에 내가 뭘 할 수 있을지에 대해 희미한 광명이 비치는 기분이었다.

소설가나 영화 감독 따위 알 게 뭐라지. 내겐 이제까지 없었던 뭔가를 만들 능력이 있고, 그만한 자격도 갖췄다고 생각한다. 컴퓨터 프로그래밍, 문장력, 그리고 영화와 음악에 대한 뜨거운 애정이다. 새로운 형식의 예술이 떠오르는 그 지점에, 나는 있고 싶다. 대화형 영화Interactive movies라거나… 조이스틱으로 제어하는 음악이라거나… 가능성은 실로 무한하다.

내 올여름 목표는 「카라테카」 완성이다. 내 상상의 절반만큼이라도 나와 준다면, 나를 비디오 게임 개발의 세계로 데려다 주기에는 충분할 거다. 그러면 84년 여름쯤엔 캘리포니아로 가서 브로더번드나 아타리 같은 회사에서 일할 수 있을 거고… 예일 대를 졸업하고 나면… 그 다음엔 **빠밤!** 서해안 지역으로 이주해, 거기서 내 한 몸 불태워 보는 거지.

꿈같은 일이다. 캘리포니아에 살 수 있다면 정말 행복할 것 같다. 관심사가 비슷한 사람들에 둘러싸여 일도 하고 돈도 벌고……. 그렇게만 된다면 말이지! 그럼 내 고민도 다 해결되고, 내 의문에 대한 답도 모두 얻게 되겠지.

영화 제작이란, 1920년 이래로 딱히 크게 변한 것이 없는 고리타분한 작업이자 예술형식이었다. 앞으로 영화를 능가하게 될 새로운 **예술 형식**의 탄생에 보탬이 되는 것—**그것이** 내 사명이다! 이건 내 기질에도 완벽하게 들어맞는 일이다.

처음으로, 내가 앞으로 가야 할 길이 뚜렷이 보이는 느낌이다.

1983년 5월 9일

〈위험한 게임WarGames〉의 상영회가 있었다. 상영회 후, 존 배덤 감독이 우리들의 질문에 직접 대답해 주었다. 그가 우리에게 남긴 격려의 말은 다음과 같았다.

"영화계로 오고 싶다면, 먼저 인문학 교육을 충실히 받으세요. 저는 드라마 스쿨을 졸업할 때까지만 해도 영화에 대해 아무 것도 몰랐습니다. 하지만 심리학, 사회학, 미술사를 제대로 배워 둔 게 영화 일을 하면서 정말 큰 도움이 됐어요. 영화 제작에 관해 알아야 할 것들은 남에게 물어보거나 관련도서를 읽다 보면 며칠이면 배울 수 있습니다."

(조지 히켄루퍼가 이때 내 왼편에 있었는데, 발끈했다.)

영화는 나를 매료시킨다.

하지만 난 영화 제작에 대해선 아무것도 모른다.

컴퓨터 게임 따윈 짜고 싶지 않아! 연구실에 틀어박혀 일하고 싶지도 않아! 방에 처박혀 타자기와 벗하고 싶지도 않아! 나는 가고 싶어……

(음악 시작)

할리우드로!

당시 내가 스케치북에 그렸던, 〈위험한 게임〉의 감독 존 배덤과 배우 매튜 브로더릭의 캐리커처.

(음악이 점점 커지고, 나는 춤추기 시작한다)

난 훌륭한 감독이 될 거야. 될 수 있다고. 존 배덤은 철학 전공인데도, 지금은 어엿한 영화 감독이잖아. 내가 정말 간절히 원한다면, 분명 될 수 있어.

다만… 내게 그만한 배짱이 있을까?

그런 **미친** 짓을 저지를 만한 배짱이?

그래도… 영화만큼 날 흥분시키는 것은 없다.

아케이드 게임조차도.

3D 컴퓨터 그래픽조차도.

진지하게, 진지하게 내 진로를 고려해 보자.

진지하게, 고민하자.

1983년 5월 10일

데이비드 스텐은 〈위험한 게임〉을 좋아했다. 그는 그 영화에 대한 내 의견을 꽤 궁금해했는데, 내가 '컴퓨터 전문가'여서란다.

나는 매튜 브로더릭의 연기가 딱 내 고교생 시절과 같다고 말해 줬다. 그때의 내겐 방화벽을 돌파할 해킹 기술도 없었고 여자친구도 없었지만서도.

1983년 5월 13일

[채퍼콰] 그저 지금 이 순간의 내 심정을 적어 두고 싶다. 지금은 영화를 만들고픈 마음이 비디오 게임을 짜고픈 마음만큼 강하지가 않기 때문이다.

이런 심정에 영향을 미쳤을 이유들:

● 방금 뉴욕 타임즈에서 영화 〈블루 썬더〉의 리뷰 기사를 읽었다. "대작 비디오 게임 같은 영화다. 요즘은 비디오 게임이 인기인 것을 감안하면, 흥행에는 크게 성공할 것 같다." 이런 구절을 읽다보니, 컴퓨터 엔터테인먼트 분야가 한창 성장하고 있는 반면 영화 업계는 기본적으로 1920년 당시와 마찬가지라는 점을 알게 됐다.

● 「카라테카」를 간만에 돌려 살펴보다 보니 흥분되었다. 데

이비드는 결과물을 보고 매우 놀라워했다. 이런 말도 해주었다. "이 게임은 베스트셀러 1위에 오를 거야. 장담할 수 있어."

● (〈위험한 게임〉 이후로) 한동안 영화를 전혀 보지 않았다.

● 지금은 집에 있는데, 가족들 전원이 내가 장래 컴퓨터 전문가가 될 거라고 여기며 티나지 않게 여러 모로 지원해 주고 있다.

* * *

〈블루 썬더〉를 비디오 게임화한다고 치고 아이디어를 내보자. 도시의 전경이 내려다보인다. 플레이어는 헬리콥터 '블루 썬더'를 조종해 이동 중인 여자친구의 차를 호위하면서, 경찰차를 쏘고(경찰에게 피해를 입히지 않으면 추가 점수 있음), F-16의 미사일을 피해야 한다. 여자친구가 TV 방송국까지 무사히 도착하면, 말콤 맥도웰과의 드라마틱한 결전이 펼쳐진다.

오 세상에, 갑자기 영화를 만들고 싶은 충동이 차올랐어.

하지만 올여름에는 「카라테카」라는 큰 목표가 있지. 8월까지는 끝내고 싶다. 타이틀 화면, 도장 모드, 여자친구 구출 장면, 그 외 나머지도. 새 학기가 시작되어 기숙

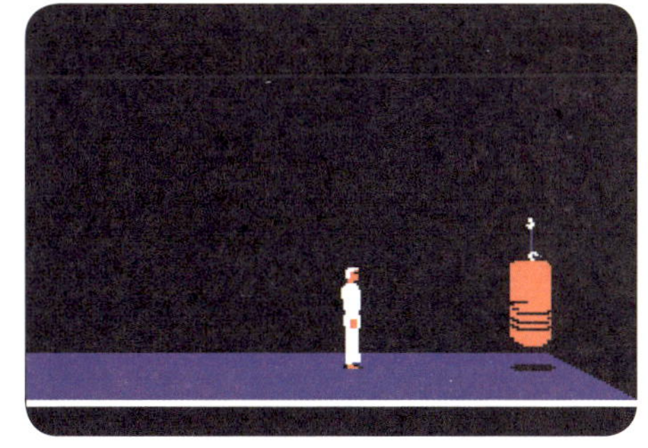

사로 돌아갈 때쯤이면 브로더번드로 보내 줘야겠지.

그리고 「알파벳」과 「데스바운스」도 남아 있고. (휴)

아무래도 컴퓨터 쪽 진로로 **가야겠다**. 내 손에 완전히 익어 있고 친숙할 뿐만 아니라, 현재 급성장 중이기도 하니까. 워낙 폭발적으로 성장하고 있으니, 내가 흥미를 느낄 만한 분야가 분명히 나올 거다. 만약 영화 감독이 된다면, 컴퓨터 그래픽과 비디오 엔터테인먼트 업계에서 일어나는 멋진 일들을 지켜보며 그 업계의 일원이 될 기회를 놓쳤다는 현실에 오히려 괴로워하게 될 거다. 반면 컴퓨터 쪽 진로로 가게 되면, 지금의 나와 마찬가지로 영화를 순수하게 즐기며 신나게 흥분할 수 있다. 어쩌면 컴퓨터 게임이 됐든 비디오 게임이 됐든 '대화형 영화'가 됐든, 그런 옆길로 잘 끼어들어 가 결국 영화 업계와 다를 바 없는 일을 하게 될 수도 있고.

이런 마음가짐을 잘 간직하고 있자. 컴퓨터 프로그래밍이 영화 제작보다 더 실용성이 높고, 문턱도 낮고, 가능성도 많고, 수익성도 크다. 이쪽이 더 장래가 유망하다.

1983년 5월 15일

애덤과 모가 찾아왔고, 「카라테카」를 보여 줬더니 반응이 그야말로 뜨거웠다. 모는 연신 "오, 우와!"를 연발했다. 우리는 마운트 키스코Mt.Kisco로 이동해 함께 〈블루 썬더〉를 봤다. 같은 영화를 두 번 보니 이번엔 별 감흥이 없었다. 영화란 참 덧없는 매체다. 단 한 번만 제대로 볼 수 있으니까.

[시애틀] 〈제다이의 귀환〉을 개봉 첫회에 보기 위해 3시간이나 줄을 서고, 두 번째 줄 한가운데 좌석에 앉아 1시간을 더 기다렸다. 개막이 다가올수록 긴장감이 기하급수적으로 올라갔다. 마지막 10초 카운트다운을 외칠 땐 관객들의 웅성거림이 함성 급으로 커졌고, 나 역시 극도로 흥분하

는 바람에 카운트다운이 5초만 더 길어졌어도 심장마비가 올 뻔했다. '3'을 외치자 장내가 어두컴컴해졌고, '0'이 되자 드디어 막이 올라갔다. 관객들은 그야말로 열광했다.

큼직하고 아름다운 곡면의 은막이 우리들의 시야를 가득 채웠다. 20세기 폭스 영화사의 로고. 제작사인 루카스필름 사의 로고. 옛날 옛적 은하계 저 멀리에서…….

스타워즈.

영상, 소리, 극장, 관객, 그리고 영화까지. 모든 것이 완벽했다.

오늘은 소설을 31쪽 썼다. 지금까지 총 53쪽이다.

타워 북스 서점에서 책들을 구경했다. 딘 R. 쿤츠의 책 〈베스트셀러 쓰는 법〉을 읽어 봤다. 매우 도움이 되었다.

1983년 6월 4일

하인즈, 버스터와 벤이 불꽃을 터뜨리며 온갖 풍선들과 불어도 꺼지지 않는 초가 꽂힌 케이크로 내게 깜짝 생일축하 이벤트를 열어 주었다. 정말 감동했다.

짐을 꾸린 후, 우리는 해변으로 나가 몇 시간을 그저 걸으며 떠내려 온 나무둥치들을 분석해 보고 조치해 줄 스탭을 찾았다.

벤과는 장래를 놓고 중요한 이야기를 나누었다. 난 딱히 작가가 되고 싶지는 않다. 너무 고독하고, 반응을 기대하기 어렵고, 외부세계와의 교류도 적으니까. 그러면 정말 미칠 것 같다. 아마 일에 너무 몰두해 삶이 엉망이 되고 우울해질 거다.

그렇다면 결정적인 갈림길은 (나 스스로도 잘 알고 있다시피) 영화 제작이냐 컴퓨터 프로그래밍이냐가 된다.

힘든 선택이다.

우리는 소설의 본질, 예술의 본질, 그리고 몇몇 영화에 대한 우리들의 비뚤어진 집착 등등에 대해 깊이 있는 대화를 나눴다. 정말 만족스러운 대화였다. 굳이 그때 나눈 이야기를 여기에 남겨 두고 싶진 않다. 아쉽지만.

뉴욕에 돌아갈 날이 기다려진다. 2주일 뒤에도 브로드웨이에서 〈브라이튼 해변의 추억〉이 공연중 이라면, 보러 가야겠다.

1983년 6월 21일

[뉴욕] 아버지와 오래 대화했다. 아버지는 사업상 거래 얘기와, 자신의 사업 파트너인 마티가 자신이 만나 본 사람 중 가장 뛰어난 친구인데도 불구하고 지나치게 겸손하고 소심해서 남에게 요구할 것도 제대로 못 한다는 이야기를 하셨다.

나는 마티의 그런 성격적 문제가 나 자신에도 있다고 말씀드렸다.

아버지는 그건 네 약점이니 고쳐야 한다고 말씀하셨다. 아니, 약점보다 더 나쁜 문제다. 할 수 있다는 담대한 태도를 하루빨리 갖지 못하면 나는 평생 갈팡질팡할 것이기 때문이다.

네가 뭔가를 시도하려는데 불안감이 든다면, 일단은 저질러 보라는 것이 아버지의 충고다.

1983년 6월 25일

한 달이 지나서야 남기는, 〈제다이의 귀환〉의 소감:

영화의 핵심 인물들(루크, 한, 레아, 심지어는 다스 베이더까지도)이 개성을 잃었다. 각 인물들이 처음엔 단편적인 이미지에서 시작했기 때문이다.

루크는 모험을 갈망해 오던 타투인 토박이 촌구석 청년이었다. 한 솔로는 이기적인 성격의 용병이었다. 레아 공주는 자신만만하고 거만하며 여자답지 않은 공주님이었다. 다스 베이더는 악의 화신이었다.

이런 식의 캐릭터 설정은, 최초의 〈스타워즈〉 때처럼 흘러간 옛날에 대한 적당한 오마쥬로 그칠 거였다면 그것도 그 나름대로 괜찮았다.

그런데 루카스는 이것을 웅장한 대서사시로 만들고 싶어 했다. 끝없이 속편을 낼 수 있는 가벼운 연작물이 아니라, 무려 9부작에 걸친 바그너 오페라식 전개를 택한 것이다. 그렇다 보니, 캐릭터 설정과 주제가 너무나 진지해져 버렸다.

즉, 3부작이 끝남으로써 스토리의 모든 문제가 해결되도록 해야 했다.

루크는 치기어린 경쟁심을 버리고 성장했다.

한 솔로는 이기심을 버리고 사려 깊은 인간으로 거듭났다.

레아는 거만함을 잃어 버리고 여자다운 인물이 되었다.

다스 베이더는 결국 선한 마음을 간직하고 있었던 것으로 바뀌어 버렸다.

문제는, 이 캐릭터들이 극복해 낸 결점이 결국 각자의 유일한 개성이었다는 점이다. 개성이 사라지니, 매력도 사라질 수밖에 없다.

캐릭터의 성장이란, 그 캐릭터가 성장할 여지가 있을 때에나 가능한 법이다.

1983년 6월 27일

방금 막 예전 일기를 뒤적거리다, 1년 전 이맘때의 기록을 읽었다. 1년 전의 나는 막 「차플리프터」를 우편으로 받아,

3D 어드벤처 게임을 짜보겠다고 의욕이 넘치는 상태였다.

작업해야지!

1983년 6월 28일

「알파벳」을 어셈블리어로 변환 중이다.

오늘은 하루종일 이 작업만 했다. 레오 크리스토퍼슨의 「셀레스트Celeste」 프로그램으로 배경음악을 만들어 넣었다. 이게 꽤 추가 용량을 먹었다.

코드는 그야말로 엉망진창이다. 각종 설정을 어떻게 해 놨는지 기억이 안 난다. **미칠 것** 같다! **아아악!**

너무 오랫동안 이 프로그램을 내버려둔 게 최대 문제였다. 소스코드에 매겨둔 레이블들이 무슨 의미인지 다 잊어버렸다. 「카라테카」를 만들 때는 문서화를 제대로 해놔야겠다.

1983년 6월 29일

하얀 배경 위에 푸른 자동차를 그려 봤는데, 이게 꽤 인상적이어서 곧바로 새로운 게임 아이디어를 떠올리기 시작했다. 나는 만화 영화처럼 단순한 스타일의 그림이 좋다. 너무 사실적인 묘사에 집착하면 오히려 불완전함이 부각되기 때문이다. 다만, 「카라테카」에서는 일단 사실적인 스타일을 유지하련다.

1983년 7월 1일

D2의 어셈블리 작업을 걸어 놓은 동안, 심심해져서 내 영어 120의 레포트를 다시 읽어 봤다. 내가 보기에도 너무 퀄리티가 낮아서 놀랐다. 과제물이 형편없다는 점 자체가 아니라(그땐 바보같이 서둘러 써냈다), 그걸 쓰던 당시에는 이렇게 형편없는 결과물인 줄 전혀 몰랐다는 점이 오히려 나를 더 불안하게 했다. 내가 써 내는 글들이 내 생각보다 훨씬 형편없는 꼴일 수 있다니, 생각도 하고 싶지 않다.

세상에! 이럴 수가! 방금 〈크리에이티브 컴퓨팅〉 1982년 5월호를 읽다가, 테드 넬슨이 쓴 시그래프Siggraph ACM 행사에 관한 기사를 발견했다. 82년 7월에 무려 보스턴에서 열렸던 행사를 놓치다니! 올해에는 **반드시** 가 봐야지! 아, 젠장… 오늘은 내내 일진이 안 좋다. 행사에 가면 루카스필름의 "No Jaggies"★ 티셔츠를 꼭 사와야겠다!

* * *

"그때서야, 그는 자신의 미래가 과학 연구, 저술, 학술, 법률, 의학, 성직 등등에는 없음을 알고 말았다. 우리의 삶을 결정하는 통찰이 번뜩이는 매우 드문 찰나에, 젊은 메크너는 결국 깨달은 것이다. 자신의 미래가 (뭔지는 몰라도) 화면 위를 움직이며 시끄러운 소리를 내는 원색의 무언가와 연관되어 있다는 것을."

★역주. No Jaggies: 당시 루카스필름 사의 CG 디자이너들이, 저해상도 CG 특유의 계단 현상(jaggies)을 빗대 제작했던 티셔츠. 시그래프 행사에서 판매하기도 했던 듯하다.

좋아. 이제부터는 포기하지 **않고** 할리우드의 영화 감독이 되도록 노력해 보겠어. 컴퓨터는 계속 다루면서, 이를 발판으로 할리우드로 들어갈 수 있는 뒷문을 꾸준히 찾아봐야지. 컴퓨터 프로그램은 앞으로 점점 더 영화를 닮아 가게될 거라고 하니까.

그렇다해도 영화 모임이나 인스도르프 코스 같은 접점을 꾸준히 시도하면서 할리우드와의 관계가 만들어질 수 있도록 계속 노력해야지.

이게 나의 인생계획이다.

최신 정보를 계속 찾아보자. 관련 잡지를 꾸준히 구독하자. 내게 익숙한 애플II 게임 제작이라는 이 조그맣고 좁은 틈새시장에서 꾸준히 돈을 벌면서, 그동안 내게 필요한 영화·예술 관련 기술들을 함께 갈고닦아야만 한다.

1983년 7월 11일

오후에 문득, 시애틀에서 돌아온 지 벌써 한 달이나 지났음을 깨달았다. 그동안 뭘 이뤄낸 게 거의 없다.

이제는 인정해야 하겠다. 가을에 대학교로 돌아갈 때까지 「카라테카」를 완성해 낼 수 없을 것 같다는 사실을. 하지만 「알파벳」과 「데스바운스」부터 먼저 끝내고 「카라테카」를 멋지게 재개하는 건 아직 가능하다. 한눈 팔지 않고 열심히 작업하기만 하면, 더 이상 대규모 코딩을 할 필요가 없고 자잘한 조정 정도만 하면 되는 단계까지 도달할 수 있을 거다. 다만, 내 눈이 팔릴 만한 큰 일이 적어도 하나는 계획

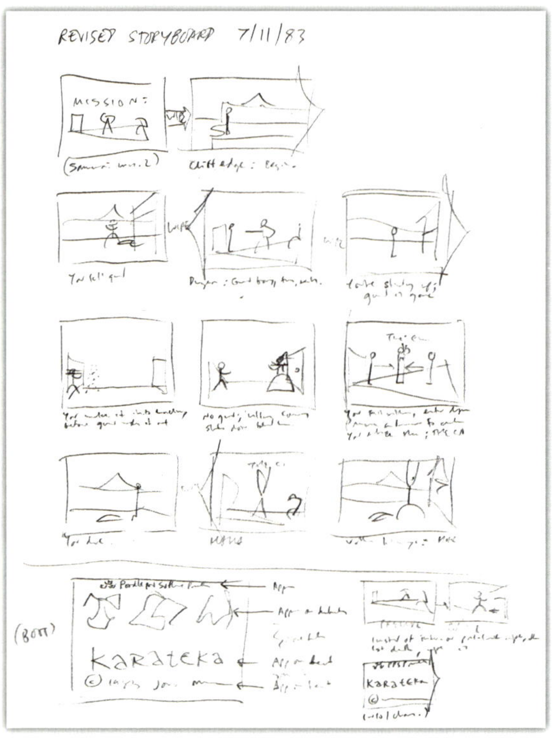

돼 있는지라 걱정은 된다. 바로 바그너의 〈니벨룽의 반지〉 얘기다.

1983년 7월 13일

주말에 바네사가 찾아오기로 했다! 내일, 혹은 늦어도 금요일 오후까지는 「알파벳」을 끝내도록 해봐야겠다. 그래야 주말을 편하게 보낼 수 있다.

「알파벳」,「데스바운스」,「카라테카」라는 이 머리 셋 달린 괴물이 내가 컴퓨터 앞을 떠나 있을 때마다 계속 죄책감을 불어넣는 탓에, 실로 스트레스가 엄청나다. 좀 쉬어 둬야 할 것 같다. (핑계는 좋다. 일주일 내내 작업에 손끝 하나 안 댔으면서!)

1983년 7월 14일

아침에 두 시간 동안 집중적으로 「알파벳」을 작업했다.

1983년 7월 16일

〈레이더스〉는 거의 빈틈이 없고 완벽한 구성의 영화다.

(적어도 트럭 추격 신이 끝날 때까지는 그렇다. 이후부터는 슬슬 이야기가 꼬이기 시작한다.) "상황을 계속 악화시켜라"라는, 딘 R. 쿤츠의 베스트셀러 공식에 대한 완벽한 예시다. 모든 전개는 사전에 철저한 계산 끝에 배치한 것이다. 예를 들어 원숭이 같은 것. 차례차례 다음 반전이 펼쳐질 때마다 상황은 계속 절망적으로 전개되고, 관객은 "이거 정말 예측불허로군!"이라고 생각하게 된다. 인디가 그런 위기를 속속 빠져나오는 방법도 앞뒤가 맞는다. "이거지! 어쩐지 저게 나중에 도움이 될 것 같더라니!"

1983년 7월 17일

「카라테카」 작업의 일환으로, 배경 그래픽을 그렸다. 완성된 화면을 본 모두가 "우와!"하며 감탄했다. 분명 애플 게임 역사상 가장 인상적인 그래픽의 게임이다. 실제로 즐길 수 있게 되면 얼마나 큰 반응이 나올지 두고보자.

〈레이더스〉의 사운드트랙을 틀어 놓고 (바네사 및 데이비드와 함께) 「차플리프터」를 플레이해 보니, 배경음악의 중요성을 새삼 깨달을 수 있었다. 비디오 게임에 제대로 된 진짜 음악을 넣을 길이 없다는 게 통탄스럽다. CD플레이어를 연결할 수 있다면, 어쩌면 그게 가능해질 것도 같다. 다만, 애플에 그런 때가 오진 못할 거다. 아타리 컴퓨터나 아케이드용 게임이라면 좀 가능성이 있을지도 모르지만. 때를 기다려 보자. 그때를.

「카라테카」 작업에 전념하고 싶지만, 내일은 반드시 「알파벳」을 완성해야만 한다. 그러면, 아아! 해방인 거지. 말하자면.

1983년 7월 18일

아버지와 에밀리가 수요일에 프랑스 여행을 갈 것 같다. 아마도.

오늘은 대부분의 시간을 「카라테카」 배경 작업에 썼다 (「알파벳」이 아니라). 애플의 내장 스피커와 「알파벳」 개발 때에 넣어 봤던 「셀레스트」의 음악 재생 루틴을 활용해, 이 게임 에도 음악을 제대로 넣어야겠다는 생각이 든다. 존 윌리엄 스와 바그너 풍으로, 일반적인 테마의 멜로디를 좀 작곡해 봐야겠다. 주인공의 테마(루크, 지크프리트, 슈퍼맨, 〈레이더스〉 같 은), 사랑의 테마(발퀴레, 트리스탄, 레아, 마리안 같은), 패배나 승리 장면에 쓸 변주곡, 악당의 테마(훈딩, 다스 베이더 같은), 궁전의 테마. 게임의 적절한 시점에 이런 곡을 재생하여 드라마틱 한 분위기를 낼 거다.

사랑의 테마는 이미 만들어 놨다. 놀라울 만큼 진부한 곡 이지만. 이런 멜로디 정도라면 비슷비슷한 게 세상에 널렸 다. 이걸 넣을지 넣지 않을지는 아직 정하지 않았다.

아. 이제 내겐 「카라테카」밖에 안 보인다. 「데스바운스」 는 엿이나 먹고. (헛수고였어!)

1983년 7월 22일

「알파벳」을 완성했다. 포장까지 다 끝냈다. 총 66시간 들 었다. (파트 I은 딱 60시간 썼다.)

　이 정도 프로그램이면 의뢰주인 컴퓨티치CompuTeach 사와 소프트 판매사들, 그리고 이걸 체크해 볼 이런저런 사람들에겐 충분할 거다. 이제 다시는 LOAD C3 명령어를 쳐 넣을 일이 없기를. 하루빨리 내게 $4,000이 들어오기를.

　난 딱 받은 만큼만 일하는 사람이니까.

1983년 7월 23일

　「카라테카」로 보낸 하루였다. 막기 자세용 그래픽 데이터 12종류 전부를 버사라이터-DRAX를 완료했다.

　즐기면서 작업할 수 있는 일이 있다는 게 이리도 기쁘다니. 「알파벳」을 털고 나니 이렇게 좋을 수가 없다. 내일 아침도 일어나자마자 계속 작업하고 싶을 지경이다.

1983년 7월 25일

　「카라테카」 작업으로 또 하루를 보냈다. 커다란 진전이 있었다. 스텝, 지르기, 막기, 차기 동작이 제대로 돌아가고, 조이스틱/키보드로 완전히 조작 가능해졌다. 어젯밤 이 시간까지는 디스켓 몇 장에 저장된 고해상도 그림 데이터들과 손으로 쓰고 그린 메모지 뭉치뿐이었는데, 단숨에 여기까지 만들어지다니 실로 가슴이 뿌듯하다.

내일 할 일(시내 투어를 취소하는 바람에, 조부모님 네 분 중 세 분이 실망하셨다): 손날치기·뒤돌기 동작 제작, 조작계 개선, 화면 스크롤 기능 추가.

앞으로 며칠간은 캐릭터 그래픽을 미세조정해 안정화시킬 예정이다. 그림자를 넣고, 검은 띠와 목 부분을 고치고, 전반적인 스타일을 통일시키고, 점프를 좀 더 부드럽게 다듬고, 동작의 타이밍을 맞춰야 한다. 스테이지에 임시로 졸개 캐릭터를 세워 놓고, 플레이어의 공격이 닿는 지점을 체크해보자. 전투 루틴을 최종 완성형으로 만들어 둬야 한다.

여기까지 하면 금요일쯤이 될 것 같다. 일단 이 단계까지 완료되면 대미지 대응표를 입력하고, 졸개가 플레이어의 다양한 공격에 각각 어떻게 반응할지를 결정하고, 그에 대응되는 추가 그래픽(머리가 꺾이는 동작, 넘어지는 동작 등등) 패턴을 만들어야 한다. (이때쯤이면 완성도를 높이기 위해 달리기·걷기·경례 동작도 넣어야겠지.) 뉴욕에 가 있을 며칠 동안은 작업을 쉬게 될 것 같다. 그러니 졸개에 적용할 “지능적인” 격투 루틴을 짜기 시작할 시점을 8월 3일 수요일로 잡아 두자. 이것도 며칠쯤 걸릴 거고, 울타리와 관문과 후지산 그래픽 만드는 데도 또 며칠 걸리겠지.

이야! 그럼 대략 8월 말쯤이면 게임 전체를 완성할 수 있겠네!

1983년 7월 26일

돌아간다. 돌아간다. 모두 잘 돌아간다. 너무 기쁘다.

아침에는 **손날치기**와 **뒤돌기** 동작을 집어넣었고, 밤까지 내내 이것저것을 미세조정했다. 현 시점에서의 이 게임은, 한 마디로 말하면 '임시개장' 상태다. 즉, 기본적인 요소들이 유기적으로 움직이며 실제 세계처럼 정확한 타이밍으로 돌아가도록 만들어가고 있는 단계다. 내일이면 전투 루틴 전체를 완성할 수도 있겠다. (하루는 제법 긴 시간이니까.) 하지만 서두를 필요는 없다. 2~3일 정도는 여유가 있으니. 일단 캐릭터 모션이 최종적으로 완성되면, 전체를 통합해 사람들에게 내보여 줄만한 근사한 프로그램 파일 하나로 만들어 낼 수 있다.

와, 정말 신나는 일이다. 모든 것이 잘 돌아가고 있고, 순조롭게 진행 중이다. 이 프로그램은 정말 **대단한** 물건이 되어가고 있어. 지금 이 상태만으로도 퍼블리셔로부터 선금을 두둑하게 받을 거라고 장담한다. 제대로 다듬어 낸다면 훨씬 더 받을 수 있겠지. 하지만 마지막의 마지막까지 최선을 다해 보련다.

1983년 7월 27일

현재 상황 정리: 스텝, 뒤돌기, 막기 동작은 완벽하게 잘 들어갔다. 발차기와 지르기는 좀 더 다듬을 필요가 있다.

가로(카라테 사범)가 찾아와서 게임을 살펴봤다. 그는 상당히 감동하여, 애덤보다도 호들갑스럽게 칭찬해 주었다. 그는 나지막하지만 감격에 찬 목소리로 이렇게 말해주었다. 컴퓨터와 예술, 그 둘이 합쳐졌다고. 이건 그야말로 진정한 재능이라고.

그 말 덕에 꽤나 사회적으로 인정받은 느낌이다. 정말 놀랍다.

게임을 여러 사람에게 보여 줬더니, 적들이 더 사악해 보이고 알록달록하면 좋겠다는 의견이 많았다. 실은 화면에 보이는 졸개 적들이 얼굴에 마스크만 씌웠을 뿐 주인공과 똑같은 그래픽으로 만든 거라는 사실을 굳이 밝혀 환상을 깨뜨리고 싶지는 않다.

저녁쯤(가로가 마찬가지 의견을 들려준 뒤)에 다른 모습을 한 악당 캐릭터를 넣어보기로 결정했다. 현 시점에서 제일 좋은 아이디어는, 졸개의 도복 상의를 빨간색이나 파란색으로 바꾸고 하의와 마스크와 손과 발은 흰색으로 두는 것이다. 최후의 악인은 뚱보 캐릭터로 만들려고 한다. 아직 복장은

정하지 않았다. 캐릭터들의 모습은 전반적으로 단순하게 다듬는 중이다. 이 녀석들에게 걷기와 경례 같은 모션은 필요 없겠지.

여자친구 캐릭터는 모션이 그리 많지 않을 거다. 바닥에 무릎을 꿇는 모션과, 재갈이 물린 채 몸부림치는 모션 정도면 되겠지. 플레이어가 그녀를 향해 달려가면, 플레이어와 여자친구 사이에 하트 그림이 튀어 나오고, 후지산이 분화하는 장

아버지와 동생 에밀리가 프랑스 방문 도중에 찍은 사진.

면으로 바뀐다. 그리고 게임이 끝나는 거지.

화면을 가로질러 관문을 통과하는 3D 그래픽은 넣지 말자. 바닥에 입체적인 눈금선을 넣는 것도 관두자. 관문과, 대궐 입구 정도면 만들면 된다. 도장 입구와 내부는 **고려 중이다**. (디스켓에서 도장 그래픽을 불러오는 식으로 만들 수도 있지만, 난 디스크에서 데이터를 자꾸 불러오는 프로그램을 만들기 싫다.)

이 정도면 디스켓 한 면에 딱 들어갈 것 같다. 당연히, DOS와 2페이지 그래픽은 지워야지. 어디 한번 해보자.

내일 할 일:

● 발차기와 지르기 동작 완성. (손날치기를 지르기와 합치는 중이라, 고려할 키는 3가지뿐이다. 막기, 차기, 지르기.)

● 살짝 이동, 걷기, 달리기, 경례, 격투자세, 바라보기(걷기 및 격투 모드 모두), 넘어지기 동작 추가.

이쪽은 아마 하루 이상, 어쩌면 일주일쯤 걸리겠지만, 넣으면 이 프로그램이 한층 더 나아질 거다.

다음엔 졸개들. 그 다음엔 격투 시스템. 그 다음엔 배경과 스크롤. 슬슬 끝이 보이고 있다…….

'살짝 이동'은 사실 데이비드가 필요성을 내게 설득했던 동작이다. 스틱을 가볍게 쳐서 살짝 이동할 수 있으면, 적과

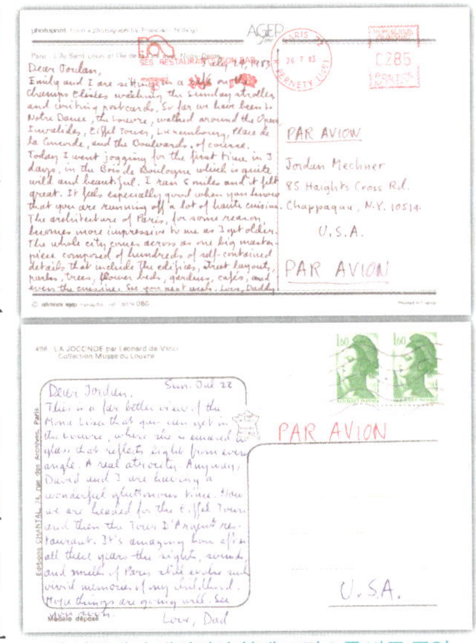

내 여동생인 에밀리와 함께 프랑스를 방문 중일 당시의 아버지가 보내주신 엽서.

의 거리를 벌리거나 좁히기 더 좋다는 것이다.

어쩌면 걷기 동작을 빼 버리고 달리기만 남겨도 될 것 같다.

졸개들은 **걷기**, **경례**, **격투자세**, **바라보기**, **뒤돌기** 자세가 없어도 되겠지.

1983년 7월 30일

〈혹성의 위기Krull〉가 의외로 볼 만한 영화였다. 이런 장르에서의 어떤 영화가 좋은지 나쁜지를 딱 집어 말하기 힘들긴 하나, 그래도 양쪽은 명백하게 차이가 있다. 전투 장면은 손에 땀을 쥘 만큼 조마조마했다. 칼날을 부딪고 광선총을 쏘는 장면은 힘차고 리듬감이 있었으며 음악도 적절했다. 스토리 연출도 명확했고 전개도 궁금한 맛이 있었다.

다만 이 영화가 히트작이 될지는 잘 모르겠다. 이 영화가 1977년이나, 하다못해 1980년쯤에 나왔다면 히트했을 거다. 하지만 이제 사람들이 이 장르에 익숙한지라, 〈혹성의 위기〉는 딱히 눈에 띌 만큼 특별한 영화라 하기 어렵다.

할아버지와 할머니 댁을 방문했다. 저번, 그리고 저저번에 찾아뵈었을 때와 섬뜩할 만큼 똑같은 느낌이 들었다. 전에 언제 왔더냐는 할아버지의 물음도 이전과 같았다. 방에 걸린 삼손과 데릴라의 그림을 보여 주며 이게 누군지 맞춰 보라고 하신 것도 이전과 같았다. 심지어는 내가 정확히 대답하니 놀라워하신 것도 이전과 똑같았다. 할아버지는 6개월째 의식이 없다는 노인 환자를 보러 갈 건데 같이 가 보겠느냐고 하셨다. ("애가 슬퍼하잖수." 할머니의 말에 할아버지는 "재미있다니까."라고 받아쳤다.) 나는 어떻게 잘 빠져나와 콜롬버스 서클 행 지하철 A선 전동차를 탔고, 7시 15분에 채퍼콰로 돌아왔다.

「카라테카」 작업에 1시간을 들여, 선 자세에서 기마자세로 전환하는 모션을 만들었다. 한 번에 완벽하게 돌아갔다.

1983년 8월 1일

거의 하루종일을 타이틀 화면 디자인하는 데 썼다. 제목에 쓸 폰트는 아메리칸 언셜 American Uncial로 결정했다. 게임 내의 레드/블랙/화이트 컬러 톤과 딱 맞고, 전반적으로 중세풍 느낌이 물씬하며, 중세 유럽만큼이나 중세 일본에도 잘 어울린다. 6~7장 정도의 서로 다른 타이틀 화면을 만들어, 구동할 때마다 무작위로

저는 이 그림(할아버지의 여동생인 엘즈 메크너가 그렸습니다)을 어릴 때부터 익히 보아 왔지만, 2024년에 발간한 제 만화식 회고록 〈리플레이〉에 이 이야기를 넣으려고 다시 찾아보기 전까지는 그림의 제목을 잊고 있거나 아예 몰랐어요.

하나를 보여 주는 식으로 만들어 볼까 생각 중이다. 그러면 플레이어가 다른 게임처럼 매번 똑같은 타이틀 화면에 바로 질리게 되지는 않을 거 아냐. 적어도 질리는 속도를 늦출 수는 있겠지.

졸개는 주인공과 동일한 몸 그래픽을 쓰고, 마스크만 얼굴에 씌우기로 했다. 악의 보스는 강한 인상의 붉은색 도포를 걸친 인물이 될 거다.

슬레이드가 전화를 걸어 와, 「알파벳」에서 고쳐야 할 사항을 전달해 주었다. 수표는 우편으로 보냈다고 한다.

1983년 8월 2일

드디어 제작이 **최종 단계**에 들어섰다. 오늘의 상당 시간을 스크롤 기능 만드는 데 썼다. 세상에, 예상했던 것보다 골칫거리였다. 운이 좋다면 내일 밤까지는 울타리와 관문이 완성되겠지. (그 다음엔 마루바닥과 그림자… 그리고 **졸개**다!)

〈타임〉 지에서, 돈 블루스Don Bluth가 애니메이션을 제작한

신작 비디오디스크 아케이드 게임 「용의 굴Dragon's Lair」에 대한 기사를 읽었다. 꼭 해봐야겠다. 실은 기사를 읽으면서 좀 씁쓸한 느낌도 들었다. 내가 꿈꾸던 게임이 내가 만들기도 전에 나와 버렸기 때문이다. 내가 만들 수 있게 될 쯤이면 이미 다 나와 버린 뒤일 거다. 그래도, 흥미로운 건 사실이다.

지금은 어쨌든, 내겐 「카라테카」가 있다.

1983년 8월 3일

오늘은 나름대로 성과가 있었다. 울타리와 관문이 어느 정도 만들어졌고, 바닥도 생겼다. 그림자는 아직이다. 하지만 전체적으로 버그가 한가득이다. 다 잡아내려면 내일 낮까지는 가야 할 것 같다.

하나 아쉬운 점은, 화면 내에 관문이 나타나면 전반적인 게임 속도가 눈에 띄게 느려진다는 것이다. 후지산은 말할 것도 없고, 여기에 캐릭터가 둘만 더 추가되어도 유저가 더 이상 참을 수 없을 만큼 느려질 게 뻔하다.

어쩌면, 이걸 놔 두는 게 더 좋을 수도 있겠다. 기본적으로는 적절한 속도로 진행되지만, 새로운 관문과 졸개가 등장할 때는 슬로모션으로 바뀐다는 얘기니까. 말하자면 슬로모션

이 '옵션'이 아니라 자동적인 '기능'이 되는 거지…….

일단 계속 가 보자. 내일의 목표는 이 게임에서 지금 존재하는 버그들을 모두 잡는 거다. 다음엔 그림자를 넣어 보자.

그 다음엔, 드디어 **새로운 졸개**를 넣어야지! 이야! 이제 정말로 완성까지 얼마 남지 않았다.

[밤 11시] 이 일기의 작년 여름 부분을 다시 읽다 보니, 너무 한심해 보여서 내 얼굴이 온통 구겨질 지경이다. 이미 작년 7월 시점에서 「카라테카」의 기본 구상은 다 잡혀 있었다. 처음부터 지금처럼 꾸준하게 열심히 짰다면, 이 망할 게임이 이미 작년 여름에는 완성됐을 거란 얘기다.

뭐, 꼭 그러리란 법은 없잖아? 어쩌면, 온갖 고민을 하면서 지금은 전혀 쓸모없게 된 그림을 이것저것 그려 댔던 시간이 있었기에, 지금의 좋은 결과가 있는 걸지도 모르지. 너무 일찍 시작했다면 더 엉망이 되었을지도 모르고. 분명한 건, 그때 서둘렀다면 카라테 동작을 영상으로 찍는다는 발상은 못 했을 것이란 점이다. 지금 이 방법 외에 뭔가 다르게 만드는 게 더 나았을 것 같다는 생각은 들지 않는다.

1983년 8월 5일

아버지와 에밀리가 프랑스에서 오늘 돌아왔다. 내가 지금까지 짠 「카라테카」 게임에 꽤 감탄해 주었다. 그래, 이거지. 이걸 보고 감동해 줄 사람이 필요했거든.

1983년 8월 6일

오늘의 핵심 작업은, 고해상도 그래픽 루틴을 다시 짜서 이미지를 반전할 때, 프로그램에서 깔끔하게 돌아가 X좌표와 시프트 값을 굳이 손댈 필요가 없도록 만드는 것이었다. MOVEM과 ANIM 루틴까지 전부 다시 짜는 대규모 공사가 되지 않을까 두려웠지만, 실제로 작업해 보니 매우 간단하고 순조롭게 끝났다. 지금은 '거의' 완벽하게 돌아간다. (내일 아침을 상큼하게 열기 위해 15분짜리 일거리를 일부러 남겨 뒀다.) 프로그램 전체는 약간 용량이 줄었고 좀 더 매끄러워졌다.

방금 〈소프톡〉 지난호에서 최근의 베스트셀러 리스트를 훑어봤다. 오락용 소프트웨어 쪽이 요즘 침체기인 것 같다. 뭐, 「차플리프터」가 해낸 일을 「카라테카」라고 이론적으로는 못 해낼 리는 없지만 말이야.

1983년 8월 8일

하루를 몽땅 써서 「알파벳」을 완성해 냈다. 하늘이 도와서 어쨌든 다 끝낼 수 있었다.

그리 만듦새가 좋지는 않아서 좀 미안하기는 하다. 시간과 의지가 좀 더 있었다면, 그리고 코드를 깔끔하게 정돈해서 뭐 하나 수정한다고 쓰레기 코드를 마구 헤집지 않아도 되었다면 이것보다는 여러가지로 나은 결과물이 나왔을 것도 같다. 아, 그래. 얻은 교훈을 좀 정리해 보자.

1. 일을 자꾸 미뤄 두지 마라. 가능한 한 빨리 해치워라.
2. 코드는 깔끔하게 짜고, 주석을 잘 달아놓아라.

「알파벳」을 작업하다 보면 꼭 「카라테카」에 대한 의욕이 마구 샘솟곤 한다.

즉 「카라테카」가 일종의 특권이자 보상, 혹은 금단의 열매가 되는 거다. "안 돼. 이것부터 먼저 끝내지 않으면 「카라테카」는 손댈 수 없어."

1983년 8월 10일

[뉴헤이븐] 스티븐 슬레이드의 아들에게 「알파벳」의 '유저 테스트'를 시켜 보았다. 아이는 JACKS, QUEEN, EGG를 모두 맞춰 4점 만점 중 3점을 따냄으로써, 어린이에 대한 내 신뢰를 훌륭히 지켜 주었다. 다만, NOSE 그림만은 주저 없이 'SAILBOAT'로 오답을 입력했다.

덕분에 나는 애플 컴퓨터 앞에 앉아 1시간 반 동안 'NOSE'를 'NET'으로 바꾸는 작업을 했다. 기계어 코드를 즉석에서 고치고 있으려니 주변이 다들 놀라워하더라. (「아스테로이드」 덕에, 내장 모니터 프로그램★이 어셈블러보다 더 친숙해졌다.) 다른 사람이 미리 만들어 온 타이틀 화면(내 이름을 로저 생크와 같은 화면에 올리게 되어 큰 영광이라고 덧붙여두었다)을 붙여넣은 최종 버전을 디스켓 두 장에 넣어, 의뢰받은 회사의 첫 완성품 프로그램

★역주. Monitor: 메모리 상의 기계어 코드를 직접 편집하는 프로그램. 애플 II 에는 기계어 모니터 프로그램이 내장되어 있었다.

으로서 넘겨 주었다.

짐 갈람보스는 꽤나 기뻐했다. 만면에 활짝 미소를 띄우며 나와 악수해 주었다.

티나라는 멋진 여성은 자신이 개발 중인 IBM-PC판을 보여주었다. 세상에, 저기 저 꼬마 슬레이드 군이 이 소프트의 그림들 중 반이나 알아맞출지 의문이군. 그제서야 내 결과물에 이 사람들이 왜 그렇게 감격하는지 비로소 알게 됐다.

윌리엄 M. 게인스*를 얼핏 떠올리게 하는 외모였던 엘리엇 솔로웨이는 내 등을 툭툭 치고 옆구리를 마구 찔러 대며, 쉴 새 없이 "여기 샌드위치 더 먹게."라고 말했다. 덕분에 기쁘게 먹었다.

뭐, 결국은 「카라테카」에서 나흘간 손을 떼었다는 얘기다. 내일 아침부터 재개해야지.

1983년 8월 11일

「카라테카」의 그래픽을 듀얼 페이지 애니메이션으로 변환했다. 덕분에 졸개들이 한동안 불안정한 나날을 보낼 것 같다.

1983년 8월 14일

타격 판정을 설정했다. 그림자도 넣기 시작했다. 골디 혼을 어렴풋이 닮은 섹시한 공주 캐릭터를 그렸다. 작업이 만족스럽지는 않았지만, 내일이면 다시금 궤도에 오를 것 같다.

★역주. William M. Gaines: 풍자잡지 'MAD'로 유명했던 미국의 출판업자 겸 편집자.

1983년 8월 15일

간신히 일찍 일어났다. 일찍 일어나는 것은 좋은 습관이다. 일어나기까지가 좀 고되지만, 일단 잠을 깨면 하루가 길어지고 기분도 좋아진다.

하루종일 「카라테카」를 작업했지만, 딱히 눈에 띄는 성과는 없었다. 캐릭터와 물체 대부분에 그림자를 입혔고 줄무늬 바닥도 넣었으며, 그 외 시간에는 DRAX로 포옹 장면, 궁궐 입구, 지도, 「카라테카」 타이틀 로고, 체력 바, 기타 이것저것을 디자인하며 보냈다.

전반적인 게임 컨셉에 대해서도 고민했다. 어떤 식으로 플레이하게 해야 할까 등등이다.

오늘 한 일은 모두 해야 할 필요가 있는 작업이었다. 하지만, 아침까지만 해도 아무 것도 없었는데 밤이 깊을 즈음이 되자 지르기와 발차기가 가능한 조그만 사람 하나가 만들어졌던 이 작업에서, 처음 며칠간 느꼈던 흥분이 지금도 그립곤 하다. 이제 **추가해야** 할 남은 부분은 악의 보스, 공주, 그리고 3D 관문 스크롤 정도다.

지금은 버그 잡기, 미조정, 사소한 수정의 늪에 빠져 있는 상태다. 눈에 보이는 결과물이 거의 없고 고되기만 한 일거리들이지. 아, 맞다. 아래의 잡일들은 수요일까지 끝내야 한다.

● HI-RES 루틴의 버그 잡기. 이 작업은 골똘히 생각하는 게 거의 전부다. 나를 똑똑하고 창의적이게 만들어 줄 영리한 생각 같은 게 아니라, 온갖 진행과정을 머릿속에서 끈질기게 추적해가다 보면 머리가 띵해지고 지끈거리고 멍청해지는 느낌까지 드는 그런 생각이다.

● 스크롤링을 조정해 악당 캐릭터가 제 자리에 붙어 있도록 하기.

● BKGND 스크롤 제어 루틴의 버그를 모두 잡기. 한 번에 싹 잡아야 한다. 수없이 돌려 봤지만, 아직도 어딘가에 버그가 남아있다.

이걸 다 끝내고 나야, 재미있는 일을 해볼 수 있겠지.

1983년 8월 16일

〈위험한 청춘Risky Business〉. 우와! 멋진데! 같은 10대 섹스 무비 장르 내에서는 압도적으로 섹시했다. 그래, 말하자면 〈클래스Class〉보다 훨씬 말이지.

1983년 8월 19일

존의 친구인 밥이 내 「카라테카」, 「알파벳」, 「데스바운스」를 접하고 꽤나 감탄했다. "정말 존경스러울 정도야." 대단히 감명받은 듯했다.

사실 나는 칭찬받는 것이 좋다. 내가 겸손하게 지내는 이유는 자신이 대단하다고 생각지 않아서가 아니라, 그저 사람들이 내가 자만한다고 여기게 하고 싶지 않아서일 뿐이다. 사람들이 나를 대단**하고도** 겸손한 사람이라고 여겨 줬으면 좋겠다. 그런데, 정말 그렇다면 이것이야말로 자만의 끝이 아닐까?

1983년 8월 20일

「카라테카」에서 몇 가지 중대한 진화를 이뤄 냈다. 현 시점에선 내 머릿속에서일 뿐이지만.

첫째, 플레이어와 적의 위치가 겹쳤을 경우 어떻게 해야 할지에 대한 문제를 해결했다.

둘째, 꽤나 만족스러운 스토리 연출을 생각해 냈다. 남은 관문 숫자가 하나가 되면, 궁궐로 이어지는 긴 통로가 뻗어 져 있다. 여길 지나면 본실, 그 다음에는 감옥으로 이어진다. 졸개를 하나씩 물리칠 때마다 '카메라'가 감옥으로 넘어가, 공주가 기뻐하고 악의 보스가 화를 내며 새 졸개를 보내는 장면을 잠깐 보여 준다. 졸개는 대략 총 10명 정도가 될 것 같다. 마지막 졸개를 물리치면, 보스가 직접 감옥에서 나온 후 등뒤의 감옥 문을 닫아 버린다. 그 다음엔 보스와의 전투가 펼쳐진다. 보스를 물리치고 나면 문을 박차고 감옥으로 들어선다. 비디오 게임이기에 가능한 모험적 요소다. 만약 전투에서 죽으면, 공주는 바닥에 쓰러져 슬피 울고 보스는 웃는다.

꽤 오래간만에 기분이 흐뭇해졌다. 내 머릿속 상상은 이미 충분하다. 이제는 이 상상을 실제 게임으로 구현하기만 하면 된다.

　　이게 다 멋진 아이디어와 조언을 주신 아버지 덕분이다. 게임 디자인에서 무엇보다 중요한 것이 있다면, 바로 여러 대안을 놓고 그중에서 무엇을 고를지에 대한 '취향'이리라. 이 게임을 처음 기획할 때, 난 두 플레이어가 매트 위에서 겨루기를 하는 방식으로 구상했었던 것이다. 푸훗!

　　이 게임은 정말 대단한 물건이 될 거야!

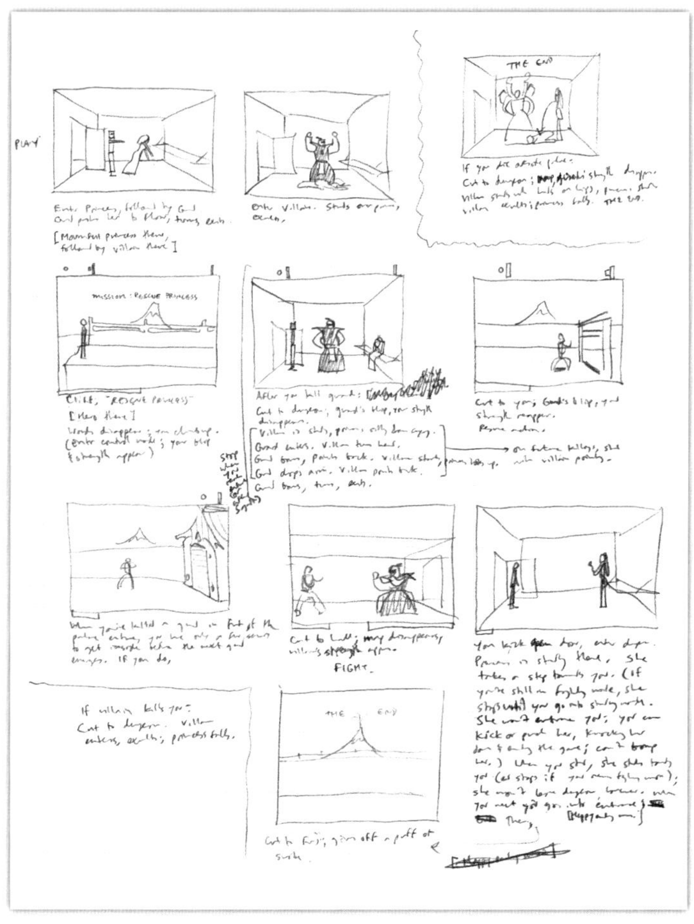

좋은 아이디어가 좀 더 떠올랐다.

보스와 감옥 **안에서** 싸우는 거다. 플레이어가 문을 박차고 열면, 보스가 플레이어 뒤에서 나타난다. 플레이어는 게임 플레이 도중 처음으로 뒤로 돌아, 왼쪽에 선 보스와 싸우게 된다. 공주는 벤치 위로 올라가 플레이어를 응원한다.

새 캐릭터: 졸개를 파견하는 경비대장. 플레이어는 졸개들이 줄을 서 있는 장면을 보고 몇 명이 남았는지 알 수 있다. 즉, 레이더 화면을 넣을 필요가 없어진다. 최후에는 경비대장과 직접 싸우게 된다. 경비대장에게는 디자인이 다른 투구를 씌워야지. 메모리가 조금만 더 남으면 뚱뚱한 체구로 만들 수도 있을 텐데.

조지 뉴린이 내 프로그램을 보여 주기 위해 일본인 억만장자 거물 친구를 데려왔다. 뉴린은 어제 먼저 이걸 봤고, 완전히 사로잡혔다. 아직 덜 완성해서 미안하다고 계속 사과하지 않아도 되게끔, 빨리 완성해 버려야겠다.

이 게임이 진행되는 과정이 정말 만족스럽다. 마치 뮤즈사의 옛날 게임 「탱크 워」 같다. 상대의 대미지가 99가 될 때까지 그저 미친 듯이 마구 쏘고 또 쏘면 되는 거다. 그런 식으로 플레이하는 게임이다. 내가 보기엔. 플레이어의 체력을 자주 보충해야 할 거고, 타격을 입힌들 상대적으로 대미지가 적은 편이니만큼, 승리하려면 연속으로 타격을 먹일 필요가 있으니 양쪽 모두 간발의 차로 생사가 오가는 아슬아슬한 상황이 자주 생길 거다.

흥분되는 순간이었다! 아버지가 이 게임을 놓고 계속 금전적/사업적 측면을 강조하시다 보니, 내가 어떻게 반응해야 할지 감이 잡히지 않는다. 「아스테로이드」 때처럼 또 헛물을 켤까봐 두렵기도 하고, 이 게임이 잘될 때 내가 **벌어들일** 금액에 지레 겁이 나기도 하기 때문이다. "이 게임으로 네가 부자가 될 수도 있을 거야." 아버지는 저녁 식사 때 이렇게 언급하셨다. 내 얼굴이 마치 레몬을 빨았을 때처럼 순식간에 찌푸려졌다. 그런 식으로 생각하다 보면 내가 망가질 것 같다. 나는 이 게임을 처음 만들기 시작했을 때처럼 계속 작업하고 싶다. 순수하게, 행복하게, 그리고 **어서 멋지게 완성하고 내놓아서 부자가 되자**, 라는 속이 뒤틀릴 것 같은 불안과 압박감 없이. 그런 행복한 무아지경 속에서 게임을 완성해낸 후 적절히 빠져 나와, 백만 달러를 손에 쥐면 되는 거다.

불행히도, 그런 초공간은 「아스테로이드」 때 이후로 끝났다.

게임이 완성에 가까워질수록 압박감도 더욱 심해지고, 두려움도 더 커진다. 디스켓이 깨져 버리면 어쩌지? 다른 게임이 내 게임보다 잘 팔리면 어떡하지? 갑자기 소집영장이라도 나오면?

진정해, 조던. 진정하라고.

(못 만들겠어! 내 머릿속에 부자가 되겠다는 잡념이 박혀 있는 상태로는 무리야!)

뭐, 어쩔 수 없지. 이게 자본주의 사회에 사는 사람의 고뇌이자 기쁨 아니겠어.

그건 그렇고, 졸개들에 파란색을 입혔다.

Part 4:
FINISHING

완료

1983년 8월 23일

오늘은 시간 가는 줄 몰랐다. 보스가 문 뒤에 숨어 있다 나타난다는 아이디어를 낸 게 불과 어제였던가? 전날 밤, 잠들 때쯤 그 아이디어를 버리기로 했다. 그전까지는 오래전부터 완전히 확정되어 있던 아이디어처럼 느껴졌는데도.

전투 쪽 작업을 좀 더 진행했다. 체력 게이지 아이콘을 넣었다. 이제 이틀치 정도의 작업이 남았다. 딱 내가 계획했던 대로다.

심리적 압박을 내내 받는다는 것은 정말 기분 나쁜 일이다. 영화, 영화 모임, 예일 대, 친구들, 여자 등등을 생각하다 보면, 그런 걸 만끽하기 위해 한시적으로나마 「카라테카」를 포기해야만 한다는 현실을 바로 깨닫게 된다. "작업 모드"는 1~2주 이상만 지속되어도 내 일상에 실로 파괴적인 효과를 가져다 준다. 세상 일에 둔감해지고, 내가 작업하는 것 외의 다른 모든 일이 내게 무의미해지는 것이다.

아, 뭐 될 대로 되라지. 8월 30일부터는 짐을 꾸리고, 기숙사의 새 방으로 옮겨간 후, 대학교 친구들과 다시 만나고 영화 모임도 굴려가면서 이번 학기에 수강할 강의를 골라야 한다. 적어도 나흘은 「카라테카」에서 떠나 있게 되는 거다.

일단 지금에 집중하자. 좋게 생각해, 조던. 즐기라고. 예일 대에서 지내는 시간은 고작 4년뿐이잖아. 벌써 그중 2년이 지나갔고 말야.

캐리커처를 연습하던 당시의 내 스케치북

1983년 8월 24일

「카라테카」 개발에 바치는 하루가 될 뻔했는데, 예기치 않은 두 가지 일로 다 날아가 버렸다. 첫째. 팀 클링거가 오후에 찾아왔기에, 「카라테카」와 「알파벳」과 「데스바운스」를 보여 주다 아예 DOS 3.2 시절로 되돌아 가 카세트테이프까지 꺼냈다. "이게 네 삶이구나, 조던 메크너."

둘째. 맷 루네타의 생일을 축하하려 게드니 공원에서 얼티밋 프리스비 놀이를 즐기다, 결국 브래드 캘리시의 집에서 핀볼 플레이로 이어졌고, 한밤의 저녁 식사로 마무리되었다.

뭐, 이런 날도 있지. 올 여름 채퍼콰에서의 사교생활은 이것으로 마감하겠다. 아마 매년 여름마다 이럴 것도 같지만.

1983년 8월 25일

「카라테카」에 중요한 변화를 주었다. 이제 순수하게 조이스틱으로만 조작할 수 있게 됐고, 키보드는 (스페이스바로) 전투 모드를 끝내는 데만 사용한다. 어떤 식으로냐고? 단순하다. 버튼으로 지르기와 발차기를 하고, 왼쪽이나 오른쪽으로 움직여 걷고, (번뜩이는 아이디어로) 위와 아래로 움직여 막는 거다. 정말 행복하다.

이건 오로지 내가 게임의 조작을 체계적으로 단순화시켰기에 가능했던 일이다. 처음에는 (기억하는가?) 앞차기와 옆차기, 등주먹치기와 손등치기까지 있었다. 다음엔 차기 하나와 지르기 하나로 동작을 줄였다. 그 다음엔 몸을 돌리는 동작을 빼 버렸다. 결과적으로 버튼이 2개 있는 2축 조이스틱에 딱 맞게 되었다. 이 시스템으로 오늘 하루종일 플레이해보았다. 최고다! 정말 재미있다! 브로더번드 사도 좋아하겠지.

하나를 더 단순화 해 볼 계획이다. 손등치기를 빼 버리는 거다. 있어 봐야 혼란스럽고(대부분은 그런 기술이 있는지도 모를 거다), 별로 보기 좋지도 않다. 대신 (움직이는 동안) 약한 반대지르기를 하도록 교체하려고 한다. 양주먹을 연속으로 지르는 동작도 넣어 볼까 한다. 어쨌든 지르기 쪽을 좀 더 쓸 만하게 다듬을 필요가 있다. 지금은 차기 쪽이 더 거리가 길고, 상대가 한 발 물러서게 만들 수도 있으며, 하단 차기는 막을 수 없으면서 연속 차기도 가능하다.

딱 이 정도면 적절하겠다. 모든 동작이 단순하게 다듬어

저 있고, 조작하기 쉬우며, 명확하다. 원래는 카라테 기술을 전부 집어넣고, 대미지 시스템도 복잡하게 만들려고 했다. 지금은 딱 지르기·발차기·막기만 있다. 상대를 **치면** 실제로 타격이 **먹힌다**. 처음 내가 꿈꿨던 때보다 훨씬 나아졌다. 특히 음향효과가 좋다. **팍! 팍!** 두 친구가 진짜로 서로 공격을 주고받는 것 같다.

이제 이 게임은 모든 요소가 딱 갖춰진 시점이 되었다. (정확히는, 전투에 한정해 '모든 요소'라는 얘기다.) 이제부터는 전체를 정돈하고 코드를 깔끔하게 정리하며 버그를 최대한 잡고 전투를 완벽하게 다듬어야 한다. 그래야 스토리와 장면 연출 제작으로 넘어갈 수 있다.

이 시점에서 확실히 정해 두자. 지금 만들어 놓은 두 친구(플레이어와 졸개 1)의 공방이 만족스럽게 완성되기 전까지는, 절벽이건 3D 관문이건 졸개의 달리기 동작이건 보스건 절대로 손대지 말 것.

이유는 명백하다. **이게** 이 게임의 핵심이기 때문이다. 다른 것들은 모두 장식에 불과하다.

1983년 8월 29일

이 일기를 아무도 읽지 않았으면 하는 주요 이유가, 내 글솜씨가 나쁘기 때문임을 슬슬 자각하기 시작했다. 고민하고 숙고할 시간이 없다 보니 매번 서둘러 엉망으로 쓰곤 한다. 내 진짜 생각을 제대로 담지 못한 엉성하고 대강대강인 문장투성이인지라, 누가 읽더라도 "바보냐?"라고 여길

까 봐 걱정된다.

지금부터는 일기를 더 품위 있게 쓸 것.

아, 젠장할. 이걸 누가 읽는다고.

1983년 8월 30일

짐을 다 쌌다. 내 방은 텅 비었고, 한가운데 골판지 박스만이 잔뜩 쌓여 있을 뿐이다.

전반적으로는 꽤 중요한 여름이었다. 내 인생의 전환점이다.

"사춘기는 **끝났다**! 이제부턴 오로지 전진뿐!"

1983년 8월 2일

[뉴헤이븐] 기숙사 방을 대충 다 정리했다. 만세. 이제 대학교 생활이 다시 시작된다.

내일 아침부터는 「카라테카」를 재개할 거다.

게임 제목을 새로 정해야겠다. 사람들이 「카라테카」를 '케어테이커caretaker'로 잘못 읽곤 하더라. 맞아. 게임이 대(大) 히트하기만 하면 이색적인 제목도 자산이 될 수 있지. (「스타 블래스터」나 「스페이스 에일리언」이나 「갤럭틱 어택」 같은 이름의 게임은 흔하지만, 「아스테로이드」는 하나뿐인 것처럼.) 그래도 뭔가 사람들이 쉽게 읽을 수 있는 제목으로 가야 하지 않을까, 가령 "쇼군"이나 "닌자"처럼?

방금 〈소프트라인〉지 최신호를 봤다. 읽다 보니 점점 흥분되었다. 부와 명성이 갖고 싶다. 안정도, 인기도, 돈도, 사랑도 다 갖고 싶다.

뭐, 됐어. 수업을 걱정하기 전까지 적어도 며칠쯤은 좀 더 쉴 시간이 있으니까.

1983년 9월 3일

오늘은 「카라테카」에 5시간을 썼다. 배경에 후지산 그림을 넣었다. 좋아 보인다. 아주 좋다. 후지산 앞에 겹쳐진 울타리가 스크롤되니, 장면의 깊이감이 더없이 풍부해졌다.

관문의 입체적인 스크롤링은 구현을 포기하기로 했다. 이걸 구현하려면 각 관문의 위치에 AND 마스킹을 넣어야 하고, 매 사이클마다 후지산을 계속 다시 그려야 한다. 그러면 게임이 너무 느려진다. 대신, 플레이어가 관문을 통과하면 바로 다음 장면으로 전환되도록 했다.

블루 북★을 훑어보다가, (전산학과 심리학 복수전공이 아니라) 심리학 전공으로 가기로 했다.

1983년 9월 4일

어젯밤, 루스(시애틀에서 온 수녀)와 캐서린(프랑스로 갈 예정)에게 「카라테카」를 보여 줬다. 인상깊게 봐 주었다. 캐서린과 케이티는 성차별적인 연출을 지적했다. "대신 **아들**을 구하는 식으로 만드는 게 좋지 않아?"

일정표를 짰다. 10월 6일에는 완성해야 한다.

★역주. 블루 북: 예일 대의 강의 안내서(Yale College Programs of Study)를 교내에서 부르는 속칭.

1983년 9월 6일

저녁 식사 때, 케이티와 줄리아가 밤에 영화를 보고 싶어했다. 내 방에서 〈레이더스〉를 같이 보자고 제안했다. 내가 사운드 시스템(내 미니컴포)을 가져와 설치한 다음, 벤과 내가 번갈아 16mm 프로젝터를 돌렸다. 재미가 한가득이었다. 정말 훌륭한 영화다!

물론 완벽한 영화까지는 아니다. 트럭 추격전이 영화의 클라이맥스다. 그 다음엔 인디가 성궤를 **또** 차지하게 되는데, 이때만큼은 그리 고생하지 않는다. 그리고 신의 힘이 해방되는 장면은 너무 진부하다. ("아, 신의 힘이라 이거지. 흠.")

내가 보기에, 대규모 예산과 뛰어난 SFX 기술은 일종의 저주다. 요즘 관객들은 영화에서 괴물이나 짐승이나 힘이나 포스 같은 게 나오지 않으면 별로라고 여기는 것 같다. 생각해 보자. 옛날엔 영화를 보다 괴물이 나오면 무섭지 않았나? 끔찍하기보다. 그때에 비하면 지금의 영화는 정말 한심하다.

1983년 9월 7일

[제출할 전공선택 신청서의 초안에서 발췌]

"저는 영화를 비롯해 비디오, 소설, TV, 오페라, 심지어 비디오 게임 내에서 펼쳐지는 드라마를 사람들이 어떻게 받아들이는지에 대해 매우 관심이 많습니다. 작가들이 '더 나은'(즉 더 몰입감 있고 더 감동적인) 드라마를 만들 수 있는 보편적이고도 객관적으로 검증 가능한 법칙을, 저는 언젠가 꼭 찾아내 보고 싶습니다. 심리학도이자 대중문화 매니아의 일원인 동시에, 영화 감독과 소설가와 비디오 게임 디자이너를 지망하는 사람이기도 한 제게, 이러한 시도는 실로 매력적입니다."

* * *

성년이 된 후로는 처음으로 〈시민 케인〉을 끝까지 보았다. 눈물이 날 만큼 감동했다. 몇몇 장면에서는—케인이 리런드에게서 받은 봉투를 열고 천천히 창간 선언서를 펼칠 때와, 로즈버드 썰매가 불에 휩싸일 때—목이 메었다.

내 삶의 지금 이 단계가 가장 감수성이 예민할 때라서가 아닐까 싶다. 내 자신이 지금 찰스 포스터 케인의 길로 가고 있다고 느껴 지기 때문이다. 내가 이 영화를 처음 보았을 때는 12~3살쯤이었고, 그땐 별 감흥이 없었다. 이 작품을 이해하기엔 너무 어렸던 거다.

오늘부터 강의가 시작됐다.

「카라테카」 작업은 아직 재개하지 않고 있다. 이래선 위험하다. 지금 현재로서는, 컴퓨터 프로그래밍이 다른 일들에 비해 따분하게 느껴진다. 빨리 감각을 되찾지 않으면 아마 집어치우고 말겠지.

1983년 9월 8일

문학 378(영화 연구)는 괜찮다.

전산학 470(자연이미지처리)는 아니다. 강의를 5분쯤 듣자니, 이제까지 내가 겪었던 전산학 강의와 별 다를 바 없다는 느낌이었다. 컴퓨터실에서 밤을 새며 돈 한푼 나오지 않는 지루한 컴퓨터 프로그램을 짜는 과목을 고르다니, 어리석기 짝이 없다……. 내 안락한 이 방에 들어앉아 실제로 돈이 벌리는 재미있는 컴퓨터 프로그램을 얼마든지 짤 수 있는데 말이다.

심리학 121(수면과 꿈)은 강의 주제만 놓고 보면 괜찮다.

예술 113도 마찬가지다.

뉴욕 필름 페스티벌에서는 9월 30일에 상영될 〈이창 Rear Window〉이 정말 기대된다. 현장학습 삼아 모두 가서 보려고 한다. 티켓을 구할 수 있어야 할 텐데.

1983년 9월 12일

저녁을 먹은 후 한 시간쯤 북월드 서점을 둘러보면서, 다양한 최신 기술 동향과 여러 영화 평론가들의 의견을 훑어보며 내 지식을 보충했다.

〈스타로그〉 잡지의 조지 밀러 감독 인터뷰 기사에서, "〈스타워즈〉를 제대로 이해하고픈 사람은 〈천의 얼굴을 가진 영웅 The Hero With A Thousand Faces〉을 읽어야 한다"라고 적혀 있어서 그 책을 구입해 봤다. 읽기 너무 힘든 책이었다. 이 양반(조지프 캠벨)은 너무 박식하고, 문장은 수식어 천지인데

〈천의 얼굴을 가진 영웅〉, 조지프 캠벨 저 (볼링겐 시리즈, 판테온 프레스, 1968)

다, 온갖 주석이 덕지덕지 달려 있고 길기까지 하다. 하지만 멋진 책인 건 사실이다. 괜찮군, 괜찮아.

1983년 9월 18일

[〈덤보Dumbo〉를 감상한 소감]

캐릭터들의 작고 일상적이고 당연한 행동을 전면에 내세우되 그 아래에서 크고 강력하고 감동적인 주제를 전개하는 것이, 좋은 작품을 만드는 비결인 것 같다.

뚜렷한 주제가 없으면 사소하고 지루한 이야기가 될 뿐이다. 하지만 캐릭터의 행동이 주제만큼이나 웅장해지면, 이야기가 신화처럼 느껴져 평범한 관객들이 공감하기 어렵게 된다. 신화를 현대적이고 소규모적인 연출로 잘 바꾸어 낼 필요가 있다.

내일은 조지 히켄루퍼George Hickenlooper와 저녁 식사를 같이 하기로 했다.

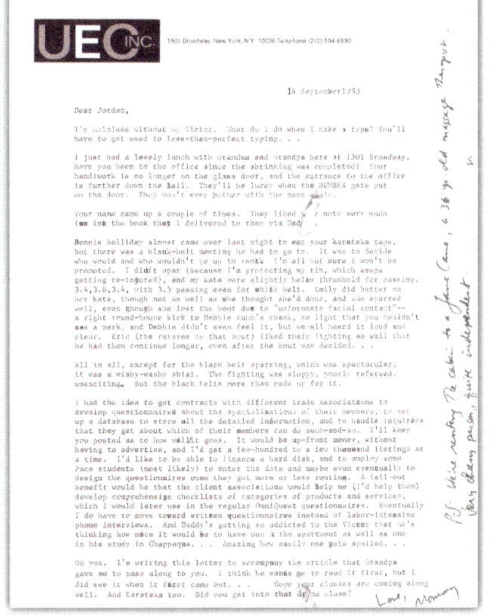

UEC INC.

1501 Broadway, New York, N.Y. 10036 Telephone (212) 594-6630

14 September 1983

Dear Jordan,

I'm helpless without my Victor. What do I do when I make a typo? You'll have to get used to less-than-perfect typing. . .

I just had a lovely lunch with Grandma and Grandpa here at 1501 Broadway. Have you been to the office since the shrinking was completed? Your handiwork is no longer on the glass door, and the entrance to the office is further down the hall. They'll be lucky when the NUMBER gets put on the door. They won't ever bother with the name again.

Your name came up a couple of times. They liked your note very much (am into the book that I delivered to them via Dad) .

Bennis Holliday almost came over last night to see your karateka tape, but there was a black-belt meeting he had to go to. It was to decide who would and who wouldn't go up in rank. I'm all but sure I won't be promoted. I didn't spar (because I'm protecting my rib, which keeps getting re-injured), and my kata were slightly below threshold for passing 3.4, 3.6, 3.4, with 3.5 passing even for white belt. Emily did better on her kata, though not as well as she thought she'd done, and she sparred well, even though she lost the bout due to "unfortunate facial contact"— a right round-house kick to Debbie Kuhn's cheek, so light that you couldn't see a mark, and Debbie didn't even feel it, but we all heard it loud and clear. Eric (the referee in that bout) liked their fighting so well that he had them continue longer, even after the bout was decided. . .

All in all, except for the black belt sparring, which was spectacular, it was a wishy-washy shiai. The fighting was sloppy, poorly refereed, unexciting. But the black belts more than made up for it.

I had the idea to get contracts with different trade associations to develop questionnaires about the specializations of their members, to set up a database to store all the detailed information, and to handle inquiries that they get about which of their members can do such-and-so. I'll keep you posted as to how well it goes. It would be up-front money, without having to advertise, and I'd get a few-hundred to a few thousand listings at a time. I'd like to be able to finance a hard disk, and to employ some Pace students (most likely) to enter the data and maybe even eventually to design the questionnaires once they get more or less routine. A fall-out benefit would be that the client associations would help me (I'd help them) develop comprehensive checklists of categories of products and services, which I would later use in the regular OmniQuest questionnaires. Eventually I do have to move toward written questionnaires instead of labor-intensive phone interviews. And Daddy's getting so addicted to the Victor that he's thinking how nice it would be to have one at the apartment as well as one in his study in Chappaqua. . . Amazing how easily one gets spoiled. . .

Oh yes. I'm writing this letter to accompany the article that Grandpa gave me to pass along to you. I think he wants me to read it first, but I did see it when it first came out. . . Hope your classes are coming along well. And Karateka too. Did you get into that drama class?

Love, Mommy

어머니가 보내 주신 편지.

1983년 9월 22일

수업은 괜찮게 진행되고 있다. 이미 조금 뒤처지기 시작했지만, 예상한 대로다. 작년처럼 나쁘지는 않을 거다. 나는 B를 노리고 있다.

지금부터 남는 시간은 모두 카라데카에 쏟아부을 거다.

이걸 낭비하는 건 너무 리스크가 크다.

올해가 터닝포인트가 되리라는 느낌이 든다. 내가 이 틀에 박힌 생활을 1년 더 했다간 영영 벗어나지 못할 거다.

대의에 충실해라. 강력하고 위험해져라. 행동에 책임을 져라. © 1972 est

사람들에게 마음을 열어라. 관대해져라. 배려해라.

1983년 9월 25일

3시간을 「카라테카」의 "게임 디자인"에 썼다. 일정표에 따르면 10월 중순에는 완성해야 하는데, 일주일에 20시간만큼도 쓰지 않고 있다.

1983년 9월 28일

「카라테카」를 작업해 보려고 노력했지만, 영 흥이 나지 않는다. 이래서는 좋지 않다.

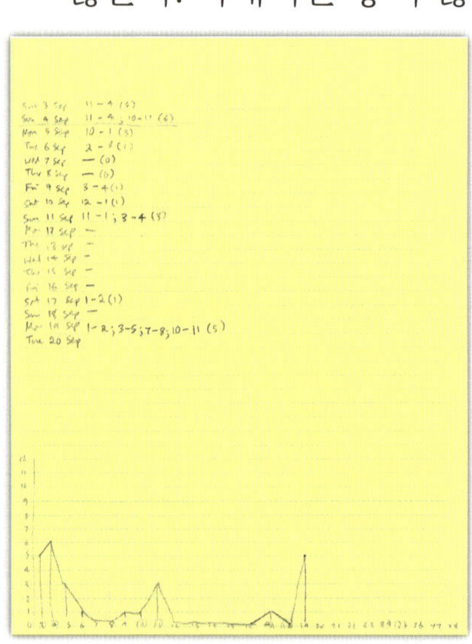

▲ 일정표

완성할 때까지 컴퓨터 앞에 억지로 앉아 있어야 할까? 그러면 오히려 싫어지게 될 것 같은데. 하지만 "흥이 날" 때까지 기다리기만 해봐야 전혀 예전처럼 될 것 같지 않다.

(휴.) 이런 프로젝트는 여름 같은 여가 기간에만 진행해야 한다. 올해 여름이 끝날 때만 해도

「카라테카」가 내 최우선 순위였지 않나? 지금은 최우선 순위는커녕 완전히 추진력을 잃은 상황이다. 말 그대로 속도 0마일이다. 어디서부터 다시 시작해야 할지 모르겠다. 프로그램을 부팅해 직전 위치에서 다시 짜기 시작하던 일이 예전엔 습관과도 같았는데, 지금은 너무나도 생소하다.

올해 여름에 내가 다소 꾸물거렸던 건 사실이다. 내가 쉬지 않고 부지런히 짜기만 했더라면 여름이 끝날 무렵에는 이 프로그램을 완성했을 거라고 해도 과언은 아닐 것이다. 하지만 현실적으로 볼 때, 나는 얼마나 오래 기분전환 없이 하나의 일에만 몰두할 수 있을까?

아마 대부분의 사람들보다는 좀 더 길기야 하겠지. 하지만 그것만으로는 충분하지 않아.

이 게임이 완성되지 않는 한, 내가 하는 모든 일에는 미련이 남게 되리라. 완성의 그날까

제 고등학교 친구인 애덤 더만은, 제 요청을 받아들여 「카라테카」 개발을 미적거리는 저를 꾸짖는 편지를 보내주었습니다. 그로부터 5년 뒤인 1988년 8월, 「페르시아의 왕자」 완성을 앞두고 마찬가지로 고민하던 제가 그 편지를 다시 떠올렸(다고 제 일기에까지 언급했)던 걸 보면, 그의 글이 제 뇌리에 박혔던 건 맞았나 봅니다.

지 참고 계속 진행하자. 이걸 완성해야만 나는 미련을 떨치고 삶을 온전히 즐길 수 있을 것이다.

1983년 10월 1일

「카라테카」에 7시간을 썼다. 시작이다.

1983년 10월 2일

난 뭐가 문제인 걸까?

난 이제까지 부모님의 보호에서 벗어나 본 적이 없다.

나 자신 외의 다른 누구를 책임져 본 적도 없다.

아직도 용돈을 받고 있을 정도다.

심지어 운전면허도 아직 따지 못했다(미국 사회에서 성인임을 인정받는 대표적인 상징이다).

난 성인으로 넘어가는 마지막 한 발짝 앞에서 멈칫한 채, **2년** 동안이나 성인의 문턱 앞에서 어물쩡거리고 있다.

내 걱정거리는 어린애의 걱정거리일 뿐이다. 내 자신을 위해 살아야 할 때다. 해 봐, 메크너. 어른이 되라고!

「카라테카」를 완성해. 운전을 배워. 애인도 만들어 보라고. 거기서부터가 시작이니까.

1983년 10월 10일

축하할 일이다! 오늘은 「카라테카」에 8시간을 썼고, 미술 강의 및 문학 감상회, 로스쿨 회의에도 참여했다.

시속 60마일이 전속력이라고 치면, 대략 35마일 속도로 비행한 셈이다.

내일은 하루 종일을 「카라테카」에 쓰려고 한다. 목표는 졸개가 뛰어나오는 위치를 포함해 전체적인 배경 그래픽을 아래로 내려, 화면 상단에 지도를 넣을 공간을 확보하는 것이다. 이게 좀 까다로운 면이 있다.

그 다음엔, 무려 한 달 반이나 미적거리던 전투 루틴 수정을 **드디어** 손대야 한다. 다음엔 궁궐 입구와 복도와 감옥을 추가한다. 다음엔 보스 그래픽을 만들고, 다음엔 도중에 들어갈 애니메이션을 작업해야 한다(이틀 필요). 즉, 완성하려면 앞으로 7일을 꼬박 투입해야 한다.

이제 멈추지 않을 거다. 「카라테카」를 멈출 만큼 중요한 일은 이제 없으니까—잠깐! 그러고 보니 수요일에 중간 테스트가 2개 있고 숙제가 하나 있었네. 젠장, 「카라테카」가 좀 지연되겠지만, 큰 방해가 없길 빌어야겠다.

1983년 10월 11일

오늘은 2시간밖에 쓰지 못했다. 사회심리학만 쨌고, 심리학과 문학 강의는 들어갔다. 연극 〈참령 바바라Major Barbara〉를 봤다.

1983년 10월 13일

「카라테카」에 3시간을 썼다.

키튼의 단편 영화 〈경찰Cops〉을 주제로 문학 레포트를 써서 A를 받았다.

1983년 10월 15일

「카라테카」에는 3시간밖에 못 썼지만, 성과가 있었다. 전투 루틴이 기본적으로 잘 돌아가고 있다. 여름 이래, 처음으로 드디어 이 프로그램이 좋아지기 시작했다.

내일 밤까지는 보스, 공주, 절벽을 제외하고는 모두 잘 돌아갈 것으로 기대하고 있다. (뭐, 궁궐 입구와 복도와 감옥 파트의 배경 그림은 좀 더 시간이 걸리겠지만.)

1983년 10월 16일

「카라테카」에 5시간을 썼다.

1983년 10월 17일

늦잠을 자느라 미술 강의를 놓쳤다. 부끄럽다.

「카라테카」에 하루를 털어 넣었다(만세). 총 7시간. 골격이 갖춰지고 있다. 다음주 말쯤에는 완성할 수 있을 것 같다.

완성하고 나면 뭘 하지?

● 〈블루 하베스트〉 완성?

● 소설 하나 더 쓰기?

● 벤과 함께 영화(〈암살자〉?) 찍기?

● 컴퓨티치 사에게서 새 프로젝트를 수주하기?

● 영상장비를 사서 컴퓨터로 뭔가 바보짓을 해 보기?

● 「카라테카」의 후속작이 될 만한 다른 게임의 개발 시작?

● 만화 그려 보기?

● 제대로 그림을 시작해 보기?

● 조지와 함께 영화 만들기?

1983년 10월 18일

아침에 심리학 강의 들으러 가는 길에, 워드 휠러가 내게 앞으로 하고 싶은 일이 있느냐고 물었다. 상투적으로 대답했다. "비디오 게임을 짜겠지, 아마도."

"그쪽은 미래가 별로 없는 것 같던데, 괜찮겠어?" 그는 되물었다.

그가 말하는 건 물론, 최근 일어나고 있는 아케이드 게임 시장의 붕괴 얘기다.★ 내가, 정확히는 지금의 비디오 게임이 아니라 그 시장을 이어받을 **무언가** 쪽에 관심이 있다고 설명하기엔 시간이 부족했다.

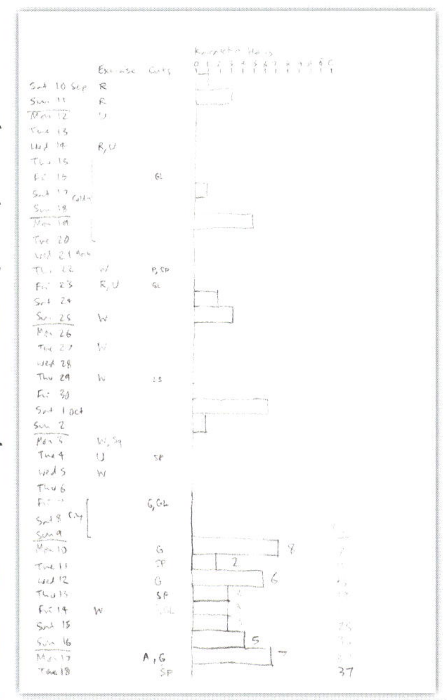

1983년 10월 19일

7시간을 들였다. 절벽이 들어갔다. 확실히, 이걸 넣기까지 걸릴 시간을 너무 과소평가했다.

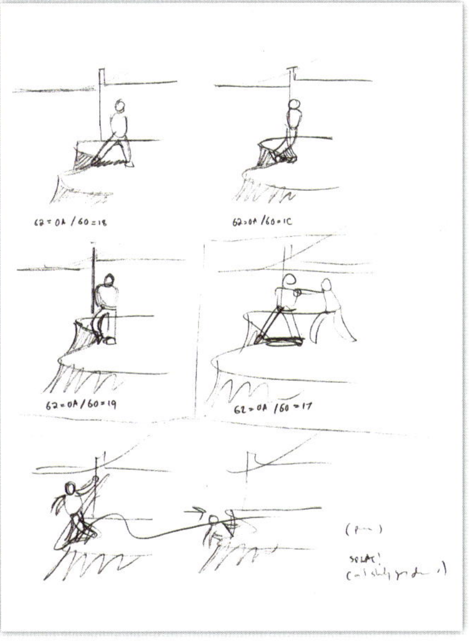

★역주. 저 유명한 북미의 아타리 쇼크=게임 시장 붕괴 사건이, 1983년 가을부터 일어난다.

일요일 밤까지(정확히는, 〈7인의 사무라이〉 이후까지)는 캐릭터 애니메이션을 제외한 모든 요소가 잘 돌아가야 한다. 아래의 나머지 작업은 앞으로 2주 내로 완료해야만 한다.

● 절벽에서 떨어지는 (기어 올라오는) 주인공 그래픽

● 보스 캐릭터를 넣고, 복도에서 싸우도록 만들기

● 공주 캐릭터를 넣고, 감옥에서 포옹하게 만들기

● 감옥 파트에 보스와 공주, 졸개, 프롤로그와 게임오버까지 넣기

● 후지산 분화 장면(가능할 경우)

● 배경음악

● 데모 모드, 타이틀 화면

점점 게임이 형태가 갖춰지고 있어 뿌듯하고, 다시 "작업 모드"(혹은 예일 대 생활이 허용하는 한계 내에서 이를 최대한 비슷하게 재현한 모드)로 들어가게 된 게 기쁘다……. 하지만 동시에 압박감도 다시 느끼고 있다. '그린 먼데이' 이후로 지금까지, 학업을 비롯한 다른 일을 다 제쳐 놓고 있기 때문이다. 영화 모임, 강의, 영화, 조지프 캠벨 등등의 모든 일이 다 뒷전으로 밀려나 있다.

지금 당장은 이 게임의 개발을 즐기고 있지만, 하루빨리 끝내고 봐야 한다. 난 예일 대에서의 학업에 다른 일보다 더욱 관심을 쏟을 필요가 있다. 1년 등록금이 $13,000나 들어가니까. 다음 프로젝트는 이렇게까지 내 삶을 갈아넣을 필요가 없는 걸로 골라야겠다. 대학교 다니는 중에 큼직한 프로젝트를 굴리는 짓은 다시 하지 말자. 너무 많은 것을 회

생하고 있다.

1983년 10월 20일

어젯밤에는 컴퓨티치 사에 들러, 「알파벳」에 회사가 원하는 수정사항을 반영해 주었다. 애플IIe 상에서 30분 동안 작업했다.

짐 갈람보스는 "Sunset" 파트의 음악이 칙칙하니 좀 더 밝은 느낌으로 바꿔 달라고 주문했다. 일단은 거절했다. 그는 미소를 거두지 않고 이렇게 말했다. "자네가 내 말을 듣게 하려면 어떻게 해야 좋을까? 바꿔 줄 경우 $100를 주겠다면 어떻겠나?"

나는 즉답했다. "그렇게까지 꼭 원하신다면 기꺼이 바꿔 드리죠." 물론 백 달러를 받지는 않았다. 받고 해줬다면 돈만 밝히는 녀석 취급을 받았을지도 모르겠다. 비윤리적이기까지 할 수도 있겠고.

「카라테카」에 2시간을 투입했다. 화요일과 목요일은 항상 힘들다.

〈애플토커Appletalker〉★를 몇 시간쯤 가지고 놀았다. 플레이어가 패배할 경우 보스가 "하하하하!"하고 외치게 만들면 어떨까? 어쩌면 타격음을 개선할 수 있을지도? 짖는 소리를 넣어 본다거나?

★역주. 애플토커: 밥 비샵이 1978년 발표한 애플II용 소프트웨어. 카세트 포트로 입력받은 음성 데이터를 메모리에 저장하고 재생하는 기능이 있다.

1983년 10월 21일

에이드리언이 전화해 왔다. 「카라테카」에 한층 더 관심을 보여주었고, 최대한 잘 만들어보라고 나를 격려해줬다.

1983년 10월 22일

「카라테카」에 5시간을 들였다. 좀 더 나아 보인다. 버그는 대부분 잡아냈다. 지금은 어제보다는 덜 당황하고 있다. 2주일 내에는 완성할 수 있겠다.

슬슬 이 게임을 어떻게 팔아야 할지 생각해 둬야겠다. 아버지와 상의해 볼 참이다.

1983년 10월 23일

〈7인의 사무라이〉
(구로사와 아키라 감독, 토호, 1954년)

영화가 끝나자마자 바로 나왔다. 이 기분을 깨뜨리기 싫어서, 누구와도 대화하고 싶지 않았다. 내리는 비에 푹 젖었다가 적당히 추스러졌을 때까지 돌아다니다, 내 방으로 돌아왔다.

〈7인의 사무라이〉는 내 인생을 통틀어 가장 좋아하는 영화다.

〈디즈니 애니메이션 : 삶의 환상〉
(프랭크 토머스·올리 존슨 공저,
애브빌 프레스, 1981)

1983년 10월 25일

오늘은 〈디즈니 애니메이션: 삶의 환상〉이 도착했다. 한 달 전에 30일 무료이용 형태로 주문한 책이다. $60나 들지만 아무래도 소장하게 되겠지.

1983년 10월 26일

오늘은 뭘 했더라? 딱히 한 건 없었다. 미술 강의를 들었고, 더그 칼스턴 씨에게 「카라테카」 관련으로 편지를 썼고, 심리학 121 관련으로 책을 좀 읽었다.

미국은 오늘 그레나다를 침공했다.★

1983년 10월 27일

디즈니 책을 읽는 중이다. 월트 디즈니는 신이다. 그와 함께 작업한 사람들도 다들 대단하다. 최대한 빨리, 디즈니가 만든 모든 영화를 여러 번 보고 싶어졌다.

여러 명장면을 떠올리면서(〈덤보〉에서 미친 코끼리 취급 받던 엄마와 다시 결합하는 장면과, 〈레이디와 트램프Lady and the Tramp〉에서의 스파게티 장면 등), 나는 다시금 감명을 받으며 그 장면들이 가져다 준 감동을 되새기고 있다. 스토리, 캐릭터들, 애니메이션, 연기, 음악 등의 모든 요소가 절묘한 균형을 이루며 관객이 실제로 믿고 느낄 수 있을 만큼 상호작용하게 만드는 작업

★역주. 1983년 10월의 그레나다 침공 사건을 가리킨다.

이 얼마나 어렵고도 힘든 일인지를 새삼 절감한다. 나는 과연 그렇게 할 수 있을까, 컴퓨터로? 아니면 글로? 월트 디즈니가 애니메이션으로 해낸 일을 비디오 게임에서도 해내고 싶다는, 막연한 상상이 피어오른다.

하지만 월트 디즈니는 하나뿐이다.

1983년 10월 28일

별로 눈에 안 띄는 「카라테카」 작업에 5시간을 썼다.

1983년 11월 1일

「카라테카」가 슬럼프에 빠졌다. 이대로라면 크리스마스 전에 완성하는 건 무리다.

이 프로그램을 추수감사절에 집으로 싸들고 가는 일은 가급적 없기를 바라지만, 아무래도 그렇게 될 것 같다.

지난 며칠간을 돌이켜 보면, 내 창의력은 (a) 데즈먼드 모리스, (b) 월트 디즈니, (c) 영화와 영화 제작, (d) 글쓰기와 내러티브 이론에 대한 열정으로 몽땅 소진된 것 같다. 다른 때라면 별로 문제없는 일이겠으나, 일단 지금은 내가 당면한 이 프로젝트, 즉 「카라테카」에 모든 에너지와 열정을 쏟아부어야만 한다.

아무래도 독신 서약에 버금가는 강제력이 필요할 것 같다. 아니면 일부일처제라거나.

1983년 11월 2일

드디어, 다시 흥미가 넘쳐흐르기 시작했다! 버클리 대로 〈우게쓰 이야기Ugetsu〉를 보러 가려고 기다리는 동안 3번 신문 가판대를 뒤적거리다가, [홈 일렉트로닉스] 잡지에 실린 '5명의 백만장자들(모두 30세 미만)과 그들의 성공 비결'이란 기사를 발견했다. 그 중 하나가 댄 골린이었다.

그는 「차플리프터」를 6개월간 개발했는데, 그동안 그가 가장 걱정했던 것은 바로 완성이었다. (왠지 익숙한 얘긴데?) 완성된 후 그는 게임을 브로더번드 사에 제시했다. 브로더번드는 이 게임에 큰 인상을 받고는, 일주일 만에 그를 캘리포니아로 모셔와 $1,000를 지급했다. 그 이후엔 우리가 아는 그대로다.

지금은 여름 이후 처음으로, 다른 어떤 것들보다 「카라테카」에 더 흥분을 느끼고 있다······. 심지어 베스트셀러 소설 쓰기나 블록버스터 영화를 감독하는 것보다도. **이 게임**이야말로 내가 만들어야 할 물건이다.

1. 프로그램과 그래픽 데이터의 찌꺼기나 지저분한 흔적 등등을 모두 정리할 것. (금요일까지)

2. 감옥의 문을 발로 차면 열리도록 만들 것. 지르기나 걷기 등으로 통과하려고 하면 체력이 깎인다. (토요일까지)

3. 보스 그래픽을 다 그린 후 게임에 집어넣고, 싸울 수 있도록 만들 것. (월요일까지)

4. 전투 루틴이 완벽하게 돌아가도록 할 것. 졸개가 "명예 지점" 너머로 후퇴하지 못하도록 막을 것. (금요일까지)

여기까지 완료되면, 장식용 애니메이션과 음향효과만 없을 뿐 게임 자체는 제대로 끝까지 플레이할 수 있는 수준이 된다.

좋아, 이 정도면 계획은 충분해.

1983년 11월 4일

오늘 오후, 배우 벤 킹슬리Ben Kingsley가 드라마 스쿨에 와서 멋진 강연을 해 주었다. 벤과 조지와 내가 첫 줄 왼쪽에 앉았다.

킹슬리는 암막 앞에 놓인 테이블에 앉았는데, 스웨터와 로퍼 차림이었다. 그가 연기했던 간디나 로버트의 모습과는 전혀 딴판이었다. 그는 마흔 살이었고 건강했으며, 검은 머리가 약간 벗겨진 모습이었다. 마치 스쿼시 선수같아 보였다.

그는 한 시간 동안 우리를 완전히 이야기에 몰입시켰다. 우리 모두가 그에게 매료되었다. 청중에게서 뜨거운 열기가 흘러넘치는 것처럼 느껴졌다. 그는 정중하고, 매력적이고, 재미있고, 흥미로웠다. 훌륭한 사나이였다.

오늘 처음 보는 낯선 사람이 단 한 시간만에 이렇게 애정과 존경을 이끌어낸다는 게 어떻게 가능한 걸까? 벤 킹슬리는 자리를 떠나며 나와 악수해 주었다. 물론 조지와도.

1983년 11월 5일

오후에는, 어젯밤에 사 온 스티븐 킹의 소설 〈저주받은 천사〈Firestarter〉를 읽었다. 원래는 「카라테카」 작업으로 하루를 보낼 생각이었는데. 난 정말이지 스스로를 말아먹기만 하는 망할 녀석이다. 내일은 아침이 되자마자 침대를 뛰쳐나가 「카라테카」에 집중해야겠다.

(몽상 중)

돈.

경제적 독립.

〈소프톡〉 잡지 랭킹 30위 내 등극.

컴퓨터 잡지와의 인터뷰.

내 인생에 그런 중대한 변화가 과연 찾아올는지 상상이 잘 가지 않는다. 어쩌면 그저 지난 2년간 만끽해 온 안정된 상태를 굳이 깨뜨리는 것이 두려워 계속 주저하고 있는 걸지도 모른다. 한심한 상상이다.

그러니 어서 작업을 하자!

(하지만 오늘밤은 그냥 자야지. 지금 너무 피곤하거든.)

이 몽상은 이제까지의 다른 몽상과는 다르다. 적어도 이건 내가 꿈꾼 대로 이뤄질 수도 있는 일이니까. 못 이룰 이유가 없다.

흐지부지 보내지 말고 뭔가를 이뤄야 한다. 내 자신의 발목을 잡아선 안 된다. 기어코 (핑계거리를 떨쳐내기 위해 필요한) 용기를 내어, 결승선을 통과하고 내 인생의 새로운 장으로 나서야 할 때다.

어쩌면 또 기회를 날려 버릴지도 모르지……. 「아스테로이드」 때나, 루빅큐브 때나, 「데스바운스」 때처럼.

그래선 안 된다.

그래선 안 된다.

앞으로 8주를 보낸 후 새해가 오면, 난 술잔을 들어올리고 1983년을 돌이키며 이 말을 남기리라. 내가 한 단계 도약한 해였노라고.

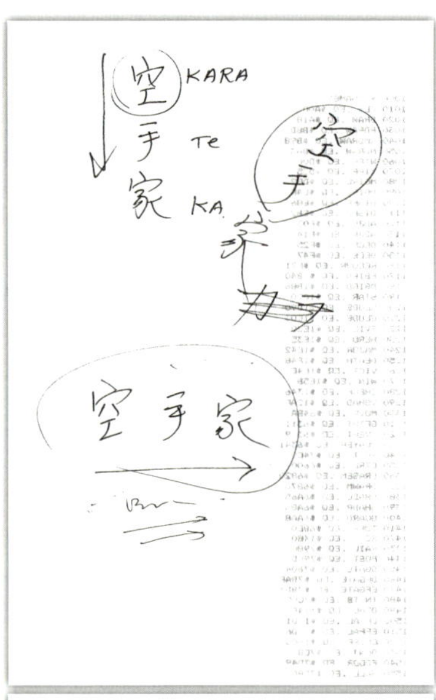

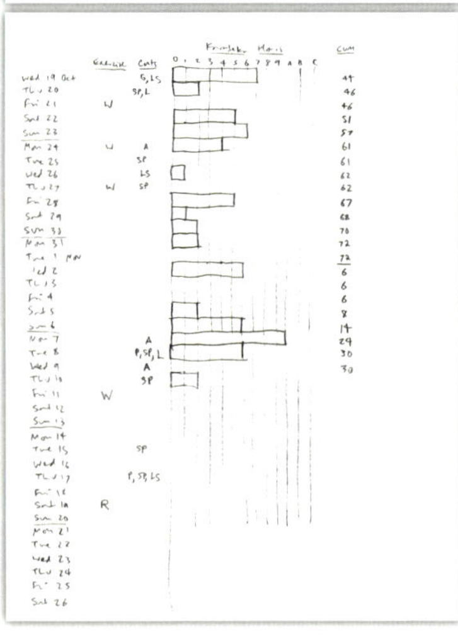

1983년 11월 7일

오늘은 「카라테카」로 10시간을 보냈다. 여름 이래 처음으로 하루에 10시간을 작업했다.

몸이 아파서 방에만 박혀 있었던 덕이다.

오후엔, K13 디스켓이 깨지거나 지워질지도 모른다는 두려움이 갑자기 나를 덮쳐 왔다. 디스켓을 읽어 들일 때마다 표면이 긁히고 틈에 먼지가 끼는 듯한 상상이 들었고, 재킷에서 디스켓을 꺼낼 때마다 자칫 놓쳐서 보푸라기와 먼지가 가득한 바닥에 떨어지지나 않을까 염려가 되었다.

이런 그럴싸한 불안에 휩싸인다는 건, 내가 작업 모드에 깊이

파묻혀 있다는 얘기다.

게임의 겉포장과 타이틀 화면 디자인을 어떻게 할지 생각하기 시작했다. 제목은 그대로 「카라테카」로 가기로 결정

했다. 벤은 어울리는 일본어 글자를 찾아봐 주겠다고 했다.

문득 기숙사의 TV 룸으로 내려가, 피아노에서 〈7인의 사무라이〉의 테마곡 악보를 가져왔다. 게임의 도입부에 넣어볼 생각이다.

이 모두가 드디어 내가 작업 모드에 다시금 돌입했다는 신호다.

1983년 11월 9일

돈 노마크Don Normark가 아침에 찾아왔다. 벤과 내가 그를 데리고 예일 대를 구경시켜 줬다. 생전 처음 보는 풍경들을 보았다. 정말 멋진 가을날이었다. 돈은 사진을 잔뜩 찍어갔다.

1983년 11월 13일

아침에는 벤의 큼직한 육군 군복 재킷을 입고 (**"바다표범을 지키자"**, **"권위주의에 의문을"**, **"핵무기 반대"** 등등의) 핀배지를 잔뜩 단 채 엘 도라도로 걸어가, 조지 히켄루퍼가 찍는 영화 〈뉴어크엔 보험이 필요해Newark Needs Insurance〉에 단역으로서 연기했다. 잘 해냈기를 바란다.

조지의 감독 일을 지켜보면서, 그를 한층 더 존경하게 되었다.

1983년 11월 18일

[채퍼콰] 집으로 돌아오니 기분이 좋다. 아버지가 「카라테카」를 보시고는 의견과 아이디어를 잔뜩 주셔서, 나도 마침 딱 필요했던 의욕을 얻어냈다.

안타깝게도 뉴헤이븐에 중요한 「카라테카」 관련 기획서 일부를 놓고 온 걸 아침에야 알았기에, 이번 연휴에 할 수 있는 작업에도 한계가 생겨 버렸다. 덕분에 한동안 우울했다.

1983년 11월 29일

[뉴헤이븐] 두 번째로 〈이창〉을 감상했다. 이 영화를 소재로 문학 레포트를 쓰려고 한다. 말하자면 죽어라 분석하려 애를 쓰는 의미심장한 글을 만들어 보겠다는, 영화 평론가로서의 꿈이다.

1983년 12월 1일

사회심리학 과제물을 어서 써내야지. 나만 F학점에서 탈출하면 **아무도** F를 받지 않을 테니. 아무도.

1983년 12월 3일

오늘 조지를 찾으러 A&A에 들렀다. 아니나다를까, 조지가 한창 영화를 편집 중이었다. 그는 내가 찍힌 날에 촬영한

편집 전 필름을 돌려 보여주었다. 내 연기가 형편없으면 어쩌나 걱정했는데, 놀랍게도 제법 괜찮았다. 이 영화에서 내가 잘리지 않길 바란다. 조지는 출연할 거라고 장담했다. 내가 주연처럼 나온 순간은 꼭 남았으면 좋겠다. 내가 군중 사이를 밀어젖히고 카메라를 가로막는 장면 말이다.

1983년 12월 8일

아벨슨과 대화하기 위해, 사회심리학 강의가 끝난 후 잠시 기다리는 중이었다.

그에게 어떻게 말을 걸어야 할지를 생각하면서, 문득 비참한 기분이 들었다.

그가 다른 학생들과 즐겁게 이야기하는 동안 기다리는 시간이 마치 영겁처럼 느껴졌다.

드디어 틈이 생기자 나는 용기를 짜내어 과제물을 둘 다 갖고 오지 않았다고 실토했다.

"아, 당신이 그 수수께끼의 민츠너 씨군요. 근데 발음이 어떻게 되나요?"

괴롭고, 당황스럽고, 속상했다. 그래도 어떻게 이야기는 끝냈고, (두 과제 중 하나라도 제출한 다음 시험 점수를 잘 받으면 낙제는 면한다는 말을 듣고서) 돌아섰을 때쯤엔 희망의 거품이 내 안에서 부글부글 솟는 기분이었다.

적어도 지금은 내 처지를 잘 알고 있고, 더 두려워할 것도 없다.

물론, 아직 다 끝난 건 아니지만.

일단 시험부터 봐야 한다.

1983년 12월 15일

놀랍게도 아침의 사회심리학 기말시험은 꽤 잘 끝났다. 틀린 건 한두 문제 정도일 거라 확신한다.

스타일스에서 조지와 저녁 식사를 한 후, 그에게서 루카스·스필버그 등등의 감독 이야기가 실린 책 〈영화 업계의 악동들The Movie Brats〉을 빌려 왔다. 끝내주는 책이었다. 나도 한 권 사야겠다.

책을 읽다 보니, 희망과 동시에 자괴감도 들었다. 영화 업계의 영웅들을 다룬 이야기다 보니, 그들이 이룬 업적이 끔찍할 만큼 어렵게 느껴지고, 그들에겐 운도 꽤나 따랐다는 점을 알게 되었기 때문이다. 과연 내게도 그런 업적과 행운이 올까?

1983년 12월 16일

웰스 루트의 책 〈시나리오의 구성과 기법Writing the Script〉을 읽는 중이다.

최근엔 내 진로에 대해 많이 생각 중이다. 소설가? 영화 감독? 각본가? …그러다가 같은 목표를 두고 경쟁하는 수백 명 중 하나가 된다는 것이 얼마나 끔찍한 일인지를 깨닫게 된다.

올해 크리스마스 연휴 때는 꼭 「카라테카」를 완성해야지.

이게 내 인생의 우선순위 1번이다.

"이걸로 백만 달러를 벌 수도 있단다." 아버지가 여름에 하신 말씀이다. **백만 달러**라니! 세상 사람들은 연수입 $20,000을 벌겠다고 경쟁하고 있는데. 내게 백만 달러가 생긴다면 굳이 일할 필요도 없으리라. 그저 학점 좀 잘 받겠다고 게임 완성을 이렇게 질질 끌고 있다니, 이 얼마나 한심한 일인가? 정신 차려야 한다.

1983년 12월 19일

"제대로 미친 성공을 해보고 싶어." — 조던의 어록

벤은 내가 목표를 이룰 거라고 믿어 주고 있다. 그가 말하길, 나는 지금 내게 딱 걸맞는 일을 하고 있다는 거다.

벤의 말에 따르면, 평범한 사람들은 나처럼 성공하고 싶어 하지 않기 때문이란다. 대개는 좋은 직장을 얻어 순조롭게 승진하고 싶을 뿐이라는 것이다. 덕분에 기분이 좋아졌다. 조지 루카스는 열아홉 살 때 카레이서가 되고 싶어 했다는 그의 말이, 특히 기억에 남는다.

1983년 12월 24일

[채퍼콰] 아침에 한두 시간 정도 「카라테카」 작업을 했다. 아직 나는 "작업 모드" 상태가 아니다. 작업해야겠다는 충동을 느끼거나 작업에 완전히 몰입하는 게 아니라, 그저 작업하지 않으면 죄

여동생인 에밀리와 룸메이트인 벤, 그리고 다른 친구를 찍은 사진..

책감이 느껴지는 정도이기 때문이다.

마침 할아버지와 할머니가 오셔서 오늘의 작업은 중단했다.

1983년 12월 25일

5시간을 「카라테카」에 썼다. 추진력을 모으는 중이다. 서서히. 심리학과 미래에 관해, 아버지와 오랜 시간 이야기를 나눴다.

1983년 12월 27일

아침에 나 자신이 달리는 장면을 비디오테이프에 녹화하느라 2시간을 날렸다. 좀 더 제대로 촬영해 보는 게 좋겠다는 결론을 내렸다. (다음엔 공주가 달리고 포옹하고 무너지는 장면과, 보스가 쓰러지는 장면도 찍어야겠지.)

어쨌든 기기가 일단 잘 돌아간다. 현재는 컬러 TV와 슈퍼 8mm 카메라를 꺼내 온 상태다. 지금 필요한 건 모비올라 기기에 끼울 전구 정도다. 역시 기숙사에서 버사라이터를 가지고 왔어야 했는데.

1983년 12월 28일

7시간 동안 작업했다. 잘 되어 가고 있다. 앞으로 2주 후면 이 게임을 브로더번드 사에 보낼 수 있을 것도 같다.

사라가 내일 아침 자기 TV를 가져와 주기로 했다. 내일이나 금요일쯤에는 최대한 빨리 촬영을 마쳐야만, 필름 현상을 맡겨놓고 나머지 일을 처리할 수 있다.

1983년 12월 30일

7시간을 작업했다. 주로 보스와 치르는 전투 부분을 만들었다. 일찍 작업을 접은 후 C.C.로 나와 존스 베스트에 들렀다가, 바자 주차장에서 추운 날씨를 뚫고 애덤, 모, 에이먼, 브래드 K, 브래드 R, 젠스, 앨런과 함께 프리스비를 던지며 놀았다.

1983년 12월 31일

[새해 첫날] 아버지가, 의사가 되지 않겠다고 결심했을 때 할아버지가 집에서 쫓아냈다는 옛날 얘기를 해주셨다. 어머니는 아버지와 만나 결혼하기까지의 이야기를 해주셨다. 우리 가족은 둘러앉아 각자가 꿈꾸는 미래에 대해 상상의 나래를 펼쳤다.

아버지: "일단 회사를 차렸으니 성공시켜야겠지. 그래야 여생을 책 집필 같은 더 중요한 일에 쓸 수 있을 테니."

데이비드: "고교를 졸업하면 예일이나 스탠포드 같은 대학교에 들어가고, 나중엔 컴퓨터 가게를 차려서 부자가 되어 결혼도 하고 아이를 넷쯤 갖고 싶어요."

에밀리: "고교에서 이미 낙제해서, 대학교를 떨어질 걱정은 없을 것 같아요."

나: "카라테 게임을 완성해서 백만 달러를 벌어 좋은 여자를 만나고, 할리우드로 가서 영화를 만들어 돈을 더 많이

벌어, 새로운 예술 형태를 창조하여 21세기의 월트 디즈니가 되겠어요."

1984년 1월 1일

「카라테카」에 10시간을 썼고, 그중 대부분은 (가족들의 조언을 받아들여) 궁궐 내의 별실을 새로 디자인하는 데 썼다. 꽤 발전했다.

내일의 목표: 배경 그래픽 전부 완성 – 복도, 감옥, 궁궐과 관문.

애덤이 질 스트로스맨하고, 「하드 햇 맥Hard Hat Mack」★ 게임을 들고 찾아왔다. 셋이 함께 몇 시간 동안 그 게임을 즐겼다. 꽤 잘 만든 「동키 콩」 스타일 게임이다. 덕분에 멋진 〈인디아나 존스〉풍 게임 아이디어가 떠올랐지만… 일단은 하던 것부터 마무리하고 보자.

정말 백만 달러가 벌린다면 나는 어떻게 될까?

혹시 디스켓이 깨지기라도 해서 데이터가 다 날아가면 어쩌지?

1984년 1월 2일

11시간 작업. 새로 만든 복도와 감옥 그래픽을 집어넣었다.

오늘의 진짜 성과는 게임 디자인 쪽에서 나왔다. 아버지와 나는 이 게임에 두 가지 중요한 요소가 부족하다는 걸 알

★역주. 하드 햇 맥: 1983년 일렉트로닉 아츠가 발매한 애플 II 용 아케이드 액션 게임. 당시 시점에선 최신작이다.

아냈다. (1) 물고 물리는 관계와 (2) 긴장감이다.

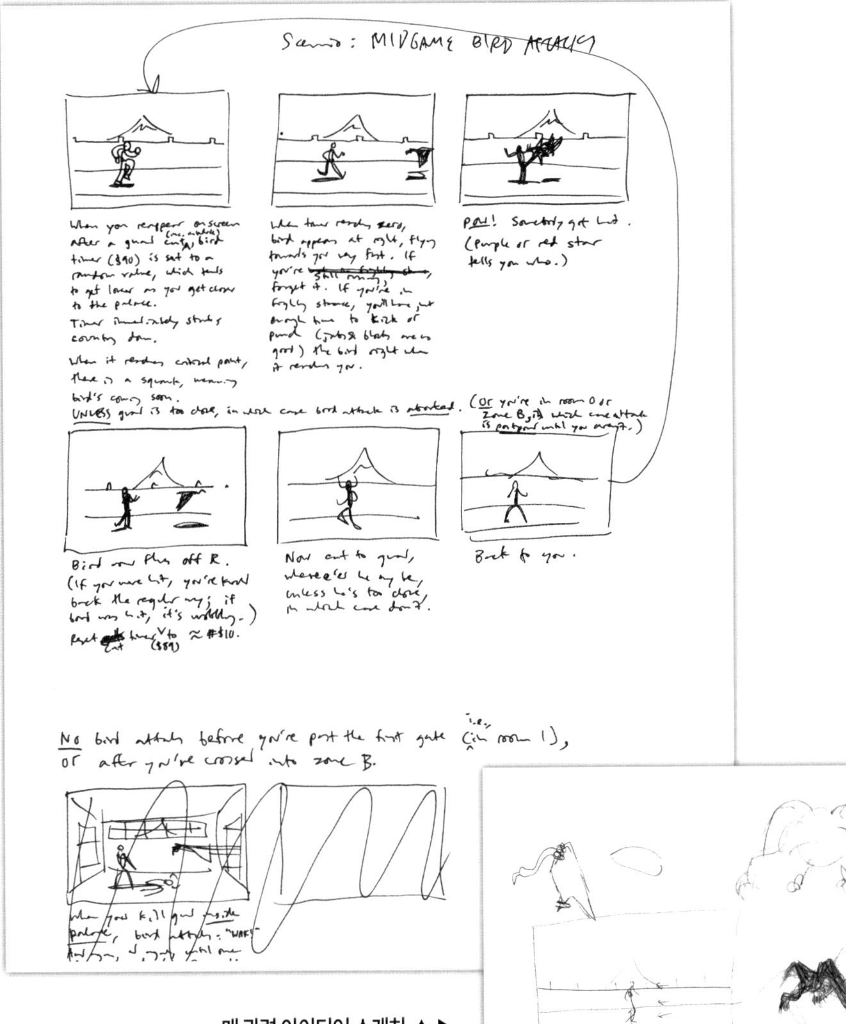

매 관련 아이디어 스케치 ▲ ▶

그래서, 함께 해결책을 고안
해냈다. 졸개들을 물리치며 전
진하는 동안에, 보스가 기르는
매가 불시에 날아와 공격해오

는 것이다. 매가 화면에 나타나는 즉시 바로 전투 자세를 잡고, 날아오는 높이에 맞춰 지르기나 차기 공격을 맞혀 매를 물리쳐야 한다. 만일 달리고 있을 때 매의 공격을 맞으면 체력을 크게 잃게 된다.

그럼 계속 전투 자세로 이동하는 게 더 유리하지 않은가? 여기서 트레이드오프가 발생한다. 달리는 쪽이 이동속도가 빠르니까.

내 생각에, 이 시스템이 추가되면 게임의 재미가 극적으로 향상될 것 같다. 제대로 게임이 되는 거다.

이 매는 처음엔 도로 물러나지만, 보스와 싸우기 직전쯤에 다시 한 번 제대로 대결하게 된다. 플레이어가 졸개를 물리쳤음을 보스에게 보고하는 역할도 겸한다. 디지털 사운드로 울음 소리도 넣어야겠다.

아버지와 나는 4시간 정도를 함께 음악을 들으며 보냈다. 주인공 느낌의 〈7인의 사무라이〉와, 보스에 어울리는 바그너 음악이다. 아버지가 이 게임에 정말 큰 기여를 해주셨다. 정말 멋진 게임이 되어 가고 있다.

아버지인 프랜시스 메크너Francis Mechner와, 스타인웨이 피아노.

1984년 1월 3일

오늘은 7시간을 썼지만, 돌이켜 보니 딱히 눈에 띄는 성과는 없었다. 폭스 & 서덜랜드 가게에 가서 카메라를 살펴보고 필름을 산 후(**세상에 이럴 수가**★, 이제 잘 찍힌다!), 소프트웨어 시티로 향해 프랭크에게 「데스바운스」를 보여 줬다.

이제는 딱 며칠만 제대로 집중해서(내일과 목요일 정도면 어떨까?) 주요 버그와 거슬리는 문제를 모두 잡아내면 된다.

- 타격 처리를 완료 (5시간)
- 스텐실 처리를 포함해, 보스와 플레이어의 애니메이션을 완료 (8시간)
- 배경 스크롤을 6bpc 속도로 돌아가게 만들기 (8시간)
- 여기까지 까다로운 작업들이 끝나면, 나머지 작업은 좀 더 쉬운 편이다.
- 걷기를 달리기로 바꾸기 (멋지지!)
- 온갖 잡다하고 소소한 버그 수정 (만족스럽지!)
- 졸개의 전투 루틴을 조정해 개선 (즐겁지!)
- 새 집어넣기 (신선하지!)
- 막간에 나올 애니메이션을 작업 (재미있지!)

하지만 앞선 작업들부터 먼저 끝내야 한다.

굳이 적어두는 것 하나.:

지금은 기분이 좋지 않다.

꼭 이런 상태가 되는 때가 있다. 작업을 막 시작한 후(단지 텅 빈 디스켓과 아이디어가 미어터지는 머리밖에 없고, 해야 할 일과 쓸 수 있는 시간이 모두 무한정일 때)와, 작업이 끝나기 전(기본적인 일이 모두 끝났고, 개선하고 조정할 일만 잔뜩 남아 있을 때)이다. 말하자면 '도중'인 상태다.

★역주. 원문에서는 라틴어 어휘인 mirabile dictu(말로 형용할 수 없을 만큼 놀라운)이 사용되었다.

내가 지금 딱 이렇다.

해야 할 일거리는 여전히 무한하게 남아 있는데, 쓸 수 있는 시간이 갑자기 유한해진다.

학교도 돌아가서 강의와 영화 모임까지 챙기다 보면, 과연 난 이 게임을 완성할 수 있을까……. 아, 생각도 하고 싶지 않다.

1984년 1월 4일

오늘은 어제보다 더 시간을 낭비해 버렸다.「하드 햇 맥」의 삑삑거리는 효과음이 장송곡처럼 울린다. 그저 우울하고 끔찍한 기분이다.

작업을 재개해야겠다.

1984년 1월 7일

아침에 아버지 및 에밀리와 함께 영상을 찍었다.

1984년 1월 8일

아버지와 함께 브레인스토밍을 하다 보니 좋은 아이디어가 많이 나왔다.

가장 넣을 만한 아이디어는 (1) 플레이어와 졸개에 발소리를 집어넣고 (2) 서로가 달리며 접근하는 동안 양쪽의 장면을 교차해 보여 주는 것이다. 플레이어가 계속 달리는 중이라면, 플레이어를 향해 달려오는 졸개의 모습을 잠시 보여 주는 거다. 스릴 넘치겠지!

1984년 1월 10일

필름 촬영, 타이틀 화면, 데모 모드, 그리고 학교로 돌아가서도 할 수 있을 법한 가벼운 작업들을 제외하면 이제 슬슬 다 끝나가는 것 같다. 브로더번드 사에 내일 편지를 보내야겠다.

지금도 눈이 내리고 있다. 올 겨울엔 처음 보는 큰 눈이다. 벤, 에밀리, 데이비드와 밖으로 나가, 눈 내리는 밤에 함께 놀았다. 차고 안에서 빛이 새어 나오는 정도라 주변은 어두컴컴했으며, 숲속은 고요했고 짙은 안개가 끼어 있었다. 마치 영화의 한 장면 같았다.

1984년 1월 11일

오늘의 최대 성과는 크로스컷 연출 완성이었다. 내일은 드디어 보스의 매를 넣을 거다. 아직도 하루종일 고쳐야 할 소소한 버그와 그래픽 수정이 잔뜩 남아 있다.

내 시간을 사실상 몽땅 컴퓨터 앞에서 보내고 있긴 하지만, 어째선지 내 자신이 지금까지 해낸 많은 일들이 그리 놀랍지가 않다. 내가 보기에, 내가 작업하고 있는 거실이 데이비드, 에밀리, 린다, 벤, 가끔은 사라까지 뒤섞여 왁자지껄하기 때문이다. 아무래도 전적으로 집중할 수 있을 만한 환경은 아니다.

이 프로젝트를 또 다시 봄까지, 여름까지 끌고 가서는 안 된다. 학교에 돌아가더라도, 매일 아침은 작업에 써야만 한다. 불과 한 시간이라도.

1984년 1월 12일

오늘의 진척은 그냥저냥이었다. 작업을 잠깐 쉬고 새 조이스틱을 사러 마운트 키스코Mt. Kisco까지 갔지만 빈손으로 돌아왔기 때문이다. 낡아빠진 TG 조이스틱이 지금도 고생 중이다.

저녁에 아버지가 돌아오셔서, 그동안 짠 결과물을 보여드렸다. 이 게임이 여전히 뭔가 부족해 보이는 것 같다는 걱정을 아버지께 털어 놓았다. 아버지는 공격이 상대에게 맞을 때 불꽃이 튀는 시각적 효과를 넣으면 어떻겠냐는 멋진 아이디어를 주셨다. 나는 만화에서 흔히 보이는 별 모양의 그림을 떠올렸다. 플레이어의 공격엔 붉은색, 적의 공격엔 푸른색 별 그림을 넣는 거다. 공격에 따라 높이도 맞춰서.

가벼운 공격에 맞는 건 지금대로 가고, 지르기와 발차기에 제대로 맞을 때만 별이 뜨도록 하자. 이 아이디어는 내일 아침에 넣어 봐야겠다.

이 프로그램이 떼돈을 벌어다 줄 블록버스터가 되리라는 바람에도 이제 제법 익숙해졌다. 결과가 실망스럽지만 않았으면 좋겠다. 내일은 꼭 브로더번드 사에 편지를 보내자.

1984년 1월 13일

오늘은 별 모양의 타격효과를 넣고, 졸개의 머리에 뿔을 달아 주었다. 덕분에 게임의 퀄리티가 놀라울 만큼 올라갔다. 지도 화면은 (데이비드의 의견을 받아들여) 아예 빼 버렸다. 이것도 큰 개선이다. 30시간이나 프로그래밍한 기능이 3분만에 사라져 버린 건 슬펐지만. 어째

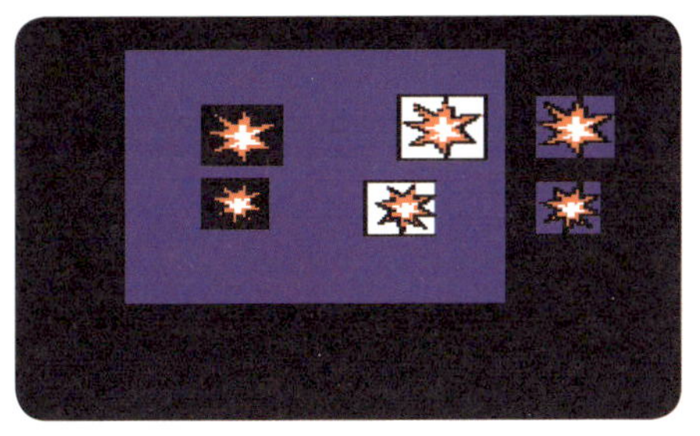

이 세 가지 작업을 하는 데 하루를 전부 쓰지는 않은 것 같다. 뭐 아무려면 어때. 내일은 일단 매를 집어넣고, 디버깅은 학교에 도착한 후에 하자.

1984년 1월 14일

매를 넣는 작업이 거의 끝났다. 내일 아침엔 짐을 싸기 전까지 몇 시간 더 여기에 써야겠다.

1984년 1월 15일

[뉴헤이븐] 기숙사로 돌아오니 기분이 좋다. 벤과 함께 블루 북을 정신없이 뒤적거리는 중이다. 내일 아침에는 레오나드의 러시아사 강의에 가 볼 예정이다.

오늘 아침엔 아버지와 전투 루틴에 관해 논의하던 도중, 아버지가 읽으시던 운동제어 관련 책에서 얻으신 아이디어를 결합시켰다. 나는 경비병들의 속도를 절반으로 깎는다는 아이디어를 냈다. 이렇게 말하기엔 좀 이르겠지만, 획기적인 아이디어라고 생각한다. 적용하면 제법 게임다워질 것이다.

지난 주에 이 게임이 얼마나 크게 개선되었는지를 생각하면 놀라울 따름이다. 지금은 이 정도면 마무리해도 괜찮지 않겠나 싶은 단계이지만, 그럭저럭인 게임에서 정말 끝내주는 게임으로 변모해 가는 중요한 단계이기도 하다.

위대한 예술가—작곡가, 화가, 작가, 영화 감독 등등—가 유능한 예술가와 결정적으로 다른 지점은 순수한 능력이자 재능(물론 이것도 나름대로 도움은 되겠지만)이 아니라, 아마도 자신의 작품이 그야말로 완벽해질 때까지 디자인을 계속 다듬어 나갈 수 있게 하는 의지가 아닐까 싶다. 내가 천재라고 내 입으로 말하진 않겠으나, 이건 정말 끝내주게 훌륭한 게임이 되어 가고 있다. 내가 딱히 위대한 예술가나 훌륭한 프로그래머나 숙련된 영화 감독인 건 아님에도. 난 그저 이 게임을 만들기 위해 필요했던 적절한 여러 기술을 지니고 있을 뿐이다.

그럼 이 게임은 왜 이렇게 잘 나온 걸까? 처음 세웠던 구상이 충분히 구체적이었고, 내가 그만큼 해낼 수 있으리라고 믿었으며, 게임 디자인과 같은 총체적인 통합이 필요한 분야에 내 역량을 총동원했고—무엇보다, 거의 1년 가까이 만들어 왔기 때문이다. 자랑해 마지않을 일이다.

어쨌든, 아버지가 정말로 많은 공헌을 해주셨다. 아버지가 없었다면 이렇게 좋은 게임이 되지 못했으리라. 좋은 아이디어들의 상당수가 아버지와 나눈 대화 가운데에서 나왔고, 아버지는 열정과 낙관주의와 높은 기대를 바탕으로 내게 일종의 영감을 주시곤 했다.

나는 여전히 여러 면에서 부족한 존재다. 하지만 그럼에도 언젠가는 대단한 일을 해낼 만한 사람이 되어 가고 있는 것도 사실이다. 내게는 강박이 있고, 낙관도 있고, 자신감도 있다. 적어도, 나는 그 길을 향해 가고 있다.

1984년 1월 16일

오후의 상당 시간을 밀려 있던 영화 모임 일을 처리하는 데 썼다. 「카라테카」에 한 시간을 썼다. 결과는 놀라웠다. 평일에 한 시간씩 쓰고 주말엔 다섯 시간을 들이면 이 심연에서 벗어날 수 있을 것 같다.

〈현기증Vertigo〉을 봤다. 그야말로 빠져들었다. 〈이창〉만큼

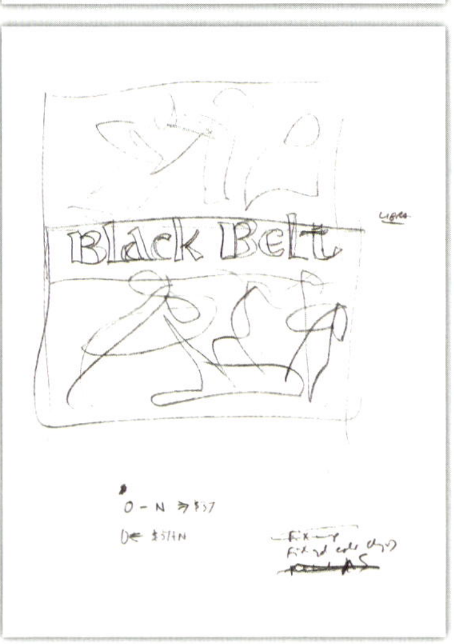

완벽하지는 않지만, 이전까지 봤던 히치콕 영화들(그의 영화는 거의 모두 봤다)보다 감정의 깊이가 대단했다. 한 번 더 보고 싶다.

1984년 1월 18일

「카라테카」에 두 시간을 들였다. 「블랙 벨트Black Belt」라고 부르기로 거의 결정했다.

1984년 1월 20일

아버지가 전화로, 필름이 잘 도착했느냐고 물으셨다. 아니라고 대답했더니, 아버지는 내가 깜짝 놀랄 만큼 큰 소리로 "뭐야?!"라고 외치셨다. 아버지는 커트 루다Kurt Louda에게 바로 전화를 걸어 필름을 제대로 발송했는지 확인하셨고, 확실하다고 했단다. 오후에 세 번이나 사서함을 확인해 보았다. 결국 세 번째에야… 왔나?… 왔다… **왔어! 필름이!**

봉투를 바로 뜯어서 열어 보았다. 너무 기대하지는 말자. 잘 찍혔다는 보장은 없으니까. 예일 역 구내에서 필름을 바로 비쳐보았다. 처음이, 처음이… **여기다! 잘 찍혔다!**

다음 단계: AV에서 모비올라 뷰어를 빌렸다. 친절한 사람들이었다. 불행히도 뷰어는 30분까지만 쓸 수 있었다. 한 번 돌려 보기엔 충분했지만, 다른 작업도 할 필요가 있었다.

1984년 1월 21일

오늘의 대부분은, 조지 H.로부터 빌린 모비올라를 활용하여 달리는 그래픽을 작업하는 데 썼다.

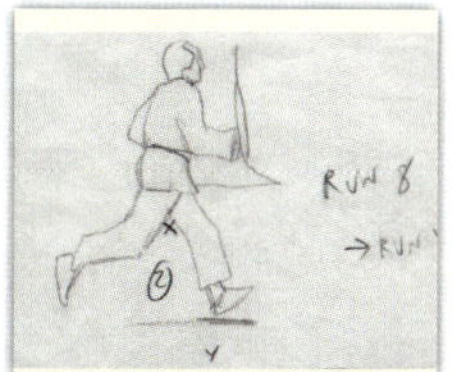

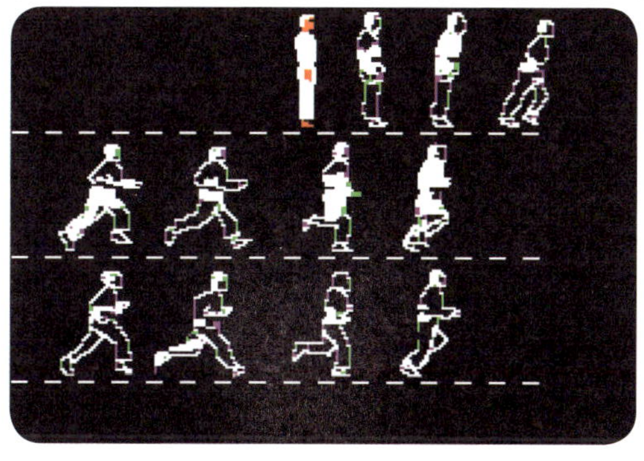

1984년 1월 26일

아침엔 크래프톤의 강의가 있었다. 그는 우리를 데리고 크라운 가에 있는 영화 연구 센터를 방문했다. 지금은 상영실 내의 VHS 테이프 책상 앞에 쭈그려 앉아 빨리감기와 슬로모션과 일시정지를 반복하는 이 시간이 매우 유익하기를 바라고 있다.

점심은 브랜포드 칼리지에서 케빈 버겟과 함께 영화 이야기(그거 말고 뭐 있겠어?)를 나누며 먹었다. 저녁에는 벤과 함께 영화 업계인 초청 행사에 참석하러 스틸스 칼리지로 갔다.

참석자: 조지, 제프 클리만(조그만 금발 친구인데, 그가 1학년일 당시 협동조합에서 책을 사려고 줄을 서면서 처음 만났다. 이후 거의 900편에 달하는 영화를 맨 앞줄에서 보곤 했다), 마이크 살츠만, 켄 골드스타인(우리의 사랑스러울 만큼 역겨운 영사기사), 더그 리블렛, "대학 영화사"에서 온 데이비드 리와 밥 시몬즈(제니퍼 빌스의 남자친구).

데이비드 및 밥과 대화를 나눴는데, 어째선지 그게 좀 마음에 걸렸다. 이게 뭐라 딱 설명하기는 어렵다. 어디까지나 **사무적인** 대화였다. 우리는 은연 중에 서로를 떠보고 있었다. 소리 내어 웃기도 하고 미소도 짓고 농담도 주고받았지만, 어디까지나 겉보기로만 그랬을 뿐이

```
                    FRANCIS MECHNER, PH.D.
                        1501 BROADWAY
                     NEW YORK, N. Y. 10036

                                         January 21, 1984

Dear Jordan,

I thought you would find this article very interesting. I
bet that you too should be able to get a Macintosh for 40%
off of the retail price, or $1,000.  To get that, it would
probably be necessary to get one of Apple representatives
to become aware of you and your work.  You may also be able
to get other equipment from them at big discounts.

It would probably pay to call Apple, telling them that you
have been developing programs for the Apple for three or four
years, and that you would like to become part of the campus
network group.

In the process you may also make contacts at Apple, leading
to future job opportunities or leads for commercializing
the karate program, beoyond Bruderbund.

                                         Love,

                                         Dad
```

아버지가 보내 주신 편지. 며칠 후 애플은 최초의 매킨토시를 출시했습니다. 리들리 스코트가 감독하여 슈퍼보울 경기에서 첫 공개한 TV 광고 '1984'로 유명해진 바로 그 컴퓨터죠.

다. 스스로가 어른처럼 행동하고 있다는 걸 자각하니, 겁이 났다. 문득, 어릴적에 사귄 친구와 같은 친구는 다시는 만들 수 없다는 아버지의 말씀이 어떤 의미인지를 비로소 깨닫게 됐다.

키보드와 마우스를 장착한 매킨토시 128K.

1984년 1월 27일

오후에, 브래들리 가에 있는 컴퓨티치 사를 들렀다. 스티브와 짐에게는, 몇 주일 뒤면 새 프로젝트를 맡아 줄 시간이 날 거라고 말해 주었다. 스페인어판 「ABsCenes」 프로젝트를 결국 맡게 될 것 같다.

회사가 그새 꽤 커져 있었다. 이제는 제대로 일하는 그래픽 아티스트도 여럿 고용하고 있다. 새로 만들어진 "단어 그림Word Pieces"은 내가 이제껏 본 애플용 그래픽 중에서 제일 뛰어난 편이었다. 물론 그래 봐야 단지 그래픽일 뿐이지만, 그럼에도 꽤 인상적이었다. 덕분에 나도 자극을 받아, 기숙사로 돌아오자마자 저녁 식사 전까지 2시간 동안 「카라테카」 작업을 했다.

이상한 기분이다. 나는 어떻게 되어 가고 있는 걸까?

1984년 1월 29일

「카라테카」에 5시간을 들였다. 캐릭터의 모든 그래픽 패턴, 특히 차기와 달리기 쪽을 전부 다시 살펴보고 있다.

1984년 2월 5일

5시간을 제대로 썼다. 몇 가지 버그를 고친 것뿐이지만, 놀랍도록 달라졌다! 오늘은 처음으로 달리는 동안 발생하는 교차편집 연출을 감상했는데, 게임이 주는 느낌이 완전히 달라졌다. 딱 내가 상상했던 그대로다. 타이밍과 음향효과를 좀 더 손보면 훨씬 더 나아질 거다. 마치 영화 같다.

지금의 큰 문제는 이거다. (보스의) 매를 집어넣으려면 남은 메모리를 얼마나 더 확보해야 할까?

매 말고도 집어넣고 싶은 게 더 있다. 기합 소리, 절벽을 올라가는 동작, 절벽에서 떨어지는 동작, 공주와의 포옹 동작, 보스의 삿대질 동작. 하지만 이걸 다 넣을 만큼의 메모리가 남을까?

매를 넣는 것을 포기한다는 아이디어를 고려해 보았다. 달리기만으로도 게임이 충분히 빠르고 시각적으로도 화려해질 것이고, 넣었다간 남는 메모리가 너무 적어지니 포기하는 게 차라리 편할 것 같아서다. 하지만 아무래도 실망스럽겠지. (아버지가 하실 말씀이 눈에 선하다. "오, 안 돼! 매를 빼다니 너무 하구나! 넣으면 게임이 100% 달라질 거란다!")

지금은 매가 핵심이다. 「아스테로이드」의 비행접시 같은 존재니까.

하지만 넣을 메모리가 부족하면 어떡하지?

64K 게임으로 만들까? 안돼. 아직 시중에 64K 게임이 없으니까.

새를 더 작게 줄이는 방법도 있다. 날갯짓을 하지 않도록 만들 수도 있고. 전투할 때 보스의 복장에서 메모리를 먹을 어깨 장식을 빼 버린다거나.

어떻게든 메모리 공간을 짜내 봐야겠다.

1984년 2월 8일

벤과 나는 조지와 함께 스틸스 칼리지에서 점심을 먹었다. 조지는 현재 작업중인 영화 〈상속자들 속이기 Putting on Heirs〉를 우리에게 보여주었다. 기숙사로 돌아와, 한 시간을 프로그래밍에 썼다.

1984년 2월 10일

대부분의 게임은 시점이 고정되어 있고(「팩맨」, 「아스테로이드」, 「스페이스 인베이더」 등), 그 시점대로 내내 진행된다. 하지만 이미 오래 전 게임인 「루나 랜더 Lunar Lander」부터 이미 영화적 연출은 사용되어 왔다. 그 게임은 주인공인 달 탐사선을 쫓아가는 시점뿐만 아니라, 착륙이 시작되는 국면에서 탐사선이 클로즈업되는 연출을 시도했다. 「나이트 드라이버 Night Driver」, 「스타 파이어 Star Fire」, 「테일 거너 Tail Gunner」, 「배틀존 Battlezone」처럼 1인칭 주관시점을 채용한 게임도 있었다. 하지만, 진행 도중에 컷신이 나오는 게임은 전혀 없다. 「카라테카」는 교차 편집cross-cutting 연출을 넣은 최초의 게임이다.

오늘 강의에서 레나드는 안드로포프의 사망과 그 의미를 해설해 주었다.★ 나는 그가 죽었다는 사실도 몰랐다. 오늘 아침 신문 기사에는 없었는데.

래리 군에게 게임을 보여 줬다. 꽤 감탄해 주었다. 좋은 일이다. 타인들의 칭찬이 나의 원동력이니까. 내일은 작업을 많이 할 수 있을 테니 신이 난다. 문제는 메모리다.

1984년 2월 17일

「카라테카」에 4시간을 써서 격투 루틴을 다듬었다. 내일 밤쯤이면 (드디어!) 완벽해질 거다.

낡은 조이스틱이 새로운 케이블로 교체되어 도착했다. 불과 11일 걸렸다. 감격했다.

1984년 2월 19일

3시간 동안 「카라테카」.

〈니노치카Ninotchka〉를 봤다.

트뤼포 감독의 책 〈히치콕과의 대화Hitchcock/Truffaut〉를 읽고 있다. 감동적인 책이다.

1984년 2월 20일

〈스카이워킹Skywalking〉을 읽었다. 처음엔 감동적이었는데, 지금은 과연 내가 (벤의 표현대로) '날것의 성공'을 원하는 건지

★역주. 당시 소련 공산당 서기장이었던 유리 안드로포프. 84년 2월 9일 사망했다.

아무래도 잘 모르겠다. 월트 디즈니/조지 루카스 식의 미국적인 직업관이 문득 낯설게 느껴진다.

어쨌든 지금 중요한 건, 이 컴퓨터 게임을 빨리 완성해야 한다는 거다. 나머지는 그 다음에 생각하자.

1984년 2월 21일

오늘은 하심 칸의 스쿼시 관련서를 읽었다. 케이티와 함께 코트로 나갔을 때, 하심이 책에서 강조한 것을 기억해 냈다. 공을 계속 주시하라! 크게 움직여라! T존으로 바로 복귀하라! 내가 다섯 경기를 내리 이겼다. 새로운 상대를 찾아보는 게 좋겠다.

1984년 3월 1일

스타일스 칼리지에서의 영화 업계 인사 초청 행사. 아만다 실버를 만났는데, 매우 아름다웠고 곧바로 좋아진 사람이었다. 그녀가 물었다. "당신에게 성공이란 뭔가요?"

아만다: "돈은 언제라도 벌 수 있어요. 중요한 건 자신의 행복이에요."

나: "행복도 언제든지 가능하더라고요. 삶의 비결은 무언가를 매우, 매우 잘 하게 되는 것이니까요."

아만다(돌아서서 내 눈을 똑바로 보며): "예, 맞는 말이에요. 당신이 정말로 좋아하는 일을 찾아내서 매진하세요."

그녀에게는 남자친구가 있으려나? (휴.)

컴퓨티치Compu-Teach사에 갔다. 짐과 스티븐은 패키지 형태로 포장된 「ABsCenes」를 보여 줬다. 그리고는 스페인어판 「ABsCenes」 작업 계약에 빨리 사인해 달라고 종용해 왔다. 나는 지금 진행하고 있는 프로젝트를 끝내려면 아직 몇 주쯤 더 필요하다고 양해를 구했다.

「카라테카」가 끝나기 전까진 어디에도 사인하지 않기로 결정했다. 그 게임을 만드느라 내가 이미 많은 것을 갈아넣었기 때문이다. 일주일에 $5,000달러나 주는 일거리는 충분히 매력적이지만, 한 해를 다 털어 넣은 내 노동의 결실을 그것 때문에 날릴 수는 없다.

1984년 3월 4일

「카라테카」에 2시간을 들였다. 오늘은 내내, 빌의 방에서 케이티와 〈백설공주〉 첫 작품을 감상한 후 아트 갤러리에서 〈피터 팬〉을 보는 데 썼기 때문이다. 영감이 차오른다. 지금만큼은 디즈니야말로 내게 최고의 영웅이다. 물론 조지 루카스도 내 영웅이지만, 디즈니가 먼저다.

1984년 3월 8일

스타일스 칼리지에서 밥, 데이비드, 아만다, 그리고 다른 여성 한 명과 저녁을 먹었다. 조지 히켄루퍼는 밥 시몬즈를 정말 맛깔나게 흉내 냈다.

방안이 놀라울 만큼 덥고 습한데, 밖은 지금 눈이 오고 있다.

1984년 3월 11일

[채퍼콰] 「카라테카」에 두 세 시간을 들인 결과, 꽤 성과를 얻어 냈다. 이제 매가 게임에 추가됐고, 날개도 퍼덕인다.

내일의 목표: 공격 모션 및 피격효과 확인.

1984년 3월 15일

7시간 들였다. 진짜로 거의 끝나 가고 있다. 남은 일거리가 이제 얼마 되지 않는다. 완성까지 계속 매진하자.

내일의 목표: 스텐실을 모두 완료하고, 남아 있는 그래픽 버그를 수정한다. 그 다음엔 뭐가 남았지?

● 공주 (1일)

● 절벽 올라가는 모션 (1/2일)

● 절벽에서 떨어지는 모션 (1/2일)

● 감옥 이벤트 장면 다듬기 (1/2일)

● 남아 있는 구조적 문제 수정 (1/2일)

● 졸개의 전투 루틴 마무리 (1/2일)

● 단계별 난이도 설정 (1/2일)

● 데모 모드, 타이틀 화면 등등 (봄 방학 나머지 기간)

1984년 3월 16일

사라, 에밀리, 데이비드, 카렌이 함께 책을 만드는 중이다. 한 사람씩 돌아가면서 쓰는 판타지 SF 모험소설로써, 각자가 서로 다른 캐릭터를 맡는 식이다.

데이비드가 쓴 부분은 꽤 끝내줬다. 나조차도 놀랐다. 최근에 읽은 글들 중에선 제일 재미있을 정도였다. 데이비드가 맡은 캐릭터 "케빈"은 큰 키와 푸른 눈의 금발 경비대장이다. 겉모습 자체는 전형적이고 둔감한 영웅 그대로인데, 다른 캐릭터들(특히 카렌이 맡은 짜증나는 공주)은 그가 실제로 어떤 사람이고 도대체 무슨 생각을 하고 있는 건지 전혀 알아채지 못한다. 정말 유쾌하다. 데이비드의 나이를 생각하면, 그저 좋은 정도가 아니라 정말 **죽이는** 캐릭터다.

1984년 3월 17일

오늘은 여러 사람들이 번갈아 찾아왔다. 먼저 랍 포퍼와 랍의 어머니. 다음엔 애덤. 그 다음엔 데이비드의 친구인 알렉스와 콜린. 알렉스는 프로그램을 교환하자며 한 번 더 찾아왔다. 「핀볼 컨스트럭션 세트Pinball Construction Set」와 「1대1 농구One on One」을 복사 받고★, 대신 「ABsCenes」과 「데스바운스」를 복사해 주었다.

모두들 「카라테카」에 놀라울 만큼 감명을 받았다. 그 덕에 분에 넘칠 만큼 찬사를 받았는데, 특히(그리고 가장 고맙게도) 알렉스가 제일 기뻐해 주었다. 그래서 꽤 의욕이 올랐다. 그리고 긴장도 된다.

★역주. 둘 다 일렉트로닉 아츠 사가 발매한 애플 II 용 게임이다.

이제 7일밖에 안 남았다. 알렉스는 이 게임 이름으로 「카라테카」가 제일 딱이라고 한다. 현재로써는 나도 그렇게 생각한다.

'도장 모드'는 아직 들어갈 가능성이 있다. (디스켓 뒷면에 넣어 보는 건 어떨까?) 브로더번드 사에 이 게임을 보낼 때까지는 시간이 있으니 좀 더 고려해 보자. 무작위로 여러 패턴이 나올 타이틀 화면, 데모 모드, 위로 스크롤되는 형태의 프롤로그 화면도 마찬가지다.

1984년 3월 18일

이것저것 쓸데없는 일거리를 만들어 가며 우울한 7시간을 보낸 결과, 간신히 구름이 걷히면서 내가 어지럽혀 놓은 일거리들이 하나씩 하나씩 간신히 정리되어 갔다. 그래픽 쪽의 버그(절벽과 관문)를 고쳤고, 그간 있었는 줄도 몰랐던 전투 루틴 내의 몇 가지 중대한 실수도 바로잡았다. 이제 전투는 전보다 더 깔끔해졌고, 그래픽도 나아졌다.

저녁 식사 후에는, 주인공이 절벽을 기어오르는 애니메이션을 3프레임에서 6프레임으로 되돌렸다. 수고를 들일 가치가 있었다고 생각한다. 게임에서 가장 먼저 보여질 애니메이션이고, 첫인상이 중요하니까.

메모리가 부족할 위기일 때 써먹을 만한 아이디어: 보스가 죽을 때 나올 애니메이션의 중간 프레임을 삭제하기, 혹은 아예 대폭발과 함께 보스를 없애 버리기.

1984년 3월 19일

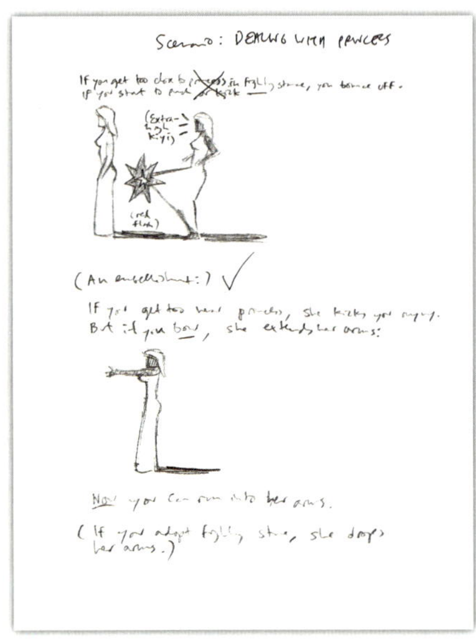

오늘은 공주의 모습과, 주인공이 절벽을 기어오르는 애니메이션을 넣었다. 실은 이것만으로도 하루를 꼬박 쓴 작업이었다.

알렉스가 「데스바운스」를 HGHS로 갖고 갔다. 자기 말로는, 모두가 애플Ⅱ 앞에 매달려 「데스바운스」를 열심히 즐겼다고 한다. (휴.) 우울하다. 그때 팔렸으면 좋았을걸. **지금도** 팔린다면 좋겠다.

1984년 3월 20일

12시간 들였다.

오늘 한 일들:

- 프로그램 전체를 프린터로 출력
- 보스가 새를 보내는 모션
- 기합소리
- 브로더번드 사에 편지 보내기

아버지와 이 프로그램을 어떻게 회사들에게 어필할지 상의했다. 일렉트로닉 아츠Electronic Arts 사에도 편지를 보내 보는 게 좋겠다.

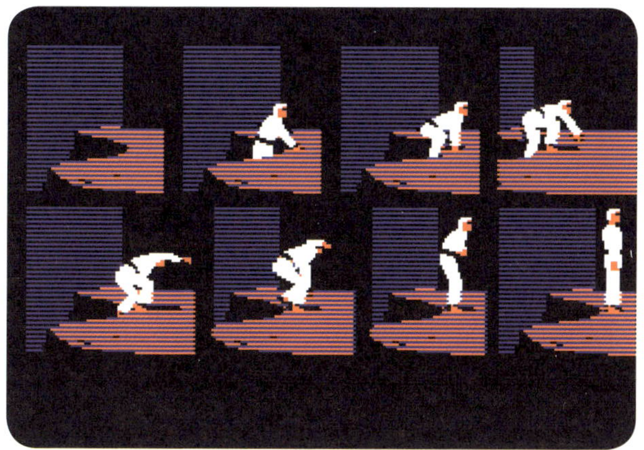

▲ 아버지의 동작을 찍은 사진 기반으로 만든 기어오르는 모션.

1984년 3월 21일

오후가 되자 남은 시간이 얼마 없다는 두려움이 덮쳐와, 게임을 완성하기 전까지 "개선"은 이제 더 이상 하지 않기로 했다. 더 보기 좋은 체력 게이지, 엔딩의 석양 연출, 더욱 짜릿한 그래픽의 독수리 공격 모션, 보스의 폭발 신 같은 건

다 나중에 해도 된다. 지금부터는 이 게임을 퍼블리셔에 보내려면 꼭 해야 하는 것들—버그, 빈 부분, 그래픽 쪽의 결함을 잡는 데만 집중할 거다. 이제부터의 내 원칙은 이거다.: "가장 중요한 것부터 먼저 하라."

```
                                        2018 Yale Station
                                        New Haven, CT 06520
                                        203-432-0518


20 March 1984



Doug Carlston
Broderbund Software
1938 Fourth Street
San Rafael, CA 94901


Dear Doug,

The last time we talked was in the summer of 1982, when you were
considering publishing my Apple game Deathbounce.  Since then,
I've developed a new game, also for the Apple, which I would like
you to look at.

The game is called Karateka, the Japanese name for one trained in
the Way of karate.  The story is set in medieval Japan; you play
the role of a karateka on a heroic mission to rescue a princess
from the clutches of an evil warlord, who is holding her captive
in a dungeon deep inside his island fortress.  Armed with only
your bare hands and feet (controlled by a two-button joystick),
you must fight one guard after another until you force your way
into the palace.  There you will confront the warlord himself in
hand-to-hand combat.  The action is fully animated in color
hi-res graphics and is more realistic than anything previously
done on the Apple.

If you're interested, write or call and I'll send you a disk.



Sincerely,



Jordan Mechner
```

▲ 브로더번드의 더그 칼스턴에게 보낸 편지

아버지는 아침에 집을 떠나셨다. 아버지가 좋은 아이디어를 많이 주셨지만, 지금은 더 이상 시간이 없다.

가로의 기합소리는 게임 여기저기에 잘 돌려 썼다. 심지어 독수리에까지 썼다(음정을 좀 조정해서). 썩 괜찮다. 특히 공주와 독수리 쪽이 그럴싸하다. 무엇보다 256바이트밖에 안 들었다!

1984년 3월 22일

완성이 눈앞까지 왔다. 뭔가 이상한 기분이다. 「데스바운스」 때도 딱 이랬다. 작년부터 지금에 이르기까지, 난 "여기는 언젠가 꼭 손볼 거야"라거나 "일단 지금은 넘어가자. 나중에 고칠 거니까" 같은 다짐을 남발해 왔다. 마치 시간이 무한정 남아도는 것처럼. 이제부터는 어려운 결정들을 하고, 그것을 스스로 납득해야만 한다. 이건 놔둘까, 고칠까? 이건 넣을까, 뺄까? 이건 여기서 마무리하고 다음으로 넘어갈까, 좀 더 작업해야 할까?

실은, 좀 두렵기도 하다.

하지만 지금 내리고 있는 결정들이 옳다고, 나는 믿는다. 산더미처럼 쌓인 프로그램 토막과 버그와 시제품들을 치워 가는 가운데 서서히 완성되어 가는 이 게임이 좋다. 이 게임을, 나는 믿는다. 물론 고쳤으면 좋겠다 싶은 것들은 지금도 수없이 많다. 하지만 이 게임의 근본적인 부분만큼은 정말 좋다.

알렉스가 「블랙 벨트」라는 게임이 이미 존재한다고 알려

주었다. 게임 자체를 본 적은 없는 것 같지만. 내일 찾아서 복사해 주겠다고 한다. 거지같은 게임이었으면 좋겠다.

퍽!!!

얻어맞고 쓰러졌습니다!!!!!! 멍텅구리 씨!

죽었습니다!

다시 플레이하시겠습니까, 멍텅구리 씨??

망상은 그만 하자.

1984년 3월 23일

지금 꼴이 엉망이다. 얼굴은 수염투성이고 번들거리며, 머리는 잔뜩 떡이 져 있다. 2주일 내내 브라운관의 전자파만 잔뜩 쐬면서 운동도 안 하고 햇빛도 안 봤으니, 꼴이 멀쩡할 리가 없다.

하지만 수확은 있었다.

프로그램이 99.99% 완성됐다. 이제 몇 시간 동안 플레이테스트하고, 단계별 난이도를 조정하고, 크로스컷 연출과 독수리 공격의 타이밍을 제대로 맞추면 끝난다.

그 다음엔 바로 브로더번드 사에 보내야지. 대학교로 돌아가서 일주일을 보낸 후, 스페인어판 「ABsCenes」 개발 계약서에 사인하러 가야겠다.

내일 3시 전까지는 프롤로그 화면이 위로 스크롤되도록 만들어야 한다. 못 하면 내 일정표가 엉망이 될 테니까.

1984년 3월 25일

[새벽 2시] 스크롤되는 프롤로그는 오후 3시에 제대로 넣었고, 내 입으로 말해도 될지 모르겠지만, 죽여주게 멋지다. 저녁 식사 때쯤에는 모든 모듈을 129섹터짜리 큼직한 단일 파일 하나로 통합해 내서, BRUN 하면 모든 파트가 제자리에서 착착 맞물리며 실행되도록 했다.

지금은 이 자리에 앉아 GAME36 파일이 리어셈블되는 동안 기다리고 있다.

아직도 자잘한 버그가 잔뜩 있어! 전부 잡는 것은 무리겠지.

1984년 3월 26일

[뉴헤이븐] 언어학 강의를 들은 다음, 벤과 조깅을 함께 한 후 와드·케이티·댄과 원반 뒤집기 놀이를 즐겼다. 그야말로 멋진 봄날이었다. 뉴헤이븐 역을 나서자마자 계절이 순식간에 겨울에서 봄으로 전환되는 느낌이었고, 열차 안에서 한 시간을 깊이 잠들었던 차라 머릿속도 맑아졌다.

지금은 지친 상태다—야외 운동을 실컷 한 덕에 기분 좋은 육체적 피로가 쌓여있고, 불과 4시간밖에 자지 못한 탓도 있기 때문이다.

「카라테카」에는 한 시간을 들였다. 어젯밤보다 좋아진 것 같다.

1984년 3월 27일

일렉트로닉 아츠 사에 보낼 편지를 프린터로 뽑아서 우편으로 발송했다.

1984년 3월 28일

컴퓨티치 사에 들러, 짐에게 「카라테카」를 보여 줬다. 사무실 내의 전원이 모여들어 함께 감상했다. 다들 꽤나 감탄했다.

짐이 좋은 조언을 몇 가지 해주었다.

- 플레이어를 "끌어당기기" 위해, 처음 진행을 좀 더 쉽게 만드는 게 좋겠다.
- 플레이어의 현재 진행도가 어느 정도인지를 보여 주는 시각적인 장치(조감도나 수풀, 나무 같은 것)를 좀 더 넣는 게 좋겠다.

이후에는 본격적으로 스페인어판 「ABsCenes」의 개발에 대한 계약조건을 논의했다. 결론: 선금 $2,500과, 디스크 드라이브 및 컬러 모니터가 포함된 $2,500 상당의 애플IIe 시스템을 받게 되었다. 좋은 거래였다. (이 시스템은 지금 내 방에 완비돼 있다.) 이렇게 유리한 조건으로 받아들이고 나니, 죄책감이랄까 탐욕이랄까 뭐 그런 비슷한 느낌까지 든다.

```
                                       2018 Yale Station
                                       New Haven, CT 06520
                                       203-432-0518

                                       2 April 1984


Stephanie Barrett
Electronic Arts
2755 Campus Drive
San Mateo, CA 94403


Dear Ms. Barrett:

I am an experienced Apple machine language programmer; my latest
work is the educational game ABsCenes, published by CompuTeach.
I have just completed a new program for the Apple which I think
you might be interested in publishing.  It is an interactive
movie, an animated action-adventure story in which the player
uses a joystick to control the actions of the hero.

The game is called Karateka, the Japanese name for one trained in
the Way of karate.  The story is set in medieval Japan; you play
the role of a karateka on a heroic mission to rescue a princess
from the clutches of an evil warlord, who is holding her captive
in a dungeon deep inside his island fortress.  Armed with only
your bare hands and feet (controlled by a two-button joystick),
you must fight one guard after another, and evade other dangers,
until you force your way into the palace.  There you will
confront the warlord himself in hand-to-hand combat.  The action
is fully animated in color hi-res graphics and is more realistic
than anything previously done on the Apple.  I am confident that
this game has the potential, if properly marketed, to become a
top seller.

Although I do not expect you to make a concrete offer without
first seeing the game, I would like to know the range of contract
terms you would offer for such a program, assuming that it
matched the above description and that you judged it to be of the
highest aesthetic quality and commercial appeal.  Specifically, I
would like to know what range of royalties and advances you
offer, and roughly how many copies you might expect to sell.

I would appreciate hearing from you as soon as possible.



Sincerely,



Jordan Mechner
```

▲ 일렉트로닉 아츠에 보낸 편지

브로더번드 사에 편지를 보낸 지 7일이 지났다. 2년 전에
「데스바운스」 건으로 편지를 보냈을 때는, 보낸 지 6일만에

더그 칼스턴 씨가 전화를 해주었는데. 뭐가 문제인 거지?

(휴.) 「바운스」 때 내가 너무 큰 기대를 했나보다. 좋은 프로그램이었는데. 브로더번드 사가 거절을 때린 후에 그냥 손을 놓아 버린 건 아무래도 바보 같은 짓이었다. 지금이라도 그 게임이면 충분히 돈이 벌릴 텐데.

낙관이 박살 나고, 희망이 무너진다. 뭐 어쩌겠어. 이번엔 노다지를 캐 봐야지.

1984년 3월 31일

심란한 기분이다. 여자친구가 필요해. 「카라테카」를 이을 다음 프로젝트도 말이지.

1984년 4월 3일

체온이 39도*다. 하루종일 침대에 누워 있었다. 음식을 삼킬 때마다 목이 아프고, 말하려 할 때마다 기침이 난다.

1984년 4월 6일

아버지와 대화하던 중, 아버지가 하이모프스키 벤처에게서 겪고 있는 문제를 말씀해 주셨다. 나는 몇 가지 질문을 던졌다. 아버지는 모두 대답해 주신 후, 이렇게 말씀하셨다. "그건 그렇고, 네 질문들이 하나같이 아주 제대로구나. 커서 좋은 사업가가 되겠어." 자부심이 벅차올랐다.

브로더번드 사에 전화를 걸었다. 비서와 통화했다. 이제 누구든 답신을 주겠지.

★역주. 원문은 '화씨 102도'로 되어 있다.

1984년 4월 9일

오스카 상 시상식이 시작됐다. 아직 〈필사의 도전The Right Stuff〉은 기술상만 받은 상황이다. 부디 작품상도 받았으면 좋겠다.

시상식은 제니퍼 빌스가 밥 시몬즈의 에스코트를 받는 장면으로 시작했다. 좀 이상한 느낌이었다.

1984년 4월 10일

시드 필드Syd Field의 〈시나리오란 무엇인가Screenplay〉와 빌 골드먼의 〈스크린 트레이드의 모험Adventures in the Screen Trade〉라는 책을 사 왔다. 벤과 나는 〈위험한 게임WarGames〉, 〈바늘구멍Eye of the Needle〉, 〈제3의 사나이The Third Man〉 세 영화를 분석해 보고, 모두 시드 필드의 이론에 따라 스토리를 세 도막으로 나눌 수 있다는 데 동의했다.

1984년 4월 16일

스페인어판 「ABsCenes」를 완성하여 컴퓨티치 사에 넘겼다. 짐이 부재 중이어서, 비서가 프로그램을 받고 $750 수표를 주었다.

「로키의 장화Rocky's Boots」(제목은 좀 많이 별로다)라는, 전자부품들을 직접 움직이면서 전자회로에 대해 배워 보는 멋진 교육용 프로그램을 로버트와 함께 플레이하면서 한 시간

가량을 보냈다. 인상적이었다.

1984년 4월 17일

계간지 〈예일 필름Yale Film〉 창간호가 나왔다. 그러고 보니 예일 대에 영화 제작 동호회가 있다는 사실이 떠올랐다.

내 다음 프로젝트는 꼭 영화 관련이면 좋겠다. 지금의 내 인생에 비디오 게임은 이 정도면 충분하다. 또 비디오 게임을 만들지도 모르지만, 젊음은 두 번 다시 오지 않으니까. 나이를 먹을수록 새로운 것에 도전하기는 더 어려워지리라. 진지하게 영화에 한번 도전해 보고 싶다.

1984년 4월 19일

케빈은 크래프톤의 수업에서 〈대부〉를 주제로 발표했다. 함께 경영 대학원에서 점심을 먹었고, 케빈은 내 방으로 찾아와 「카라테카」를 한 시간쯤 플레이했다.

저녁 식사는 스틸스 칼리지에서 조지, 맨디 실버, 밥 시몬즈, 제니퍼 빌스와 함께 먹었다. 예일 대에서 영화 제작은 꽤 근사한 비즈니스다. 평온함과 밋밋함 그 자체였던 내 주변 분위기가 붕괴될 위기에 처해 있다.

조지와는 꽤 친한 친구가 되어 가는 중이다. 진정성 있는 녀석이라는 게 내 최종 결론이다. 조지는 지나치다 싶을 만큼 소심하고 자신을 거의 내세우지 않는다. 언제나 눈을 내리깔고 눈치를 보며 조그맣게 중얼대고, 자기 말을 스스로 끊고는 느닷없이 "난 그쪽은 잘 모르니 좀 주제넘을 수도 있지만…"이나 "화 내지 말았으면 좋겠는데, 다만…"이라고 말하는 경우도 많다. 조지는 늘 그런 식으로 묵묵히 사는데, 그런데도 의외로 많은 사람들과 친분이 있고, 또 많은 사람들이 조지를 알아본다. 그가 영화를 제작하는 모습을 보면 실로 존경스럽다.

1984년 4월 24일

아침에 〈제3의 사나이〉를 주제로 삼아 발표했다. 꽤 잘 진행됐다. 이후엔 케빈과 브랜포드 칼리지에서 점심 식사를 한 후, 조지가 사무실 문을 잠그는 케빈의 손을 촬영하는 작업을 도왔다. 다음엔 케빈과 함께 인스

〈제3의 사나이〉(캐롤 리드 감독, 1949년).

도르프의 강의에 들어가 영화 〈영광의 길 Paths of Glory〉을 보았다.

케빈과 조지는 올 여름 서부로 이주해 L.A.에서 일자리를 알아본다고 한다. 나까지 베이 에리어에 가게 된다면 재미있을 듯.

케빈은 자신이 쓴 "머시기" 각본(〈맥베스〉에 빗댄 조크다)★을 건네 주었다. 놀라울 만큼 좋은 각본이었다.

브로더번드 사의 로이 프리보그 Roy Freborg 와 일렉트로닉 아츠 사의 스테파니 바렛 Stephanie Barrett, 어느 쪽과도 연락이

★역주. 〈맥베스〉는 제목을 직접 호칭하면 불운이 온다는 유명한 징크스가 있는 탓에, '스코틀랜드 연극' 등으로 돌려 부른다고 한다.

닿지 않았다. 내일 다시 연락해 봐야겠다.

1984년 4월 26일

드디어 프리보그와 통화에 성공했다. "프로그램을 보내세요."라고 하더라.

「ABsCenes」를 수정해 짐에게 넘겨주었다. 짐은 월당 $2K짜리 여름 일거리를 제안해 왔다(물론 $2,048이 아니라 $2,000란 의미겠지만). 수락할까 고민 중이긴 하지만, 더 괜찮은 일감이 들어온다면 좋겠다.

내일은 레온하르트의 강의 후에 열차를 타고 뉴욕으로 가서, 잘 되면 (1) 워드프로세서 프로그램과 (2) 스테레오 녹음 기능이 있는 워크맨을 사올 거다. 만약 워드프로세서가 80컬럼 모드 전용이라면, (3) 그린 모니터까지 들고 와야겠지. 한번 아낌없이 사볼 셈이다.

토요일 아침에 핍스(예일 대 칼리지의 미식축구 우승팀인 "조지 히켄루퍼와 핍스"의 나머지 세 명)가 눌러앉아 있는 예일 클럽에서 조지와 만나기로 약속을 잡았다.

1984년 4월 27일

오늘의 컴퓨터 나들이는 $7.50의 손해로 끝나 버렸다. 뉴욕 미드타운의 컴퓨터 판매점들을 한바퀴 돌았다. 컴퓨터 랜드, 컴퓨터 팩토리, 컴퓨터 시티 세 곳이다. 그 과정에서 내가 찾아낸 워드프로세서 프로그램은 「PFS: write」뿐이었다.

　점원들의 응대가 너무 쌀쌀맞아, 하루가 끝날 무렵에는 열불이 날 정도였다. 아무래도 내 외모나 복장이나 행동이 뭘 살 것 같지 않아 보이고 그저 잘난 척이나 하는 녀석으로 보였나 보다. 지금도 내가 그런 취급을 받았다는 사실이 나를 열받게 한다. 컴퓨터 시티의 케빈이라는 흑인 점원이 유일하게 날 친절히 대해 줬지만, 못돼먹은 일자 눈썹의 상사에게 바로 대차게 깨졌다.

　어쨌든, 내일은 컴퓨터 팩토리로 가서 좀더 「PFS: write」를 살펴보자. 아마 사게 될 것 같다(가격: $125). 일요일에는 47번가 사진관에 가서 미리 사둔 그린 모니터와 워크맨을 가져와야겠다.

　브로드웨이와 44번가 교차점에 있는 내셔널 극장의 제2관에서 〈스플래시Splash〉를 봤다. 끝내주는 영화였다! 〈E.T.〉와 〈잃어버린 지평선Lost Horizon〉처럼 환상적인 느낌이었다. 데이비드 스텐이 대릴 해나Daryl Hannah와 함께 산다니 믿기지 않는다.

1984년 4월 30일

　「PFS: write」로 「카라테카」를 소개하는 편지와 간이 설명서를 만들었다. 게임엔 여전히 버그가 좀 있다. 하지만 완벽주의를 관철할 시간이 없다. 지금 중요한 일은 공

뉴욕에 있던 아버지의 아파트에서 남동생 데이비드, 여동생 에밀리, 고모할머니 리사(〈리플레이〉의 여주인공)와 함께 찍은 사진.

이 굴러가도록 만드는 것이다. 올 여름에는 문제점을 다 수정해 놔야겠다—선금을 받은 **다음**의 얘기지만.

1984년 5월 1일

아침에 브로더번드 사 앞으로 「카라테카」를 발송했다. 내 사서함을 열어 보니 일렉트로닉 아츠 사에서 온 퍼블리싱 문의용 서식 편지가 와 있었다. 내친 김에 거기로 보낼 용도로 똑같은 패키지를 하나 더 만들었다. 과연 어느 회사가 더 일찍, 더 열의 있는 답신을 내게 보내 올지 한번 보자.

〈제3의 사나이〉를 주제로 삼아 레포트를 약간 썼다. 「PFS: write」는 실망스러울 만큼 작성 가능한 문서량이 적다. 꽉 채워도 불과 4페이지다. 딱히 프로그램의 문제는 아닐 것 같다. 소소하게 괜찮은 기능이 여럿 보인다. 하이픈으로 긴 단어를 자동 분리해 주는 기능이나, 문장이 끝나면 자동으로 공백 2칸을 넣어주는 기능 등등이다. 좋은 프로그램이지만, 프린터 제어를 좀 더 유연하게 만드는 등의 몇 가지 기능이 추가될 수 있다면 더 나아질 것 같다.

KARATEKA

April 27, 1984

Jordan Mechner
2018 Yale Station
New Haven, CT 06520

Dear Jordan   :

Thank you for writing to Electronic Arts and for your interest in working with us. Please forgive the delay in this response. As you can imagine, we are being deluged with requests similar to yours. In my attempt to properly evaluate all of the submissions which we receive, I am now behind in mailing out requested information. I hope the enclosed will answer all of your questions.

Electronic Arts is committed to delivering on the promise of home computing with excellence and innovation. This objective requires software that excells in design, graphics, sound and music, and program coding. We are interested in working with talented software artists who wish to accomplish these objectives.

I have enclosed two copies of our Product Submission Agreement. If you share these ideas and objectives, please complete, sign and return the original agreement along with any concepts, storyboards or software you would like to send us for review.

I look forward to receiving your material. We will contact you at the conclusion of our review.

Sincerely,

Stephanie I. Barrett
Product Administrator

Enclosures

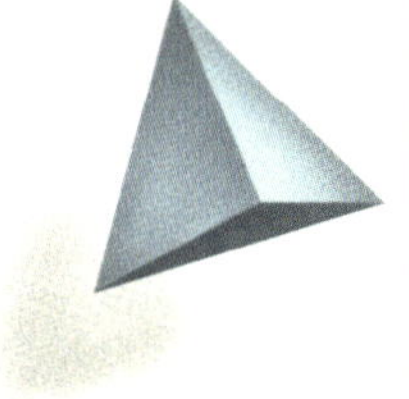

Part 5:
BRODERBUND

브로더번드

1980년대에는
너무 새로운 분야에서,
우리는 그냥 나아가며
뭔가를 만들어 냈다.

1984년 5월 9일

저녁 식사 후 돌아왔더니, 로이 프레보그 씨가 남긴 부재 중 메시지가 있었다. 그에게 전화를 걸었다. 프로그램을 받은 날 집으로 가져갔다고 한다. "다들 엄청 좋아하더라고요."라고 했다. 나지막하고 친근한 어투로 말하는 사람이었다. 호들갑을 떠는 타입은 아니었지만, 게임에 대한 열정만큼은 확실히 느껴졌다.

그는 엔딩을 바로 볼 수 있도록 '치트 키'를 넣어 달라고 요청했다. 난 바로 이를 적용한 후, 다시 그에게 전화해 치트 키를 쓸 수 있도록 프로그램을 고치는 방법을 알려주었다. 그는 가까운 시일 내에 다시 연락을 주겠노라고 말해 주었다.

답신 전화 때, 그는 자기 책상에 놓인 3대의 모니터★에서 게임을 돌려 봤는데 그중 앰버 모

★역주. 당시의 PC용 모노크롬(단색) 모니터는 크게 화이트, 그린(녹색), 앰버(호박색)로 나뉘었다. 애플 Ⅱ에선 그린 모니터가 가장 널리 쓰였고, 앰버가 그 다음이었다.

니터에서 가장 괜찮게 보이더라고 했다.

첫 전화 당시엔 이 게임을 64K 전용★으로 만들면 어떨지에 관해 논의했다. 나는 그래선 안 될 것 같다고 대답했다. 어쨌든, 브로더번드는 15%의 로열티를 제안해 왔다. 그는 다른 회사에도 이 게임을 보냈는지 물어봤다. 나는 "예, 하지만 연락해 온 건 당신이 처음입니다."라고 답해주었다.

즉, 조짐이 좋다……. 슬슬 흥분되기 시작한다…….

〈제3의 사나이〉 레포트 쪽도 빨리 써야지.

1984년 5월 17일

로이 프리보그 씨와 통화했다. 그는 스테이지를 더 늘리고, 적들도 여러 종류가 나오면 좋겠다고 했다.

사촌인 알리사의 고교 졸업식 때, 어머니와 여동생 린다하고 함께 찍은 사진.

1984년 5월 22일

[채퍼콰] 로이에게 내 의견을 말해 주었다.

그는 스테이지를 2개가 아니라 3개로 늘리자고 제안했고, 나도 수긍했다.

그러자 자기 회사가 뭘 해줬으면 좋겠냐고 물어 보았다.

난 이렇게 답했다. 완성하면 귀사가 발매해 준다는 계약서와, 선금이라고.

난 $15,000를 제안했다.

★역주. 애플 II 는 메모리를 최대 64KB까지 확장할 수 있었지만, 이 시점에선 아직 48KB가 일반적이었다.

그는 예상보다 거금이라고 보는 듯했다.

다시 연락하겠다고 말해 주었다.

1984년 5월 22일

〈버라이어티〉 잡지를 사서, 열차 안에서 읽었다. 잡지에 따르면, 현재 제작 중인 영화들 중 제목이 "연도"인 게 4작품이나 있다고 한다. 〈2010〉, 〈1984〉, 〈1919〉, 그리고 〈1918〉이다.

1984년 5월 25일

〈레이더스〉의 사운드트랙을 듣고 있노라니 다시금 경외감과 놀라움이 차오른다. 그리운 윌리엄스/바그너 효과다. 덕분에 〈인디아나 존스〉 영화도 다시 보고 싶어졌다(그래서 일요일에 가족과 함께 보기로 했다). 〈인디아나 존스〉로 비디오 게임을 짜고 싶다는 욕구도 다시 불타올랐다.

1984년 5월 26일

아버지가, 한 번 직접 회사를 차려 보면 어떻겠느냐고 제안하셨다. 으엑. 돈이 생긴다는 건 일이 많아진다는 것일 텐데. 아버지는 돈이 없으면 오히려 더 많이 일해야 하는 거라고 반박하셨다.

1984년 5월 30일

로이에게 내 역제안을 설명했다. 내 입장에서 전적으로

유리하도록 충분히 고심해 만든 문장으로 말이다. 그는 에드와 게리에게 전해 보겠다고 말했다.

몇 시간 뒤 로이는 다시 전화해서, 게리와 얘기해 봤더니 "그렇게까지 무례한 제안은 아닌 것 같다"고 했다며, 에드와는 대화하지 않았지만 완성 시 $10,000 지급 외에는 좋다고 말해 주었다. 그는 $5,000을 제시했다. 나는 $7,500으로 절충했다. 로이가 말했다. "오케이."

거래가 성립됐다.

결과적으로, 난 올여름 적어도 $12,500을 벌게 된다. 내가 직접 부담하지 않을 이런저런 추가비용까지 포함해서 말이다.

더 중요한 건, 조만간—아마 일주일 내로—캘리포니아행 비행기를 타고 가서 두 달쯤 살게 될 거라는 사실이다.

로이가 계약서를 페덱스로 보내 준다고 한다.

와우.

갑자기 일이 팽팽 진행되고 있다. 아직도 뭔가 얼떨떨한 기분이다.

1984년 6월 1일

브로더번드 사로부터 계약서가 도착했다. 계약 같은 건 아무래도 좋다. 난 그저 그리로 가서 컴퓨터 앞에 앉아 내가 가장 잘하는 일을 하고 싶을 뿐이다.

```
                        AGREEMENT
                        =========

This Agreement, dated June 1, 1984, is made between Broderbund
Software, Inc., a California corporation doing business at 1938
Fourth Street, San Rafael, California, (Publisher), and Jordan
Mechner, whose address is 55 Haights Crossroad, Chappaqua, New
York 10574 (Author)

1) Work.  The work which is the subject of this Agreement is a
computer program written by Author.  The work, tentatively
entitled Karateka, will be referred to as the Program throughout
this Agreement.

2) Grant of License.  The Author hereby grants to the Publisher
its successors and assigns during the term of this Agreement the
worldwide exclusive right to reproduce and market the Program.
In addition, the Author grants the Publisher the right to use
any, trademark, label or copyright associated with the Program,
and to sublicense the Program and associated trademarks, labels
and copyrights for use in any form (including but not limited to
publication on all computer systems, television cable network
rights, electronic and non-electronic games, and coin-operated
game machines) throughout the world.

3) Royalty.
     a) Amount.  The Publisher shall pay to the Author
compensation and royalties according to the following schedule:

     EMPLOYMENT - The Publisher will pay the airfare
         between New York and San Francisco plus a
         monthly salary of $1,500, provided that Author
         works at Publisher's place of business for at
         least two months between June 1, 1984 and
         September 30, 1984 and attempts to complete the
         Program;
     ROYALTY ADVANCES - the Publisher will pay the
         Author an advance against future royalties of
         $5,000 upon the signing of this Agreement and a
         further advance against future royalties of
         $7,500 upon final acceptance of the Program by
         Publisher;
     ROYALTIES - Fifteen (15) percent of sales receipts.

Royalties are payable on sales receipts of the program, as
defined herein, with the following exceptions:

     1) on copies furnished gratis to the Author or for review,
advertising or like purpose, no royalty shall be paid;
     2) on copies sold on cartridge media, the sum of eight dollars
per receipted sale shall be deducted from total receipts before
computation of royalties according to the above schedule;
     3) if the Publisher pays a royalty to another party to furnish
enhancements to the Program, including but not limited to
security locks, quick load routines or title pages, such royalty
shall be deducted from the Author's royalties, but such deductions
shall not exceed two percent (2%) of sales.
```

1984년 6월 2일

노먼 시니어를 찾아가서 법적 조언을 받았다.

1984년 6월 11일

뉴욕 시내로 가서, 그랜드 센트럴에서 벤을 만났다. RKO 워너 트윈 극장 1관에서 〈그렘린Gremlins〉을 봤다. 완전히 매료됐다. 그렇게 재미있게 영화를 본 게 얼마 만인지 모르겠다. 관람 후, 한두 시간쯤 서점을 둘러보고(〈그렘린〉의 각본을 각본가가 21살 때 썼다는 등등의 〈그렘린〉 관련 잡다한 정보를 알아내며) 새 옷을 사러 바니스로 내려갔다.

아버지는 로이와 통화해 거의 모든 계약 내용을 내게 유리하도록 조정해 주셨다. 계약이 잘 마무리된 것 같다. 현실을 완전히 받아들이는 데는 좀 시간이 걸릴 것 같다. 어쩌면 이번 주 내로 비행기를 탈지도 모르겠다.

신기한 일이 하나 더 있다. 세상에, 로이의 말에 따르면 내 프로덕트 매니저인 레이 몬테즈Rey Montez에게 내가 캘리포니아에 있을 동안의 거처를 찾아보라고 시켰는데, 루카스필름 사원들이 사는 숙소도 후보로 나오더라는 것이다.

루카스필름은, 적어도 내게는, 천상의 회사다. 내가 루카스필름 사에서 일한다니, 그건 현실이 아니라 차라리 환상의 영역이다. 말하자면 내가 다이앤 레인과 결혼한다는 상상 같은 거다. 인생 참 알 수 없다.

내가 최근에 본 영화 스무 편 중 딱 하나만을 꼽으라면, 아마 〈그렘린〉이 되리라.

1984년 6월 15일

레이 몬테즈 씨가 전화해 와, 함께 일하게 되어 영광이라며 그곳 사람들도 「카라테카」를 무척 기대하고 있다는 등등의 얘기를 해주었다. 난 얌전히 "감사합니다."라고만 답했다.

난 2주일 내내 더그의 집에서 지내게 된단다. 더그의 차도 쓸 수 있다. 물론 모두 공짜다. 다들 내게 정말 극진한 대접을 해주고 있다. 내가 운전을 못 한다는 게 애석할 뿐이다.

비행기는 월요일로 예약했다. 점점 설레기 시작한다.

앞으로 일어날 일이 진지하게 기대된다.

1984년 6월 18일

[캘리포니아, 마린 카운티] 더그가 공항으로 마중 나와, 자신의 집까지 차로 태워다 주었다. 이후 브로더번드를 잠시 들렀다가(회사는 휴무였지만, 한 바퀴 돌며 구경시켜 주셨다), 중국 식

더그 칼스턴 씨의 사진.
(뉴욕 더 스트롱 놀이 아카이브 및 브라이언 서튼-스미스 도서관의, 1979-2002 브로더번드 소프트웨어 사 자료에서 인용)

당에서 저녁을 먹고 되돌아와 더그의 약혼녀인 메어리와 인사했다.

더그는 멋진 어른이고, 매우 유쾌하며 소탈하신 분이었다. 컴퓨터를 비롯해 잡다한 화제로 대화했다. 더그의 약혼녀가 들어왔을 때는 살짝 위축되어 대충 핑계를 대고 그냥 자러 들어가는 게 좋으려나 고민했지만, 분위기는 꽤 좋았다.

브로더번드 본사를 둘러본 건 꽤 재미있었다. 지나가던 중 샌 안셀모San Anselmo 시에 있는 조지 루카스의 자택도 보았다. 이곳이 꽤 마음에 든다. 괜찮은 여름이 될 것 같다. 현 시점에서 내 최대 고민은, 여기서 브로더번드 사까지의 이동을 어떻게 할 것인가가 아닐까 싶다.

1984년 6월 19일

아침에 더그가 나를 회사까지 차로 데려다주었는데, 그 이후로 오늘 하루 내내 그를 다시 보지 못했다. 더그는 나를 에드 번스타인Ed Bernstein 씨에게 넘겼고, 에드는 내가 쓸 책상을 마련해 준 후 나를 여기저기 데리고 다니며 회사 사람들에게 소개해 주었다.

오늘 만난 주요 인물들은 다음과 같다.

레이: 내 프로덕트 매니저. 오늘은 그리 대면하지 못했지만, 앞으로 내 주요 상대자가 될 것 같은 느낌이다.

에드: 제품개발부의 책임자. 처음 만난 후 사내 투어와 오리엔테이션을 거친 다음엔 거의 보지 못했다. 꽤나 바쁜 사람 같았다. 그런 사람이 나를 안내하려고 일부러 시간을 내주다니 고마울 따름이다.

켄 불Ken Bull: 신입 프로그래머. 대학교를 막 졸업했고 딱 어제 입사했다고 한다. 켄의 책상은 내 건너편이다. 그는 〈나의 색깔 나의 미래What Color is Your Parachute?〉★의 컴퓨터 버전을 제작하고 있었다.

글렌 액스워디Glenn Axworthy: 친근하고 재미있는 프로그래머로, 켄과 나를 데리고 나와 백 앨리 버거에서 점심을 먹었다.

스콧 셤웨이Scott Shumway: 또 다른 프로그래머. 멋진 사내다.

데인 비검Dane Bigham: 대학 교육도 받지 않았고 컴퓨터를 접한 경험도 전혀 없었는데도, 그저 이 일이 너무 하고 싶어서 치열하게 공부해 결국 입사에 성공한 천재 소년이다. 불과 19살이고 매우 호감 가는 친구다. 듣기로는 이 사람이 브로더번드 최고의 프로그래머라고 한다. (글렌, 스콧, 데인은 같은 집에서 함께 거주 중이다.)

카즈에Kazue: 일본에서 파견된 사람이다. 영어를 아주 잘하진 못하지만, 매우 친절하고 「카라테카」를 놀라울 만큼 좋아해주는 여성이다.

★역주. 나의 색깔 나의 미래: 리처드 볼스가 1970년 첫 출간한, 취업준비생을 위한 자기계발서. 미국에선 지금까지도 꾸준히 개정판이 나오는 누적 천만 부 이상의 스테디셀러로서, 한국에도 〈취업의 비밀 파라슈트〉 등 여러 차례 번역서가 나왔다.

로이: 드디어 실제로 대면했지만, 오래 이야기하진 못했다.

앨런 웨이스Alan Weiss: 수석 플레이테스터. 좋은 사람이다. 이 사람과는 「카라테카」 관련으로 꽤 많은 이야기를 나눴다.

게리 칼스턴Gary Carlston: 더그의 동생이자 에드의 상사. 하지만 꽤나 철학적이고 창의적인 면이 있다. 매우 허물없고 친근하신 분이다. 내게 신경을 많이 써주셨고—내가 브로더번드 사람들과 잘 어울려 지내게 하고 싶으신 듯했다—근무시간이 끝나자 소프트볼 게임에 데려가 주셨다. 이후엔 피자를 먹으러 갔다. 피자가게 안에선 주로 게리 및 데인과 대화했다. 실제로는 거의 대부분 열심히 듣기만 했을 뿐이지만. 게리는 이후 차로 나를 더그 씨의 거처까지 데려다주셨다.

여기까지가 단 하루동안 일어난 일이라는 게 믿기지 않는다. 여기서 보내게 될 두 달이 정말 기대된다. 브로더번드는 정말 멋진 곳이다. 여기서 만난 거의 대부분의 사람들은 친절했고 편하게 대해 줬으며, 창의성과 재능이 넘쳤다. 좋은 사람들이 잔뜩 있는 회사다.

어제부터 하루 반나절을 지내며 소프트웨어 산업, 특히 브로더번드 사에 대해 잔뜩 배웠다. 덕분에 「카라테카」도

게리 칼스턴 씨의 사진.
(뉴욕 로체스터 시 더 스트롱 놀이 아카이브 및 브라이언 서튼-스미스 도서관의, 1979-2002 브로더번드 소프트웨어 사 자료에서 인용)

꽤 좋은 성과를 거둘 것 같은 느낌이다. 이 사람들에 둘러싸여 있자니 영감이 마구 샘솟는다. 다만, 마구 샘솟는 내 창조력을 자제하고 일단 제시간 내에 완성부터 해야겠지.

지금의 내 주요 고민거리는 이거다. 브로더번드 사를 다니는 동안은 어디서 지내야 할까? 지금까지처럼 더그의 집에서 지내는 게 최선일 것 같지는 않다. 더그의 집은 꽤 외딴 지역에 있는 데다, 더그도 다음달에 결혼한다니 그때까지는 약혼자와 오붓한 시간을 보내야 할 텐데, 난 운전을 못하기 때문이다. 이상적으로는 브로더번드 사에서의 사회생활에 빨리 섞일 수 있도록 시내에 거처를 잡아야 할 것이다. 밤늦게 홀로 귀가해도 되는 곳, 그리고 내 생활이 방해받지 않는 곳을. 마치 여기처럼.

어쨌든, 지금은 이 이상 좋을 수가 없다.

1984년 6월 20일

더그의 차를 타고 도착해, 내 책상에 앉아 점심시간까지 멍하니 앉아 있었다(점심은 데이브와, 〈프린트 샵Print Shop〉★의 개발자인 마티와 함께 에두아르도스에서 먹었다). 이후엔 「카라테카」의 스토리 관련 회의가 있는 오후 4시까지 또 시간을 죽였다.

회의 참가자들이 하나같이 「카라테카」에 열의가 대단해서, 새로운 사람을 소개 받을 때마다 면전에서 적어도 30초쯤 온갖 찬사를 듣는 상황에 슬슬 익숙해질 정도였다. 일종의 개인적인 명성이랄까—다들 나와 만난 걸 영광으로 여기

★역주. 프린트 샵: 1984년 처음 발매된, 당시 브로더번드 사의 간판급 실용 애플리케이션. 프린터로 상장과 감사카드와 안내문 등 다양한 인쇄물을 만들 수 있다. 미국에선 지금도 계속 브랜드의 명맥이 이어지고 있는 스테디셀러.

고, 처음 봤는데도 이미 호감이 가득한 듯했다—, 내 입장에 선 오히려 그들의 기대에 부응하지 못해 명성을 다 깎아먹힐까봐 두려울 정도다. 그래도, 워낙 다양한 사람들과 만나다 보니 점점 더 친해지고 허물없어지기 시작한다. 처음 왔을 때보다는 내 본성에 조금은 더 가까워지는 중이다.

진 포트우드 씨의 사진.
(뉴욕 로체스터 시 더 스트롱 놀이 아카이브 및 브라이언 서튼-스미스 도서관의, 1979-2002 브로더번드 소프트웨어 사 자료에서 인용).

로런 엘리엇 씨의 사진.
(뉴욕 로체스터 시 더 스트롱 놀이 아카이브 및 브라이언 서튼-스미스 도서관의, 1979-2002 브로더번드 소프트웨어 사 자료에서 인용)

스토리 회의는 잘 진행되었다. 회의가 끝난 후 진 포트우드와 잠시 대화한 다음, 레이와 이야기하러 회의실을 떴다. 회사에서 돌아오면서, 더그와 회의를 나눴다.

아마도 레이와 진이 게임을 작업하면서 내가 가장 긴밀하게 소통할 사람들일 것이고, 나와도 주파수가 잘 맞는 느낌이다. 진은 아이디어가 풍부하며, 이 게임이 무엇이고 무엇이 되어야 할지 뚜렷한 비전이 있는 사람이다. 레이는 기본적으로 서글서글하고 말이 잘 통한다. 게리는 이들에 비하면 꽤 이상에 치우치는 편이다—최고의 게임으로 나오길 원하고, 시간이 얼마나 더 들지는 개의치 않는다. 덤으로 프로그래머도 아니다. 여러 사람들이, 내가 이 게임의 개발자인 만큼 내 자율성을 최대한 보장해 주겠다고 했다. 물론 나는 내가 내키지 않는 요구라면 받아들이지 않을 셈이지만, 아직까지는 내게 그런 요구를 할 만한 사람이 없어 보인다. 금요일에 있을 다음 회의에서는 내가 세부적인 스토리보드를 제출해야 하니, 내일은 오늘 들은 진의 의견을 바탕으로 스토리보드 작업을 할 예정이다. 딱히 별 문제는 없을 거다.

전체적으로 보면 「카라테카」는 순조롭게 잘 가고 있다. 이 게임은 분명 성공할 거다. 내가 받을 금액은 아무래도 소프트웨어 업계의 변동성에 좌우될 가능성이 크다. 5만 달러가 될 수도 있고, 20만 달러가 될 수도 있고, 어쩌면 평생을 놀고먹을 액수가 될 수도 있다. 그렇게 되도록 나도 최대한 노력해 줘야겠지.

C-64★로도 이식해서 내보자는 의견은 매우 바람직했다. 아마 그쪽이 애플판보다 더 돈이 될 거다. 아타리 컴퓨터 쪽 시장은 예전 같지 않고, IBM-PC 유저들은 게임을 하지 않는다. 데인은 C-64로 이식하자는 의견이 나오자마자 바로 관심을 보였다. 이식한다면 크리스마스쯤에는 나올 수 있으려나?

온통 흥미로운 아이디어들이었다.

지금은 방에 홀로 앉아 있다. 더그는 회의 차 샌프란시스코로 출장을 갔다. 아까는 잠깐 산책을 나가, 페어팩스 시내

★역주. C-64: 코모도어 64(Commodore 64)를 말한다. 당시 북미 PC 게임 시장에서 제일 시장이 큰 플랫폼이었다.

를 돌아다녔다. 버스 정류장이 있었다.

June 21, 1984

오늘은 온종일, 진의 사무실에서 그가 그림 그리는 광경을 보며 시간을 보냈다. 꽤 근사한 프롤로그 스토리보드가 만들어졌다.

퇴근 후 레이는 나를 브로더번드 사원들의 배구 경기에 데려가 주었다. 나도 같이 뛰었다. 재미있었다. 우리 팀이 졌지만.

대니 골린Danny Gorlin을 처음 만났는데, 나도 기뻤지만 그 역시 나만큼이나 기쁜 것 같았다. 우리는 서로를 한껏 칭찬했다. 이후 대니, 레이, 게리, 캐롤과 함께 맥주를 곁들여 피자를 먹었다. 맥주를 한잔 마시고 나니 드디어 말문이 마구 트였다. 대니와는 컴퓨터 게임과 영화에 대한 이야기를 나누었다. 예전에 벤 등의 친구들과 종종 이야기하던 화제와 딱히 다를 건 없었지만, 이번엔 대화 상대가 바로 「차플리프터」의 개발자라는 것이 결정적인 차이다.

내가 지금 이런 자리에 있다는 사실이 생경하게 느껴질 정도였다. 술자리를 함께하는—그리고 그 술자리에서 거론되는—사람들이, 이전까지는 내가 즐기던 게임의 타이틀 화면에서 이름으로만 나오던 그 사람들이라는 점이 말이다. 폴(루터스), 브루스(토냐치니), 빌(버지)★, 대니(골린). 세상

★ 역주. Paul Lutus: 「Space Raiders」(1981) 등의 개발자.
Bruce Tognazzini: 「The Shell Games」(1979) 등의 개발자.
Bill Budge: 「Raster Blaster」(1981) 등의 개발자. 당시 애플 II에서 가장 유명했던 게임 개발자 중 한 명이었고 2022년까지 현역이었던 전설적인 크리에이터.

에. 그리고 술자리 바로 인근에 루카스필름 사가 있었다. 레이는 한번 날을 잡아 나를 루카스필름 사에 방문시켜주겠다고 말했지만, 게리는 그곳으로 나를 보냈다가 자칫 내가 넘어가 버릴까 봐 우려하는 듯했다.

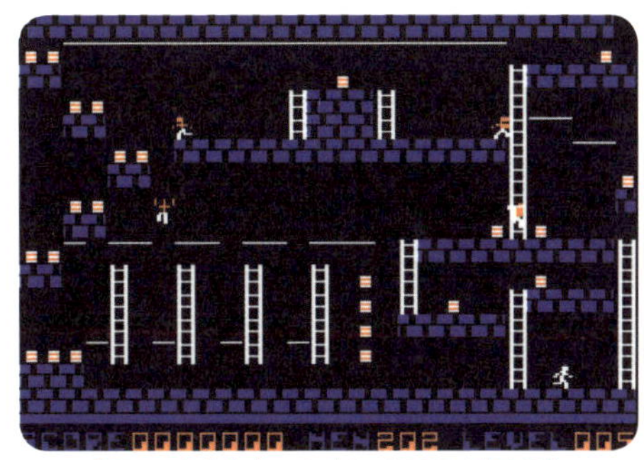

「로드 러너」(더그 스미스, 1982, 애플 II).
사진 인용 : 모비게임즈.

게리는 나와 대니를 집으로 데려와주었다. 우리는 더그와 함께 잠시 모여 앉아서, 더그가 「챔피언십 로드 러너 Championship Lode Runner」를 시연해 주는 광경을 지켜봤다.

브로더번드 사에서 만난 사람들 거의 대부분이 마음에 든다. 정말 멋진 회사다.

1984년 6월 22일

오래간만에 더그가 모는 차를 타고 출근했지만, 더그는 또 주말 출장을 갔기에 지금은 다시 나 혼자 남아 있다.

컴퓨시어스(샌 라파엘 시내에 있는 식당)에서 스콧, 글렌, 마티, 캐롤, 켄과 함께 점심을 먹었다.

"작업"(스토리보드 등)도 약간이지만 했다. 창살문★ 퍼즐 아이디어가 떠올랐는데, 꽤 마음에 들었다.

"해피 아워"★★ 후 게리는 나를 데리고 나와 차에 태워, 마

★역주. 「카라테카」에는 게임 도중, 뛰어가 통과하면 반드시 찔려 죽게 되는 날카로운 자동 창살문이 등장한다. 이 시점에서 떠올려 넣은 아이디어로 보인다.
★★역주. 해피 아워: 서양 회사에서, 임직원의 생일에 모여 간소하게 축하해 주는 행사 시간.

린 시 곳곳을 드라이빙하며 멋진 풍경을 보여 줬다. 이후엔 초밥을 먹었고(이제까지 먹어 본 초밥 중 최고였다. 초밥은 손으로 집어 먹어야 한다는 사실도 처음 알았다), 게리는 차로 나를 집까지 데려다줬다. 내 사회경험을 채워 주느라 이렇게까지 관심을 기울여 주니 실로 고마울 따름이다.

본격적인 작업은 월요일부터 시작이다. 아니, 화요일이려나.

1984년 6월 23일

더그의 게임을 몽땅 플레이해 보았다. 「카라테카」를 집중해 빨리 끝내고, (바로 당장) 다음 게임을 만들고 싶다. 초당 16 프레임 애니메이션이 들어간 마블 코믹스 풍의 게임을 만들어 보자. 그러려면 빠른 그래픽 처리 루틴을 만들어야 한다. 물론 그 대신 스크롤도 없어지고, 캐릭터를 배경과 겹치게 만들 수도 없고, 아마 비트 시프트도 불가능해지겠지만. 하지만, 펄프 픽션스러운 줄거리에 섹슈얼과 폭력이 잔뜩 나오는 만화책 같은 느낌만큼은 낼 수 있겠지.

1984년 6월 25일

오늘은 스토리 회의가 있었다. 레이와 게리 둘 다, 이 정도면 괜찮아 보인다고 해주었다. 로런 엘리엇은 (진이 부재 중인 동안) 공주의 애니메이션을 작업하고 있다. 난 지난 3월 이래 처음으로 프로그램 코드를 짰다. (3개월 만이네… 우와.) 현재 내 목표는 금요일까지 레벨 1이 완벽하게 돌아가도록 만드는 것이다. 레이는 매뉴얼 제작, 패키지 디자인, 홍보 등등에 의견을 달라고 내게 적극적으로 독려하는 중이다. 나도 덩달아 신이 났다.

점심은 처키 치즈Chuck E. Cheese★에 가서 먹었다.

1984년 6월 26일

출근길은 킴이 차를 태워 주었다. 오전 8시부터 오후 8시까지 꽉 채워 일한 하루였지만, 헛수고가 좀 많았다. 소스 코드와 오브젝트 코드 사이의 불일치를 마침내 모두 잡았다. 애초에 있어서는 안 되었던 문제였다. 내일부터는 드디어 레벨 1에 새로운 요소를 추가하는 작업을 시작할 수 있겠다(오늘은 정반대로 있던 걸 없애는 작업만 했지만).

오늘 회사의 구내식당에 아케이드판 「로드 러너」의 캐비닛이 들어왔다. 이야, 정말 재미있었다.

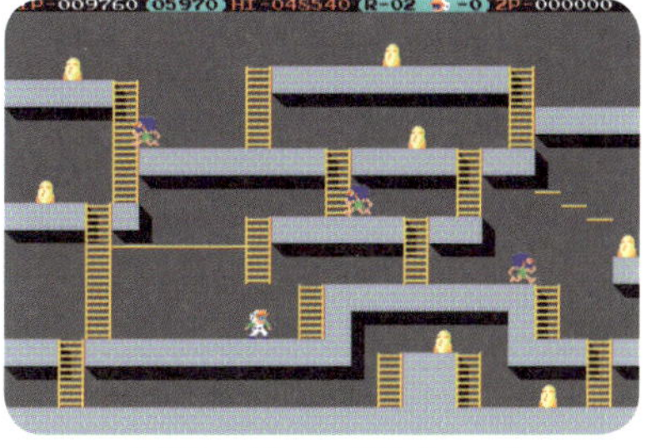

아케이드판 「로드 러너」(1984).
사진 인용 : 모비게임즈

1984년 6월 27일

오늘 하루도 제법 오래 일했다. 체력 시스템을 새로 만들어 넣었다. 내일의 목표는 한 레벨 내에 등장하는 요소 전체를 로딩 한 번으로 모두 읽어 들일 수 있도록, 메모리 내의 모든 데이터를 잘 뭉쳐 두는 것이다.

★역주. 처키 치즈: 아타리 사의 창업자인 놀런 부시넬이 1977년 창업하여 지금도 미국 전역에서 운영되고 있는 피자 레스토랑 프랜차이즈. 식당 내에 아케이드 게임기와 어린이용 오락시설을 설치하는 아이디어를 미국 최초로 발안했다.

STRENGTH — STRONGER (BLOCKS)
S SEL. AFTER KILL, BEFORE DISPATCH
DEATH — BLOODIER. EAGLE LANDS ON YOUR BODY.

LEVEL 1

PROBLEMS:
  ① REPETITIVE — DISPATCH, EAGLE, GUARD, OVER & OVER.
  ② TOO LONG & TOO HARD.
+ ③ IT'S ALL THERE IS.
    TOO LITTLE, TOO MANY TIMES, TOO HARD, TOO SOON.

SOLUTION:
  ① ADD 2 MORE LEVELS AFTER LEVEL 1.
  ② MAKE LEVEL 1 EASIER: NO BIRD, FEWER & EASIER GUARDS.
  ③ SHOW DISPATCH ONLY ONCE, AFTER FIRST KILL.
  ④ GUARDS 2-N HAVE DIFFERENT HEADGEAR THAN 1ST GUARD.
  ⑤ ADD A _TREE_ TO SHOW DISTANCE FROM PALACE.
    PLAYER SHOULD GET INTO PALACE IN FIRST ½ HOUR OR SO OF PLAY.

LEVEL 2

- FIRST GUARD IS LAST GUARD OF 2ND SERIES.
- AFTER 1ST KILL, SHOW DISPATCH: HEADGEAR III. (GUARDS 2-N)
- FUJI VISIBLE THRU SCROLLING CLEARSTORY.
- TREE TO SHOW DISTANCE.
- BIRD ATTACKS 1ST TIME AFTER DISPATCH. (SHOW BIRD DISPATCHED.)
  EASIER TO HIT THAN NOW; ATTACKS INFREQUENT.
- _PUZZLE_ AFTER KILL LAST GUARD: ~~(KICK DOWN DOOR?)~~ _SPIKES_.

LEVEL 3

- DOWNSTAIRS.
- _NOT_ SCROLLING; A SERIES OF DUNGEONLIKE ROOMS, EACH ONE
  BLEAKER THAN THE LAST, GETTING MORE & MORE LIKE THE
  ONE SEEN IN PROLOGUE.
- BIRD ATTACKS FREQUENT & HARD. (LIKE NOW.)
- GUARDS ARE SERIES IV. ~~(ONE DISPATCH BEFORE BEGINNING.)~~
- NO DISPATCHES; ONE GUARD AT EACH (CLOSED) DOOR.
- FIGHT BIRD TO DEATH, THEN VILLAIN. [DRAMATIC DEATHS!]
- WHEN YOU RUN INTO PRINCESS'S ARMS, CUT TO —
: SUPER - SUNSET - SMOOCH! : (FUJI ERUPTING? FIREWORKS? EARTH SHAKING?)

LEVEL 3:

PROLOGUE & DEATH STRONGER.
  MOTIVATE REST OF GAME.
  Also _REWARD_ should be more
      impressive.

PUZZLES

EXISTING PUZZLES:
  - KICK DOWN DUNGEON DOOR
  - BOW TO PRINCESS
NEW: [MUST KICK DOWN ALL DOORS IN DUNGEON.
      FINAL DOOR MUST BE KICKED WITH A _STEP_ KICK.

ADD _2_ PUZZLES — 1 AT END OF LEVEL 1,
                1 AT END OF LEVEL 2.

A PUZZLE SHOULD COME AFTER WHAT SEEMS LIKE LAST GUARD,
DURING A "PLATEAU"; PLAYER CAN REST, BUT MUST SOLVE PUZZLE
TO GET ON WITH IT & PROGRESS TO NEXT LEVEL.

CONSIDERATIONS:
  ① PUZZLES MUST USE EXISTING MOVEMENTS.
  ② PUZZLES MUST NOT BE CONTRIVED, FUTURISTIC, OR SILLY.
    THEY SHOULD BE INTUITIVE EXTENSIONS OF WHAT PLAYER
    IS ALREADY DOING: FIGHTING & CLOBBERING STUFF.
    KICKING DOWN DOOR IS GOOD EXAMPLE.
  ③ DON'T MAKE A PUZZLE HINGE ON SWITCHING MODES —
    IT'S UNREALISTIC & EMPHASIZES THE COMPUTER-GAME
    ASPECT AND YOUR LIMITATIONS OF MOVEMENT.

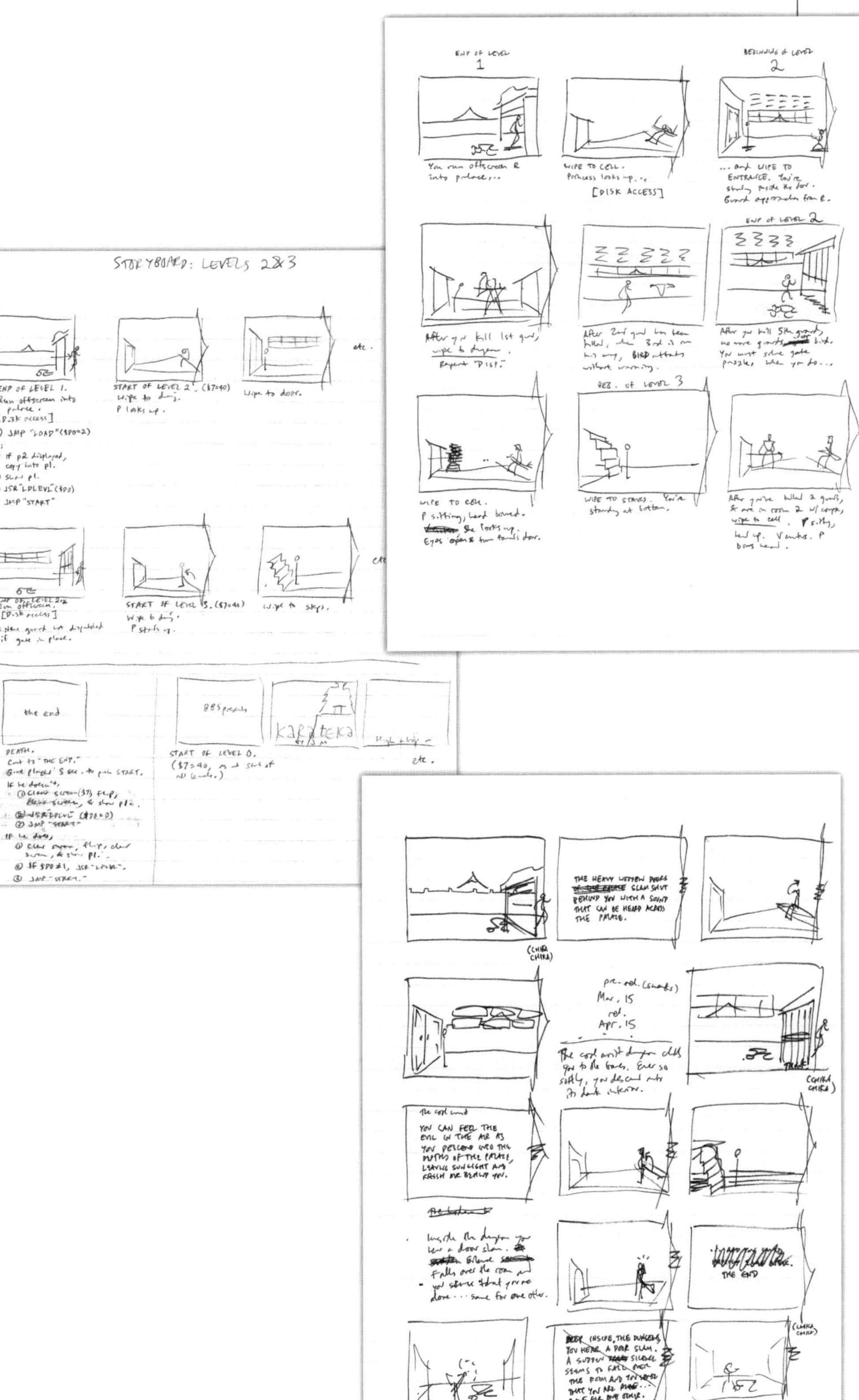

이후 금요일에 오래된 소소한 버그들까지 다 제거하면, 드디어 레벨 1이 완성되는 것이지. 일단 나무는 넘어가자. 나중에 메모리와 시간이 남을 때 추가해도 되니까.

게임 타이틀 화면, 시작 데모, 막간 데모 쪽은 진과 로런이 그래픽을 작업해 줄 거다. 나는 그들이 나중에 바로 집어넣을 수 있도록 그걸 넣을 공간만 비워 두면 된다.

그리고… 아 그렇지, 졸개의 머리 그래픽을 좀 더 만들어야겠네. 키보드 컨트롤 쪽도 손봐야겠고. 이번 주말에는 이런 다듬기 작업을 좀 해야겠다. 그럼 월요일이면 레벨 1을 C-64 이식 프로그래머(누가 될지는 화요일까지 가 봐야 안다)에게 넘겨줄 준비가 끝나게 되고, 나는 드디어… (두구두구두구) 레벨 2로 넘어갈 수 있다.

레이와 점심을 먹었다. 함께 도서관에 가서, 일본의 성과 복장에 관한 책들을 빌려왔다.

더그 씨는 메리와 함께 자리를 비웠다. 나는 「로드 러너」에서 드디어 레벨 20까지 도달했다.

레이와 에드는 내가 이제까지 만들어 온 작업물에 엄청나게 감명받은 듯했다. 내가 작업 모드로 돌입하기 전까지는 그들이 좀 기다려 줘야겠지만.

이 게임이 어떤 목표로 달려갈지를 사람들이 정말 기대

하고 있다. 목표 자체는 문제가 없다. 문제라면, 오로지 내가 제 시간에 맞춰 완성하느냐일 뿐. 게리는 아마 이렇게 말하겠지. "마감일은 신경쓰지 말게나." 보통은 그런 원칙도 괜찮겠지만, 이번 경우엔 마감일을 엄수해야 한다. 날짜를 넘기면 내 인생은 확실히 엉망이 될 것이고, 크리스마스까지 넘겨 버리면 나나 브로더번드나 거금을 날리게 될 테니까 말이다. 내가 할 일의 순서를 잘 따져서 진행하고, 우선순위가 낮은 일들은 후순위로 돌려야 한다. 그리고 아무래도 일정표를 맞추지 못할 것 같으면, 내 계획을 하향조정할 각오도 해야 하리라.

1984년 6월 28일

흠, 데이터는 모두 옮겼지만 버그까지 다 잡지는 못했다.

점심은 켄, 레이, 글렌, 루이스, 사다토와 함께 깔끔한 모로코 레스토랑에서 먹었다. 사다토와 C-64판 이식 관련으로 이야기해 보았다. 그는 진이 다 빠져서 그것까지 하기엔 무리라고 했다. 아쉽다. 그가 해주면 딱인데.

진은 일본풍 성의 그래픽을 제작했다.

1984년 6월 29일

오전 8시부터 오후 8시까지 일하면서 여러 버그를 잡았다. 가장 하기 싫은 일은 이제 끝났다. 주말은 이보다는 약간 더 재미있어지겠지. 그 다음엔 새 레벨을 드디어 만들 수 있을 거다.

에드는 C-64판 이식 작업을 데인의 친구인 빌에게 맡기기로 결정했다. 빌은 월요일부터 일을 시작할 예정이다. 기쁘다.

새로운 스타일로 디자인된 첫 게임 패키지들이 나왔다. 「번겔링 만」, 「닥터 크립」, 「스펠렁커」★다. 괜찮아 보인다. 나도 「카라테카」가 이런 식으로 패키지 디자인이 나오는 걸 보면 이렇게 설레게 될까.

오늘부터 RAM 디스크를 사용하기 시작했다. 인생이 바뀐 기분이다.

1984년 6월 30일

[밤] 아침에 더그의 차를 타고 집을 나와, 작업 후엔 버스를 타고 돌아왔다. 버스로 이동하면 사무실 문에서 집 대문까지 한 시간 반이 걸린다. 색다른 경험이었다. 드디어 마린 시내의 어두운 이면 시간대를 접할 수 있었다.

그 사이에는, 브로더번드 사 안에서 12시간 가까이 작업했다. 버그와 버그의 연속. 몇몇 버그는 오랫동안 잠복해 있던 해묵은 녀석이었다. 벌써 닷새나 작업했는데 딱히 눈에 보이는 성과가 이리도 없다니 믿기지가 않는다. 내가 레벨 2를 만들고 빌이 레벨 1을 만드는 시점이 되면 좀 기분이 풀

★역주. 「번겔링 만 공습Raid on Bungeling Bay」, 「닥터 크립의 성The Castles of Doctor Creep」, 「스펠렁커Spelunker」를 말한다. 당시 브로더번드 사가 출시한 최신작 게임들로서, 이전 작품들과는 달리 커버 아트를 박스 전체에 덮는 등 패키지 디자인에 신경을 쓴 것이 특징이었다.

리겠지. 그 전까지는 이런 복장 터지는 진도에서 벗어날 수가 없다.

오늘 밤은 브로더번드 사내에 홀로 남아 있다 보니 재미있었다. 레이가 몇 시간쯤 함께 있어 주다가, 셰이키스로 피자를 먹으러 갔다. 레이는 나를 볼 때마다 「카라테카」는 대단한 게임이고, 내가 일도 정말 열심히 하며 나이에 걸맞지 않게 성숙하다는 등, 온갖 칭찬을 끊임없이 해준다. 「카라테카」는 대히트작이 될 것이며 나도 부와 명성을 얻어 인생이 바뀔 거라는 말도 해줬다. 아마 맞는 말이긴 하겠지만, 깊이 신경쓰지 않으려 한다. 앞으로도 두 달(…아니, 7주)간은 작업에 계속 매진해야 할 테니까.

1984년 7월 1일

늦잠을 잤다(8:30 기상). 그 근처에 버스 정류장이 있을 거라고 지레짐작하고는, 메어리에게 태워 달라고 해 101번 고속도로 상에 내렸다. 무려 45분간 홀로 고속도로를 오르내리며 보도가 없는 구간까지 통과해, 간신히 럭키 드라이브 버스 정류장에 당도했다. 마침 버스가 막 출발하려 할 때 잡아 탈 수 있었다. 그야말로 악몽같은 대장정 그 자체였다. 내내 혼잣말하고, 욕하고 울기 직전이었으니까.

재미있게도 그렇게 격렬한 감정이 휘몰아친 탓에 오히려 좀 괴상한 형태로나마 내게 소중한 경험이 되었다는 거다. 브로더번드 사에 도착했을 때쯤엔(정오 언저리) 현실 같지 않을 정도였다. 그 3시간 동안, 나는 돈도 없고 친구도 없고 퇴로도 끊긴 이방인이었다. 나라는 인격도, 나 자신에 대한 자각도 상실한 상태였다. 그저 오로지 버스를 찾아 헤매는 한 인간에 불과했다. 나의 바닥을 본 기분이었다.

그래서, 오늘의 작업은 5시간에 지나지 않았다. 마지막으로 남아 있던 버그 중 하나를 드디어 찾아냈다. (진짜 마지막 버그는 "은신" 중이다. 스무 번의 게임 중 한번 꼴로 튀어나오기 때문이다.) 5시쯤 에드와 함께 회사를 나왔다가 도로 돌아와, 브로더번드에 신설될 예정인 자기계발 소프트웨어 시리즈에 관한 더그와 에드와 게리의 브레인스토밍 회의 자리에 (순전히 재미로) 끼었다. 나는 시리즈의 이름을 "이너 디렉션 Inner Directions"으로 제안해 봤는데, 어쩌면 정말로 채택될 지도 모르겠다. 회의는 저녁 식사를 먹으면서까지 계속 진행되었고, 어느새 애플에 대한 추억담 시간으로 바뀌었다(더그 씨가 옛날 게임들을 잔뜩 가져와 하나씩 컴퓨터에 띄웠고, 우리들은 당시를 즐겁게 추억했다).

다음엔 〈어둠이 떠오른다The Dark is Rising〉★를 읽어야겠다.

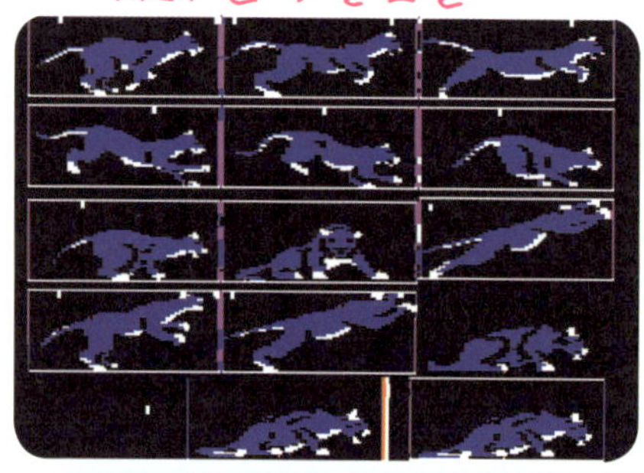

레벨 1은 일단 완성했다. 로런이, 표범이 달려가는 멋진 애니메이션 그래픽을 만들어주었다. 마치 마이브리지★★의 책에서 뛰쳐나온 듯했다.

★역주. 어둠이 떠오른다: 수잔 쿠퍼의 1973년작 판타지 아동소설.
★역주. 마이브리지(Eadweard Muybridge): 인간과 동물의 동작을 깊이 연구한 영국의 사진가.

작업시간 후에는 게리가 나를 새로 뽑은 사브 터보 900 차로 포인트 레이스Point Reyes 지역까지 데려가, 함께 멕시코 요리를 먹었다.

1984년 7월 3일

C-64판 이식 작업을 맡아 줄, 데인의 친구인 빌이 오늘 도착했다. 우리는 아침 내내, 「카라테카」를 코모도어 64로 이식한다는 이 대규모 작업의 전략전술을 논의했다. 빌은 열정적이고 열의와 의지도 있어 보였다. 나도 마음에 들었다. (배우 마크 아이리시를 연상시키는 면이 있었다.) 어떻게 될지는 두고 봐야겠지만.

진이 성 그래픽을 만드는 동안, 카즈에와 나는 뒤에서 이것저것 참견했다. 나는 보스가 졸개에게 명령하는 장면을 거의 완성했다. 내일은 진과 로런이 터벅터벅 걷다 쓰러지는 공주의 애니메이션을 완성해 줄 거고, 그럼 게임에 넣을 수 있다.

1984년 7월 4일

오늘은 몇 시간쯤 일했다. 샌 안셀모 시로 걸어가(알고보니 놀라울 만큼 인근이었다), 영화 〈베스트 키드The Karate Kid〉를 보고 다시 걸어 돌아왔다.

사흘 동안 〈인디아나 존스: 마궁의 사원Indiana Jones and the

Temple of Doom〉에서 나왔던 인도 음악을 기억해 내려 안간힘을 썼다. 떠오르지 않아서 미칠 노릇이었다. 그런데, 밤에 뉴스를 보다 보니 테니스 경기 장면에서 딱 그 음악이 나왔다. 만세! 이제야 푹 잘 수 있겠다.

오늘 아침, 드디어 〈어둠이 떠오른다〉를 다 읽었다.

1984년 7월 8일

금요일: 코리 코삭 및 친구들과 밖에서 놀았다.

토요일: 더그 씨와 함께 쇼핑했다. 메리와 선원 친구들이 찾아와, 함께 바베큐를 먹고 〈바운티 호의 반란Mutiny on the Bounty〉 영화를 봤다.

오늘: 게리, 데비, 빌, 수잔과 함께 캔들스틱 경기장에 가서 야구경기(자이언츠 대 컵스)를 봤다. 대니와 낸시, 게리의 젊고 귀여운 여자친구 예정자인 낸시까지 합세해 게리의 집으로 바베큐 파티 차 돌아왔다. 기타와 피아노를 치고 소프트락을 부르며 모두 즐겁게 놀았다.

1984년 7월 9일

스콧과 데인이 찾아와, 브로더번드가 잘 나갔던 시절 얘기를 해주었다. 여기 프로그래머들은 모두 브로더번드의 황금기는 지나갔고 되돌아오지 않을 거라고 여기는 듯했다. 브로더번드는 어느새 회사가 돼 버렸고, 모두가 품질보다는 마감일만 신경 쓰고 있으며, 프로그래머들은 힘도 없고 무시만 당한다는 것이었다.

업계 전체적인 측면으로 보면 아마 사실일 것이다. 다만 내가 보기엔 오히려 브로더번드는 다른 회사들보다 그나마 덜 찌들었고 여전히 일하기 좋은 곳이라는 인상이었다. 그래도, 그때의 마법 같은 활기는 이제 없다. 데인과 스콧은 진심으로 비관하고 있었다. 데인은, 옛날에는 브로더번드에 벌이가 되도록 며칠 밤을 새우며 무슨 일이든 닥치는 대로 했노라고 했다. 지금의 그는 자기 벌이에만 관심을 둔다. 프로그래머들은 더그와 게리와 에드를 원망한다. 슬픈 일이다. 하지만 피할 수 없는 일 같기도 하다. 컴퓨터는 더 이상 해커와 취미꾼의 전유물이 아니다. 이제 대중화 된 것이다.

예전만큼 돈이 잘 벌리던 시장도 이젠 아닌 것 같다. 더그 스미스와 대니 골린 시절에는 개발자가 받는 로열티가 30%였다. 지금은 15%로 떨어졌다. 어쩌면 「로드 러너」가 브로더번드의 마지막 대히트작이 될지도 모른다. 「카라테카」가 잘 팔려서 내게 수십만 달러가 들어올 수도 있다. 아니면, 내가 지난 2년을 들인 끝에 손에 쥐는 돈이 고작 5만 달러에 지나지 않을 수도 있다. 나는 낙관적으로 전망하면서도 조심스럽다. 부자가 된다면야 기분은 좋겠지만.

레이, 제프, 스콧은 밤이 되어서야 「챔피언십 로드 러너」의 사용설명서 제작을 완료했다. 데이브와 글렌과 나는 회사에서 기다렸다가, 모두 함께 나와 원탁에 둘러앉아 피자를 먹었다.

오늘은 그다지 성과가 없었다. 포근하고도 우울한 기분이다. 이제 자야겠다.

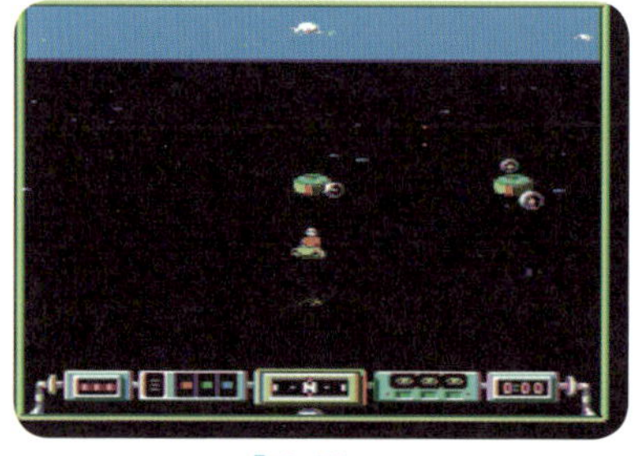

「에어하트」
(댄 골린, 1986, 애플 II)

[밤 12:30] 대니 골린의 집에서 막 돌아왔다. 올 여름, 가장 내게 영감을 북돋아준 일 중 하나였다. 그는 내게 자신의 신작 「에어하트 Airheart」를 보여 주고 나는 「카라테카」를 보여 주며, 서로 아이디어를 주고받았다. 우리는 컴퓨터 엔터테인먼트의 미래에 관해서도 같은 시각에서 생각하고 있는 것 같다. 햄버거와 아이스크림을 함께 먹으며 좋은 대화를 나눴다. 나는 대니가 좋다. 게다가 정말 존경스러운 사람이다.

대니의 작업장은 정말 끝내줬다. 그의 커다란 집 안에는 브로더번드 사의 개발부서 전체가 들어갈 만큼 큼직하고 멋진 컴퓨터 방도 있는 (그리고 아내가 들어오지 않는) 자신만의 아늑한 공간이 있었다. 프로그래머가 갖고 싶어하는 모든 것을 가진 사람이었다.

그는 나에게, 데인과 스콧을 고용해 자신의 소프트웨어 개발을 돕도록 하여 브로더번드를 통해 발매하려고 계획 중이라고 말해 주었다. 집을 나설 때는, 대학교를 졸업하고 나서 자신과 같이 일할 마음이 있으면 연락하라고 가볍게 권유하기도 했다. 딱 미래에나 가능할 법한 시나리오라고 예전에 막연히 상상했던 일 중 하나였다.

내가 어떤 일을 잘 한다는 말을 들으면 정말 기분이 좋다.

특히 그 일에 관련된 분야에서 수 년이나 존경해 왔던 유명한 거물에게 그런 말을 들었다면 더할 나위가 없다. 대니는 내가 데이비드 스나이더나 로버트 쿡처럼★, 자신이 만드는 게임이 실제 화면에서 어떻게 비춰질지 간파하는 안목이 있다고 말해 주었다. 자신에게도 그런 안목이 있다고 여겼었지만, 이젠 아니란다. 그는 나를 보면 데인이 연상된다고 말했다.

난 대니와 함께 일하고 싶다. 그게 대니 **밑에서** 일하고 싶다는 의미인지까지는 잘 모르겠다. 하지만 일단은 두고볼 일이다.

대니 말로는 브로더번드가 확실히 내부 프로그래머들에게 소홀한 것 같지만, 자신이나 나와 같은 프리랜서에게는 좀 지나치다 싶을 만큼 우대해 준다고 했다. 그는 더그 씨와 게리가 자신을 얼마나 황당할 만큼 우대해 줬는지에 대한 몇가지 에피소드를 들려 주었다.

브로더번드에 오길 잘 했다. 이제 「카라테카」를 더 빠르고 매끄럽고 멋지게 만들기만 하면 된다. 나는 행복하다.

1984년 7월 12일

더그의 소개를 받아 로버트 쿡을 만났고, 내가 그저께 밤 대니와 대화했을 때처럼 우리는 영화와 "인터랙티브 엔터테인먼트"에 대해 의견을 나누었다. 퇴근길엔 로버트가 나를 태워다 줬고(스투와 함께 샌 안셀모에서 살고 있다고 한다), 함께

★역주. David Snider: 「David's Midnight Magic」(1981) 등의 게임을 내놓은 프로그래머. / Robert Cook: 「Gumball」(1983) 등의 게임을 내놓은 프로그래머. 이후 메크너의 친구가 되며, 「카라테카」 아타리 PC판의 이식을 맡아준다.

피자를 먹은 뒤 영화 〈특급 비밀Top Secret〉을 봤다.

오늘 한 작업: 공주가 쓰러지는 모션을 제대로 나듬었다. RAM 디스크가 날아가는 바람에 처음부터 다시 해야 해서, 결국 오늘 작업을 완료하지는 못했다. 빌은 나와 데인의 온갖 도움을 받아, 드디어 코모도어64용 DRAW 루틴을 돌리는 데 성공했다. 아무래도 그가 이식을 감당하지 못할까 봐 좀 걱정이 된다.

문득 내가 이 회사에 온 지 벌써 25일이나 지났다는 사실을 막 깨달았다. 즉, 앞으로 남은 시간이 한정되어 있다는 의미였다. 내일은 피크닉이 있고, 이번 주말에는 레이프에게 전화를 걸어야 하니까, 감옥 애니메이션을 **완벽하게** 만들 시간이 앞으로 사흘 중 딱 하루밖에 없다는 얘기가 된다. 그래야 월요일부터 레벨 2를 만들 의욕을 낼 수 있다.

1984년 7월 13일

브로더번드의 사내 피크닉 행사가 있었다.

재미있었다. 프리스비도 날려 보고, 배구에 테니스에 수영에, 여하튼 캘리포니아의 해변에서 할 법한 놀이는 다 해 봤다. 브로더번드 사의 전원이 참여했다. 나는 햇볕에 피부가 탔다.

(「로드 러너」를 만든) 더그 스미스와, 그의 귀여운 여자친구인 셰릴을 만났다. 더그는 우리를 자신의 새 포르쉐 차에 태우고는 시속 100마일 이상을 밟아서, 대니 골린의 집까지 달렸다. 이런 말을 하면 안 되겠지만, 재미있었다.

더그와 대니가 함께 있는 광경을 보자니 묘한 재미가 있다. 브로더번드 사가 극진히 모시고 있는 두 게임 프로그래머니까. 이 둘은 서로가 완전히 대조적이었다. 대니의 집에 가보지 않았더라면 대니가 그렇게 부자인 줄은 꿈에도 몰랐을 것이다. 옷차림이나 행동거지나, $30,000 버는 흔한 컴퓨터 프로그래머들과 딱히 다를 게 없으니까. 대니는 더그에게 자기 집을 소심하게나마 구경시켜 주고는, "널찍하다"는 사실을 마지못해 인정하는 남자였다.

반면 더그는 쉴새없이 자기 차가 얼마고 자기가 버는 돈이 얼마라는 등 뻐기는 타입이다. 하지만 그럼에도 호감이 드는데, 자기 삶을 솔직하게 즐기는 것이 느껴지기 때문이다. 더그는 자기가 돈이 있을 때 한껏 즐기자는 스타일이다. 코카인 중독도 막 극복한 참이었다.

대니는 우리에게 「에어하트」를 보여 주었다. 그를 보고 있자니 그야말로 지쳐 있고 불쌍한 모습이었다. 멋진 게임이 될 것 같기는 하다. 그래픽 효과도 이미 충분히 훌륭한 수준이었다. 우리는 대니가 다시 의욕을 갖도록 격려했다. 그러자 대니는 칠판을 이용해 우리에게 기초 화성학을 강의해 주었다.

집으로 돌아오는 길에, 데인이 C-64판 이식 작업의 진척도를 물었다. 나는 10%라고 대답했다. 데인은 빌에게 이식할 실력이 없음을 수긍하고는, 내가 직접 이식해 볼 생각이 있다면 자신이 도와주겠노라고 했다.

나는 데인이 직접 이식해 준다면 5%를 주겠다고 제안했다. 그는 즉시 "내가 맡지."라고 말했다. 다만 브로더번드 사가 이걸 받아들여 주려나?

(a) 내가 거부권을 쓸 타이밍이 이미 지나갔고 (b) 데인은 브로더번드 사의 직원이니까 말이다. 빌 대신 데인이 이식 작업을 맡아준다면 내게 더 좋을 것 같다. 빌은 좋은 사람이라서 이렇게 한다면 뒷맛이 좋지는 않겠지만, 아무래도 이게 그나마 손실을 줄이는 길이다.

요즘의 내 사회생활은 탄탄대로다. 대학교 때 참가했던 어떤 피크닉보다도, 얼마 전의 브로더번드 피크닉 쪽이 더 즐겁고 재미있었다. 나 자신보다 「카라테카」를 내세울 수 있다보니, 친구를 만들기가 대학교에서보다 훨씬 쉬웠다. 대학교에서는 직접 나를 알리려고 노력하지 않으면 아무도 관심을 주지 않으니까.

에드는 아침에 해변으로 나서는 길에서 이렇게 말해 주었다. 여기는 친구가 되는 것보다 친구 관계를 유지하는 것이 더 어렵다고.

Dear Jordan:

7/10/84

Just a quick note to accompany your lens cover. Do you get any time or inspiration to take photos? You didn't by any chance take Dad's Chinon lens cover, did you? He hasn't been able to find it. If so, please mail it back to us.

Emily called Monday. She's still having a great time, is glad your work situation is so exciting, and was sad she hasn't heard from anyone though she's been writing 3 letters a week. I guess she doesn't appreciate how slow the mails are to and from the boonies. I'm enclosing some labels to facilitate your writing to her. I find looking up addresses the most burdensome aspect of letter writing, so I assume that other people may as well. If you run out, I'll gladly send more.

Which reminds me, Linda and David are both pretty sure they threw out the mailing list I compiled a couple of years back, so I'll have to do another one. Dad and David leave Monday, so I'll do it before then and send it to you. To tide you over til then:

Granny and Papi	160 Cabrini Blvd.	New York	NY 10033
Lisa Rosegg	560 West 178 Street	New York	NY 10033
G&G	452 Beach 145 Street	Rockaway Beach	NY 11694
Nancy Cooper	8 Dalton Road	Belmont	MA 02178
Marv and Joan	Bayberry Drive	Pleasantville	NY 10570

Did anyone tell you that Nancy and Bruce (Meltzer) are getting married Saturday, September 8? That's the day David has to get to school. So I'll take him there in the morning for 2 hours' orientation, bring him back to the wedding (in Dobb's Ferry), and then take him back up (or maybe send him by train) so he gets there by 8am Sunday morning. I'm glad it's only a little more than an hour away. . . The situation reminds me a bit of your having to get to Yale the weekend of Brad's bar mitzvah. In this case, the occasion is more of a celebration (from my/our point of view), and the distances more manageable.

The dating questionnaire is reaching asymptote (at least I think it is). As a result, the program design is fixed enough that I can dig my teeth into it at last. What are your reactions to the name "New Connections"?

I'm getting the feeling, as this "note" grows longer than I thought it would, that part of the reason I sat down now to write is to avoid doing some things I don't want to do, having to do with money. So let me call Gristede's about the bill and the banks about opening a money market account and getting Visa/MasterCard billing arrangement. Then I can continue this pleasant visit with a clear conscience.

an hour later . . .

That was relatively painless. I'll call Gristede's after lunch, but at least I did the bank shopping. It's amazing how widely the interest varies from bank to bank (8.9% - 10.0%, some yielding higher, some yielding lower). And some have checking privileges, some don't. Some have $2,500 minimums, some $7,500. I'm pleased with my choice. It has the best features on all three counts! And since it's a branch of the bank where Dad keeps his account and we have the joint checking account, checks between branches will clear faster than with any of the others too. I'll go and open it after I call Gristede's. Now, to eat and do some laundry.

Love,
Mommy

어머니가 보내 주신 편지.

1984년 7월 14일

이번엔 버스로만 브로더번드에 갔다가 돌아왔다. 작업한 시간보다 버스 안에서 보낸 시간이 더 많은 느낌이다.

저녁 식사는 여기서 더그, 메리, 에린, 팀, 캐시와 함께 먹었다. 우편을 통해 더그와 메리의 결혼식 초대장을 받았다. 나는 참석하겠다는 답신 편지를 써서 봉한 후, 두 사람에게 직접 건넸다.

1984년 7월 15일

오늘 하루는 로버트 쿡과 함께 보냈다. IHOP에서 브런치를 함께 먹고, 함께 테니스를 치고, 게리의 집에서 함께 수영을 즐기고, 영화 〈최후의 스타화이터 The Last Starfighter〉(와 〈듄〉의 예고편)를 보고, 브로더번드 사로 가서 진과 로런의 그래픽 태블릿을 마음껏 갖고 놀았다.

1984년 7월 17일

어제 브로더번드 건물을 나서자마자 데인은 손으로 머리를 감싸 쥐고 외쳤다. "으아아악! 역시 걔를 내보내야겠어!" 단 네 마디 말일 뿐인데 그렇게 기쁠 수가 없었다.

로버트와 데인은 이미 에드에게 건의해 주었다. 내 친구들이 나를 신경써 준 탓이다. 에드는 데인과 나를 자기 사무실로 불렀고, 논의 결과 에드가 사다토에게 이식 작업을 권유해 보는 쪽으로 결정되었다. 무거운 짐을 내려놓은 느낌이었다. 데인에겐 그저 고마울 따름이다. 빌을 맨 처음 추천한 사람이라는 것만 빼고.

로버트와 내가 백 앨리에서 점심을 먹고 돌아오자, 레이 몬테즈가 해고되었다고 켄이 말해주었다. 아니나다를까,

레이가 에드와 말싸움을 했고 에드가 그 자리에서 해고해 버렸다는 것이었다. 레이는 윗층으로 올라가 자기 책상을 치우고 있었다.

어머니가 보내주신 신문기사 스크랩들.

그야말로 '장검의 낮'★이었다.

이후 몇 시간 동안의 개발부 내 분위기는 그야말로 암울했다. 에드는 전 부원을 소집해—다들 회의실에 모여 팔짱을 낀 채 바위처럼 침묵을 지켰다—사정을 설명했다. 설명이 끝날 때쯤엔 소집을 끝내도 좋을 만큼 분위기가 밝아졌다. 에드가 개발부에서 그렇게까지 인망이 없는 건 아니었다.

이후에는 빌에게 우리가 내린 결정을 설명해 줬는데, 아무래도 껄끄러웠다.

빌: "이식을 넘겨줄 준비를 하고 있다고요? 제가 그걸 신경 쓸 이유가 있나요?"

나: "없죠."

나중에 에드는 나를 따로 불러, 부서의 전반적인 사기 문제가 있으니 빌을 자르기까지 며칠 간격을 두고 싶다고 했다. 나는 빌에게 바로 통보

★역주 : 히틀러가 2차대전에 앞서 반대세력을 숙청한 '장검의 밤' 사건을 빗댄 것.

하는 게 맞다고 우겼다. 에드는 결국 내일 바로 그와 이야기하기로 했다.

이 모든 것이 끔찍하게 느껴진다. 빌이 나가기 전까지 그를 어떻게 대해야 좋을까?

레이는 회사를 떠나며 내게 행운을 빌어 주었다. "당신은 정말 재능이 넘치니까 좋은 미래가 있을 거예요."였던가, 뭐 그런 말이었다. (메모: 게임이 완성되면, 여러모로 도와준 레이에게 감사의 마음을 담아 패키지 하나를 보내줄 것.)

그리하여, 내 프로덕트 매니저와 코모도어판 이식 담당자는 곧 바뀔 예정이다. 이식 쪽은 사다토가 고사한다면 아마 로버트가 될 것 같다(코모도어는 모르지만, '안목'은 있는 사람이니까).

그리고, 빌은 아직 자신이 잘린다는 사실을 모른다. 으아아악!

1984년 7월 18일

아침에 늦잠을 잤는데, 아마도 전적으로 우연은 아닐 거다. 내가 출근했을 때 빌은 이미 떠나고 없었다. 데인이 이미 어젯밤에 그에게 알려주었는데, 빌도 이식 작업이 자신에게는 버거운 일이었음을 인정하고는 에드의 결정을 깔끔하게 받아들였다고 한다.

불행히도, 사다토는 이식에 흥미가 없었다.

다행히도, 다음 후보는 로버트가 되었다.

불행히도, 로버트는 오늘 아침 (거주지인) L.A.로 간 상태

이 해 여름 언제쯤인가에, 저는 체력 바를 삼각형이 늘어선 형태로 바꿨습니다. 이전까지는 대미지량에 따라 체력이 깎이는 양도 달라지는 시스템이었는데, 모든 타격이 공평하게 삼각형 하나씩을 깎는 시스템으로 바꿨죠. (기억이 흐릿하지만) 아마 아버지의 제안이었을 텐데, 제 일기장에는 딱히 관련 언급이 없네요. 제 기억이 맞다면, 몇 번을 더 맞히면 플레이어가 적을 물리칠지(혹은 게임오버가 될지)를 게임이 명확하게 보여 준다면 긴장감이 배가되리라는 의도였을 겁니다. 아버지는 행동심리학자셨으니, 아버지라면 분명히 이 점을 제대로 지적하셨을 테니까요.

였다.

그가 맡아 주길 진심으로 바란다.

로런 엘리엇이 내 프로덕트 매니저가 되어 주기로 했다. 무척 기쁘다. 내일 만나서 설명서 제작 및 패키지 디자인에 관해 의논하기로 했다.

자, 그럼 **게임** 쪽은 이제 어떻지?

작업속도가 아주 빠르다고까지는 하기 어려울 것 같다. 일단 나부터가 이전만큼 개발에 시간을 많이 쓰고 있지 못하다. 어제와 오늘은 롤런드 구스타프슨의 지도를 받아 가며 게임의 디스크 데이터 접근 구조를 정리했다. 그가 신속하게 카피 프로텍션을 집어넣을 수 있게끔 말이다.

목표: 금요일엔 레벨 2를 끝낼 것. 현재 레벨 1 정도의 완성도로.

다음 일주일간은 레벨 3를 끝내고, 그 다음 일주일은 데모 모드를 만들고, 그 다음 일주일은 원점에서 게임을 고치고 다듬을 것.

남은 시간이 점점 줄어든다. 이 "목표"는 꼭 지켜야 한다. 만약 레벨 2가 금요일에 끝나지 않으면, 주말 동안 사무실에서 숙식하며 완성하려고 한다. 어차피 무리를 할 거라면,

집으로 돌아가기 사흘 전에 하는 것보다 지금 하는 게 차라리 낫다.

에드의 차를 타고 돌아온 후, 시즐러에서 저녁을 먹었다. 그는 혹시 이 업계로 들어올 생각이 있다면 자신에게 연락하라고 했다. 1년 뒤에 졸업하고 나면 찾아오겠다고 답해주었다.

1984년 7월 19일

레벨 2가 완성되어 가고 있다. 오늘은 꽤 많은 시간을, 진 및 로런과 함께 패키지 디자인과 설명서 관련으로 브레인스토밍을 하면서 보냈다. 그리고 로버트와도 이야기했다. 나는 그가 고민하고 있지만 일을 맡아줄 거라고 99% 확신한다.

진 포트우드와 로런 엘리엇의 사진. (뉴욕 더 스트롱 놀이 아카이브 및 브라이언 서튼-스미스 도서관의, 1979-2002 브로더번드 소프트웨어사 자료에서 인용)

캐롤, 데인, 스콧, 로런, 게리와 배구를 즐기며 맥주와 피자를 먹었다. 상대 팀이 계속 실수해준 덕에, 우리 팀은 공짜 피자를 세 판이나 먹었다.

1984년 7월 22일

금요일 업무가 끝난 후, 게리가 개발부 전원을 불러 바베큐 파티를 열었다. 나는 탁구 경기에서 "어이 동부 사람, 그 서브 반칙이야" 소리를 들으며 많은 점수를 올렸다. 스콧이 집까지 날 태워 줬지만, 문 열쇠를 잃어 버렸기에 결국 도로 스콧의 집으로 가 마루에서 잤다.

토요일에는 스티브가 브로더번드 사까지 데려다주고, 거기서 밤까지 하루종일 작업했다. 잠은 소파에서 잤다. 에어컨 때문에 사무실은 매우 추웠고, 벽에 창문이 없다 보니 아침 햇살도 볼 수 없었다. 해가 뜬 것도 모른 채 이미 9시가 됐다는 것을 알고는 깜짝 놀랐다.

켄과 더그가 점심에 회사로 왔고, 나는 켄의 차를 얻어타 집에 왔다. TV를 켜고 드라마 〈쇼군Shogun〉(스토리 파악이 안 되는 2시간 버전)을 보았다. 내 예상보다 일찍 더그의 집에서 나오게 될 것 같다. 더그의 대학생 시절 룸메이트였던 레니가 내일 도착하기 때문이다.

그야말로 엉망진창으로 보낸 주말이었다. 다시는 이렇게 지내고 싶지 않다.

주말 동안 내가 한 작업은, 야외 배경화면을 더 편하고 효율적인 형태로 다시 제작하는 일이었다. 결과는 끝내줬다(달리기, 화면 스크롤, 교차편집의 속도가 내가 바라던 대로 빨라졌다). 다만 애석하게도 관문이 등장하면 이제까지처럼 속도가 떨어진다. 그래도 충분한 성과가 있었던 주말이었다. 다음엔 디버깅으로 하루를 써야 한다.

〈쇼군〉을 본 덕에, 최대한 일본 풍스러운 느낌을 내보자는 의욕이 생겼다. 뭔가 정통 일본 풍의 음악을 넣을 수 있다면 좋겠다. 진이 그려준 성 그래픽은 꼭 집어넣을 거다. 절벽만 새로 그리면 된다. 지금은 패키지 박스 뒷면에 넣을 광고 문구를 구상중이다.

"중세시대의 일본. 그대는 카라테의 길을 걷는 수련자, '카라테카'다. 어느 날 아침 마을로 돌아오니, 마을은 잿더미가 되어 연기만이 피어오르고 있었다. 오두막은 타 없어졌고, 친구들과 일가는 시신이 되어 뒹굴고 있으며, 아름다운 약혼녀는 종적을 감췄다. 바닥에 남은 말발굽 자국만이 진상을 알려줄 뿐이다.

마을 저편에 흐릿하게 보이는 깎아지른 듯한 절벽 위에, 오랜 세월 동안 마을을 공포에 떨게 했던 군주 크라탱의 궁궐이 우뚝 서 있다. 크라탱의 하수인인 뿔 달린 전사들이, 지난 밤 마을을 습격해 그대의 약혼녀를 납치해 간 것이다.

이제 당신의 오랜 수련이 시험받을 때가 왔다. 그대는 맨주먹뿐인 단신으로, 불가능에 용맹하게 도전하여 크라탱의 요새로 향해야 한다. 악의 군주 앞까지 도달해, 주먹과 주먹으로 결투해야만 한다.

그대의 목표는 오로지 하나뿐이다. 공포와 두려움을 이겨내고, 자신의 목숨을 걸고서 도전하는 것. 퇴로는 없다. 명예로운 성공, 아니면 죽음만이 있을 뿐. 이것이 '카라테카'의 길이다."

뭐, 대충 이렇게 쓰면 되려나.

이거 써 보니 괜찮은데.

모든 게 구체적으로 손에 잡혀 가기 시작했다.

슬슬 신이 난다.

동생 데이비드와 프랑스를 여행 중이던 아버지께서 보내주신 편지.

1984년 7월 24일

[아버지와 데이비드에게 보낸 편지에서 발췌]

일렉트로닉 아츠 사가 아니라 브로더번드 사를 택한 건 매우 잘한 결정이었어요. 여기야말로 「카라테카」를 잘 팔리게 해줄 회사니까요.

지금은 소프트웨어 업계, 특히 게임이 주 업종인 회사들에게는 꽤 힘겨운 시기예요. 그래도 브로더번드는 업계 내에서 제법 재정이 탄탄한 편입니다. 더그는 자신들이 이 사업을 꽤 오래 해왔기에 어지간한 시행착오는 일찍기 다 해봤고, 회사를 검소하게 경영해 온 덕이라고 하더군요. 한편 동생인 게리는 1982년과 83년에 배출했던 대히트작인 「로드 러너」와 「차플리프터」가 회사 재정에 크게 기여한 덕이라고 하면서도, 이 회사가 전혀 인연이 없는 타인이 만들어 보내 주는 프로그램을 판매하는 데 너무 크게 의존하고 있다는 현실이 때로는 우려스럽다고 순순히 인정하곤 해요. (회사의 내부 프로그래머 직원들도 다들 실력이 훌륭하지만, 높은 로열티라는 인센티브가 없다 보니 이렇다 할 히트작을 아직 내놓고 있지 못한 상태입니다.)

「카라테카」가 「차플리프터」나 「로드 러너」만큼이나 성공할 가능성이 있어 보이긴 하지만, 여기 사람들은 너무 기대하는 건 금물이라고들 말합니다. 지금 시장이 전성기의 절반 수준이고, 로열티 비율도 딱 그만큼 줄었으니까요. 어쨌든, 일단 내놓고 봐야죠.

게임은 아버지가 보셨을 당시보다 훨씬 개선됐어요. 게임 플레이와 그래픽은 그리 바뀌지 않았지만 내부 구조는 꽤 개선되어서, 같은 스테이지를 무한 반복하는 대신 엔딩까지 일직선으로 진행하는 스타일이 됐어요. 전직 디즈니 사 애니메이터인 진 포트우드가 보스와 공주 장면을 멋지게 만들어 줬는데, 한 달쯤 지나면 보여 드릴 수 있을 거예요.

여기 사람들은 다들 「카라테카」를 좋아해줘서 못 말릴 정도예요. 문제는 "「카라테카」가 좋은 게임인가?"가 아니라 "과연 소비자들이 이런 스타일의 게임을 좋아할까?"이겠지요. 제 감으로는, 게임 자체는 제법 잘 만들어진 듯해요.

특히 일본에서 이 게임에 관심이 많다는 것 같아요. 게리의 말로는, 일본 시장에서 먹힐 만한 주요 요소인 섹스, 폭력성, 그리고 (아이러니하게도) 주인공과 공주가 금발이라는 점 덕이라네요. 그리고 '미국산 게임'이라는 꼬리표에서 오는 이점도 있겠죠.

아버지와 프랑스를 여행 중이던 동생 데이비드가 보낸 사진들

1984년 7월 26일

지난 월요일 더그의 집을 나와서, 지금 여기 에드의 집으로 이사해 온 상태다.

로버트는 어제 도착했다. 일이 끝난 후 우리는 게리의 집에 찾아가 그의 신디사이저를 갖고 놀다, 스위스 피자를 먹은 후, 〈그렘린〉을 봤다. (정말 훌륭한 영화다!)

오늘은 별 성과가 없었지만, 진 및 카즈에와 대화하다가 몇 가지 아이디어가 나왔다. 카즈에는 일본 쪽 잡지에 「카라테카」의 개발에 관한 기사를 넣어 보고 싶어 했다.

1984년 7월 27일

오늘도 실로 비생산적인 하루였다. 아악! 이 사람들, 다 일을 내팽개치고 있잖아! 아무래도 이번 주말은 되어야 레벨 1과 2를 완성할 수 있겠다.

로버트는 어느새 꽤나 도움이 되고 있다. 그가 내 툴을 새로 나온 **S-C 어셈블러**로 바꿔 줬는데, 내가 지난 5년간 써 왔던 낡은 어셈블러보다 10배나 빨랐다.

나와 로버트는 바람이 부는 가운데 테니스를 치고, 짐스에서 식사를 한 후, 〈네버엔딩 스토리The Neverending Story〉를 보고, 젤라토스에서 아이스크림을 먹었다.

1984년 7월 28일

로버트와 샌 라파엘로 가서 아침 식사를 한 다음 11시 반 브로더번드 사에 도착해, 온종일 느긋하게 작업하는 나날을 보냈다. 오늘은 레벨 0(오프닝 크레딧과 타이틀 화면)을 세팅했다.

저녁에는 코리가 와서, 함께 페퍼밀에서 식사했다. 이후 로버트와 나는 레코드 팩토리에서 〈로리타Lolita〉 비디오테이프를 빌려와 게리의 집에서 감상했다. 지금 다시 봐도 훌륭한 영화다.

아무래도 내가 이 일을 너무 만만히 생각한 것 같다. 내 작업 패턴이 점점 대학교 다닐 때에 더 가까워지고 있다.

1984년 7월 29일

아버지가 보내 주신 엽서. 당시 아버지는 13살이었던 동생 데이비드를 데리고, 당신의 고향인 오스트리아의 빈(거기서 1931년에 태어나셨습니다)을 방문 중이셨지요.

늦게 작업을 시작한 탓에, 브로더번드에서는 몇 시간밖에 일하지 못했다. 아직 버그가 좀 남아 있지만, 레벨 0·1·2가 이제 디스켓 한 장에 다 들어가게 됐다. 이번 주가 가기 전에 철저하게 버그를 잡아야 한다.

다음 게임에 쓸 아이디어: 플레이어는 '카라테카' 크기의 주인공을 조작한다. 컴퓨터는 주인공의 조력자인 여성 캐릭터를 자율 조작한다. 플레이어가 진행하기에 따라서, 게임 도중에 그녀와 플레이어 캐릭터가 사랑에 빠질 가능성이 생겨난다. 핵심은, 마치 「차플리프터」에서의 인질처럼 플레이어가 그녀와 상호작용할 수 있으며, 그 상호작용이 더욱 깊이 있게 이루어진다는 거다. 플레이어가 그녀를 엄호해 주거나, 그녀가 플레이어를 구출해 주는 등으로.

1984년 7월 30일

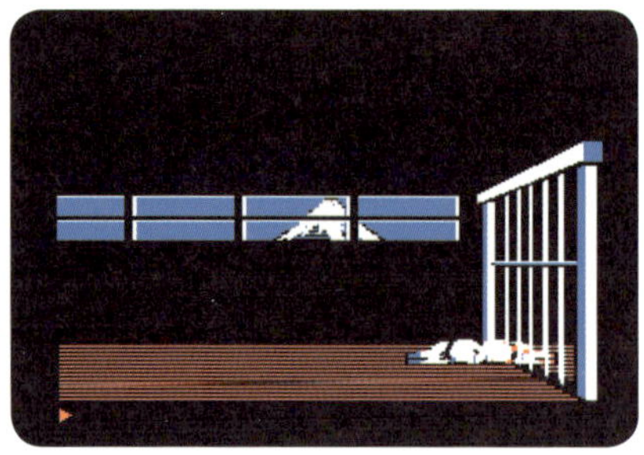

어제보단 좀 더 일하긴 했으나, 여전히 기대에 못 미친 하루였다. 철창에 박혀 치명상을 입는 장면을 작업했다. 저녁은 로버트와 코리를 데리고, 락스퍼 랜딩 호텔 내의 아카풀코 식당에서 먹었다.

1984년 7월 31일

작업으로 절반쯤은 충실하게 보낸 하루였다. 일하는 감각이 슬슬 다시 몸에 익어 가는 중이다.

로버트와 에드를 데리고 집을 알아보러 갔다. 썩 괜찮은 집이었다. 아마 오는 목요일에 이사하게 될 것 같다.

저녁은 로버트와 함께 페어팩스에 있는 카를로스 & 판초스에서 먹었다.

1984년 8월 1일

하루를 작업으로 알차게 보냈다.

에드가 저녁 식사를 나간 사이에, 집에 홀로 남아 라흐마니노프의 피아노 협주곡 2번을 들었다. 이번 주에는 처음으로 제대로 된 음악 감상이다. 지금은 워크맨으로 신나게 편곡된 〈카르멘〉 모음곡을 듣는 중이다.

1984년 8월 2일

새 아파트로 이사해 왔다.

오늘 하루도 작업으로 알차게 보냈다.

1984년 8월 3일

게임의 속도를 올리는 과정에서, 어제 레벨 1을 작업할 때 들어갔던 버그를 잡았다. 저녁은 짐스에서 로버트와 함께 먹었다. 〈필라델피아 특명The Philadelphia Experiment〉을 봤다.

1984년 8월 4일

더그의 결혼식 날.

아침에 로버트와 함께 더그에 줄 선물을 사러 쇼핑 대탐험을 나갔다. 노스게이트 몰을 돌아다니다 처음엔 게리와, 그 다음엔 스투와 제인 리서를 만났는데, 다들 선물을 고르러 온 것이었다.

로버트와 나는 옷차림을 가다듬고(나는 새로 산 정장을 입었다), 소살리토 시에 있는 리셉션 홀로 갔다. 사람이 많이 모여 있었다. 스티브 패트릭 및 그의 약혼녀인 토미 피어스와 대화했는데, 교육용 소프트웨어 분야의 유망주이고 둘 다 예일 대에 다녔으며 한때 일본에 살았다고 한다. 헨리 야마모토는 내게 명함을 건네주고, 혹시 일본에 오게 되거든 찾아오라고 했다. 내 사교성 없는 성격은 최근 몇 년간 조금씩 나아지는 중이긴 하지만, 파티를 즐기는 기술은 지금도 여전히 익히지 못했다.

1984년 8월 7일

월요일에는 레벨 3 작업을 시작했다. 화요일에는 〈인디아나 존스〉를 봤다.

에드, 리처드, 더그가 한가할 때를 노려 게임을 보여 줬다. 다들 인상이 꽤나 깊게 남은 듯했다.

〈소프톡〉 이번 호에 브로더번드 사에 관한 기사가 실려 있었다. 기사에서는 「카라테카」를 독립 게임*의 실례로 들고는, CES에 출품했던 자사의 게임들 중에서 가장 많은 주목을 받았다는 더그의 언급을 인용했다.

에드는 광고 대행사 쪽에서 제시해 온 「카라테카」 패키지 박스의 광고문구가 너무 조악하다면서, 내게 대신 써 보는 게 어떻겠냐고 물어 왔다. 그래서 써 봤다. 문장을 들고 에드의 집으로 찾아가, 에드와 리처드가 작업하는 동안 집에 남아있던 피자를 먹었다. 그들은 내가 쓴 문구 쪽을 좋아했다. 에드가 말했다. "자네가 고를 수 있는 직업은 이제 둘이 됐군. 프로그래머와 카피라이터."

로버트는 실내용 로잉머신을 샀다.

케빈(버겟)과 조지(히켄루퍼)에게 전화를 걸어 봤는데, 알고 보니 월세를 내기 싫어서 방을 뺐기에, 없다고 한다.

작업은 슬슬 속도가 나고 있지만, 제 시간 내로 완성하려면 이제는 본격적인 요리를 시작해야 한다.

어제는 좋은 하루였다. 아침에는 조깅을 했고, 순조롭게 작업했고, 즐겁게 마무리했다. 로버트, 코리와 함께 〈젊은

★역주. 독립 게임(Independent Game): 브로더번드가 유통하지만, 외부의 독립된 개발자가 제작한 게임이라는 의미. 요즘의 인디 게임과 동일하다.

용사들〉Red Dawn〉을 봤는데, 영화 자체는 별로였다. 게임이야 뭐 잘 되겠지 싶은 낙관을 품으며 자러 갔다.

오늘 아침 다시 조깅을 뛴 후, 로버트와 함께 장을 보고 집을 청소했다. 작업을 시작한 후 대략 오후 2시쯤 되었을 때, 문득 이 잔뜩 쌓인 작업량을 처리할 시간이 이제 달랑 2주 밖에 안 남았음을 깨달았다. 순간 당황했다. 초조함이 확 몰려들어, 디버깅에 집중할 수 없을 지경이었다. 그래서 그 대신 공주가 일어서는 쉬운 애니메이션을 작업하면서 마음을 진정시켰다.

내일은 7:45에 집을 나서야겠다. 레벨 1과 레벨 2를 이제는 완성해야 한다. 로버트도 슬슬 코모도어 버전의 화면이 뜨는 단계까지는 들어가야 할 거고. 우리가 거기까지 해낸다면 좋을 텐데.

내 기분은 현재 상황의 이성적인 판단과는 완전히 따로 놀고 있다. 어떤 날은 아주 좋다가도, 또 어떤 날은 완전히 망가진다. 오늘은 나쁜 쪽이다. 내일은 좀 나아지겠지. 게임을 제 시간 내에 완성한 후, 행복하고 건전하고 가벼운 마음으로 여길 떠날 수 있었으면 좋겠다.

1984년 8월 12일

7시에 일어나 조깅한 후, 8:30에 작업을 시작했다. 저녁 9:30까지 쉬지 않고 쭉 일했다. 13시간이나. 나쁘지 않다. 확실히 아침 일찍 일어나는 게 낫다.

1984년 8월 13일

벤이 보낸 편지를 받으니, 예일대로 돌아갈 날이 기대 되는 느낌이었다. 덕분에 내 페이스가 흐트러졌다. 지금은 그런 잡생각에 잠길 겨를이 없다.

1984년 8월 14일

타미로부터 전화가 왔다. 내 과거의 다른 삶 바깥에서 찾아온 새로운 충격이었다. 그녀에게 지금은 너무 바빠서 볼 시간이 없다고 했지만, 적어도 몇 시간이나마 그녀를 만나야만 한다는 것을 이내 깨달았다. 난 타미를 피해서는 **안 된다**.

타미가 전화를 걸어 온 시점부터, 「카라테카」는 내 인식 저편으로 멀어져버렸다. 옴짝달싹 못 하는 듯한 기분이 든다. 이 프로젝트를 빨리 끝내야만 내가 자유로워질 수 있겠어!

앞으로 2주 남았다.

제 대학교 룸메이트였던 벤 노마크가 보내 준 편지입니다. 20년 뒤 저는 벤의 부친인 사진가 돈 노마크 씨와 협업해, 멕시코 이민자들이 쫓겨난 거주지가 다저스 스타디움으로 바뀌는 과정을 그린 단편 다큐멘터리 영화 〈차베스 라빈: 로스앤젤레스 이야기〉를 만들게 됩니다.

* * *

오늘은 새가 퇴치되는 장면을 작업했다. 슬슬 제 시간에 완성할 수 있을 것도 같다.

광고 대행사에서 찾아온 데이비드 케슬러, 로런, 로렌, 파스칼과 회의를 했다. 이 광고 대행사 녀석들이 우리 말을 전혀 듣고 있지 않는 것 같아서 좀 걱정되고 있다.

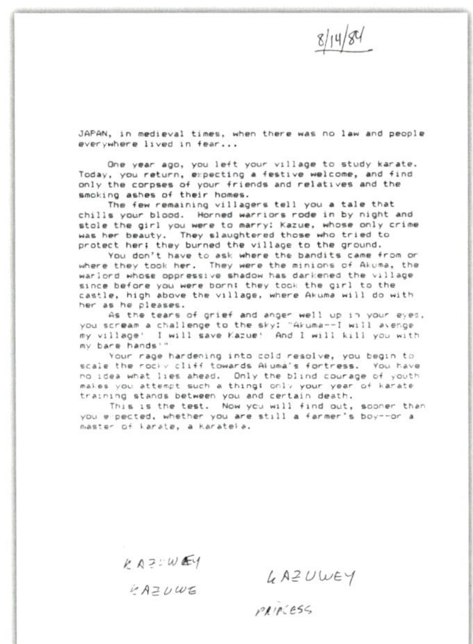

1984년 8월 15일

포르셰 매장에서 코리와 만나 같이 오느라 작업 시작이 늦었다. 그래도 꽤 많이 진척되었다. 보스가 이제 제대로 싸우고 있다. 내일은 보스에 그림자를 넣고, 죽는 장면을 작업할 거다.

저녁은 로버트와 짐스에서 먹었다. 둘이서 다음 게임으로 뭘 만들지를 이야기했다.

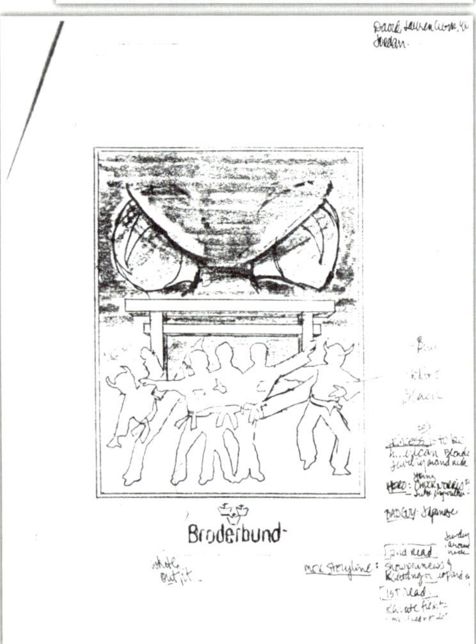

1984년 8월 16일

공주의 엔딩 애니메이션을 좀 더 작업했다. 거의 끝나 가고 있다. 내일이면 공주와 보스는 적어도 그래픽만큼은 완성될 거다.

저녁은 로버트와 처키 치즈에서 먹었다.

로런과는 게임에 고양이 장면을 넣어 볼까 하고 계획을 세웠다.

1984년 8월 17일

오늘은 거의 아무 일도 못 했다. 노바토 시의 힐탑 카페에서 중요한 점심 모임이 있었기 때문이다. 20명 정도의 브로더번드 사람들이 모여, 메리 앤의 송별 파티를 열어 주었다.

대니가 찾아왔는데, 「카라테카」를 보고는 정말 매료된 듯했다. 그는 유저의 몰입을 방해하는 사소한 단점들이 싹 사라졌다며, 이제야 진정한 "고전classic"이 만들어져 가고 있다고 말해 주었다. 아무래도 이 업계에서의 최고의 찬사인 것 같다.

진(휴가 중이다)이 하루 동안 회사로 돌아왔다.

로런과 나는 고양이를 어떻게 넣을지를 놓고 잠시 논의했다. 멋진 아이디어다. 로런은 완벽주의자인지라, 화소를 찍고 옮기는 지루한 작업에 기꺼이 오랜 시간을 쏟아붓는다. 지금으로서는 게임에 고양이를 굳이 넣지 않을 이유가 없다.

빌 홀트가 게임을 즐기는 광경을 한동안 관찰하다 보니, 이 게임을 사람들이 어떻게 플레이할지 이제 슬슬 눈에 보이게 되었다.

더그에게는 화면이 뒤집힌 버전의 게임★을 보여 주고는,

★역주. 「카라테카」에는 디스켓을 뒤집어 넣고 부팅하면 게임 화면이 180도로 뒤집혀 실행되는 이스터 에그가 있는데, 메크너가 장난기로 만들어넣어 실제 제품판에까지 들어갔다.

디스켓을 뒤집어 넣으면 게임이 이렇게 돌아간다고 설명해 주었다. 더그는 그 아이디어를 시큰둥하게 넘기지 않고 마음에 들어 해서, 오히려 내가 놀랐다.

종합해서, 오늘은 많은 사람들로부터 매우 긍정적인 반응을 잔뜩 받았다. 더그, 빌, 대니, 크리스까지. 이 게임은 느낌이 좋다. 이대로 가면 잘될 것 같다.

로런과 로렌에게는, 다음주 목요일에 최종안을 확정하자고 약속했다.

1984년 8월 19일

타미가 놀랍게도 일과시간 중에 회사로 나를 직접 찾아왔다. 세상에, 긴장으로 몸이 움직이지 않았다.

타미에게 「카라테카」를 보여 준 후, 그녀의 폭스바겐 히피 밴을 타고 함께 저녁을 먹으러 나왔다. 그 후엔 포인트 레이스로 드라이빙을 나와, 풀밭에 누워 한 시간 남짓을 함께 그저 대화하며 보냈다. 돌아오는 길에는 십대 히피 히치하이커들 한 무리를 태워 주고, 어디 적당히 인적 없는 구석에 떨궜다.

브로더번드 사로 돌아오니, 로버트가 켄의 애플 컴퓨터에 '메모'를 남겨 놓은 상태였다(Ctrl+C 키를 눌러 정지시킬 때까지, 10분마다 삑 소리와 함께 "Hey Jordo! Gone to Berkeley!"라는 메시지가 화면에 떴다). 나는 다시 작업에 들어갔다.

대니가 찾아왔다. 자기 밑에서 함께 일하자고 내게 다시 권유하러 온 것이다. 마음이 동하긴 한다. 하지만 거기에 응

한다는 건 곧 **취업**이고, 난 내가 이 일을 정말 업으로 삼고 싶은지를 아직 정하지 못했다. 대니는 자신이 앞으로 월트 디즈니처럼 되어 보겠다고 포부를 밝혔다. 월트 디즈니처럼 되어 보고 싶긴 하다. 나도.

그는 「에어하트」가 지금 잘 만들어져가고 있다고 했다. 내가 찾아간 날(당시 난 게임 화면 외곽선에 다른 컬러를 넣으라고 제안했고, 그는 바다 색깔로 유지하는 것을 고수했다)이 터닝포인트가 되었다고 한다. 브로더번드 사람들이 「에어하트」에 꾸준히 관심을 갖도록 해 줘서 내게 고맙다고도 했다. 그렇게 말해주니 나도 기뻤다. 좀 과분한 칭찬이라는 느낌도 들었지만.

1984년 8월 20일

광고 대행사에서 박스 문구 안을 보내 왔는데, 로런과 로렌과 나는 형편없다는 데 의견을 같이했다. 결국 다시 고쳐주느라 한 시간 이상을 날렸다. 정말 한심한 일이다. 내가 더 잘 쓸 수 있는데도, 그쪽의 기분이 상하지 않도록 그쪽 시안에 가급적 최대한 맞춰 주는 방향으로 써 줘야 한다니.

CHAPMAN • SABATELLA • ADVERTISING
1736 STOCKTON ST. • STUDIO 3 • SAN FRANCISCO • CA 94133 • PHONE (415) 982-8040

```
                                            BRØDERBUND
                                            KARATEKA! PACKAGE  Rev 1
                                            Job #20066    8/17/84

ACTION/STRATEGY

KARATEKA!
by Jordan Mechner

  ▶Captivating, movie-like story
  ▶Accurate karate fights/positions
  ▶Scrolling background 'sets'
  ▶Climatic, action-packed ending


     Returning to your homeland, after years of apprenticeship to the Masters
of Karate, you find not celebration but devastation: your village burned, your
people scattered, your bride-to-be spirited away and held captive by the
conquering warlord Akuma.
     Amidst the confusion of your soul, you know only one thing: you must
avenge your village and rescue your beloved Princess Kazue. Your mastery of
Karate will serve you well in your quest. But though your path will be Just
and True, do not think it will be easy.
     Journey to the mountain kingdom of Akuma where, in the High Pagoda atop
the craggiest cliff, the beautiful Princess Kazue is imprisoned. You must
outfight Akuma's mightiest warriors, one by one. With each victory, your
martial arts skills will increase, but the challenge will grow ever greater.
Even as you duel the warriors, be mindful of other dangers. Do not be deterred
from the true path. Fight on, to the very inner chambers of the Pagoda, where
you must engage the cruel Akuma himself in hand-to-hand combat.
     If you somehow prevail, you may seek to regain Princess Kazue's
affections. But even then your success is not preordained.
     Beware of that which lurks in the shadows. Show utmost respect to all
who you encounter. For this is the Way of Karateka, and armed with this knowledge
no man may stop you.


Brøderbund

For more information about Brøderbund and our products, write to us at:
17 Paul Drive, San Rafael, California 94903.

© 1984 Broderbund Software, Inc.
```

ADVERTISING • MARKETING

이제 딱 열흘 밖에 안 남았다. 지금부터는 본격적으로 임해야 한다.

1984년 8월 21일

머리 아픈 박스 카피 건을 마무리하고 로렌에게 건네줬다. "당신의 글은 당신 프로그램만큼이나 실로 놀랍군요." 그의 반응이 되려 나를 놀라게 했다. 그는 내일 데이비드 케슬러에게 이걸 가져가 설득해 보겠다고 한다.

오늘의 작업량은 미미했다. 요 며칠간 딱히 굵직한 일을 한 것 같진 않다. 사실 굵직한 일이 딱히 별로 남아 있지 않기도 하고.

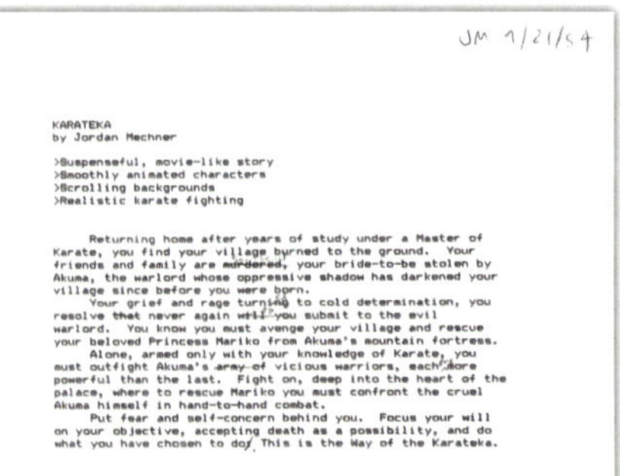

KARATEKA
by Jordan Mechner

>Suspenseful, movie-like story
>Smoothly animated characters
>Scrolling backgrounds
>Realistic karate fighting

Returning home after years of study under a Master of Karate, you find your village burned to the ground. Your friends and family are murdered, your bride-to-be stolen by Akuma, the warlord whose oppressive shadow has darkened your village since before you were born.

Your grief and rage turning to cold determination, you resolve that never again will you submit to the evil warlord. You know you must avenge your village and rescue your beloved Princess Mariko from Akuma's mountain fortress.

Alone, armed only with your knowledge of Karate, you must outfight Akuma's army of vicious warriors, each more powerful than the last. Fight on, deep into the heart of the palace, where to rescue Mariko you must confront the cruel Akuma himself in hand-to-hand combat.

Put fear and self-concern behind you. Focus your will on your objective, accepting death as a possibility, and do what you have chosen to do. This is the Way of the Karateka.

1984년 8월 22일

아침에, 로렌이 내가 쓴 문구 안을 데이비드 K.에게 제시했다. 데이비드는 광고 대행사 쪽 안을 강하게 지지했다. 로렌은 그게 쓰레기라는 주장을 강하게 밀어붙였다.

로런은 데이비드는 잘 모른

다거나 어느 쪽 안이든 상관없다고만 했다. 그는 그저 광고 대행사를 방어해주는 데에만 급급할 뿐이다. 이렇다 보니 이 갈등은 윗선까지 쭉 타고 올라가는 중이다. 제인과 에드가 어떻게 생각할지가 관건이겠다.

오늘은 생산적인 하루였다. 보스가 죽는 장면을 넣었고, 졸개의 전투 패턴을 다시 짰는데 이게 꽤 재미있었다. 덕분에 게임이 극적으로 개선되었다. 그야말로 생각지도 못했던 기적이다.

1984년 8월 24일

코리와 짐이 찾아와, 우리 아파트 안에 '블랙 플래그★'를 잔뜩 뿌렸다. 정말 황당한 녀석들이다.

어제 드디어 디스켓 한 장에 프로그램 전체를 집어넣었다. 이제부터는 온갖 소소한 것들을 고치면 된다. 부디 이번 주말에는 완성되기를.

1984년 8월 25일

게임은 만족스럽다. 새로 만든 졸개 전투 덕분에 게임이 몰라볼 만큼 좋아졌다. 이제 정말로 재미가 있다. 너무 신난다.

어제는 집에 전화했는데, 마침 벤이 있었다. 드디어 집으로 돌아가는 게 정말로 기다려진다. 나뉘어져 있던 나의 두 세계가, 조만간 곧 합쳐지게 된다.

★역주. 블랙 플래그: 미국의 유명한 분무식 살충제.

Part 6:
BILLBOARD

빌보드

1984년 8월 26일

아버지가 작곡해 주신 새 음악을 채보하느라 전화기를 장시간 붙들고 있어야 했다. 좀 더 나은 음악 출력 루틴을 짜 보느라 데인과도 여러 시간 교류했다. 최종적으로는 기존에 만들어 둔 루틴을 유지하기로 했지만, 속도는 빨라졌다.

데모 모드는 이제 잘 돌아가고 있다.

에드가 찾아와서, 게임을 보여 줬다. 그는 공주에 꽤 매료된 것 같다.

이제 닷새 남았다.

1984년 8월 27일

로버트가 기분이 좋다. 코모도어64 버전에서 흰색 캐릭터의 자글자글함을 억제하기 위해 중간색으로 회색을 넣어 보기로 했는데, 덕분에 화면이 꽤 괜찮아졌다.

한편, 나는 미쳐 가는 중이다.

으아아아아악!!!

1984년 8월 28일

플레이 테스트에 들어갈 준비가 끝났다. 여전히 버그가 좀 남아 있다. 남아 있는 주요 작업:

● 표범 넣기

● 보스 그래픽의 마스킹 작업

● 음악 추가

진은 보스턴에서 무사히 돌아와, 그야말로 불길해 보이는 멋진 성 그래픽을 작업해 줬다. 드디어 성이 그럴싸해졌다. 아직 좀 다듬을 데가 남아 있긴 하지만.

저녁은 진 및 로버트와 함께 로스트 하우스에서 먹었다. 유머러스한 식당 주인은, 로스트 비프 샌드위치에서 그레이비 소스를 빼 달라는 내 주문을 받고는 오히려 그레이비를 조금이라도 좋으니 꼭 한 번 먹어 보라고 애원했다. 못 이기는 척 묵인해 주니, 그레이비 소스를 국자로 떠 빵에, 다음엔 감자에, 다음엔 고기에 요리 전체에 듬뿍듬뿍 부어 주는 바람에, 그레이비가 접시에 넘쳐흐를 정도였다. 내가 계산하려고 지갑을 꺼내자, 그는 결국 폭소하면서 다음에도 이렇게 먹어 보겠냐고 물었다. 난 고개를 젓고는 그레이비 소스에 흠뻑 젖은 샌드위치를 먹었다. 사실 꽤 맛있긴 했다.

오늘은 스무 명쯤 되는 사람들이 내 책상 주위에 모여 「카라테카」에 이런저런 의견을 주었다. 정말 흐뭇한 시간이었다. 모두의 반응으로 판단하건대, 이 게임은 히트할 것 같다.

이제 사흘 남았다.

아무래도 음악 쪽은 집에 돌아가서 아버지와 함께 작업해야 할 것 같다. 남은 사흘 동안에도 일이 많아서 계속 바쁠 거라, 전화를 붙들고 음악을 작업하기란 무리다.

내일의 목표: 표범 OR ((보스 마스킹) AND (나머지 일)).

1984년 8월 29일

오늘은 앨런에게 플레이 테스트 버전을 주었다. 그가 플레이하는 모습을 한동안 쭉 지켜보았다.

재미있는 광경이었다. 방안에 십대 소년들이 구부정한 자세로 앉아 엄청 지루한 듯이 비디오 게임을 즐기고 있는 가운데, 혼자서 하와이안 셔츠를 입고 머리 하나쯤 큰 체구로 앉아 있는 앨런이 흡사 여름 수련 캠프 선생님같아 보였다.

오늘은 자잘한 버그를 잔뜩 찾아냈다. 내일은 꼭 표범을 넣자.

로버트, 더그, 에드와 피자를 먹었다. 더그는 마이크로 컴퓨터 산업을 "폭로"하는 책이라는 〈해커, 광기의 랩소디 Hackers〉★의 사전 검토본을 읽어 보는 중이었다. 그가 읽던 부

★역주. 국내에도 여러 차례 출간된 책으로써, 브로더번드 사와 더그 칼스턴에 대해서도 약간 다루고 있다.

분은, 켄 윌리엄즈가 자기 회사의 프로그래머 한 명에게 총각 딱지를 떼어 주겠다고 온갖 수단 방법을 쓰는 내용이었다. 정말 웃겼다.

이제 작업 일수는 이틀 남았다. 토요일 밤 10시 비행기를 탈 예정이다.

1984년 8월 30일

보스 마스킹 작업은 끝냈다. 대신 고양잇과 맹수는 포기했다.

여러 사람들에게, 아무래도 표범은 못 넣게 될 것 같다고 말해 두었다. 다들 이러더라. "오 안 돼, 그 표범 멋있었는데!"

결국은 그들 의견이 옳다고 결론을 내렸다. 로버트가 말했듯, 표범을 넣느냐 마느냐는 게임이 평범해지느냐 깊이 있어지느냐를 나누는 경계점이다. 다만, 그걸 넣으려면 내가 골치아파진다는 게 문제다. 대학교로 돌아가고 나서나 넣어 봐야겠다. 으악!

이쯤에서 게임을 마무리 짓지 못하리라는 것을, 오늘에야 비로소 깨달은 느낌이다.

점심은 백 앨리에서 리처드 휘태커, 로버트, 켄, 빌 홀트와 함께 먹었다. 빌은 가벼운 농담을 계속 던지며 우리를 웃겨 주었다. 나는 빌이 정말 좋다. 내 유머감각을 끌어내 주고, 내 기분을 항상 좋게 만들려 노력해 주는 사람이다. 오늘은 올 여름 중 처음으로 비가 왔다.

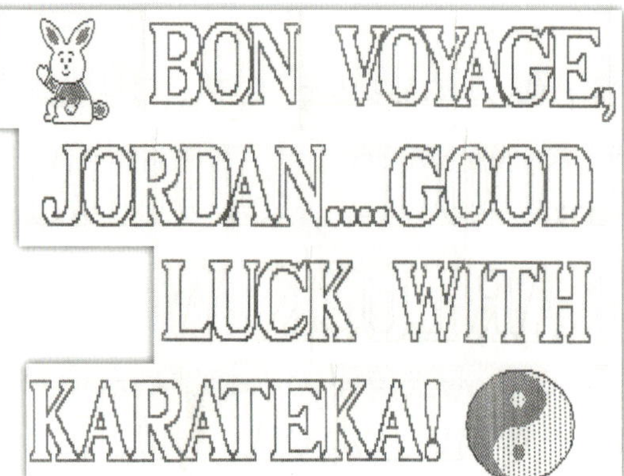

1984년 8월 31일

브로더번드 사에서의 마지막 날. 〈프린트 샵〉으로 뽑은 "다시 봐요, 조던. 「카라테카」에도 행운을!" 이라는 종이 현수막을 들고서, 모두가 '생일 축하합니다' 노래를 불러 주었다. 우리는 샴페인을 터뜨렸고, 나는 서부 지역에 도착해 알게 된 거의 모든 사람들 앞에서 한 시간 동안 작별 인사를 나눴다. 브로더번드 사람들은 크리스마스 때 또 찾아오라고 말해 주었다.

모두 좋은 사람들이다. 떠나고 나면 참 그리울 거다.

게임은 딱 표범, 음악, 그리고 타이틀 화면만 없고 모두 제대로 돌아간다. 나쁘지 않다.

여름이 벌써 끝났다니, 믿기지 않는다.

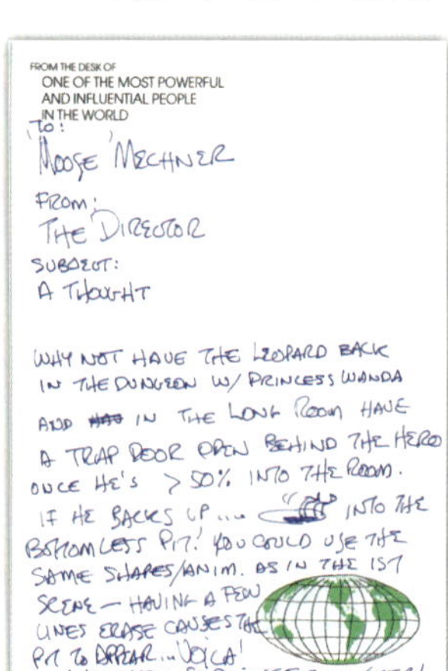

1984년 9월 3일

[채퍼콰] 아침에 뉴헤이븐행 기차를 타기로 해 놓고 쨘 사람이 하나 있다. 맞춰 보시라.

오늘은 성과가 꽤 있었다. 게임에 보스, 주인공, 공주, 그리고 죽음의 테마곡이 드디어 들어갔고, 썩 괜찮게 나온다. 음악 루틴을 다시 짜고 게임에 적용시켜, 4옥타브 범위의 음계 값을 제대로 세팅했다.

학교에서 수속을 밟아야 하니, 내일은 꼭 가야 한다.

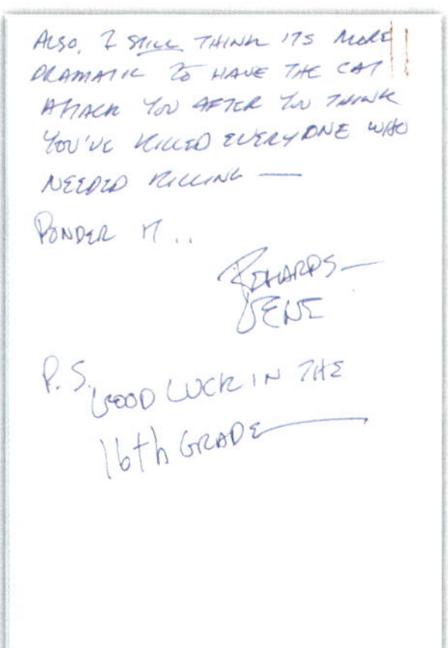

1984년 9월 4일

[뉴헤이븐] 세상에, 대학교로 돌아오니 기분이 좋다. 사는 세상이 이리도 쉽게 바뀔 수 있다는 게 언제나 놀라울 따름이다. 강의, 영화, 저녁 식사, 기타 대학생활의 온갖 소소한 즐거움도 정말 기대가 된다.

아 맞아, 이제는 졸업반이다. (와장창!)

1984년 9월 9일

[채퍼콰] 아버지와 함께, 드디어 음악을 완성했다. 정말 마음에 든다. 아버지는 무한으로 연주되는 근사한 바흐 풍 에필로그 곡도 써주셨다. 다음 며칠간은 이 새 음악들을 게임에 집어넣는 데 써야겠다.

로렌에게, 애석하게도 표범은 결국 못 들어갈 운명에 처했다는 소식을 전해 주었다.

사촌인 낸시의 결혼식에 참석하기 위해, 주말에 잠깐 가족과 합류했을 때의 사진.

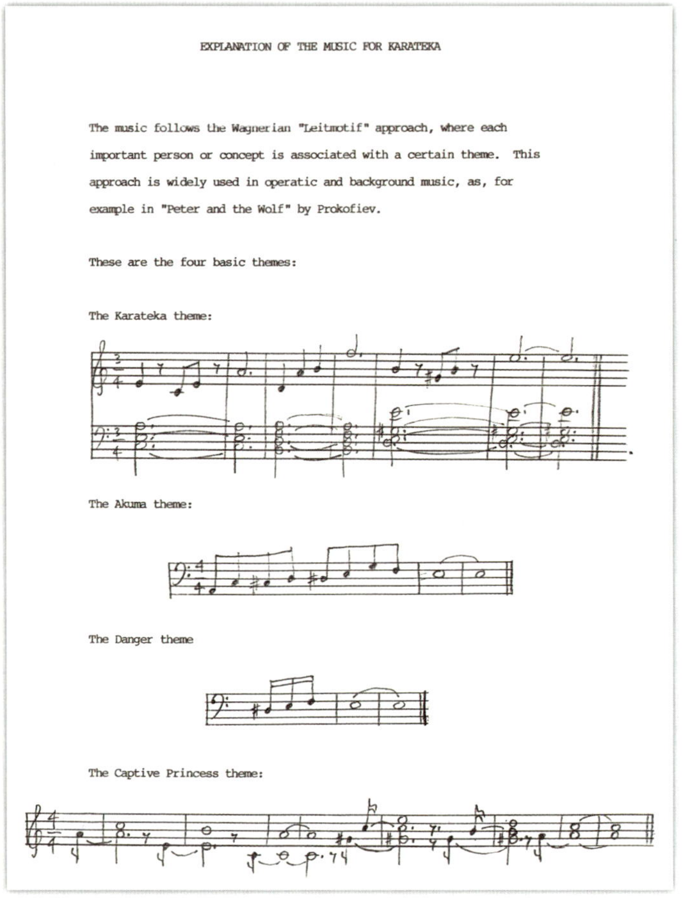

1984년 9월 12일

요크 스퀘어 극장에서 '폴 버호벤 감독의' 〈포스맨 The Fourth Man〉을 봤다. 정말 마음에 들었다. 부인할 수 없을 만큼 어마어마한 느낌을 주는 영화다. 나도 가톨릭 신자였으면 좋겠다 싶은 생각까지 했을 정도다.

광고 대행사가 만든 새 문구 안을 우편으로 받았다. 바로 로렌에게 전화를 걸어, 극도의 불만을 표출했다. "왜 최종안을 굳이 그쪽 회사 것으로 해야 하죠? 우리가 만든 게 더 나은데?” 그의 답변은 결국 그거였다. “정치적 결론이지.”

로렌도 내게 동감했다. 그 역시 바로 반발했고, 그들의 안에 대한 내 평가에 동의하며, 그 대행사 및 그 대행사에게 우선권을 주는 브로더번드에 화가 난 상태이고, 내게 한바탕 싸워 보라고 격려해 주었다. 꽤 든든한 아군을 얻은 기분이다.

아무래도 그 망할 표범 아이디어를 괜히 언급했던 것 같다. 결과적으로 모두를 실망시킨 꼴이 돼 버렸다. 으그극.

아메리칸 익스프레스 카드의 발급신청서를 작성했다.

```
BRODERBUND SOFTWARE
Karateka Box Copy
Job #20066
Rev.4 9/07/84

ACTION / STRATEGY

KARATEKA
by Jordan Mechner

* Suspenseful, movie-like story
* Smoothly animated characters
* Scrolling backgrounds
* Realistic karate fighting

        Returning to your homeland, after years of apprenticeship
to a Master of Karate, you find not celebration but
devastation: your village burned, your people scattered, your
bride-to-be spirited away and held captive by the conquering
warlord Akuma.

        Outraged and betrayed, you know only one thing: you must
avenge your village and rescue your beloved Princess Mariko.
Your mastery of Karate will serve you well in your quest.  But
though your path will be just, do not think it will be easy.

        Journey to the Palace of the Leopard, Akuma's mountain
fortress, where the beautiful Princess Mariko is imprisoned.
You must outfight Akuma's mightiest warriors, one by one.  With
each victory, the challenge will grow ever greater.  Be mindful
of other dangers as you battle the warriors and be not deterred
from the true path.  Fight on, to the very inner chambers of
the palace, where, to rescue Mariko you must engage the cruel
Akuma himself in hand-to-hand combat.

        Beware of that which lurks in the shadows.  Put fear and
self-concern behind you.  Focus your will on your objective,
accepting death as a possibility, and do what you have chosen
to do: This is the Way of the Karateka.

For more information about Broderbund and our products, write
to us at: 17 Paul Drive, San Rafael, California 94903.

c 1984 Broderbund Software, Inc.
```

```
                    Broderbund Software


September 7, 1984

Sir Jordon Mechner
2018 Yale Station
New Haven, CT  06524

Dear Jordon:

Here, at last, is what I hope is final box copy for Karateka.
I have refined it at least twice (since the copy we rejected
before you left) and Gene and Richard have also made minor
changes.  I am quite happy with it (though the path may be
"just," at least it is not "Just and True.")  We are still
talking about a leopard, while in your final days here, I could
have sworn you were talking about a panther.  Which is correct
considering the geographic location and date?  Leopard sounds
better as I am afraid that most Americans, when they hear
panther, think of panther as in Pink.  Please give me a call to
let me know what you think of this copy.

David told me only moments ago that the new art should be here
on Monday.  If it looks like I think it will please you I will
send a copy of it to you right away.

Gene has added his two cents worth; his separate note is also
enclosed.

Enclosed, too, is a testing report.   We can talk about it when
you call.  Which I hope you will do soon.

I hope things are going terrific for you as you begin your
final year.

Best regards,

Loren Cronk

P.S.  How dare you leave me a bad phone number?


BRODERBUND SOFTWARE, INC., 17 PAUL DRIVE, SAN RAFAEL, CALIFORNIA 94903, TELEPHONE (415) 479-1170
```

1984년 9월 14일

오늘은 동부 사람들이 늘상 불평하곤 하는 갑갑한 회색빛 하늘의 울적한 날씨였다. 덥고 후덥지근하고, 비도 왔다.

아, 그러고 보니 어제는 로저의 아내이고 컴퓨티치 사의 임시 대표자인 다이앤 생크 씨와 대화했다. 짐이 회사를 떠났고, 「ABsCenes」가 학부모 선정 우수상을 수상했다는 등등의 얘기였다. 꿀맛이다.

1984년 9월 16일

케빈, 로버트, 버크 (빌저), 에밀리와 함께 쇼케이스 극장에서 열리는 〈아마데우스〉 갈라 프리미어 공연을 보러 갔다. 우리는 애매한 상태(입장료는 $100이지만, 예일 대 학생은 무료)를 한 시간쯤 견뎌 내야 했지만, 끝내 좋은 좌석을 따냈다.

1984년 9월 19일

페덱스로 박스 전면 아트웍 디자인의 초안 2종이 도착했다. 좋아 보인다. 안심도 되고, 기쁘기도 하다. 로렌에게 전화했는데, 내가 만족했다니 그도 안심되고 기쁘다고 해주었다.

아직 중요한 문제가 하나 남아 있다. 박스 뒷면의 선전 문구다. 출시일은 10월 22일로 밀렸다.

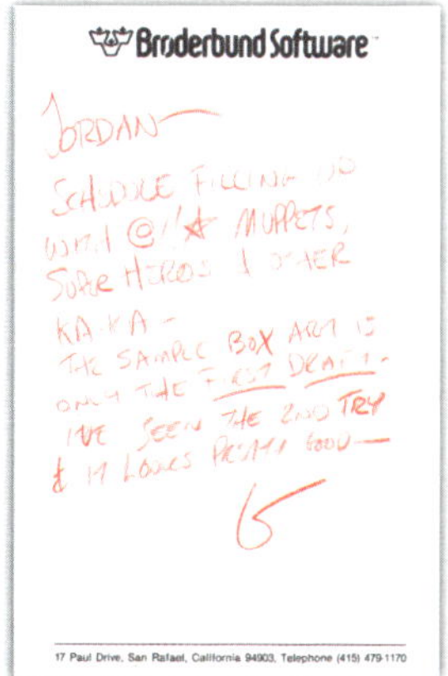

1984년 9월 20일

전화통을 붙잡고 로렌과 함께 박스 문구를 어떻게 할지 골몰했다. 마침내 완성한 시안은, 신기하게도 내가 맨 처음 써 냈던 시안과 꽤 흡사했다. 그럼 이제까지의 그 난리는 뭐였던 거지?

아버지가 뉴욕 시의 컴퓨터랜드에서 「카라테카」에 대해 물어보셨다고 한다. 직원이 그랬다더라. "오, 「카라테카」 말이죠! 다음주에 들어옵니다. 대단한 게임이래요!" 판매원 연수 때 그렇게 말하라고 가르쳐 주나 보다.

1984년 9월 24일

큼직한 빨간색 리브라Libra 서체로 "Karateka"라는 타이틀 로고를 넣었다.

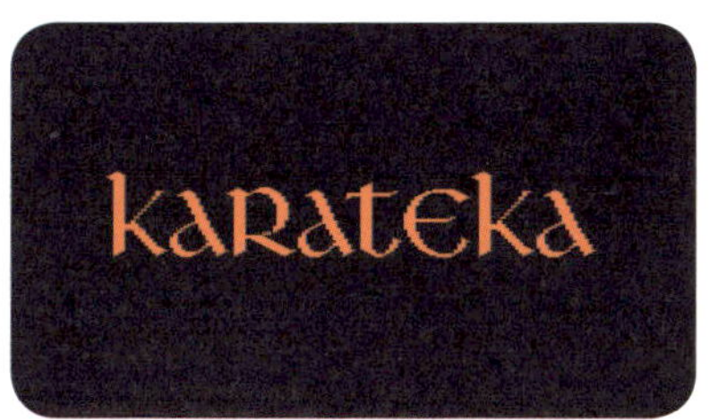

1984년 9월 25일

로버트와 대화를 나눴다. 그는 「카라테카」 이식판을 준비해 코모도어에서 돌려 보았다. 버그가 좀 있지만, 어쨌든 돌아간다. 와우. 진짜다.

로렌과 통화했다. 코모도어 두 대가 배송 중이라고 한다. 하나는 내게로, 하나는 아버지에게로.

1984년 9월 29일

시간을 좀 들여 내 내면을 분석해 봤다. 나는 은둔형은 아니다. 물론 홀로 있을 때 외롭고 우울해지기는 한다. 난 사람들과 함께 있는 게 좋으니까.

버크, 그리고 그의 여동생인 안드레아와 친구가 되었다. 재미있게도, 버크가 나를 주목하는 데 한몫 단단히 한 게 「카라테카」인 것 같다. 내 게임이 실제로 내 사회적 자산이 되고 있는 거다.

벤과 함께 「브레이크아웃」을 즐겼다. 여전히 내게는 지금까지 접한 컴퓨터 게임 중 최고의 작품이다.

1984년 10월 1일

「카라테카」를 완성하고, 페덱스로 보냈다. 휴우! 이제 내 삶에 큼직한 공백이 생겼다. 앞으로 이게 뭘로 채워질까? 학업이겠지, 아마도.

1984년 10월 3일

오늘 하루의 대부분을, 전화통을 붙잡고 페덱스 쪽과 택배 추적 문의를 하면서 보냈다. 알고 보니, 페덱스가 파업한 탓에 택배 발송함에서 물건을 가져가지 않은 상태였다. 내 잘못이다. 거기까지 고려해야 했는데. 파업한 담당자 대신 내일 아침에 가져가도록 하겠다는 회답을 받았다. 그럼 아마 금요일이면 브로더번드에 도착할 거다.

아메리칸 익스프레스는 내게 소득이 있는 지가 확인이 안 된다는 이유로 신용카드 발급 신청을 거절했다.

1984년 10월 4일

전화기를 붙들고 페덱스와 씨름하느라 하루를 또 보냈다. 내 소포는 아직도 발송함에 남아 있다. 말도 안 되고 황당할 따름이다. 그냥 소포를 다시 만들어서 우편으로 보내야겠다.

1984년 10월 5일

[채퍼콰] 코모도어판에 넣을 음악을 만들고 있다. 지금으로서는 끔찍한 수준이다.

가족들과 함께 피아노 주변에 둘러앉아 슈베르트 가곡을

Broderbund Software

October 2, 1984

Sir Jordon Mechner
Calhoun College
189 Elm Street
New Haven, CT 06520

Dear Jordon:

Here, at last, is a copy of the Music Shop and rough notes that may help you and your father understand how it is used. Your father should be receiving this same package, even as you read this.

My apologies for the delay in getting you the Commodore. I trust that you have now received it, and that it is in good condition. If not, give me a call immediately.

As you know, we are short on time for getting the music for the Commodore version done. While Broderbund must be held accountable for the delays, I hope that you can help us out as we rush to get this version in the stores by the holiday season. I hope that the Music Shop helps you out. As you will find, it is not yet near final. Cricket says that, to her surprise, this version does not seem to either save or print. This is not good, but the best we can do for you at this time.

I spoke with Robert today, and had a chance to view his progress. The first level is almost done and is looking pretty good. I am anxious to see your latest version, which I expect will arrive tomorrow.

Best regards,

Loren Cronk

P.S. No sign of documentation. I hope that I recieve it, too, tomorrow.

BRODERBUND SOFTWARE, INC. 17 PAUL DRIVE. SAN RAFAEL, CALIFORNIA 94903. TELEPHONE (415) 479-1170

브로더번드가 〈뮤직 샵〉 관련으로 보낸 편지

불렀다. 에밀리는 멋진 가수로 변모했다.

1984년 10월 6일

돈 윌리엄스의 〈뮤직 샵〉The Music Shop
(브로더번드 소프트웨어, 1984)

로렌은 음악에 "음이 너무 많다"라고 했다. 〈아마데우스〉에서 뽑아 온 것처럼 말이다. 로버트는 마음에 들었다고 말했다. 아무래도 여기서 많이 손댈 것 같지는 않다.

1984년 10월 16일

로렌은 음악이 아무래도 튀는 느낌이라고 강하게 어필하고 있다. 진심으로 연주되는 음이 너무 많다고 보는 거다.

이런!「카라테카」는 월요일에 발송됐을 거다. 그런데… 뭔가 좀 수상쩍은 느낌이다. 난 아직 최종 버전을 보내 주지 않은 상태다. 그리고 박스의 커버 아트나 레이아웃 같은 건 아직 전혀 받아보지 못했다. 복사 방지 장치는 어떻게 하겠다든지 같은 말도 듣지 못했다. 플레이 테스트에서 어떤 버그가 나왔다는 말이나 피드백조차도 받지 못했다. 뭔가 이상하다.

1984년 10월 17일

로렌 말로는, 박스가 수요일까지는 인쇄될 거라고 한다.

좀 더 캐물었더니, 샘플이 다음 주 월요일에 발송되지 않는다는 의미임을 결국 인정했다. 그는 고집불통 데이비드 K.에게서 박스 아트의 사본을 빼내 내게 보내 주려고 노력 중이라고 했다. 현재는 복사 방지 장치 쪽에서 진행이 멈춰 있는 듯했다. 롤런드가 지금은 〈대즐 드로우Dazzle Draw〉★에 붙잡혀있기 때문이다.

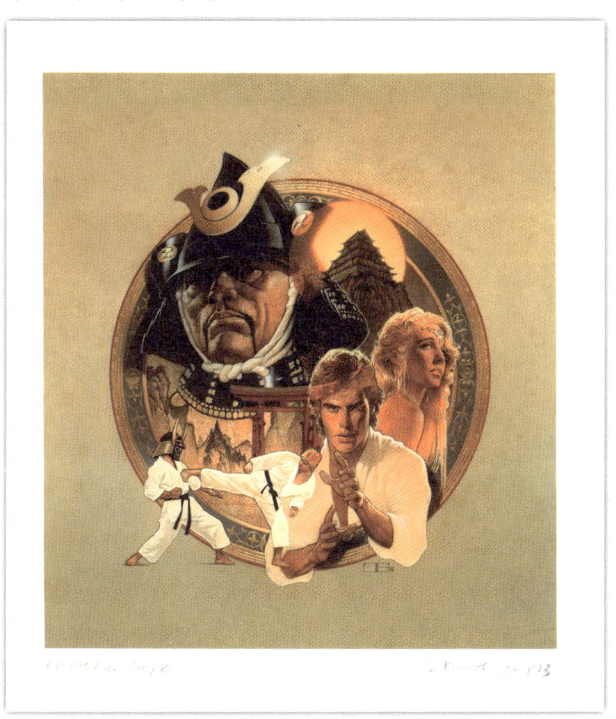

October 18, 1984

로렌, 리처드, 에드, 로버트까지 전원이 코모도어판 음악을 마음에 들어 했다. 덕분에 아버지도 기뻐하셨고, 나도 기쁘다—자칫 또 분쟁이 일어날까 염려했으니까. 이제 남은 문제는, 로버트가 마감일까지 코모도어판을 완성해 내느냐

★역주. 대즐 드로우: 1984년 브로더번드가 발매한 애플Ⅱe 전용 그래픽 툴.

일 뿐이다.

아버지와 의논한 후, 애플판의 음악을 고쳤다. 전반적으로 코드를 단순화하고, 아르페지오를 짧게 치고, 리듬을 빠르게 했다. 그 결과, 전체적인 음 수가 줄었다.

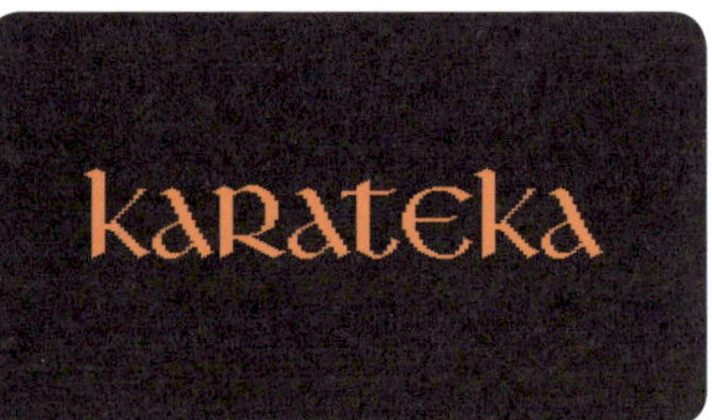

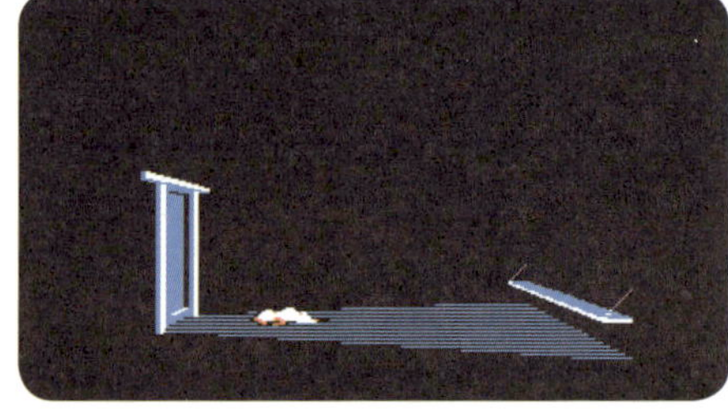

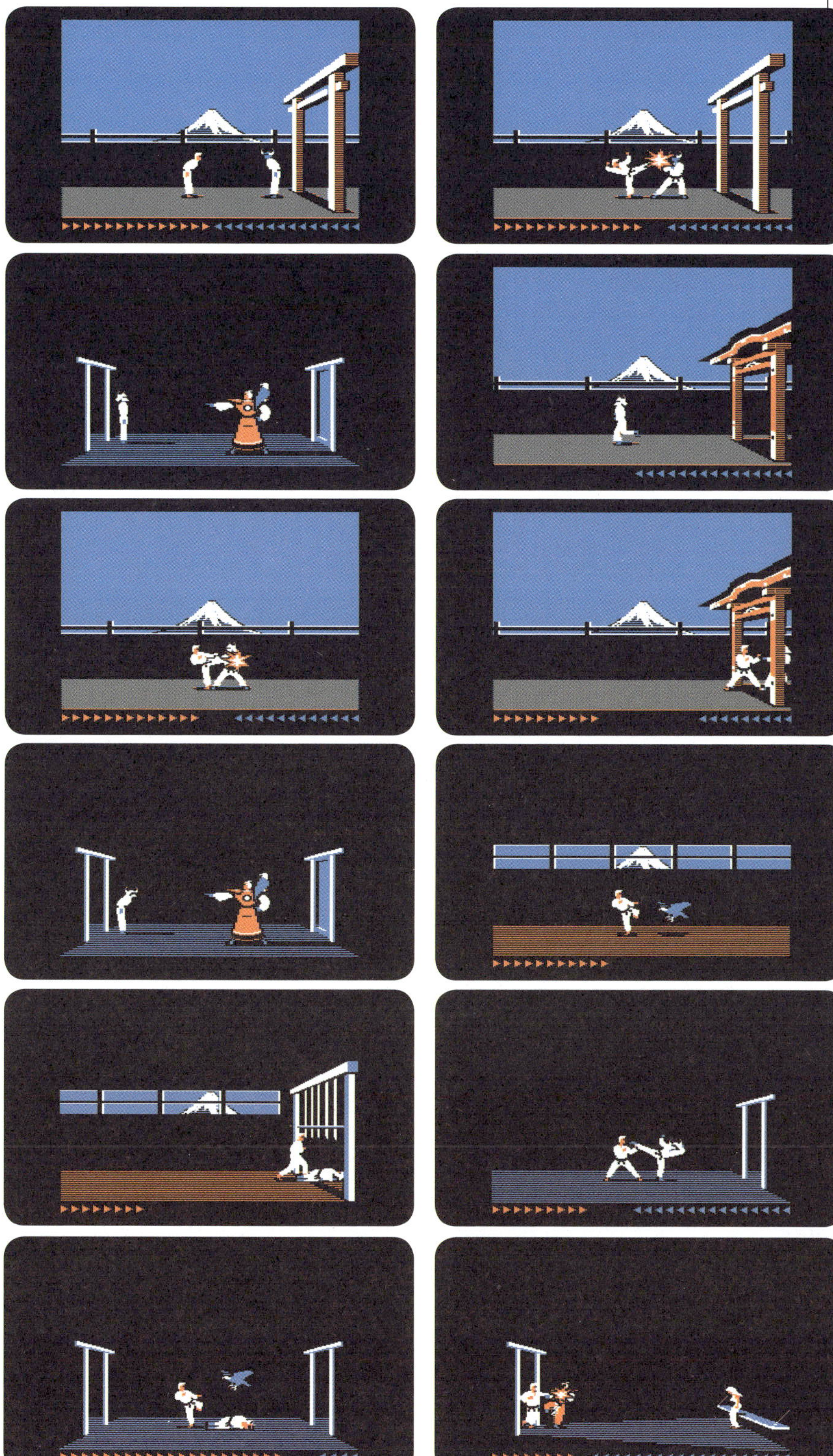

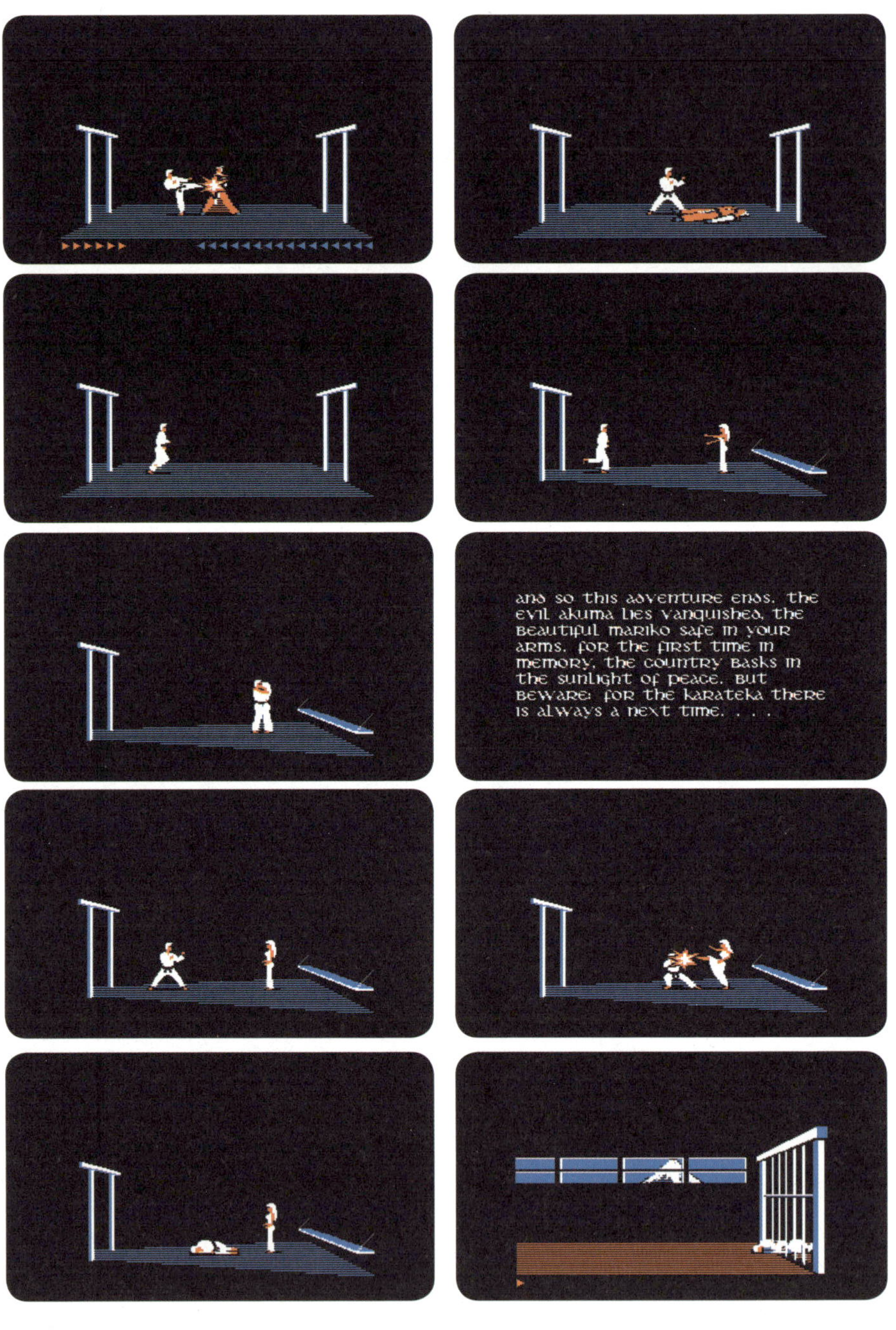
and so this adventure ends. the
evil akuma lies vanquished, the
beautiful mariko safe in your
arms. for the first time in
memory, the country basks in
the sunlight of peace. but
beware: for the karateka there
is always a next time. . . .

지금 막 개선이 완료된 따끈따끈한 최종-최종 버전의 복사본을 만들어 냈다. 이 디스켓의 내용은, 미국 전역의 수많은 크리스마스 트리 아래 깔릴 제품들의 원본이 될 거다. 아자!

내 머릿속에 「카라테카」의 아이디어가 처음 떠오른 지 2년 하고도 2천 시간이 지나, 완성된 결과물 디스켓이 지금 내 컴퓨터의 1번 드라이브 안에 들어있다.

생소한 기분이다. 게임을 플레이하고 있노라니, 문득 이 게임을 나 아닌 다른 누군가가 짠 것처럼 느껴진다.

1984년 10월 20일

롤런드가 어제 내가 보낸 디스켓을 무사히 받았을 뿐만 아니라, 벌써 **복사 방지 장치**까지 다 걸었다고 한다. 놀랍다. 이제 정말로 다 끝났다. 그의 말로는 부팅이 6초면 끝난다고 한다. 완성품을 하나 복사해 보내 주겠다고 했다.

지금 나는 **정말로** 기분이 즐겁다. 내가 그린 그림이 액자에 걸린 걸 감상하는, 혹은 내가 쓴 책의 가제본을

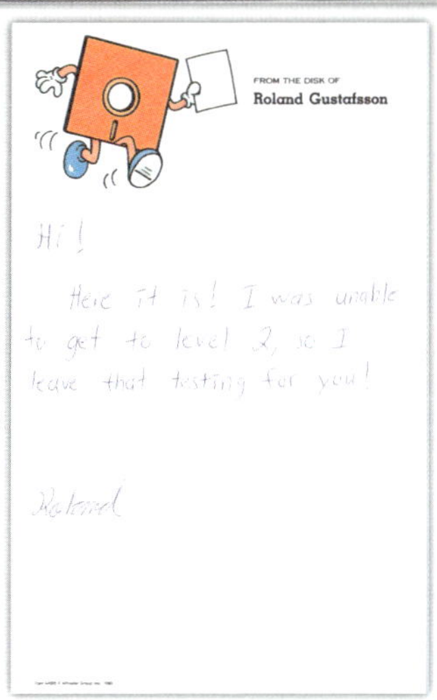

복사 방지 장치가 걸린 최종-최종 버전 디스크와 롤런드의 메모.▶

읽어 보는 기분이다. 드디어 '개발 중'이 아니라 '완성품'이 된 것이다.

다음주가 끝날 때쯤엔, 패키지 박스에 담겨 비닐로 포장된 애플판 「카라테카」가 내 손에 들려 있으리라.

1984년 12월 6일

「카라테카」의 사전 프리뷰판★이 우편으로 도착했다. 드디어 세상에 나왔다. 공식적으로 출시된 것이다.

1984년 12월 10일

HRM소프트웨어 사(컴퓨티치 사로부터

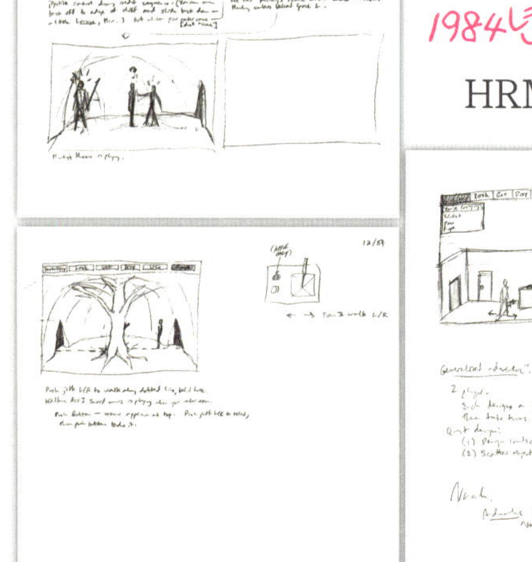

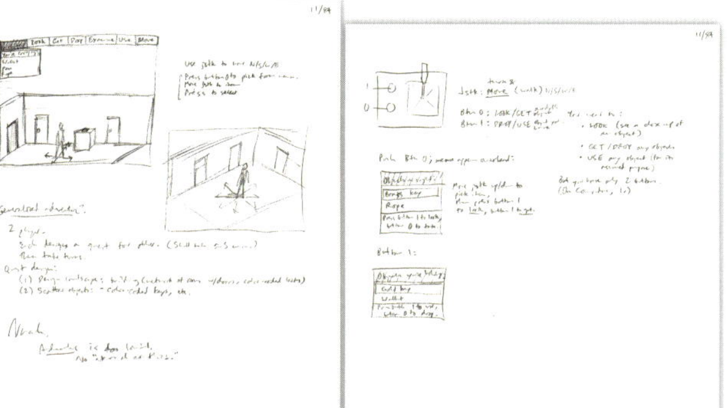

나중에 만들어 보려던 게임의 아이디어를 당시 정리했던 노트 내용. 바그너의 〈니벨룽의 반지〉에 기반한 애니메이션 어드벤처 등등이었습니다.

★역주. 원문은 sneak preview. 실제 출시일 이전에 접할 수 있도록 원작자와 리뷰어, 관계자, VIP 등에게 사전 발송해 주는 패키지.

「ABsCenes」의 판권을 사간 회사)의 프랭크 셔우드 씨가, 「카라테카」를 발견했다고 내게 알려 주었다. 브로더번드판이 아니라, 지난 3월 내가 컴퓨티치 사에 가져가 보여 줬던 버전이었다. 아마도 그때 누가 복사해 가서 사내에 퍼뜨린 거겠지. 환멸스러울 따름이다. 찾아낸 사본을 전부 파기해 달라고 부탁했다.

「닥터 크립의 성」을 새벽 4시까지 플레이했다.

1984년 12월 13일

아버지와 데이비드가 뉴욕의 한 컴퓨터 샵에 들어가 「카라테카」가 있는지 물었는데, 품절이라고 했다. 직원 말로는, 물건만 충분히 들어왔다면 더 많이 팔렸을 거란다. "「카라테카」와 〈프린트 샵〉 두 제품이 특히 잘 나가네요."

도저히 믿을 수가 없다.

내가 2년을 바쳐 만든 게임을, 기꺼이 돈을 내고 사 주는 사람들이 정말로 있다니. 내가 얼굴도 모르고 만난 적도 없는 사람들이, 내 게임을 즐겨 주고 있다.

뭐랄까, 괴물을 하나 창조해 낸 듯한 느낌이다.

소프트웨어 시티의 프랭크도 내 게임을 좋아해 주었다. 처음엔 2장만 발주했는데, 다음 발주는 20장으로 늘렸다고 한다.

1984년 12월 24일

[채퍼콰] 소프트웨어 시티에 들렀더니, 프랭크와 주변인

들이 "새로운 슈퍼스타"라며 반갑게 맞이해 주었다. 선배에게 「카라테카」와 함께 선물할 용도로 조이스틱 하나를 샀다.

1985년 1월 2일

에드와 통화했다. 좋은 소식은 아니었다. 「카라테카」의 초동 판매량이 부진하다고 한다. 아직 희망은 있다. 「차플리프터」도 「로드 러너」도 처음엔 움직임이 저조했으니까.

로버트는 코모도어판이 **거의** 완료됐다고 전해 주었다.

에드에게는 다음 게임도 만들어보려고 한다고 말해 주었다. 아무래도 마뜩찮아 하는 느낌이었지만, 아직까진 애플이 가장 개발하기 좋은 컴퓨터라는 점만큼은 수긍해 주었다. 애플, IBM, 그리고 맥 중에서 말이다.

1985년 1월 6일

소프트웨어 시티의 프랭크가 전화로, 「카라테카」가 퍼스트 쪽의 판매순위에선 1위이지만 소프트셀 쪽 판매순위 차트엔 아직 없었다고 알려주었다. 이건 기대해 볼 만하다. 소프트셀이 전체 소프트웨어 판매의 50% 정도를 차지하니, 그쪽에서 판매가 아직 시작되지 않았다면 초동이 부진한 것도 당연하니까 말이다.

1985년 1월 11일

타케즈시에서 아버지와 저녁 식사를 하고, 그랜드 센트

럴까지 함께 걸었다.

다음에 뭘 할지 생각해 보자.

1. 졸업

2. 영화 각본 써보기

3. 새 게임 개발 시작

괜찮은데?

1985년 1월 14일

YMCSC를 통해 뚱보 맥(512K RAM)★을 주문했다. 내가 여태껏 충동적으로 질러본 것 중 가장 비싸다. 무려 $1,960.

브로더번드 사로부터 첫 로열티 명세서가 도착했다. 11월 판매량은 딱 한 장, 매출액은 $34.95였다. 12월은 판매가 잘되었으면 좋겠다.

각본의 트리트먼트를 써보기 시작했다.

1985년 1월 18일

아침에 심리학과 전공 상담역인 빌 케센 씨를 만났다. (그를 불러 내게 아직 지도교수가 없다고 말했더니, '진지하게' 이러더라. "세상에나.") 그로부터 존 블랙 교수님을 소개 받아서 전화해 보았고, 월요일에 상담하기로 약속을 잡았다.

나는 교직원들을 대하기 꽤나 껄끄러워하는 편이다. 그들에게 내가 건방진 녀석이나 공부벌레 같은 모습으로 보이지나 않을까 싶은 느낌이 항상 들기 때문이다.

★역주: 매킨토시 512K 모델의 별명. 기존 128K 모델에 비해 RAM이 대폭 늘어나, 'Fat Mac'이라는 별명으로 널리 불렸다.

1985년 1월 20일

조지와 저녁을 먹었다. 우리는 만날 때마다 항상 서로가 영화 업계에서 성공하기를 빌며 격려해 주곤 한다.

조지: "컴퓨터 게임 업계라는 의지할 곳이 생겼으니 잘 됐네."

나: "너도 영화 감독이라는 목표가 뚜렷한 녀석이니 잘 될 거야. 아마 몇 년 내로 정말 감독의 꿈을 이룰 수 있을걸."

조지: "에에? 나보다 네가 먼저 뜨게 될 것 같은데."

KARATEKA (★ ★ ★ ★ / ★ ★ ★ ½) is scripted like a movie and opens with an establishing shot, the banishment of the Princess Mariko into a dungeon in the fortress of the warlord, Akuma. She falls to the floor in a faint, and the game begins with a brief demonstration of a karate fight between one of Akuma's men and the young Karateka who means to rescue his bride-to-be from the warlord. You play the role of the Karateka, fighting a series of successively meaner emissaries from the warlord with your arsenal of karate kicks and punches. To rescue Mariko, you must finally fight Akuma himself. You are able to aim your punches or kicks high, low, or toward the mid-section of each opponent. Each fighter can take a limited number of hits, and you can keep track of your relative progress by watching the number of arrows on the screen beneath each fighter. When your Karateka's arrow count gets dangerously low, it's time to let him retreat at least a little to recover. However, if his opponent's arrow count dwindles, the time is right for your Karateka to deliver the killing blow. No matter which fighter delivers the final blow, you'll hear a scream that was transferred to disk from a recording of an actual black belt fighter.

Breaks New Graphic Ground

KARATEKA breaks new graphic ground in a game for the Apple II series of computers. The visuals are absolutely breathtaking—brilliantly colorful and beautifully animated. Sound effects and music are equally good. Blending all this graphic beauty with authentic karate moves and a real story line makes for a very unusual game. Of course it will appeal to martial arts fans, and they will appreciate the subtlety of some of the sequences better than those who know little of karate. Even for players without a knowledge of karate, however, it's an enjoyable game to play, full of animated vignettes that further the story line and quite a few surprises. (Just wait 'til you encounter the spiked gate within the fortress!) However, we must ask one question: Why are the Karateka and his princess portrayed as blondes when this story is so obviously set in Japan? It's a jarring element in an otherwise beautifully conceived game. We can only assume it was done for reasons of color contrast because the designers wanted to use a black background. (Solo play; Joystick or Keyboard; Pause; 48K disk for Apple II + /IIe/IIc.) (Coming soon for C-64.)
Recommended. (MSR $34.95)

카라테카의 긍정적인 리뷰 기사.

1985년 1월 23일

월 판매량이 1,000장 언저리까지 올라간 것 같다. 그럼 1년이면 대충 $30,000 매출이 나온다는 얘기다. 이 정도의 소득이 보장된다면 앞으로 1~2년 정도는 생활이 좀 편해질 수 있겠다.

(다만… 더그 스미스와 대니 골린은 **한 달에** $30,000을 벌지만 말이지.)

아, 맞아. 드디어 리뷰 기사가 곧 나올 것 같다. 캐시가 전화로 멋진 긍정적 리뷰 기사 하나를 읽어 주었다. 이게 조금이나마 좋은 반향을 만들어 낼 수도 있겠다.

한편, 〈프린트 샵〉은 꽤 잘 나가는 중이다. 어쩌면 순수한 게임은 점점 인기가 없어질 지도 모르겠다. 세상은 사람들이 직접 뭔가를 **만드는** 프로그램 쪽을 선호하는 걸까.

1985년 1월 24일

내가 산 맥이 도착했다.

끝내준다. 새 컴퓨터를 생기니, 밤낮없이 빠져드는 중이다. 얼마나 편리한 기능들이 많은지, 여기 굳이 일일이 다 쓰지는 않겠다. 내 새로운 전자기기 친구다.

정말 즐겁다. 새 컴퓨터를 들이고, 사용법을 낱낱이 익히고, 하루가 끝나기만 고대하다 곧바로 집에 들어와 컴퓨터를 끼고 논다는 것이. 내가 너무 오랫동안 삶에 낙이 없었구나.

1985년 2월 5일

로버트가 페덱스로 코모도어판 「카라테카」를 보내 주었다. 음악은 빠져 있고 소소한 버그도 잔뜩 있었지만, 꽤 괜찮아 보인다.

우편으로 〈뮤직 샵〉도 받았다. 「카라테카」의 음악을 만들 때도 이게 있었더라면 좋았을 텐데. 8종의 프리셋, 중도 편집 기능, 비브라토, 더 넓어진 음역. 휴우.

1985년 2월 8일

케빈 및 조지와 함께 쇼케이스 극장에 갔다. 〈위트니스 Witness〉(훌륭했다. 으스스하고 긴장감 넘치고, 그저 멋질 뿐이었다)와 〈위험한 장난 Falcon and the Snowman〉(역시 좋았다. 특이하고도 일면 코믹했다. 달튼 리 역의 숀 펜은 놀라웠다. 어쩐지 더그 스미스와 대니 골린 둘을 연상시키는 면이 있었다)을 봤다. 이후엔 모두 마이크 잘츠먼의 방에 가서 제프 클리먼과 데이비드 키펜을 불러내 극장판 〈상식 겨루기 Trivial Pursuit〉★를 즐겼다.

1985년 2월 12일

벤에게 내가 쓰려는 영화 각본의 아이디어를 들려 주었다.

벤이 말했다. "아무래도 영화를 엄청 많이 봤나 보네. 한 육칠백 편쯤?"

1985년 2월 25일

예일 대에서 지낼 시간이 이제 3개월도 채 안 남았다.

아버지가 전화로 〈마이크로타임즈〉 잡지에 실린 「카라테카」의 리뷰 기사를 읽어 주셨다. 조던 로젠버그 씨가 아버지에게 보내 주었다고 한다.

1월에는 1,500장이 출하되었다. 대충 계산해 보니, 올해는 최소한 $50,000의 수입을 기대해 볼 수 있겠다. **끝내주는데!** 갑자기 돈이 엄청 많아지려고 해!

이제 진지하게, 다음 게임 아이디어를 제대로 짜내 봐야

★역주 : 미국의 인기 퀴즈식 보드 게임 〈Trivial Pursuit〉의 영화 퀴즈판. 1983년 출시.

겠다. 중세 배경으로 해볼까?

오늘은 브로더번드 사에 대해 여러모로 생각해봤다. 졸업하고 나면 이런 나날을 보내보고 싶다는 생각이 강하게 든다. 애플 컴퓨터의 키보드를 치며, 내가 가장 잘 하는 일을 하면서, 브로더번드 사와 어떤 형태로든 함께 잘 지내보는 나날을.

동시에 매킨토시의 키보드로는 영화 각본도 한두 개쯤 써보면서 말이지.

1985년 2월 26일

데이비드 포그가 저녁 식사 자리에 끼었다. 그는 내가 뚱보 맥을 갖고 있다는 걸 알고는 꽤나 흥분했다. 그가 방에 찾아와서, 내 맥을 보여 줬다(「카라테카」도 보여 줬다. 꽤 감탄하더라). 다음엔 내가 그의 방으로 찾아갔고, 디스켓 3장을 복사해 왔다. 〈폰트 1Fonts 1〉, 〈스무스토커SmoothTalker〉, 〈뮤직웍스MusicWorks〉.

복사해 온 프로그램 덕에, 톰이 펄쩍 뛰는 모습을 봤다. 그가 들어오자마자 낮은 컴퓨터로 합성한 음성을 출력시켰기 때문이다. "안녕, 토머스. 게임 한 판 할까?" 하지만 이런 참신한 장난도 금방 시들해졌다.

1985년 3월 20일

보자. 청소년기를 벗어나 성인으로 넘어가는 과정에서, 난 벌써 몇 가지 기준점을 통과해 냈다. 일단 재정적 독립은 성공. 대학 졸업도 확정. 쌓은 경력도 충분.

반면 아직 통과하지 못한 기준점도 많다. 일단 운전면허가 없다. 여자친구도 없다. 그리고 아직도 부모님 집에 얹혀 살고 있다.

졸업 후의 미래에 관해 내가 상상하는 다양한 시나리오들에는 공통점이 하나 있다. 하나같이 용기가 부족하고, 과감하지도 않다는 거다.

● 영화 각본을 직접 써 본다: 하지만 게임 개발을 차마 포기하진 못한다.

● 캘리포니아로 간다 : 그래봐야 일시적이다.

● 부모님 집에서 계속 산다 : 다만 언제까지나 그럴 순 없다.

어느 쪽이나 안락하고 일직선인 길이다.

이렇게 살면 그저 썩어갈 뿐이다.

내게 이런 충동이 그리 자주 오지는 않으니, 이를 최대한 활용해 보자.

해봐라. 뭐라도. 지금 바로.

지금의 내 삶을 보니, 마치 두 발을 땅에서 한 발짝도 떼지 않고 달리겠다는 사람이나 다를 바 없다. 언제나 **최선**의 정답과 이를 위해 해야 할 일만을 시도할 뿐, 계획 따위 때려치우고

"시발 모르겠다!"라고 외치며 일단 저질러 보고 끝까지 내달려 뭐가 됐든 결과를 내보는 짓은 차마 꿈에도 해보지 못한다.

일단, 어쨌든 일단, 내게 **가능한** 미래를 마구잡이로 적어보자.

- 맨해튼이나 시애틀로 이사한다. 아파트에 세를 든다. 영화 각본을 쓴다.
- 예일 대에서 여자친구를 만든다. 올여름에 그녀와 유럽으로 간다.
- 캘리포니아로 이사한다. 브로더번드 사 근처에 거처를 마련한다. 새 게임을 만든다.
- L.A.로 이사한다. 식당 웨이터 알바든 뭐든 닥치는 대로 하며 영화 업계 진출을 시도한다.
- 조지와 함께 알래스카로 가서 생선 통조림 공장에 취직한다.
- CIA 요원이 된다.
- 의대에 입학한다.
- 영화 학교에 입학한다.

영화 각본 쓰기라. 그게 네게 뭔데, 도대체? 꿈인가? 야망인가? 계획인가? 앞으로 살아갈 나날 "언제쯤"에는 해볼 거라고 내 자신에게 계속 되뇌일 그 무언가인가? 아니면 내가 **정말로** 하려는 무언가인가?

뭘 잘못할까 봐 계속 두려워하면서 차선책만을 택한다면, 난 **아무것도** 못하게 되리라. 성공에 가까워질수록 자신의 목표를 잃고 나태해지는 사람들이 있다. (나는 그런 악마와 싸워 이겨 봤다.) 비현실적으로 높은 희망을 좇다가 추락해 사그라드는 사람들도 있다.

나를 가로막는 악마는 소심함이다. 그야말로 1등급 새가슴.

제발 부탁이다, J. 다음에 만일 네게 뭔가 덜덜 떨릴 만큼 두렵고 겁나는 일이 닥치면—그냥 해. 시발 닥치고 **해 버리라고.**

1985년 3월 24일

예일 대 졸업 후의 삶이라는 풍선껌 뽑기 기계에 방금 새 풍선껌을 넣었다. 유럽으로 가서 벤을 불러내, 배낭여행과 유레일패스로 여름을 함께 보내는 것.

1985년 3월 26일

비디오 게임 아이디어를 짜 내려고 노력 중이다.

"대중은 〈스타워즈〉를 좋아하니까, 그렇게 만들면 히트하겠지."라는 식으로, 이론적인 타깃 소비자를 상정하고 거기에 맞춰 디자인한다는 건 애초에 불가능하다. (「카라테카」에서 뭔가 문제점을 지적받고는) 내가 "아, 유저들은 거기까진 신경 안 쓸 텐데요." 비슷한 대답을 했을 때, 게리가 버럭 화를 내며 쏘아붙인 말이 딱 그랬다.

"**유저들**이라니? **우리**겠지."

일단 우리들부터가 좋아할 작품을 만들어야 좋은 작품이 되는 법이다. 나는 지금도 종종, 「로드 러너」나 「닥터 크립의 성」 같은 비디오 게임에 전력으로 몰두하곤 한다. 그리고 그것이야말로, **내가** 목표로 삼는 부분이다. 나 자신부터 만족시키지 못하면, 다른 누구도 만족시킬 수 없다.

1985년 3월 27일

처음으로 "팬" 레터를 받았다. 게임이 너무 쉽다더라.

2월에는 불과 866장이 팔렸다. 1월 대비로 거의 50%나 떨어진 셈이다. 거참.

아 그래, 지켜보자. 아직 시간은 있으니까.

…이봐, 좀 부끄럽다는 생각 안 드나? 보자고. 넌 불과 스무 살에 이미 괄목할 만한 성공을 거둔 주제에, 더욱 **미친 대박** 성공이 오길 바라고 있잖아. 만약 그런 성공이 와도, 넌 아마 더더욱 **개미친 초대박** 성공을 바라겠지만 말야.

이 녀석이 만족할 줄을 모르네.

1985년 3월 30일

벤이 방금 이런 말을 했다. "우와. 우리가 입학 이래 처음으로 오늘밤 예일 대 2대 중요 행사(BD 잼버리와 캠퍼스 댄스 파티)를 겪어 봤군."

새로운 일에 도전한다는 것은 정말 중요하다. 이번 파티는 내게 많은 경험이 되었다. 내가 틀에 박힌 사고에서 탈피하려면 이런 도전이 필요하다.

GREETINGS EARTHLING!

JOHN ROMERO
BOX 1079, APO NEW YORK 09238
PH# (DIRECT): 011-44-480-66134

March 24, 1985

John Romero
Box 1079
APO New York 09238

Jordan Mechner
c/o Broderbund Software
17 Paul Drive
San Rafael CA 94903

Dear Mr. Mechner:

Hello, let me introduce myself. My name is John Romero and I currently live in Needingworth, England. I am an American stationed here with my family (I'm not a G.I., I just go to school here). I am 17, going on 18 in October (28th).

I am writing because I have played your game KARATEKA (actually, I have the game). I am writing because you need to be congratulated on this game. I was absolutely stunned by the graphics, shadows and all. You did a tremendous job and have, I think, defined the state-of-the-art for future Apple games. The technology has been in the Apple all along to do those graphics, it just needed a programmer like you to use it.

Now I must betray myself. I, too, am a game programmer, albeit an unknown one. From what I saw on the screen, I deduced most of the technique used in drawing the graphics. here are my conclusions:
   1) You HAD to use page-flipping
   2) Shapes were ORed on the screen (first with a mask, then the shape)
   3) For the parts where the Karateka went halfway through a door,
      you adjusted the horizontal drawing ranges
   4) For the scrolling background -- you tell me

For the music, I would like to know if you used The Music Construction Set. I have finished the game many times and I keep coming back for more of that excellent music. Did you make up that song or what? If you made it up, you must be some musician!

All in all, your game is absolutely amazing. I have studied Broderbund games and they all have non-flickering animation and excellent demos. I have made tons of games, but until recently I haven't used any advanced animation techniques like page-flipping and OR animation. Now that I know how good those techniques look, I am starting to use them (the page flipping requires a tremendous amount of work)!

I am also thanking you for redefining my methods of animation. Ever since Karateka, my graphic outlook has changed. I have created new drawing routines and page-flipping algorithms. If you would like to see my latest work of art, deprived of advanced animation techniques but still good with EOR drawing, just write back and ask me (be sure to include your address). The game is called The Pyramids of Egypt.

Many people feel that it is better than Lode Runner, and almost everybody yells out TUTANKAMEN! when they first see it. It works with keyboard and joystick and you can define your keys. There are 100 levels and I am planning on making 100 level expansion disks.

Anyway, ask me for it and it's yours. I am currently trying to sell it to anyone I can (Broderbund is first on my list). My next game is going to be totally awesome (using the page-flipping technique, of couse). I can't wait until I get an idea for my next game!

Another thing I wanted to ask you was how did you make the scrolling background? Ever since Choplifter I have been stumped on what kind of data and drawing algorithm would be used to draw a scrolling background like yours. Oh sure, I know how to make the choppy one-byte-movement backgrounds, but not your 2-pixel-movement background. If you decide to write back, I would be eternally grateful if you explained this to me.

And if you would like to see some of my older, crummier games, look no farther than the June 1984 issue of InCider magazine (Scout Search) and the future June 1985 issue (Snag!) and another issue that they haven't told me about yet (Bongo's Bash). Also look in A+ magazine, December 1984 for my award winning Cavern Crusader game. Yes, I have made some printable material but I still haven't broken into the big league yet. Just wait until my next game!

Sincerely,

John Romero

John Romero,
Disciple of the Great Jordan
and worshipper of the Magnificent Mechner!
(how's that sound?)

역주:
이 펜레터는
「DOOM」
을 만든 '그'
존 로메로가
보낸 것임.

1985년 3월 31일

어머니가 전화로, 시에라 온라인_{Sierra On-Line} 사의 스티브 로버트슨이란 사람이 연락해 "카라테카 2"에 대해 묻더라고 전해 주셨다.

그 사람, 진짠가? 우리 집 전화번호를 어떻게 알아낸 거지?

1985년 4월 3일

오후에 DRAX를 만지작거리며 컴퓨터 게임 아이디어를 구상하던 중, 벤이 다음 게임에선 캐릭터를 「카라테카」처럼 큼직하게 잡지 말고 「로드 러너」나 「차플리프터」처럼 조그맣게 넣어 보면 어떻겠느냐고 제안했다.

그 아이디어에 곧바로 마음이 동했다. 끝내주는 애니메이션의 조그만 디지털 인간 캐릭터가, 조이스틱으로 끝내주게 조작되면서 큼직한 화면 내를 신나게 뛰어다니는 거지. 큼직한 캐릭터는 「카라테카」처럼 수평으로 스크롤되는 게임에는 잘 맞지만, 그 외의 경우엔 그저 갑갑하기만 할 뿐이다.

1985년 4월 4일

DRAX를 조작하며 저녁을 보냈다. 기획안을 좀 더 구체적으로 다듬어 봤다.

1) 「로드 러너」나 「닥터 크립의 성」 류의 퍼즐 게임. 즉, 새로운 레벨이 시작되면 "자 이제 어떻게 깨면 될까?"라는 말이 나올 법한 게임이다. 50개의 레벨과 5가지 차별화 된 모드가

있고, 유저가 직접 레벨을 만들 수 있는 '빌더 모드'도 제공하고 말이지. 그래픽만큼은 훌륭해야겠지만.

2) 비율 과장이 없는 실제 기준의 등신과 축척. 만들기가 지랄같이 힘들겠지만, 내가 보기엔 해 볼 가치는 있다.

3) 「카라테카」풍의 스토리라인 : 모든 난관을 돌파하고, 여자를 구해 내라. 「카라테카」 스타일의 큼직한 주인공 캐릭터가 움직이는 장면을 게임의 오프닝과 엔딩에 넣는다. 일단 사람의 주목을 끌어야 멋진 게임플레이로 유도할 수 있는 법이다.

4) 플레이어가 죽을 때의 다양한 연출. 깔려 죽거나, 찔려 죽거나, 치어 죽거나, 그외 기타 등등의 방법으로. 기본적으로는 〈인디아나 존스〉 같은 느낌이 된다. 꼭 세부적으로 똑같진 않겠지만 느낌은 그렇게. 위기를 탈출할 방법은 제한돼 있고, 타이밍은 빡빡하며, 머리카락이 쭈뼛 설 만큼 죽음의 위험이 도사려야 한다.

자, 이제 중요한 질문이 남아 있다. 장소는 어디? 시대는 언제? 악당은 누구지? 맥거핀은 뭘로 할까? 플레이어는 어디에 있을까. 고대 그리스? 중세 유럽? 외계의 행성? 미래적인 대도시? 적은 누구로 할까. 탐사선(이건 괜찮을지도. 통통 튀는 타원형이라던가)? 로봇? 석궁을 든 경비병? 뭐가 또 있을까? 테마는 뭘로 잡지? 설정은?

1985년 4월 5일
당장 눈앞에 닥친 일거리가 너무 많다. 수업 다섯 개. 졸업 작품. 신작 게임 기획. 영화 각본 두 개.

머리 잘 써야겠다, 메크너. 맨 처음의 2가지부터 우선시하자. 나머지는 수업을 다 털고 나서 해도 돼.

1985년 4월 8일

내년도 기숙사 방 추첨 때문에 내 방을 점검 차 찾아온 루스와 그녀의 두 룸메이트에게 「카라테카」를 보여 줬다. 다른 사람들도 들어오는 바람에 결국 내 방은 열명 남짓되는 인원으로 북적거렸는데, 모두들 꽤나 감탄했다.

"아니, 이런 엄청난 걸 비밀리에 만들고 있었어요?" 루스가 말했다. 재미있고도 뿌듯한 경험이었다.

할아버지가 데이비드 아이작이 자기가 본 최고의 게임이라 말하더라고 전해 주셨다.

영국의 한 프로그래머 지망생으로부터 극찬하는 팬레터도 받았다. 답장을 써줬다.

내가 제법 유명해져 가는 것 같기도 하다.

1985년 4월 9일

새로 만들 게임의 기술적 디자인 작업을 좀 했다. 잘 돌아갈 것 같다. 멋진 게임이 될 거야. 확신해. 테마만 잡으면 된다.

마야 문명의 사원?

이집트의 피라미드?

그리스 신전?

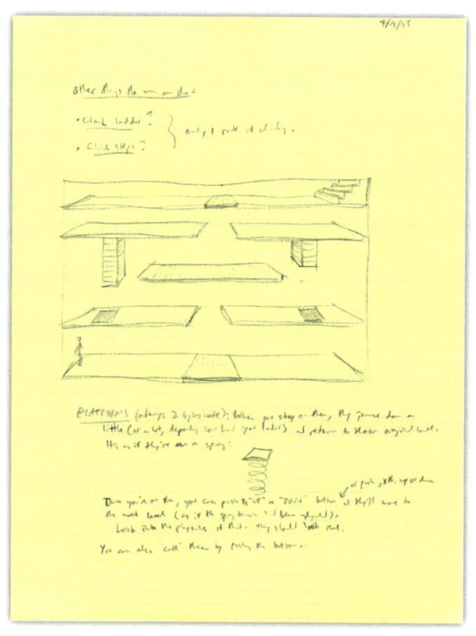

미래의 우주 정거장?

중세의 지하 던전?

20세기 대도시였던 곳의 폐허?

게임 내의 (「닥터 크립의 성」과 같은) 온갖 요절복통 장치와 아이템은 설득력 있는 배경과 구실이 붙어야 하고, 「카라테카」처럼 **보기에도** 그럴싸해야 한다――(「닥터 크립의 성」처럼) 스테이지 여기저기에 무의미한 쓰레기가 널려 있어서 유저를 혼란시키면 안 된다.

마린으로 이주해 브로더번드 사에서 일하고 싶어 안달이 나 있다. 거기가 날 채용해 준다면 말이지만. 하핫.

세상에나. 일단 졸업 작품부터 빨리 손대야겠다.

1985년 4월 10일

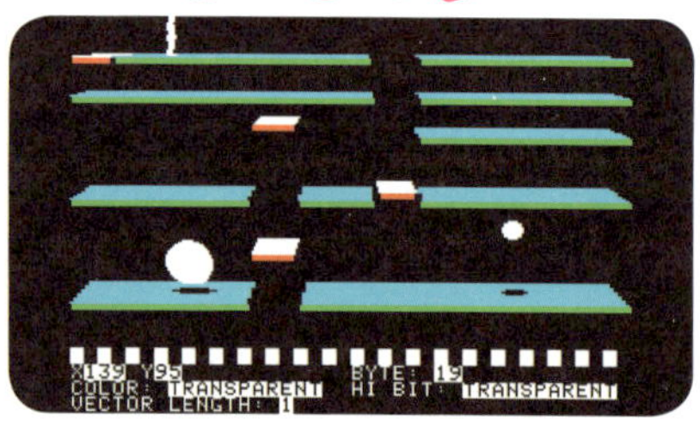

옛날 추억에 잠겨 「검볼 Gumball」 게임을 즐기고 있는데, 리즈 암스트롱이 전화해 왔다.

그녀가 말했다. "좋은 소식이에요. 「카라테카」가 **소프트셀** 판매순위 15위에 올랐어요!"

물론 내게도 기쁘고 신나는 일이었다. 리즈는 코모도어

판 「카라테카」가 2주일 뒤 출시로 확정됐다고도 전해 주었다.

나는 그녀가 코모도어판 출시는 정말 중요하다는 둥, 코모도어판이 빨리 나와야 눈에 잘 띌 거고 애플판의 판매량도 늘어날 것이며 브로더번드 사의 신용 문제도 걸려 있다는 둥, 로버트가 MSD 호환과 복제 방지 장치 등등을 작업하느라 철야로 작업하고 있다는 둥 같은 얘기를 미주알고주알 설명하는 동안 쭉 듣고만 있었다.

이 통화 뒤에 숨은 의미를 말하자면 다음과 같다. 브로더번드 사람들은 C-64판 이식 작업이 6개월이나 늦어져 난감한 상황이라, 내가 감수하는 절차를 **건너뛰고** 버그가 다 잡히는 대로 바로 출시하겠다는 거다. 내가 혹여 음악이 틀리거나 그래픽이 약간 깨지거나 하는 등의 마지막 1%짜리 사소한 문제를 찾아내 지적함으로써 그걸 고치느라 출시가 지연되는 게 싫다는 거지.

[오후 7:30] 막 로버트와 통화를 끝냈다. 그에게 내가 우려하는 바를 전달했다. 음악에서 드럼 비트에 문제가 있거나 음이 빠지거나 하는 등의 어지간한 버그는 다 고치고 낼 거라고 한다.

로버트는 다음주 일본에 갈 예정이라, 하루빨리 이 상황을 끝내고 싶을 거다.

기타 소식들. 게리가 낸시와 결혼(!)한다고 한다.

데인은 아마 브로더번드를 퇴사해 대니 밑에서 일하게

될 예정이란다.

로버트에게는 새로 만들 게임 아이디어를 제안하러 오는 7월쯤 그리로 갈 수도 있다고 말해 주었다.

(휴우)

지금 나는 대위기 상황이다. 졸업 작품 쪽이 슬슬 걱정되고 있어서다.

[밤 11:30] 아버지에게 소식을 전했다.

아버지가 말씀하셨다. "그걸 그대로 내면 **안 되지.** 음악이 맞지 않잖니. 우리가 주말 동안 음악을 고쳐서 주면 되지."

깜짝 놀라 대답했다. "하지만 저도 졸업 작품을 해야 하는데요."

아버지는 내게 내일 에드와 통화해서 내 입장을 강경하게 밀어붙이라고 설득하셨다. 그 게임에는 나와 아버지의 이름이 박힌다. 그 게임을 볼 때마다 미련이 남는 일이 있어서는 안 된다.

마음이 정말 괴롭다.

1985년 4월 11일

리즈에게 전화를 걸고, (숨을 크게 들이쉰 다음) 이번 주말에 아버지와 함께 체크할 수 있도록 최신 버전을 페덱스로 보내 달라고 요청했다. 다행히도 그녀는 바로 수긍해 주었다. 내일 아침에는 받을 수 있을 거다. 나도 내일 채퍼콰로 내려갔다가, 일요일에 돌아오려고 한다. 이렇게 하면 잘 마무리되겠지.

케빈과 저녁을 먹었다. 둘이서 영화 제작과 미래에 관해 대화하다 보니 내가 당면한 문제들을 잠시나마 잊을 수 있었다. 케빈은 내게 영화 학교에 들어가 보는 것이 어떠냐고 권유했다. 꼭 졸업하지 않아도 되니, 적어도 1년은 다녀 보라고.

1985년 4월 12일

[채퍼콰] 아름답고 화창한 봄날이다. 2시 열차로 도착해, 라이Rye 시에서 택시를 잡아 탔다. 집에 도착했을 때는 숲에 불이 난 상태였다.

어머니는 집으로 달려 들어가 바로 경찰에 신고했다. 가족과 함께 밖으로 나와, 불타는 숲을 지켜봤다. 지름이 대충 50피트는 될 듯한, 거대한 불꽃의 고리였다. 바람은 집 방향에서 불어오는 중이었고, 불길은 언덕 정상으로 번지며 세차게 일렁였다. 소방차는 5분인가 10분 내로 도착했고, 한 시간쯤 뒤에야 불길이 잡혔다.

불타는 숲이라는 건 정말 놀라운 광경이다. 내가 노력한다고 어찌할 수 있는 것이 아님을 알기에, 난 그저 평온한 경이의 감정으로 그 불길을 지켜보았다.

자욱한 연기 구름 사이를 뚫고 비쳐 드는 태양빛, 선연한 주황빛 불길, 그리고 푸른 하늘. 이 광경을 본 것만으로도 채퍼콰에 일부러 온 보람이 있었다.

* * *

아버지와 나는 게임 전체를 살펴보면서(페덱스로 아침에 도착했다) 음악 쪽의 오류를 찾았다. 게임은 전반적으로 잘 만들어졌고, 음악도 꽤 좋았다. 우리가 찾아낸 것을 로버트가 모두 고쳐 내면(내가 전화했을 때는, 기운 없는 느낌이긴 했어도 기분은 좋아보였다) 문제는 없을 거다.

1985년 4월 15일

캐시 칼스턴이 전화해, 로 애덤스(〈컴퓨터 엔터테인먼트〉 잡지의 「카라테카」 리뷰를 기고한 사람)가 '인기 프로그래머의 인기 게임'이란 기사에 넣기 위해 나를 인터뷰하고 싶어 한다고 전해 주었다. 애덤스는 「카라테카」의 그래픽이 내가 직접 만든 것이라는 말을 듣고는 놀라워했다.

1985년 4월 16일

「카라테카」의 어제 기준 버전이 아침에 도착했다. 플레이하는 도중 로버트가 전화해 왔길래, 바로 피드백을 주었다. 수정은 **거의** 다 되어 있었다. 주인공의 테마 곡과 승리 테마 곡의 나머지 부분만 빼고는. 거참. 잘 고쳐지길 기원해야겠다.

천문학 중간고사에서 100점 만점에 98점을 받았다. 이제 이 과목은 낙제를 걱정하지 않아도 되겠다. 두 번의 심리학 시험 쪽은 104점 만점에 101점, 90점 만점에 87점을 받았다. 이제 남은 걱정거리는 졸업 작품뿐이다.

1985년 4월 17일

〈빌보드〉 14위. 매주 새 빌보드 순위를 찾아보는 것이 정말 재미있다. 〈인사이더〉 잡지에는 극찬의 리뷰가 실렸다.

1985년 4월 18일

로버트로부터 C-64판 「카라테카」의 최종 버전 디스켓이 왔다. 그는 내일 아침 7:30 비행기로 일본에 간다고 한다. 나도 이 게임에서 해방되었다.

리즈가 전화해, 애플판 「카라테카」가 지금 〈소프트셀〉 차트 8위라고 알려 주었다. 우와. 감격스럽다.

("리비 지온Libby Zion 강의"라는 이름으로) 각본가 노라 에프런이 마이크 니콜스 감독을 인터뷰하는 강연을 들으러 갔다. 빨리 어른이 돼서 뭐라도 해봐야겠다는 의욕을 품고 일어나게 되었다. 영화 제작 같은 일 말이지.

니콜스: "농담을 잘 알아듣는 사람은 다른 일도 자연스럽게 잘하게 되죠. 그리고 '진실은 **과연** 무엇인가?' 무엇이 진실인지 **직접** 밝혀 낸다면, 다른 사람들도 '아 그래, 내가 봐도 그게 진실이야.'라고 말하게 될 겁니다."

영화 제작자가 끊임없이 언제나 자문해야 하는 두 가지 질문: "진실은 **과연** 무엇인가?"와 "다음엔 무슨 일이 일어날까?".

내 방으로 돌아오니, 워렌이 「카라테카」를 플레이하는 것을 톰이 보고 있었다. 벤은 저녁 내내 이 두 녀석이 이러고 있더라고 말해 주었다. 내가 말했다. "뿌듯하네. 좀 얼떨떨하지만, 어쨌든 뿌듯해."

1985년 4월 26일

톰이 9:30에 날 깨웠다. "일어나! 날씨 좋다고. 26℃가 넘었다니까!" 정말이었다. 바로 일어났다. 예일 대에서의 내 마지막 강의(음악) 시간이 오기 전까지, 올드 캠퍼스와 크로스 캠퍼스에서 톰과 함께 원반 뒤집기 놀이를 했다.

텍사스의 한 아이로부터, 내 사인을 받고 싶다는 팬레터를 받았다. 답장을 했다.

조던 메크너와 케이티 테일러 (뉴헤이븐, 1985년).
벤자민 노마크가 촬영.

〈데일리〉 지에서, 영화 각본을 쓰는 소녀에 관한 기사를 읽었다. 그녀에게 전화를 걸어, 조언을 듣기 위해 내일 브런치 약속을 잡았다.

* * *

졸업 예정자 칵테일 파티 후, 졸업 예정자 저녁 식사가 이어졌다. 모두가 정장과 넥타이 차림으로 모였다. 일행과 함께 앉았다. 워드, 벤 보일스, 마크 존스, 래리 군, 톰, 벤 등등. 꽤 즐거웠다. 슬라이드가 상영되었고, 졸업생 설문조사 "결과"가 발표되었다. ("마이크 월리스와 처음 인터뷰할 사람: 존 보일, 그를 지목한 여덟 번째 사람은… 제레미 킹.") 벤이나 톰처럼, 나는 어디에도 지목되지 않고 익명으로 남았다.

이후 나는 A&A로 (여전히 정장과 넥타이 차림으로) 옮겨 가 조지, 케빈, 마이크 말렉과 함께 케빈의 21살 서프라이즈 생일 파티에 끼었다. 다음엔 의과대학 인근의 중국/폴리네시아 레스토랑에 가서, HGHS의 아만다 바라이트를 포함한 여자 5명 그룹과 시간을 보냈다.

마이크는 돌아갔다. 케빈과 나는 루시, 토드, 리슬과 함께 있는 조지를 찾아내고, 트레버를 끌어내 모스에 있는 고코드 댄스장으로 갔다. 조지는 술에 취해 친근하게, 양팔로 나와 케빈을 끼고는 말했다. "너도 네 가족도 다 사랑해, 조던……. 난 정말 바보 멍청이야."

술과 댄스와 친구들과 여자들. 신난다! 난 이렇게 (내게는) 새로운 방식으로 금요일 밤을 보내고 있는 중이다.

1985년 4월 28일

영화 각본을 쓰는 소녀, 이브 로즈 메어몬트와 장시간의 점심 식사를 했다. 알고 보니, (《레이디호크Ladyhawke》 때) 데이비드 키펜, 마이크 살츠만, 제프 클리만에게서 이미 그녀를 소개 받았던 적이 있었다.

그녀가 해준 핵심 조언은 "에이전트를 찾을 것", 그리고 "안된다는 대답은 하지 말 것"이었다.

1985년 4월 29일

오후에 리즈 암스트롱이 전화해 왔다. "일단 마음의 준비를 하세요."

회사 쪽에서 〈빌보드〉 차트를 몇 주 전에 미리 받는 듯했다. 「카라테카」는 금주엔 8위였다. 다음주는 6위가 된다고 한다. 그리고 그 다음주엔…….

"준비되셨죠?"

"1위예요."

어머니는 꽤나 흥분하셨다. 아버지도 제법 흥분하셨다. 정작 나 스스로는 덤덤했고, 다른 사람들에게 좋은 소식을 전할 수 있게 되어 기뻤다. 그런 기분이 아니었다면 오히려 상황을 이해하지 못 했을지도.

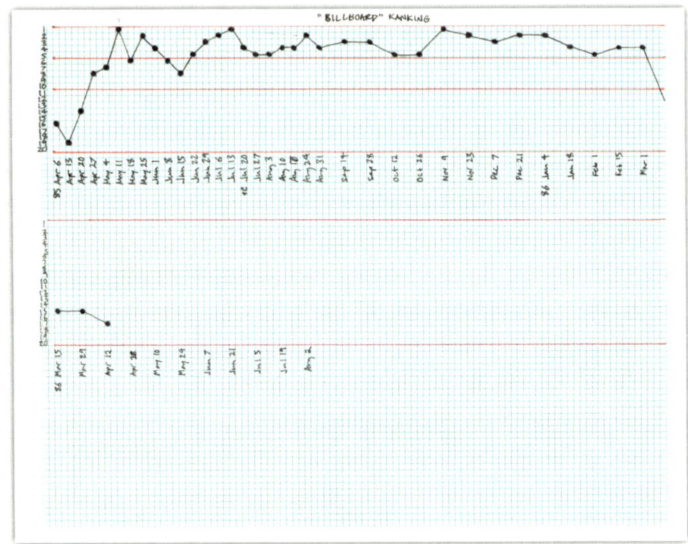

THIS WEEK	LAST WEEK	WKS ON CHART	TITLE	Publisher	Remarks	Apple II	Atari	Commodore	IBM	Macintosh	TRS/Tandy	CP/M	Other
1	7	7	KARATEKA	Broderbund	Action Arcade Game.	●							
2	2	69	FLIGHT SIMULATOR II	Sublogic	Simulation Package	●	●	●					
3	1	20	THE HITCHHIKER'S GUIDE TO THE GALAXY	Infocom	Adventure Strategy Text Adventure.	●	●	●		●			
4	6	77	FLIGHT SIMULATOR	Microsoft	Simulation Package				●				
5	3	39	SARGON III	Hayden	Chess Game	●			●				
6	12	26	KING'S QUEST	Sierra On-Line	Adventure Game	●			●				
7	8	83	EXODUS:ULTIMA III	Origins Systems Inc.	Fantasy Role-Playing Game	●	●	●	●				
8	5	9	F-15 STRIKE EAGLE	Micro Prose	Air Combat Simulation Game.	●	●	●	●				
9	9	10	BRUCE LEE	Datasoft	Adventure Game	●	●	●					
10	11	31	ZORK I	Infocom	Fantasy Strategy Text Adventure	●	●	●	●	●		●	●
11	14	82	WIZARDRY	Sir-Tech	Fantasy Role-Playing Game	●							
12	4	23	GHOSTBUSTERS	Activision	Strategy Arcade Game	●	●	●					
13	13	68	JULIUS ERVING AND LARRY BIRD GO ONE-ON-ONE	Electronic Arts	Arcade-Style Sports Game	●	●	●					
14	16	2	ADVENTURE CONSTRUCTION SET	Electronic Arts	Build your own graphic adventure game.			●					
15	17	13	LODE RUNNER	Broderbund	Arcade-Style Game	●	●			●			
16	10	49	SUMMER GAMES	Epyx	Arcade Style Sports Game	●	●	●	●				
17	RE-ENTRY		MILLIONAIRE	Bluechip	Stock Market Simulation Game	●		●	●	●	●		●
18	NEW ▶		KENNEDY APPROACH	MicroProse	Air Traffic Controller Simulation game.		●	●					
19	15	6	AMAZON	Trillium	Adventure Game	●		●					
20	NEW ▶		THE ANCIENT ART OF WAR	Broderbund	Adventure Strategy Game				●				

<빌보드>지 (1985년 5월)

아버지가 말씀하셨다. "앞으로 몇 년간은 마이다스의 손을 가진 기분일 거다. 모두가 널 원할 거야. 그러니 조금은 까다롭게 굴어도 된단다."

오히려 그런 말씀이 더 이해가 안 되었다. 당장 난 졸업작품을 만드느라 오늘도 날밤을 새야 하는데 말이지.

와! 이제 난 부자에 유명인사가 된 건가?

아버지에겐 마이크 니콜스가 했던 말을 그대로 옮겼다. "<버지니아 울프Virginia Woolf>가

오스카상 후보에 올랐지만 수상하지 못했을 때는 기분이 참 못마땅했었죠. 그 다음 해에 〈졸업The Graduate〉이 상을 싹 쓸이했을 때는 올 것이 온 기분이었어요. 제가 얼마나 놀라워했을까요—그리고 딱 거기까지였죠! 그런 일이 다시 일어나진 않더군요!"

"넌 다시 해낼 거란다." 아버지가 말씀하셨다. "이런 창작에 딱 어울리는 재능들을 다 갖고 있잖니. 프로그래밍, 작화, 작문, 연출 감각, 그리고 **끈기**Sitzfleisch까지." 목록의 가장 마지막 단어가 특히 더 근사하게 들렸다. 뭐, 어쨌든, 이건 우리 아버지 말씀이긴 하다.

7년 하고도 1만 시간 만에,
드디어 애플II가 제값을 해냈다.
학자금 대출 청구서야?
4월분 로열티 수표.
1985

후기

2024년의 조던입니다. 〈카라테카 개발일지〉를 읽어 주셔서 감사합니다. 1980년대의 게임업계에 막 발을 들여 놓던 제 10대 시절의 좌충우돌 일대기가 재미있으셨기를 바랍니다.

제 공식 홈페이지인 jordanmechner.com 내에 있는 「카라테카」에 관한 간략한 약력 설명에서는, 다음과 같이 이야기를 마무리했습니다.

"리뷰와 입소문 덕에 판매량이 점차 올라가, 「카라테카」는 1985년 4월의 〈빌보드〉지 랭킹에서 미국 베스트셀러 게임 1위에 올랐다. 코모도어 64, 아타리 컴퓨터, 닌텐도 엔터테인먼트 시스템(NES), 게임보이로 차례차례 이식되어, 「카라테카」는 드디어 판매량 500,000장을 넘겼다. 비디오 게임 시장이 지금의 10%에도 못 미쳤던 시대였음을 감안하면, 실로 엄청난 숫자였다.

「카라테카」는 내 인생을 바꾼 분기점이었다. 이 게임은 나(와 내 부모님)에게 게임 개발이 단순한 취미나 열정을 넘어서 어엿한 경력이 될 수 있음을 증명해 주었다. 이 게임이

아의 왕자」를 만들기로 결심했다.”

「카라테카」에 대해 더 알고 싶으시다면, 제 웹사이트의 「카라테카」 페이지(상단의 메뉴에서 ‘Games & Movies’를 클릭하세요)에 추가 자료를 마련해 놓았으니 이쪽도 찾아보세요. (디지털 이클립스 사의 인터랙티브 다큐멘터리 게임 「The Making of Karateka」도 함께 즐겨 주시면 더 좋습니다.)

그 다음 이야기가 궁금하시다면, 바로 이어지는 내용을 〈페르시아의 왕자 개발일지〉로 출간한 바 있으니 그쪽도 읽어 주시기 바랍니다. 이 책은 1985년부터 1993년까지를 다루며, 딱 〈카라테카 개발일지〉가 끝난 시점에서 시작됩니다. 스트라이프 프레스 사에서 출간된, 삽화가 들어간 하드커버판을 구입하실 수 있습니다. 다른 언어로의 번역판이나 전자책·오디오북 등 다른 포맷의 책은, 제 웹사이트의 ‘The Making of Prince of Persia’ 페이지에 정리되어 있습니다.

jordanmechner.com 웹사이트에는 제가 과거부터 지금까지 만들어 온 작품들에 대한 풍부한 아카이브와 정보, 최신 소식을 모아 놓았습니다. 웹사이트 최하단에서 RSS 피드 링크, 무료 뉴스레터, 제 SNS 계정 등의 링크도 찾으실 수 있습니다. 여러분의 의견과 피드백을 항상 환영합니다.

「카라테카」는 종종 “개인” 개발의 산물로 거론됩니다만,

이 일지에 쓰여 있는 대로 친구들, 대학교 동기들, 가족들이 결정적인 기여를 해 준 작품이기도 합니다—그리고 무엇보다, 제 부친인 프랜시스 메크너를 빠뜨릴 수 없지요. 아버지는 「카라테카」의 음악을 작곡해 주셨고, 중요 애니메이션의 로토스코핑 모델도 되어 주셨으며, 개발 전반에 걸쳐 창조적인 아이디어를 제공하고 막대한 지원을 해 주셨습니다. 아버지는 제가 만든 그래픽 노블인 〈리플레이: 뿌리뽑힌 가족의 회고록〉(이 책의 각 장 첫머리에 실은 만화도 여기서 발췌한 것입니다)에서도 핵심 인물로 활약하십니다. 제 웹사이트에서도 〈리플레이〉에 대한 더 많은 정보와 발췌된 그림을 보실 수 있습니다.

귀한 시간을 내 주시고 응원해 주셔서 감사드립니다!

조던 메크너
2024년, 몽펠리에에서

9년 뒤인 1994년 5월 아버지가 말해 주신 조언. 「라스트 익스프레스」 개발이 1년째 되던 시기.
(〈리플레이: 뿌리 뽑힌 가족의 회고록〉, 226쪽)

저자 소개

조던 메크너는 작가, 그래픽 노블 작가, 게임 개발자, 영화 각본가이다.

1989년 비디오 게임 「페르시아의 왕자」를 개발했고, 2003년 유비소프트 사가 IP를 되살려 개발한 「페르시아의 왕자: 시간의 모래Prince of Persia: The Sands of Time」에서는 스토리 및 게임 디자인에 참여했으며, 디즈니 사가 각색한 2010년작 영화에서는 처음으로 각본을 썼다. 「카라테카」(1984)와 「라스트 익스프레스」(1997)을 비롯한 그의 게임들은, 영화를 방불케 하는 내러티브 연출과 로토스코핑 애니메이션의 혁신적인 활용으로 유명하다.

2017년에는 국제 게임 개발자 협회(IGDA)가 주는 혁신가 상Pioneer Award을 받았다.

2017년부터는 프랑스에 거주 중이며, 자전적인 그래픽 노블 〈리플레이: 뿌리뽑힌 가족의 회고록〉(2023년 '샤토 드 슈베르니' 상 역사 그래픽 노블 부문 수상작. 2024년 퍼스트 세컨드 북스에서 영어판 발간)의 글과 그림을 그려 작가로 데뷔했다.

조던이 글로 참여한 과거 그래픽 노블로는 뉴욕타임즈 베스트셀러인 〈템플러Templar〉(LeUyen Pham 및 Alex

Pubilland 그림), 〈몽테크리스토_{Monte Cristo}〉(Mario Alberti 그림), 그리고 출간 예정작인 〈리버티_{Liberty}〉(Étienne LeRoux 및 Loïc Chevallier 그림)가 있다. 최신 근황은 jordanmechner. com을 방문해 보자.

역자후기

2024년 현재 조던 매크너는 60세입니다. 이 일지는 그가 예일대 신입생이던 만 17세부터 졸업반이 될 때까지, 1982년부터 1985년까지 작성한 일기의 정리입니다. 마이크로소프트가 윈도우즈를 출시하기도 전이고 www가 아직 탄생하기도 전이죠. (윈도우 1.0은 1985년에 출시되었고, 최초의 웹브라우저가 등장한 것은 1990년이다.) 소프트웨어는 카세트테이프에 담겨서 출시되다가 나중에는 플로피디스크가 나왔습니다. 그렇다고 천공 카드를 쓸 만큼 옛날은 아니고요.

뉴욕주 채퍼콰의 집을 떠나 뉴헤이븐의 예일대 기숙사에 살던 조던 매크너는 자신이 개발한 게임을 새 플로피디스크에 저장하고 봉투에 담아 우체국에 들고 가 부칩니다. 그리고는 조마조마해 하면서 전화를 기다리죠. 이메일로 발송하고 문자를 보내어 수신 여부를 확인하는 지금의 모습과는 확연히 달라 보입니다.

하지만 그대로인 부분도 있습니다. 내가 공들여 만든 작품을 다른 사람들은 어떻게 생각할까? 뿌듯해 하며 선금을 받으면 뭘 할까 행복한 상상을 펼치다가, 사람들이 마음에 들어하지 않으면 어쩌나 고민합니다. 데드라인을 설정하고, 작업에 걸리는 시간을 계산하고, 계획을 세우죠. 마감

내에 끝낼 수 있다고 자신하다가 시간이 얼마 남지 않은 것에 놀라며 게으름 피운 자신을 질책합니다. 어떤 날은 보람찬 하루였다고 뿌듯하게 잠자리에 들기도 하고, 어떤 날은 늦잠 자고 일도 못하고 수업도 쨌다고 자괴감에 빠집니다. 한동안 은 의욕 없이 해야 하는데…, 하면서 남은 분량만 카운트하다가, 어떤 시기엔 창작욕이 불타올라 12시간씩 집중해서 일하고 끝내주는 아이디어에 신나 하죠. 어쩐지 내 모습 같다고 느껴지시나요? 저는 그랬습니다. 할 일을 체크하다가 40년 전의 조던 매크너가 떠올라 피식 웃게 됩니다.

조던 매크너는 2009년 IGN이 선정한 역대 100대 게임 제작자 중 한 명입니다. 대전 격투 게임의 효시로 불리는 「카라데카」를 개발한 다음에는, 세계적으로 가장 성공한 게임으로 평가받는 「페르시아의 왕자」를 만들죠. 예일 대 졸업 이후에는 영화 각본을 쓰고 결국은 예일 대 시절 꿈꾸던 대로 영화를 제작하기도 했습니다. 그런 그도 소설을 쓸 수 있을까, 하고 싶은 영화를 해야 할까, 잘 하는 게임 개발을 해야 할까, 고민하던 시기가 있었습니다. ─그리고 그 고민은 그 후에도 오랫동안 계속되었던 것 같습니다.

여기 〈카라데카 개발일지〉에는 물론 「카라데카」 개발을 시작한 최초의 아이디어, 개발과정의 타임라인과 로토스코핑이라는 발상과 실행과정이 차곡히 담겨 있습니다. 그러나 그뿐만은 아닙니다. 10대 후반, 청소년에서 성인으로의 이행기에 자신이 무엇을 하고 싶은지, 무엇을 잘하는지, 그리고 어떻게 살아야 할지 치열하게 고민한 기록이며 방황의 흔적입니다. 자신이 만들어 낸 작품을 다른 사람들이 어떻게 볼지 조마조마해 하는 창작자의 마음과, 창작 과정을 풍부하게 하는 깨달음도 고스란히 담고 있습니다. 서투르고 부족하지만 무한한 가능성을 가진 17세의 조던 메크너를 만나 보시기 바랍니다.

백선

역자소개

백선

대학에서 국어국문학, 문헌정보학과 역사학을 공부한 후, 현재 출판, 교육, 공연, 축제 등의 분야에서 기획자로 활동하고 있다. 다양한 분야의 글을 우리말로 옮기거나, 우리말 희곡과 그림책을 영어로 옮긴다. 사람과 사실을 편견 없이 받아들일 때 더 나은 세상으로 나아갈 수 있다고 믿는다.

카라테카 개발일지

조던 메크너의 기록 1982~1985년

2026년 2월 28일 초판 1쇄 발행

저자 조던 메크너
번역 백선
협력 오영욱, 장동수
편집 엄다인
교정 민경천, 권오범
감수 조기현
표지 디자인 김경희
발행인 홍승범

발행 스타비즈 (제385-251002019000002호)
주소 경기도 안양시 동안구 흥안대로 528 타워빌딩 7층 702호
팩스 050-8094-4116
e메일 biz@starbeez.kr
ISBN 979-11-92820-12-5
ISBN(세트) 979-11-92820-15-6
정가 28,000원